POR QUE AMAMOS STAR WARS?

100 MOTIVOS PARA VIAJAR PARA UMA GALÁXIA MUITO, MUITO DISTANTE

KEN NAPZOK

POR QUE AMAMOS STAR WARS?

100 MOTIVOS PARA VIAJAR PARA UMA GALÁXIA MUITO, MUITO DISTANTE

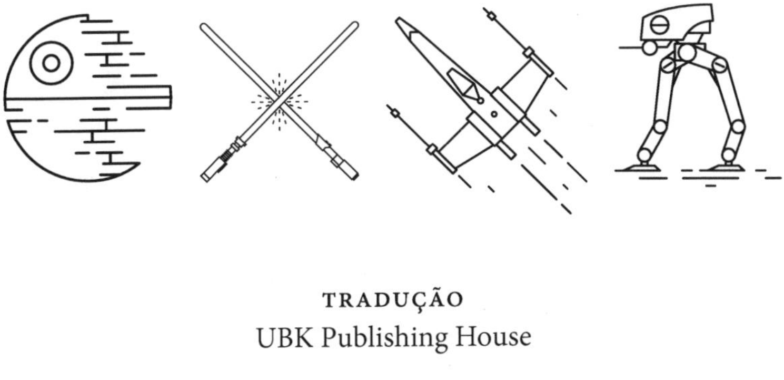

TRADUÇÃO
UBK Publishing House

ubook
UBK Publishing House

Publicado mediante acordo com Mango Media Inc. Edição original do livro, *Why We Love Star Wars: The Great Moments That Built a Galaxy Far, Far Away*, publicada por Mango Media Inc.

ubook UbK Publishing House

COPIDESQUE André Caniato
REVISÃO Lara Freitas e Mariá Moritz Tomazoni
PROJETO GRÁFICO E ADAPTAÇÃO DA CAPA Bruno Santos
CAPA Elina Diaz
DIAGRAMAÇÃO Abreu's System

Dados Internacionais de Catalogação na Publicação (CIP)
(Câmara Brasileira do Livro, SP, Brasil)

Napzok, Ken
Por que amamos Star Wars? : 100 motivos para viajar para uma galáxia muito, muito distante / Ken Napzok ; tradução UBK Publishing House. – Rio de Janeiro : Ubook Editora, 2020.

Título original: Why we love Star Wars
ISBN 978-65-86032-30-7

1. Star wars (Ficção) – História e crítica 2. Star wars (Filme) I. Título.

20-35304 CDD-791.4375

Índices para catálogo sistemático:
1. Filmes cinematográficos : Apreciação crítica 791.4375
Cibele Maria Dias – Bibliotecária – CRB-8/9427

Ubook Editora S.A
Av. das Américas, 500, Bloco 12, Salas 303/304,
Barra da Tijuca, Rio de Janeiro/RJ.
Cep.: 22.640-100
Tel.: (21) 3570-8150

Dedico esse livro a todas as crianças, do passado, presente e futuro, que assistem a Star Wars e pensam: "Isso é incrível!"

Também dedico ao menino que riu de mim na escola por usar uma camiseta do *Retorno de Jedi*. Tudo está perdoado.

Ah... espera... mais uma coisa... eu também dedico este livro ao moff Tiaan Jerjerrod. Sempre achei injusto culparem você pelo atraso na construção da segunda Estrela da Morte.

SUMÁRIO

PREFÁCIO: UMA VELHA ESPERANÇA

Joseph Scrimshaw

Um fino graveto marrom despontando na neve branca.

Minha mão, coberta por uma luva, estendida.

Meus olhos concentrados no graveto, querendo que ele se mova.

O graveto se recusa.

Eu me concentro com mais força, grunhindo dentro do cachecol enrolado em meu rosto. "Não", eu penso. "Não é assim que funciona. A Força flui quando você está calmo. Em paz."

Eu respiro fundo e levanto a mão mais uma vez, mas uma voz interrompe a minha concentração.

É a minha mãe, com uma pergunta importante. Uma pergunta que ela faz com cada vez mais frequência e preocupação: "Ei! Você, hum, você sabe que Star Wars não é real, né?".

Como inúmeros outros seres humanos, eu sou um grande fã de Star Wars desde muito jovem. Eu não sabia expressar isso quando criança, mas Star Wars sempre foi mais do que entretenimento ou escapismo para mim. Eu sempre quis fazer aquele graveto se mexer.

Desde que me lembro, eu lutei para incorporar Star Wars à minha vida.

Nós tínhamos o jogo de tabuleiro, *Escape from Death Star*. Quando meu irmão mais velho não estava por perto, eu recorria ao meu ursinho de pelúcia, Chocolate, que concordava educadamente em jogar comigo. Eu perdia quase todas as vezes.

Eu inventava histórias bizarras e complexas para brincar com meus *action figures* de Star Wars. Como quando meu piloto de carro-nuvem, que acredito ter batizado de Rak Starflier, perguntou à princesa Leia, vestida com as roupas de Hoth, se ela queria namorar com ele enquanto Han estava congelado na carbonita. Leia, completamente segura de si, repreendeu Rak e ensinou a ele sobre o conceito de monogamia.

Quando eu era adolescente, meu pai tentou me ensinar a tocar bateria. Uma habilidade que não consegui dominar até entender como respirar, relaxar e manter a calma. Eu precisava parar de contar obsessivamente cada batida e confiar nos meus instintos. Só aprendi a tocar quando desaprendi o que já tinha aprendido.

Com o passar dos anos, eu trouxe Star Wars para minha vida de muitas maneiras diferentes. Lendo livros, colecionando *action figures*, jogando videogames, colecionando mais *action figures*, apresentando programas de comédia sobre Star Wars, colecionando ainda mais *action figures* e, claro, apresentando programas de comédia sobre *action figures* de Star Wars.

Mas ainda faltava alguma coisa. O graveto ainda não voava para a minha mão.

Então, há alguns anos, conheci Ken Napzok. Fui ao programa que ele apresentava com Maude Garrett, o *Jedi Alliance*, para compartilhar minha paixão pela trilogia original e pela era Star Wars.

A partir de então, Ken e eu seguimos para criar, juntos à Jennifer Landa, o podcast *ForceCenter*. Nós passamos horas e horas conversando, rindo e explorando o universo fantástico de Star Wars. Discutimos os brinquedos, o absurdo e as previsões, mas também os personagens, a arte, os temas. O significado por trás dos momentos. São ideias como essas que você vai ler neste livro.

E, então, pela primeira vez, o graveto se mexeu.

Minha mãe se preocupava, com certa razão, que eu não soubesse distinguir a realidade da fantasia. Mas o que eu sempre quis foi a chance de explorar o que essa fantasia me dizia sobre a realidade.

Star Wars — com seus feiticeiros espaciais, monstros de olhos esbugalhados e naves que viajam à velocidade necessária da narrativa — não foge do mundo real. A série reflete as alegrias e os desafios da realidade, e abre portas para a sua interpretação.

Esse é o tipo de reflexão que surge das minhas longas conversas com Ken sobre Star Wars. E é isso que agora você tem nas mãos ou em seus fones de ouvido. Uma conversa longa, divertida e sincera.

Por isso, encorajo você a aproveitar cada vírgula. Grite quando concordar com alguma coisa! Sussurre "humm" quando precisar pensar mais sobre algum assunto. Escreva suas próprias observações. Converse em voz alta com este livro e imagine o Ken ouvindo você com um brilho atencioso no olhar. Assim sua experiência será ainda melhor.

Porque Star Wars é uma história de fantasia. Mas o impacto que isso pode ter nas nossas vidas é muito real.

Então, sente-se, relaxe, estenda a mão.

Faça o graveto se mover.

Faça este livro voar direto para suas mãos.

PRÓLOGO

Há muito tempo (tempo o suficiente), em uma pequena cidade costeira da Califórnia...

Primavera. 1983. Dez crianças, todas com idades entre sete e oito anos, estavam em uma festa do pijama. As risadas e as brincadeiras estavam a todo vapor, culpa de todo o açúcar do bolo que elas tinham acabado de comer, e sem previsão para o sono pelo qual seus pais estavam rezando desde as primeiras garfadas do doce. Da televisão saíam sons familiares de uma galáxia muito, muito distante. Naves espaciais rugiam. Alienígenas riam. Lasers explodiam. Era o trailer do próximo capítulo emocionante da saga Star Wars, avisando cada criança (e adulto) naquela sala que *O Retorno de Jedi* chegaria aos cinemas em maio. Cada uma das crianças parou o que estava fazendo. A bagunça desapareceu em um instante. Só conseguiam pensar em Star Wars.

Seria a cena de abertura de uma nova temporada de *Stranger Things*? Não.

Isso aconteceu de verdade. Aconteceu comigo no aniversário do meu amigo John. Lembro-me do momento exato, da iluminação da sala, do saco de dormir em que estava enrolado e, acima de tudo, lembro-me de ver Luke Skywalker, cavaleiro jedi e amigo do capitão Solo, vestido de preto, ativando o sabre de luz em cima da barcaça de Jabba, a Khetanna. Mesmo considerando o ritmo mais lento dos trailers dos anos 1980, esse estava repleto do imaginário de Star Wars que um dia faria parte do meu dia a dia. No entanto, foi uma coisa específica — Luke Skywalker lutando com seu sabre de luz — que me encantou. Aquilo mexeu comigo e, mesmo agora, não sei bem por quê. Han Solo acabaria se tornando meu personagem "preferido" de Star Wars. Sempre me vi mais interessado no funcionamento interior da Rebelião contra o Império do que nos jedi e suas tradições. Esse nem é meu momento preferido de Luke Skywalker. Ainda assim, eu, aos sete anos de idade, fiquei fixado e intrigado com a imagem daquele herói com sua arma. (Tenho certeza que existem alguns livros de autoajuda que podem explicar a razão para isso. Outra hora eu conto qual é). O que é ainda mais engraçado agora é que, na verdade, aquele momento era uma parte minúscula do trailer. Uma pesquisa rápida na internet vai revelar que, no trailer, Luke só aparece em cima do barco, com o sabre de luz aceso em mãos, por menos de um segundo. Você pisca e, *poof*, desapareceu. E vem a próxima cena. Mas por anos — *anos*, sério mesmo — isso tudo ficou tão gravado no meu cérebro que eu podia jurar que Luke ficava lá em cima pela maior parte do trailer (provavelmente ao lado do comediante

Sinbad como Shazaam e dos "Berenstein" Bears). Eu cheguei a procurar por outro trailer. Uma versão com uma cena mais longa, sustentando o que eu sabia ter visto. Mas não encontrei. Tudo o que resta é o breve vislumbre de um cavaleiro jedi, um sabre de luz e os vilões entre ele e a segurança. E isso, se me permite dizer, torna tudo ainda mais impressionante (impressionante demais), porque não precisou de mais nada. Um único e breve momento. Foi quando Star Wars me cativou.

E o melhor é que... eu não estava sozinho. Isso também aconteceu com você. Isso aconteceu com seus amigos. Aconteceu com seu tio e seu vizinho. Aconteceu com seu colega do escritório e com o bilheteiro do cinema que te vendeu o ingresso do filme. Aconteceu com todos nós. Talvez tenha sido em 1977, quando seu queixo caiu no chão ao ver um Destróier Estelar Imperial voar por cima da sua cabeça pela primeira vez. Talvez tenha sido em 1997, quando George Lucas decidiu relançar os filmes com novas adições e efeitos especiais. Isso pode ter acontecido com você em 1999, quando um maravilhoso *teaser* anunciou que toda lenda tem um começo, ou talvez tenha sido em 2015, quando um Han Solo mais velho disse "Chewie, estamos em casa" ao seu copiloto wookiee e para a gente também, dando início a uma nova era de histórias.

Todos nós temos um momento assim. Embora existam muitos momentos para escolher em Star Wars, entre os onze filmes *live actions* confirmados (por enquanto!), duas séries animadas e inúmeros livros e histórias em quadrinhos, parece que gravitamos em direção tanto aos pequenos momentos quanto aos grandes e memoráveis. Esses momentos se tornam as razões por que amamos Star Wars. Os motivos por que assistimos aos filmes de novo e de novo. Sim, dá para explicar um "motivo" simples para amar Star Wars, como "os filmes me deixam feliz" ou "as histórias ensinam moralidade aos jovens". Mas esses "motivos" mais formais só se justificam porque saltam das telas e das páginas dos livros durante os grandes e pequenos momentos da história. Os momentos são os motivos por que amamos Star Wars.

Vamos voltar a 1983 e àquele trailer de *O Retorno de Jedi*. Toda uma geração de fãs mergulhada em cada imagem ao longo de dois gloriosos minutos espaciais. Entre os caças estelares X-Wings, os ewoks uivando e a Estrela da Morte explodindo, eu me agarrei àquela breve imagem de Luke Skywalker. Foi um momento, mas o motivo por que ele me fez amar Star Wars é que, em uma cena cheia de ação, eu gravitava em direção à maior aventura em jogo. Um personagem incrível estava no meio da ação, mas não atacava com raiva. Esse herói de preto com o sabre de luz na mão enfrentava orgulhoso as forças do mal. Ele estava de pé entre os vilões e seus amigos. Estava no controle. Era uma imagem forte, de calma em meio ao caos galáctico que se desenrolava diante dos fãs. Era a pose de um herói. Um motivo para amar Star Wars surgiu desse momento, e desde então eu sou fascinado por momentos assim.

Mas preciso dizer claramente que esta não é uma lista definitiva.

Não pode ser.

E nem deve ser.

Para começar, não tem como ser definitiva. Felizmente, a saga Star Wars continua. Nós, como fãs, pensávamos que o último filme da saga tinha chegado em 2005, com *A Vingança dos Sith*. Devia ter sido assim. George tinha concluído sua história, pelo menos na grande tela, e ficaríamos com nossas lembranças, nossos objetos colecionáveis e as cenas nas mídias digitais para analisar tudo para sempre. Claro, a excelente série de animação *A Guerra dos Clones* foi lançada, com um filme controverso que nos apresentou ao programa — uma série que serviu de ponto de entrada para muitos fãs e deu aos veteranos mais histórias para mastigar —, mas, na maior parte, Star Wars estava envolto num conjunto de seis filmes nostálgicos e aconchegantes (sim, com mais variações e edições no caminho, mas este livro não é sobre *isso*). Tudo mudou em 2012. George Lucas vendeu a Lucasfilm para a Disney, e novos filmes logo apareceram.

Eu sou eternamente grato por essa venda. Novos filmes significam vários novos momentos Star Wars, que criam ainda mais motivos para amar a saga. Você encontrará muitos desses momentos nas páginas que se seguem, incluindo momentos de livros, quadrinhos, séries animadas e videogames. Enquanto escrevo este livro, ainda estamos à espera do *Episódio IX*, uma nova trilogia de Rian Johnson, séries *live-action* (*O Mandaloriano* e outra focada no personagem Cassian Andor) e uma nova série de filmes. Os momentos apresentados aqui representam uma pequena parte do *fandom* de agora. E, acho eu, do passado. Nas palavras de Yoda, "sempre em movimento o futuro está". (Você gosta de citações de Star Wars? Ótimo, teremos várias delas.) E é isso o que acontece com Star Wars. Esta não pode ser uma lista definitiva porque ainda não acabamos de descobrir Star Wars. Felizmente.

Esta também não pode ser uma lista definitiva porque uma só pessoa a está escrevendo. Eu perdi noites e mais noites de sono para criar algum tipo de *ranking* para este livro (e já mudei o meu *ranking* pessoal três vezes desde que você começou a ler o livro). No entanto, não houve a realização de pesquisas científicas para construir a lista que você está prestes a ler, nem pesquisas do Buzzfeed para influenciá-la, e ninguém foi de porta em porta perguntando a cada fã quais momentos eles queriam registrar. Esta é a viagem de um único fã pela saga. Ainda assim, não estou sozinho em uma ilha (Scarif). Uma das melhores coisas em celebrar Star Wars é que o *fandom* é incrível e maravilhosamente unido. Você pode ter crescido no meio-oeste estadunidense sentindo que era o único conectado à situação de Dak Ralter em *O Império Contra-Ataca*, mas em todo o mundo, no Japão, Inglaterra ou além, outro fã sentiu o mesmo. As palavras de Dak, "Eu sinto que poderia enfrentar o Império sozinho", também ressoaram com eles. Você chegou lá sozinho. Eles também. E agora estamos conectados. Isso é reconfortante. Você tem um grande grupo de amigos que ainda não conheceu!

E isso pode até atravessar o tempo. Star Wars agora se expande por várias gerações diferentes, e continuará assim. Star Wars se fortalece ao ser transmitido para fãs que estão vindo depois de você. O que inspirou um fã em 1983 vai inspirar organicamente outro em 2025. Assim, os momentos que estão prestes a serem contados aqui começaram comigo, mas agora são seus. Para serem compartilhados, discutidos e, sim, muito possivelmente debatidos.

Só é preciso saber que, embora esta lista possa facilmente mudar e definitivamente aumentar de tamanho, uma coisa sempre será encontrada aqui: a alegria.

Eu amo Star Wars. Eu era um bebê de um ano de idade nos braços da minha mãe num cinema de *drive-in* em 1977 quando meus pais assistiram a Star Wars pela primeira vez. Certamente não tenho nenhuma lembrança dessa experiência, mas eu *estava* lá. A franquia tem estado na minha vida desde sempre. Ela me conquistou em 1983 e, apesar de um interesse crescente por outros hobbies, permaneceu forte no meu coração. Cartas de beisebol, seguir uma carreira de entretenimento, romances... nem mesmo as Garbage Pail Kids — pois é, Garbage Pail Kids — me afastaram de Star Wars.

Isso não quer dizer que eu ache que tudo em Star Wars é perfeito. Que não existam falhas nas histórias ou personagens que mereçam ser questionados ou analisados. Isso nem sequer significa que eu não ache que seja possível rir de Star Wars. Eu rio muito. Isso faz parte de ser um fã. No entanto, acima de tudo, eu amo Star Wars. Sem vergonha nenhuma. Quando Joseph Scrimshaw, Jennifer Landa e eu lançamos o *podcast ForceCenter*, em 2015, foi com o objetivo único e muito específico de celebrar esse universo. E isso foi a continuação de um tema que alimentou meu programa com Maude Garrett, o *Jedi Alliance*, em 2014. Em 1983, eu me agarrei à imagem de um cavaleiro jedi sobre o barco de Jabba com um sabre de luz na mão. Aquela cena me paralisou. Me arrebatou. Me inspirou. Eu me apaixonei por essa saga espacial boba naquele momento. E eu ainda a amo. Sempre vou amar. Então, aqui e agora, juntos, você e eu vamos discutir por que amamos Star Wars com cem momentos que construíram uma galáxia muito, muito distante.

UMA ÚLTIMA OBSERVAÇÃO...

Este é o ponto do processo que me deixa mais nervoso. Você está mesmo prestes a ler este livro e, antes de virar a página e embarcar nesta viagem comigo, só quero que saiba que estou me sentindo muito vulnerável agora. Não estou me fazendo de coitado. Você não precisa entender a minha situação. Só estou dizendo a verdade. Estou sendo bem honesto aqui. Faz muito tempo que quero escrever um livro como este, e agora ele está aqui. Você está com ele em mãos... ou no seu tablet... ou nos ouvidos, com um narrador muito caro lendo o texto para você... isso está mesmo acontecendo.

Respire fundo, Ken.

Esta vai ser uma experiência ótima para todo mundo E peço desculpas por escrever em primeira pessoa de vez em quando (apresentei comédias *stand-up* por anos, então é muito confortável escrever, atuar e reclamar no estilo "Eu! Meu!"). Só quero dizer mais algumas coisas enquanto tenho a sua atenção e você está presenciando meu momento mais vulnerável.

Eis aqui algumas notas técnicas sobre os momentos que são os motivos por trás do nosso amor por Star Wars:

Primeiro, isto é um *ranking*, mas não deixe que esse conceito distraia você do que está prestes a ler. Um momento depende do outro, e os momentos listados mais para o final do livro carregam um pouco mais de peso, sim, mas eu acredito mesmo que todos esses motivos se juntam para formar o principal: o amor por Star Wars. Nenhum pode existir sem o outro. É como quando Obi-Wan Kenobi disse ao chefe Nass que os gungans e o povo de Naboo são formas de vida simbióticas que precisam uma da outra.

Sim. Sim. É exatamente isso. Este livro é como os gungans e o povo de Naboo. Obrigado, Obi-Wan.

Em segundo lugar, os momentos, as cenas, os personagens, os sons, as músicas e tudo mais são baseados no "novo" cânone de Star Wars. O cânone que começou em abril de 2014, quando foi anunciado que a Lucasfilm estava começando do zero com uma nova onda de histórias de Star Wars além dos novos filmes. O que era o universo expandido vibrante e robusto — e muitas vezes confuso e, quem sabe, bobo — tornou-se *Star Wars Legends*. Isso foi — e ainda é — considerado por muitos como controverso e, em alguns casos extremos, trágico.

Eu entendo essa reação. Eu respeito. Eu adoro a paixão dos fãs do *Legends*.

Porém, para ser claro, este livro é composto por momentos de Star Wars extraídos de filmes, livros e quadrinhos Marvel lançados sob a bandeira do novo cânone, séries mais recentes como *Star Wars Rebels*, *Star Wars: A Resistência* e *Forças do Destino*, além de, é claro, a série preferida de todo mundo — *Star Wars: A Guerra dos Clones*. Embora haja muitas coisas a serem celebradas em *Star Wars Legends* (o filho de três olhos de Palpatine, Triclops, o clone Luuke e Chewie sendo esmagado por uma lua não estão entre esses momentos), este não é um livro sobre *isso*.

Desculpa.

Sério.

Em terceiro lugar, este livro foi escrito antes do lançamento do *Episódio IX*, da série *O Mandaloriano* ou de qualquer projeto de filme futuro, anunciado ou especulado. Então, se, por acaso, você estiver lendo este livro depois que esses projetos saíram e estiver se perguntando, *mas onde está aquela cena em que [insira spoiler do futuro aqui]*, bem, é por isso.

O bom é que uma segunda edição deste livro vai ter que ser escrita. Não publicada. Não, o que estou dizendo é que provavelmente vou rabiscar alguns momentos novos nas margens deste livro, e se você me adicionar no LinkedIn, eu vou dizer quais são.

Em quarto lugar, o que você acha que desencadeou a rixa entre os gungans e o povo de Naboo? Quer dizer, a maior parte dos gungans vivia debaixo d'água e parecia estar do outro lado do mundo. É por isso que o "núcleo do planeta" era o caminho mais rápido de Otoh Gunga para Theed, certo? Tenho a sensação de que os habitantes da terra na superfície do planeta estavam com frescura contra os gungans. Não querendo absolver os gungans de qualquer ato ilícito. Claro, o chefe Nass parece ser bem bacana depois que você coloca uma esfera de paz nas mãos dele, mas antes disso ele parecia querer discutir, e o capitão Tarpals não via problema NENHUM em espetar a própria tropa com bastões elétricos. Ah, mas se os seus vizinhos te odiassem sem motivo, talvez você também começasse a espetar pessoas com bastões elétricos. Independentemente de como começou, fico muito feliz que Qui-Gon e Obi-Wan tenham conseguido transmitir esse argumento simbiótico.

Em quinto lugar, não tenho nada a ver com a Lucasfilm ou a Disney. No entanto, eu sei onde conseguir o melhor chocolate quente da Disneyland. Eu sou um *broadcaster*, *podcaster*, escritor e apresentador profissional enterrado em comentarismo do universo de Star Wars há algum tempo. Eu não sou um crítico. Eu sou um apreciador profissional, e esta é a jornada de um fã por uma vida inteira de amor a Star Wars.

Um fã muito, muito vulnerável.

Que a Força esteja com você.

100

A LUTA DE BLASTERS DENTRO DO BLOCKADE RUNNER

COMO O PEW PEW PEW SE TORNOU O PADRÃO DAS BRINCADEIRAS INFANTIS

Star Wars: Episódio IV — Uma Nova Esperança
Roteirista: George Lucas
Diretor: George Lucas

Se vamos falar de grandes momentos de Star Wars, seria difícil não começar por onde tudo começou: as primeiras cenas de *Uma Nova Esperança*. Em 25 de maio de 1977, ingênuos fãs de cinema sentaram-se em seus lugares (assentos comuns e sem lugares reservados, além de não terem a possibilidade de reclinar os bancos. Como os fãs de antigamente gostavam de cinema, não é? Esperavam horas na fila...) e foram coletivamente arrebatados pela imagem do Destróier Estelar Imperial voando por cima de suas cabeças em perseguição ao Blockade Runner da princesa Leia, o Tantive IV. Essa sequência literalmente mudou o cinema, o *fandom* e muitas vidas. Sim, vidas reais foram mudadas naquele dia. Que momento. Um momento para o hall da fama de Star Wars.

Mas vamos falar sobre o que acontece logo *depois* disso, o motivo que nos faz amar Star Wars e um dos maiores presentes dado aos fãs: os sons dos blasters. Vamos mergulhar no *pew pew pew*.

O designer de som, Ben Burtt, tem tanta relação com o sucesso da franquia Star Wars, particularmente *Uma Nova Esperança*, quanto qualquer outra pessoa, porque ele foi capaz de criar vários efeitos de som que grudaram na sua mente muito tempo depois de sair do cinema. Suas criações se tornaram a voz de Chewbacca, a respiração de Darth Vader e o barulho da Millennium Falcon. Sim, a história, os personagens e as sequências que os fãs assistiram foram importantes, mas não dá para ignorar o tremendo impacto dos sons que te acompanharam até em casa.

Foi um marketing brilhante e não intencional. Em quintais e parquinhos de toda parte, esses novos fãs estavam brincando de Star Wars. Seja com os bonecos Kenner (a melhor estratégia de marketing) ou coisas tão simples como um pedaço de pau servindo como sabre de luz e suas mãos como blasters, os *sons* de Star Wars se tornaram um dos motivos por que você se apaixonou pelo filme.

Pew.

Pew.

Pew.

Agora é icônico. Um "muito obrigado" aos sons que você fazia quando era criança. Um efeito sonoro compartilhado entre os fãs. Preste muita atenção e você pode até ver a boca de Laura Dern, como almirante Holdo, dizendo "pew" antes de disparar contra a tropa de amotinados de Poe Dameron em *Os Últimos Jedi*. E tudo começou naquele momento.

Muitos ainda estavam processando a sobrecarga sensorial de um Destróier Estelar passando por suas cabeças quando a sequência seguinte começou. Rebeldes preocupados, membros da equipe de segurança alderaaniana, passando por alguns robôs falantes: um deles era dourado, parecia bem rígido, e tomava posições meio defensivas contra uma ameaça desconhecida. Então, uma porta começou a queimar, seus rostos ficaram tensos e os blasters foram levantados.

Os stormtroopers entraram. Os "malvados" sem rosto. E a luta começou. Algum tempo depois, os fãs saberiam (depois de estudar, memorizar e se gabar do conhecimento) que os blasters eram do modelo E-11, armas imperiais de série, e os rebeldes estavam empunhando DH-17s. Detalhes legais que colorem o mundo, mas o que importa naquele momento são os sons que os blasters faziam. Eram familiares, mas eram claramente de fora deste mundo. Pareciam ficção científica, mas não eram cafonas ou exagerados. Eram metálicos, mas parte deles flutuava pelo éter. Você *entendeu* imediatamente que armas espaciais faziam aquele som.

Ben Burtt é um gênio.

A esta altura, a história daqueles sons faz parte da lenda da criação de Star Wars. De férias com a família, Burtt, que sempre viajava com o seu fiel gravador Nagra, subiu uma colina nas montanhas Pocono para chegar a uma velha torre de rádio. Batendo com uma pedra contra os cabos que apoiavam a torre, ele criou o som que seria combustível de muitas brincadeiras de Star Wars. Segundo seu falecido pai, Ben soube imediatamente que era assim que "a arma laser imaginária deveria soar".

Ele tinha razão.

Então, venha pela tensão dramática, narrativa visual ou pelo impacto vital dos minutos de abertura de *Uma Nova Esperança*, mas fique pelo efeito sonoro que se tornou o sinal universal de uma guerra nas estrelas.

Pew pew pew.

99

O RETORNO DE C-3PO!

UM DROIDE DOURADO, UM BRAÇO VERMELHO E A COMÉDIA DO PERSONAGEM

Star Wars: Episódio VII — O Despertar da Força
Roteiristas: J. J. Abrams, Lawrence Kasdan e Michael Arndt
Diretor: J.J. Abrams

O Despertar da Força soube equilibrar bem os retornos de personagens com a apresentação de novos. O legado desse filme pode muito bem ser todos os *novos* personagens que ele nos trouxe, como Kylo Ren, Finn, Poe Dameron e Rey, mas não há dúvida de que parte do que estava sendo apresentado aos fãs em dezembro de 2015 era muito familiar. *O Despertar da Força* estava repleto de novos vislumbres dos heróis das nossas vidas.

Alguns apareceram bem no fim, como parte de uma evolução emocional para a nova história; outros foram aparecendo pelo caminho. De toda forma, foi nostalgia pura assistir a essa reunião. Han Solo e Chewbacca tiveram os retornos mais celebrados (falaremos mais sobre isso), mas os outros não ficaram muito para trás. Luke Skywalker apareceu em pé em uma colina, uma das cenas mais ousadas do filme. A general Leia apareceu com um sorriso esperto para o marido no meio da liderança de uma resistência. O almirante Ackbar estava ocupado demais com seus planos para dar uma piscadela para a câmera. R2-D2 estava tirando uma soneca. E Nien Nunb, bem, foi bom saber que o nosso sullustan preferido estava de volta. Ainda assim, um retorno específico nos marcou — alcançando um equilíbrio perfeito entre nostalgia e fidelidade ao personagem.

C-3PO estava de volta!

O *Episódio VII* já estava em pleno movimento quando nosso droide de protocolo de pavio curto preferido apareceu. Foi quase uma surpresa. O público estava cada vez mais envolvido nas aventuras dos nossos novos heróis, Rey e Finn, quando, de repente, a general Leia e seus combatentes da Resistência apareceram. Isso, por si só, já foi um momento incrível. A porta do transporte da Resistência se abre e revela Leia. Sempre uma líder e não apenas uma princesa, ela era agora uma general; o peso da galáxia estava mais uma vez sobre seus ombros. Sua expressão é, ao mesmo tempo, cansada e amarga enquanto o marido está diante dela. Como fã, foi por um momento como esse que compramos o ingresso. Leia... e Han... mais uma vez.

Então, como ele já fez tantas vezes, mais notavelmente na Millennium Falcon, enquanto a nave descansava de uma forma não tão confortável na barriga de um exogorth em *O Império Contra-Ataca*, C-3PO interrompe. Ele impede Han Solo, mais uma vez, de ter um minuto a sós com Leia, e o momento ganha merecidas gargalhadas. A comédia de C-3PO é um grande motivo para amar Star Wars.

E muito disso se deve à atuação magistral de Anthony Daniels. O humor em Star Wars sempre foi e sempre será importante, e C-3PO é um dos grandes responsáveis por isso. Assim como a persona de Han Solo criou algumas das piadas, das cenas e das declarações de amor preferidas dos fãs, o personagem de C-3PO faz rir por ser... bem... ele mesmo.

A saga de Star Wars é alimentada pela loucura da aventura em série. Alguma coisa sempre está dando errado, alguma coisa está explodindo, as pessoas estão lutando, as coisas estão acontecendo muito rápido, e a "ópera espacial" está sempre seguindo adiante. No meio disso tudo, um androide ansioso tenta se agarrar a um resquício de calma e se ater aos protocolos da sua programação. Ele só quer acertar, por você... e pela princesa. No entanto, o C-3PO confuso é o melhor C-3PO, e não é raro que as maiores gargalhadas de Star Wars girem em torno dele.

Funciona sempre? Não. Não funciona. A participação de C-3PO em *Rogue One* é divertida, mas ela não nos dá tempo para respirar e, muito francamente, a comédia que o circula em *Ataque dos Clones* foi maluca demais para alguns fãs. Mesmo para Star Wars, um mundo em que lesmas espaciais gigantes dominam os submundos criminosos e um cãozinho de estimação inspirou o melhor copiloto da galáxia, C-3PO perdendo a cabeça na arena Petranaki, em Geonosis, não pareceu real.

O grande retorno de C-3PO traz o melhor de seu repertório: ele está entusiasmado por ver Han Solo, apesar dos anos de socos verbais que já recebeu do contrabandista (talvez esse seja um dos benefícios adicionais das formatações de memória). Ele não tem ego, então não presume que Han se lembre dele. E, como é educado, coloca a culpa em seu novo braço vermelho e quer ter certeza de que Leia sabe quem ele é. C-3PO nunca pensaria que seus sentimentos ou suposições estariam errados, principalmente no que diz respeito a dois amantes reunidos no meio dos escombros de um castelo recém-destruído e em chamas por causa do filho deles e seus soldados do mal.

E não iríamos querer que C-3PO, que *é* fluente em mais de seis milhões de formas de comunicação, fosse de qualquer outra forma.

98

"VAMOS, CHEWIE!"

O SALTO DE HAN E CHEWBACCA PARA UMA VIAGEM MAIOR

Solo: Uma História Star Wars
Roteiristas: Lawrence Kasdan e Jon Kasdan
Diretor: Ron Howard

Solo: Uma História Star Wars é uma história de amor.

Ah, sim. Mas também é muito mais. *Solo* é uma aventura em série de alto nível que atravessa as estrelas enquanto mergulha profundamente em temas como sobrevivência e liberdade. A história desafia os personagens e espectadores a esclarecer como você define pessoalmente cada um deles. Há muitas camadas na história sobre como um dos maiores personagens de todos os tempos começou (e conseguiu sua fama). Mas não se engane: é um romance.

A história de amor não é a de Han Solo e Qi'ra. Ou entre Han e sua nova *crush*, a Millennium Falcon. O romance contado aqui é entre Han Solo e Chewbacca. É o início de uma parceria e amizade para a vida toda. Uma conexão que sabemos que vai passar no teste do tempo. Han não sabia disso no começo, estava ocupado demais correndo atrás da garota que pensava ter deixado escapar, Qi'ra. Mas o romance é definitivamente entre ele e Chewbacca. Até Qi'ra precisou dizer isso a certa altura. Ele e Chewie se amam para valer.

Tudo isso cria um dos momentos mais bonitos e comoventes de toda a saga, ainda que seja rápido e simples. O momento em que dois amigos partem em uma vida de aventuras, quando Han e Chewie saltam, pela primeira vez, na velocidade da luz como capitão e imediato.

A amizade de Han e Chewbacca nasceu de circunstâncias fora do controle. Eles foram literalmente acorrentados juntos, e tiveram que trabalhar em conjunto para sobreviver. No entanto, eles foram rapidamente unidos pelas missões que são obrigados a aceitar. Chewbacca tem uma chance de deixar Han para trás, mas decide ficar durante o ataque a Kessel, depois de ver a verdadeira natureza de Han e sua devoção em ajudar as pessoas. Agora, estão no mesmo time. Conforme voam para fora de Numidian Prime, Han pilotando a Falcon recém-ganhada de Lando, a dupla icônica já tinha passado por muita coisa em pouco tempo, mas muito mais estava prestes a encontrá-los.

Esse momento certamente se aproveita do fato do público estar plenamente ciente disso. Ele brinca com esse conhecimento. Desde o encontro com Luke e Obi-Wan na cantina de Chalmun, em Mos Eisley, até todos os eventos da Guerra Civil Galáctica e, sim, até mesmo a morte de Han: o público pensa em tudo isso quando Han e Chewie estão prestes a decolar. É uma cutucada na nostalgia do coração? Com certeza, mas uma cutucada merecida.

Alavancas puxadas, botões acionados, e Han precisa até dar uns tapas na tela para fazê-la funcionar. Essa é a Millennium Falcon com que todos crescemos, sonhando acordados. É rápida e bonita, mas às vezes você não sabe se vai funcionar. O que é semelhante à dinâmica entre Han e Chewbacca. Eles são a melhor dupla da galáxia, com certeza (desculpe, C-3PO e R2-D2), mas você nem sempre sabe *como* eles funcionam. E isso também pode ser visto aqui, adicionando profundidade a um momento minúsculo. Han já tem em mente qual será o próximo esquema, mas Chewie tem suas dúvidas. Han pergunta então qual foi a última vez em que ele pôs Chewbacca em apuros. Chewie tem várias respostas, mas sabe que isso não vai importar. O sorriso de Han significa que eles vão partir para a próxima aventura. Essa é a dupla Han Solo e Chewbacca pela qual todos nós crescemos torcendo.

Tudo o que sabemos e amamos sobre esses personagens está gravado em nossas mentes. É como se a saga inteira estivesse voando diante dos nossos olhos. Há momentos nesse filme em que as aventuras começam num sentido literal. Até mesmo o momento incrível em que Chewbacca assume o posto de copiloto pela primeira vez. Ainda assim, conforme os dois apertam as mãos e iniciam o procedimento para a velocidade da luz, a gente sabe que tudo o que veio antes foi o prólogo. Não passa de uma história engraçada no bar sobre como eles se conheceram. Agora, quando as estrelas começam a desfocar e se tornar raios de luz, Han Solo, um zé-ninguém das ruas de Corellia, e Chewbacca, o poderoso filho dos orgulhosos wookiees de Kashyyyk, não estão apenas saltando para a velocidade da luz. Eles estão se tornando Han & Chewie para sempre.

97

"COLOCAR S-FOILS EM POSIÇÕES DE ATAQUE"

A PROMOÇÃO DE WEDGE ANTILLES E A DIVERSÃO NAS TRADIÇÕES DE STAR WARS

Star Wars: Episódio VI — O Retorno de Jedi
Roteiristas: Lawrence Kasdan e George Lucas
Diretor: Richard Marquand

A corajosa Aliança Rebelde está contra a parede depois de lançar trinta caças da não mais secreta base de Yavin 4. O alvo era a Estrela da Morte e, se falhassem nessa última missão, bem, então tchau, tchau, rebeldes, que se dane a coragem. Enquanto os X-wings e Y-wings da Rebelião avançavam em direção à Estrela da Morte, o piloto Garven "Dave" Dreis, comandante do Líder Vermelho, dá uma ordem: "Colocar S-foils na posição de ataque".

E essa foi a coisa mais legal do mundo.

Pois é. Não precisamos de nenhum adjetivo chique para descrever essa cena. Foi legal demais. As asas dos X-wings se abriram para formar, tipo, um X. O que estava acontecendo? O que são S-foils? Por que precisam deles para atacar? O... que... está... acontecendo?!?! Tanto os pilotos rebeldes quanto os fãs estavam tensos. Felizmente, todos nós tínhamos o Líder Vermelho para nos guiar pelo processo.

Depois de dar a ordem dos S-foils, ele estabilizou todo mundo que passou pelo campo magnético da Estrela da Morte e lembrou que precisavam acionar os escudos defletores frontais. Os pilotos rebeldes mais jovens pensaram e hesitaram, diferentemente da calma do Líder Vermelho. Os olhos de um dos pilotos dobraram de tamanho quando ele viu o alvo e soltou: "Olha para o tamanho daquela coisa."

Era Wedge Antilles. Vermelho Dois. Um antigo trunfo da escola de voo imperial que tinha passado para o lado do bem. Habilidoso e confiante, ele ainda estava perdido em um mar de choque ao se aproximar da Estrela da Morte. Dos pilotos rebeldes que voaram naquele dia, apenas três sobreviveram. Um deles foi o herói do momento, Luke Skywalker. Outra foi Evaan Verlaine, pilota alderaaniana de um Y-wing (algo que nos foi revelado anos mais tarde, na série de cinco edições *Princess Leia* da Marvel Comics, em 2015). O terceiro foi Wedge.

Quando Wedge apareceu como Rogue Três em *O Império Contra-Ataca*, um membro do esquadrão desgarrado de Luke, seu lugar no folclore de Star Wars foi garantido. A galáxia de Star Wars, mesmo dentro da história, tinha seus heróis e celebridades: Luke era conhecido por dar sempre o tiro milagroso que salvava o dia, Han Solo e Chewbacca tinham passado de foras da lei a heróis de guerra, e a princesa Leia passou de realeza a líder. Todo mundo conhecia esses quatro! Mas aqui estava um piloto comum. Um homem trabalhador, batalhando e ajudando a salvar a galáxia. Ele e seu artilheiro, Wes Janson, usaram um cabo de reboque para derrubar um andador imperial. Dessa vez, ele não estava apenas sobrevivendo.

No entanto, *O Retorno de Jedi*, de 1983, foi especial para os fãs de Wedge. Os rebeldes, ainda em desordem e tentando desesperadamente manter a coragem, partiram em direção ao que muitos acreditavam ser o confronto final com o Império e sua segunda Estrela da Morte, ainda maior (não, sério, olha só o tamanho DAQUELA coisa), e Wedge não era só parte daquela força de ataque — agora, ele era o Líder Vermelho.

Wedge Antilles... o piloto discreto sem a glória e, certamente, sem medalhas... era o Líder Vermelho. Ele foi promovido!

Esse pequeno momento, que para além disso representa um final gigantesco para a maior história da trilogia original, pode passar despercebido se você é um fã casual. Lando, como Líder Dourado, lidera o caminho e pede para que todos os pilotos se apresentem. Enquanto os líderes Cinza e Verde, Horton Salm e Arvel Crynyd, respectivamente, também apareceram, o destaque foi ouvir Wedge Antilles proclamar "Líder Vermelho a postos". Depois, ele dá calmamente — sem gritar — a ordem: "Colocar S-foils em posições de ataque". O volume da música aumenta, e os rebeldes seguem para uma batalha que se torna um desastre momentos depois. No entanto, um sorriso aparecerá em seu rosto e seu coração vai ficar apertado quando parar para pensar na honra que Wedge conquistou.

Tradições são especiais em Star Wars, e são consumidas pelo *fandom* com gosto. Elas também são alimento para os torneios de curiosidades. Que Wedge Antilles pudesse — e conseguisse — subir no comando da Aliança Rebelde significava que ele tinha adentrado uma tradição consagrada de Líderes Vermelhos, que também incluía Obi-Wan Kenobi na Batalha de Coruscant. Significava que o personagem que amamos tinha uma nova responsabilidade, um prestígio que tinha conquistado por suas ações. Dizer "Colocar S-foils em posição de ataque" significava que o personagem e ator que amamos (Denis Lawson)[I] seria para sempre parte dos temas recorrentes do filme. Essa fala é um grito de batalha, de certa forma, e significa que nossos heróis estão prestes a entrar em ação. Qualquer um que repetir essa fala agora será comparado a Wedge — um piloto entre muitos que se tornou o líder do esquadrão.

A ascensão de Wedge Antilles e a continuação das tradições de Star Wars é inspiradora, gratificante e — bom, você sabe — legal demais.

I Sim. Eu sei. Wedge também foi interpretado por Colin Higgins na cena da sala de reuniões em *Uma Nova Esperança*, e David Ankrum foi a voz do personagem depois, na batalha, e em uma ponta sem créditos em *Rogue One* (2016). Nathan Kress foi o dublador em *Star Wars Rebels*. No entanto, não se engane: para todos nós, Denis Lawson é Wedge.

96

"CHEWIE, ESTAMOS EM CASA"

QUANDO HAN SOLO NOS RECEBEU NOVAMENTE

Star Wars: Episódio VII — O Despertar da Força
Roteiristas: J. J. Abrams, Lawrence Kasdan e Michael Arndt
Diretor: J. J. Abrams

Quinta-feira de manhã. 16 de abril de 2015. Um posto de gasolina em Primm, Nevada. Dois viajantes estão voltando de Las Vegas, a aura do pecado e do arrependimento ainda pairando a sua volta. Um deles sai para reabastecer o tanque. O outro olha pela janela, sem pensar em nada, as noites de pouco sono da viagem cobrando seu preço. E aí, de repente, ele se lembra. É o primeiro dia da Star Wars Celebration de Anaheim. O novo *teaser* do filme *O Despertar da Força* já deve estar na internet.

Ele tem amigos no evento, e ele próprio estará lá amanhã. O trailer seria exibido e, lutando contra níveis crescentes de ciúme, ele puxa o celular para encontrar o vídeo no YouTube. O sinal de internet é ruim, mas o vídeo de um minuto e cinquenta e nove segundos começa a ser reproduzido. É lento no início, sem pressa para nos apresentar às novas caras de Rey, Finn, Poe Dameron e Kylo Ren. A voz, no diálogo de Luke Skywalker em *O Retorno de Jedi,* fica mais baixa à medida que a música cresce, a ação começa, as explosões balançam a tela e nos levam à escuridão... onde ouvimos Han Solo dizer: "Chewie...". E mais outra cena, Han Solo e Chewbacca de pé na Millennium Falcon. Ele termina a frase: "...estamos em casa".

E essa é a história de como eu, um adulto crescido e, de certa forma, funcional, chorei em Primm, Nevada, por causa das palavras de Han Solo.

Eu não fui o único. Bom, talvez eu tenha sido o único em Primm, Nevada, chorando naquele dia. Chorando por causa de Star Wars, pelo menos...

Esse momento está, é claro, em *O Despertar da Força*, e tem significado e mérito na própria história, mas você não pode negar que esse foi o trailer que incendiou os fãs. Poucos meses antes, no meio de um fim de semana de Ação de Graças, o primeiro *teaser* tinha aparecido. Foi — e ainda é — um ótimo *teaser*. No entanto, além de ver a Millennium Falcon, ainda não tínhamos ouvido ninguém da velha guarda falar. Os novos heróis, novos droides, novos vilões (e seus novos sabres de luz polêmicos) eram bacanas, mas e os personagens com os quais crescemos? Aquilo ia funcionar? Os fãs de Star Wars precisavam que seus medos fossem apagados. O segundo trailer nos deu esse presente. Han Solo e Chewbacca estavam em casa... e nós também.

Em 2012, a possiblidade de novos Star Wars já estava morta. Uma série animada estava sendo exibida, e havia livros e quadrinhos dos quais muitos fãs ainda gostavam, mas a experiência de sentar no cinema e assistir a Star Wars era só um sonho. Até a venda da Lucasfilm pela Disney no mesmo ano. Uma nova era estava chegando. A Especulação e sua prima mais complicada, a Expectativa, tomaram conta das mentes até dos fãs mais casuais. Como seria esse novo Star Wars? Qual seria a sensação? Esse era o momento de que precisávamos.

A composição da cena remeteu ao sentimento e à aparência de uma foto promocional dos dias de glória em 1977. Chewbacca à esquerda com a balestra levantada. Han à direita, sorrindo como o contrabandista que crescemos adorando. O posicionamento foi intencional e uma proclamação. O tempo das vacas magras tinha acabado. A discussão e o rancor em torno das *prequels* ficaram no passado. Você voltaria a amar Star Wars.

Curiosamente, ver esse momento no trailer foi tão revigorante que um ponto importante da trama ficou de lado. Se Han e Chewbacca tinham chegado em casa... por onde tinham andado?! Foi um sinal do que estava para vir na nova era de Star Wars. Após a queda do Império, os nossos heróis não seguiriam o caminho que podíamos ter esperado ou desejado. Star Wars apresentava novos heróis, sim, mas estava prestes a desafiar os antigos.

Han tinha fugido. Ele e Chewbacca não estavam nem na Falcon. Eles estavam voltando. Dentro do contexto do filme, aprendemos que Han Solo, herói de guerra (ou infame contrabandista?), tinha se afastado e estava fugindo das responsabilidades realistas que haviam seguido ele, Leia e Luke após a derrubada do imperador e seus servos. Foi uma abordagem surpreendente e maravilhosa na saga. Agora, Star Wars estava dizendo que, sim, você vai ter grandes vitórias na vida, mas isso não diminui os desafios que terá. Isso não impede que você cometa erros e seja assolado por arrependimentos. Ainda assim, Han Solo e Chewbacca voltaram para a Millennium Falcon e, apesar de Han não ter entendido bem naquele momento, eles estavam de volta onde deveriam estar. Você não pode — e não consegue — correr para sempre. Han e Chewie estavam em casa, mas não eram só eles. Todos estávamos.

95

A CAÇADA DOS EWOKS

UMA HISTÓRIA DE TERROR EM STAR WARS

Star Wars Battlefront II

Desenvolvedores: EA DICE, Criterion Software e Motive Studios

Ah. Você não gosta dos ewoks.

Já entendi.

São fofinhos demais? Apertáveis demais? Acha que são um golpe capitalista de George Lucas de 1983, que buscou atrair fãs mais jovens de Star Wars com os ursinhos de pelúcia do espaço na esperança de ganhar um ou dois dólares a mais com as vendas de brinquedos?

Claro. Eu compreendo.

Mas imagine a seguinte situação: você está na lua de Endor, você acabou de perder a maior batalha da sua vida. A natureza selvagem imponente fica cada vez mais escura à sua volta. O que resta do seu esquadrão está por aí, mas você não consegue ver ninguém. Você tem um blaster com um holofote, e ele só funciona por sessenta segundos de cada vez. A luz se apaga e você ouve. Uma trompa de madeira soa ao longe, a proclamação de uma guerra que ainda não terminou. Um barulho. Um batimento rítmico de pés macios. Você se prepara, mas sabe que não pode impedir o que está chegando. Você faz parte da tropa do Império, que já não é mais tão poderoso — e está sendo caçado por criaturas malignas que comem humanos. A caça dos ewoks começou. Puro terror, né? Pois é. É um dos momentos mais aterrorizantes de Star Wars, e faz parte de um jogo.

Os jogos *Star Wars Battlefront* foram lançados em 2004 e 2005. Um terceiro estava sendo produzido, mas foi infamemente cancelado. A série voltou em 2015, com uma continuação própria em 2017. Sem dúvida, os jogos foram recebidos com certa resistência dos jogadores mais experientes e apaixonados. Acho que não seria Star Wars sem um pouco de discussão. No entanto, o que temos é um jogo visualmente impressionante com algumas das melhores cenas dos locais de Star Wars, ainda complementado pelo bom e velho *pew pew*. E, então, soltaram os ewoks em cima de nós.

Em algum momento nas semanas, meses e anos após *O Retorno de Jedi*, uma certa subseção de fãs decidiu que ninguém podia gostar dos ewoks. Fosse por causa da já mencionada natureza fofa, fosse porque seus olhos não piscavam ou fosse porque um certo ewok diz "Esse cara é um sábio" depois de ouvir o deus dourado C-3PO falando, os ewoks foram empurrados para o fundo da sala e colocados na seção chamada "Coisas Bobas de Star Wars". Não estávamos mais em 1977, e *Uma Nova Esperança* estava claramente inundada pelo realismo da era pós-Vietnã. Agora era 1983, e os ewoks não passavam dos Ursinhos Carinhosos do espaço, com filmes próprios na TV e um desenho animado aos sábados de manhã. É verdade que era difícil ignorar os comentários de Lucas sobre a Guerra do Vietnã, e aqueles ursos fofinhos estavam planejando preparar Han Solo para o jantar, mas, sim, os ewoks eram bobos.

Felizmente, com o passar dos anos, houve um renascimento dos ewoks, e não apenas na nova geração de fãs jovens. Uma grande parte desse "ewokmento" foi impulsionada por fãs que amavam os ewoks, mas sentiam que tinham que esconder esse amor nas sombras de uma árvore de Endor.

Não mais! E o modo *Ewok Hunt* do *Battlefront II*, originalmente lançado em abril de 2018 como um modo história temporário antes de se tornar permanente mais tarde, é o melhor momento do retorno dos ewoks.

Sério.

Ele também serve como um desvio de gênero para Star Wars. Os fãs muitas vezes se perguntam se um filme Star Wars pode ser classificado completamente em outro gênero. O salto mais fácil é o *western*, com *Solo: Uma História Star Wars* trazendo alguns elementos do gênero faroeste. Mas, realisticamente, faz sentido que Star Wars seja sempre... bem... uma guerra nas estrelas. Ainda assim, quando você se senta para jogar o *Ewok Hunt* pela primeira vez, você percebe muito claramente que os ewoks são monstros absolutos tirados direto de um filme de terror. Essa é uma história de terror em Star Wars.

Pode ser de dia, e você pode estar jogando com amigos, mas quando a luz da arma do seu stormtrooper se apaga, você fica subitamente perdido na floresta escura. Você ouve os passos e, como já mencionado, a trompa começa a soar. Você já ouviu esse som antes, é claro. Aqueles ewoks bonitinhos a sopraram momentos antes de atacar o Império e salvar os rebeldes em *O Retorno de Jedi*. Da-dada-daaaa! Oba! Os ewoks bobinhos chegaram!

Só que agora o som o envolve nas sombras. A sua lanterna não quer acender e você não consegue encontrar seus companheiros. A trompa toca outra vez. E, de repente, o "da-dada-daaaa" não é mais fofinho. Não é bobinho. É uma declaração — os ewoks estão zangados, empolgados e, pior, com fome, e vão encontrá-lo bem antes de você ver qualquer um deles. É assustador.

E isso tudo é antes de eles saltarem das árvores e começarem a espetar você com gravetos e a te matar — MATAR — com wisties.

Tão bobinhos, os ewoks.

E aí você morre, e a diversão começa. Você pode ser um ewok. É a sua vez de caçar. Toda a sua vida como fã de *O Retorno de Jedi* levou a esse momento. O jogo traz você de volta, e agora você é um poderoso guerreiro ewok no alto das passarelas da Vila da Árvore Brilhante, pronto para defender sua terra de intrusos. Você foi ignorado e subestimado por esses "ackie ata" por tempo demais. Você sente o cheiro deles. Você os escuta. Você os vê. Agora é sua vez de tocar a trompa de batalha ewok e sair à caça. Você é um ewok agora, feroz e orgulhoso, e não há nada de bobo nisso.

94

O CASTELO DE VADER

O COVIL DO SENHOR DAS TREVAS É REVELADO

Rogue One: Uma História Star Wars
Roteiristas: Chris Weitz e Tony Gilroy
Diretor: Gareth Edwards

Naqueles dias sombrios sem internet, quando não se tinha a alegria de comentários horríveis e debates agressivos, só se ouviam rumores. Boatos saborosos e tentadores. No playground e nos bairros, as histórias dos bastidores de Star Wars eram lendas urbanas. Mitos passados adiante como as histórias de antigamente. "Você sabia", um amigo se vangloriava, "que os ewoks deviam ter sido wookiees em *O Retorno de Jedi*? O meu tio conheceu um cara que conhecia o George Lucas, é verdade". Os murmúrios de dúvida e espanto inundavam você e os seus amigos.

No dia seguinte, outra pessoa sussurrava: "Eu li em uma revista que o George Lucas tem mais seis filmes de Star Wars prontos para serem feitos." Isso parecia insanamente improvável na época, mas pensar nas possibilidades era fácil. Você ia para casa e ficava sentado, fingindo que fazia o dever de casa enquanto criava sua versão do *Episódio VII* (entenda, esse é o tipo de pressão que o J. J. Abrams sofreu. Todos nós começamos a planejar o filme dele em 1983).

De acordo com meus arquivos pessoais, uma vez eu tentei convencer alguns amigos de que Lando Calrissian era primo de Luke e, portanto, tinha alguns poderes da Força e podia chamar sabres de luz e coisas assim. Funcionou por exatamente um recreio. Mas a questão permanece. Esses boatos, fatos sem embasamento e, sabe, mentiras cabeludas eram as salas de bate-papo online daquela época.

Um dos maiores mitos por aí era o do castelo de Darth Vader. Isso mesmo, Darth Vader tinha seu cantinho, onde podia esticar as pernas robóticas, descansar e sonhar com novas formas de governar a galáxia. Era estranho e intrigante. O Império era frio e estéril. Vader com um castelo ou covil parecia ser coisa de supervilões. Era como pensar que o Superman iria até o castelo de Vader para o confronto final. Não podia ser verdade.

No entanto, mais tarde, a arte conceitual se tornou um grande interesse dos fãs, e a obsessão em analisar e pensar o que poderia ter acontecido se tornou uma parte tão grande do *fandom* de Star Wars quanto os próprios filmes. Vader "deveria" ter um castelo em *O Império Contra-Ataca*. Ele foi desenhado. Velhos rascunhos de roteiros apareceram. Vader, a face ameaçadora do mal na galáxia, tinha mesmo um lar. Só foi em *Rogue One*, em 2016, que finalmente conseguimos ver o covil do Senhor das Trevas preferido de todos.

Superficialmente e à medida que a história do filme se desenrola, a revelação do castelo de Vader carrega seu próprio peso e tem relevância para as novas histórias de Star Wars. Descobrimos cada vez mais por que Darth Vader fincou os pés no local de sua derrota nas mãos de Obi-Wan Kenobi em *A Vingança dos Sith*. A série de Charles Soule para a Marvel Comics, *Darth Vader*, que começou em 2017, deu um mergulho sombrio e perturbador nos comos e porquês, e tudo fez muito sentido. Vader quer ser lembrado de sua derrota e renascimento. Ele quer se submergir na raiva e na perda que sentiu durante seus momentos finais como Anakin Skywalker, alguém a quem ele só se refere como "o jedi". É o aprofundamento sublime de um personagem que já é lendário.

Ainda assim, há uma outra dobra no tempo em *Rogue One*. Quando a nave do diretor Orson Krennic chega à superfície de Mustafar, você sabe imediatamente o que está acontecendo. Sim, Krennic está prestes a ter uma reunião de negócios com um de seus muitos chefes, como se fosse uma cena intergaláctica de *Como enlouquecer seu chefe*. Mas você está prestes a ver o que nunca pensou que veria. O momento em que vemos o castelo pela primeira vez na tela, num filme real de Star Wars, tem um impacto adicional para aqueles de nós que passaram muitos anos com aqueles velhos mitos de recreio em nossas mentes apaixonadas por Star Wars. Quer dizer que era verdade. Darth Vader tem um castelo.

E ele é tudo o que você sonhou que poderia ser. É tudo o que a promessa da arte conceitual de Ralph McQuarrie continha. O castelo de Darth Vader é ameaçador e medieval; um covil de supervilão páreo para qualquer coisa que você pode encontrar em Metrópolis ou Mordor. É tão frio e estéril como as garras geladas do Império sobre a galáxia. Tem segredos e um propósito sombrio. Nesse castelo, Vader está sozinho, exceto por seu assistente Vaneé e dois guardas imperiais de vermelho. E ele está com raiva. É verdadeiramente um covil para um Senhor das Trevas.

93

A INDIFERENÇA DE UM CANALHA

HAN SOLO CASUALMENTE ESTRAGA OS PLANOS DO IMPÉRIO

Star Wars: Episódio VI — O Retorno de Jedi
Roteiristas: Lawrence Kasdan e George Lucas
Diretor: Richard Marquand

Há uma profundidade incrível em Han Solo, e muitos dos motivos por que amamos Star Wars estão centrados nos momentos que compõem sua jornada pessoal pela saga. É possível beber a melhor cerveja corelliana, puxar uma cadeira em Fort Ypso e tecer poemas sobre as lições a serem aprendidas com as provações e a miríade de tribulações de Han.

E, às vezes, ele também é muito engraçado.

Você pode curtir os dois aspectos desse personagem lendário.

Han sempre tem ideias, e elas são com frequência um improviso. É um milagre que funcionem. A história de Star Wars nos ensinou que Han atira primeiro, cria a própria sorte e vive para contar a história. É essa característica do personagem que diz "Nunca me informe a probabilidade de alguma coisa". Podemos dizer que a sorte dele só falhou uma vez, naquela passarela da base Starkiller, diante de seu filho (Ok, tudo bem... Não precisamos reviver esse momento). Han é engraçado!

A Batalha de Endor estava na pior para os rebeldes quando Han teve a ideia maluca de subir em um AT-ST capturado, fingir ser um imperial (ele tinha experiência) e "esperar" que os imperiais dentro do bunker fossem sair. A frota rebelde acima deles estava sendo destroçada entre uma Estrela da Morte *armada* e *operacional* e a armada adorada do imperador. As forças rebeldes no chão estavam espalhadas pela floresta, e apenas a força e a determinação surpreendentes dos ewoks mantinham as fações do bem no jogo. Han precisava que aquilo funcionasse.

Mas não devia ter funcionado. Era simples demais. Han simplesmente vestiu o capacete de um piloto de AT-ST, cobriu o rosto com um transmissor e disse que a batalha tinha terminado, que os rebeldes estavam fugindo. Em um dos maiores deslizes do Império, o comandante enviou com entusiasmo três esquadrões para ajudar e pediu que a porta dos fundos do bunker fosse aberta. A mesma porta que estava impedindo que os rebeldes entrassem. Ele simplesmente caiu nessa.

Mas podemos falar das fraquezas do Império em uma outra hora.

Os imperiais saíram correndo do bunker para encontrar Han e Chewie dos dois lados, além de um bando (ou seria uma manada?) de ewoks prontos para agarrá-los. Em uma das melhores reações de Han, ele encolhe os ombros para os imperiais.

É um gesto que diz "Isso não devia ter dado certo". E ele tem razão. O poderoso Império não devia ter perdido naquele dia. Os rebeldes estavam encurralados. Eles estavam cercados. Os ewoks eram bons, mas teriam sido derrotados pelo poder da tecnologia. O Império deveria ter vencido, mas um oficial caiu em um plano besta. Não porque era incapaz. Não porque não tinha sido treinado. Não só porque alguém foi mais esperto. Não, ele caiu no truque porque, assim como o Império Galáctico que servia, ele estava cego pela confiança arrogante de que eram grandes demais para falhar. Nada poderia derrubá-los. No entanto, lá estavam eles, encurralados pelos nativos que subestimavam e pelos rebeldes que nunca tinham respeitado. O encolher de ombros de Han Solo diz tudo: "Isso não devia ter dado certo, mas nós vencemos".

Na verdade, podemos aprender muita coisa com esse gesto de Han Solo.

92

O BERRO DO PORG

TUDO VALE A PENA NA LUTA CONTRA O MAL

Star Wars: Episódio VIII — Os Últimos Jedi
Roteirista: Rian Johnson
Diretor: Rian Johnson

Algumas coisas podem ser fofas em Star Wars. A galáxia está cheia de monstros malvados, vilões de coração gelado e naves espaciais elegantes. Também está cheia de bebês ewok que se escondem nos braços das mães quando seu deus C-3PO fica furioso. As paisagens da galáxia estão cheias de eopies amigáveis e shaaks bulbosos. As cidades estão explodindo com gatos-loth e tookas perdidos. Até mesmo a Estrela da Morte, o centro do mal e da opressão na galáxia, está repleta de ratos robóticos que andam rangendo. Em uma galáxia tão grande assim, algumas coisas são fofas.

Então entram os porgs.

Os habitantes de Ahch-To já haviam deixado sua marca na saga Star Wars muito antes de *Os Últimos Jedi* chegar aos cinemas. Imagens rápidas dos bastidores conquistaram os fãs. A aparição em um trailer levou a empolgação a outro nível. Chewbacca estava pilotando a Millennium Falcon, e seu copiloto parecia ser uma dessas aves. Outra imagem dos bastidores mostrava Chewie com o que parecia ser uma pena de porg presa à boca, levando a uma série de piadas e memes sobre Chewie comendo uma dessas aves roliças. O YouTuber Jeremy Jahns usou a hashtag "PorgNation", e a personalidade online do Entertainment Tonight, Ash Crossan, se apaixonou pela hashtag. O movimento foi criado.

Pode ser fácil ignorá-los. Se você não gosta de coisas fofas no seu universo Star Wars, é completamente compreensível. Você não precisa entrar na #PorgNation para gostar de *Os Últimos Jedi*, nem mesmo de Star Wars no geral. No entanto, o berro na Millennium Falcon é muito, muito mais do que fofura. É uma declaração de guerra.

Se você quer derrotar o mal, vai precisar de uma mãozinha. E de penas, caudas e cascos. Todas as criaturas vivas estão envolvidas. Os porgs não são diferentes. A Resistência estava nas últimas quando Rey e o poderoso Chewbacca chegaram com a Millennium Falcon durante a Batalha de Crait. Com um rugido, o guerreiro wookiee anunciou sua chegada e suas intenções de derrubar a Primeira Ordem. Ele não estava sozinho. O porg clandestino — às vezes chamado de Terbus, nome criado pela equipe de pai e filhos, do podcast Tatooine Sons, e aprovado por um Rian Johnson piadista como canônico em um evento — também anunciou sua chegada com um berro das profundezas de sua alma. A batalha contra a Primeira Ordem não se trata apenas de um lado contra o outro: é o bem contra o mal. Todos os seres vivos apoiam essa causa. O berro do porg foi a chamada à ação.

Pense bem. Certa vez, o velho Ben Kenobi disse a um jovem fazendeiro que a Força é um campo de energia que envolve todos os seres vivos. Além disso, ela "conecta toda a galáxia". Enquanto treinava esse mesmo rapaz, Yoda afirmou que a vida cria a Força e a faz crescer. Sim, a natureza cósmica e viva da Força tem muitos detalhes, mas, concentrando-se nessas duas descrições, fica claro que a Força não existe apenas para espécies que falam e usam roupas legais (embora eu tope ver um porg jedi com uma capa bem bacana). A Força está em TODOS os seres vivos.

Em *Os Últimos Jedi*, os astutos vulptices de cristal ajudam a Resistência a escapar da caverna sem saída em Crait, e os fathiers, poderosos animais de carga escravizados em Canto Bight, ficam mais do que felizes em destruir a cidade miserável em que eram usados como entretenimento. O porg clandestino, orgulhosamente montado ao lado de Chewbacca, até ajuda a avistar os vulptices enquanto eles correm para o fundo da caverna. Esse porg sabe o que está acontecendo. Ele sente o que está em jogo. Ah, ele não sabe quem são Kylo Ren e general Hux, mas sabe muito bem que seu novo companheiro de ninho, Chewie, está rugindo em uma luta contra alguma coisa que ameaça toda a existência. Seu berro — maravilhosamente longo no filme, ao contrário do cortado no trailer — é um grito de solidariedade.

As coisas fofas têm um lugar em Star Wars... e, muitas vezes, esse lugar é no campo de batalha.

91

SABINE E O SABRE NEGRO

COMO O PROPÓSITO E A HISTÓRIA ENCONTRARAM UMA JOVEM REBELDE

Star Wars Rebels: "Trials of the Darksaber"
(Temporada 3 episódio 15)
Roteirista: Dave Filoni
Diretor: Steward Lee

A série de sucesso *Star Wars Rebels* cresceu junto com seu principal público-alvo. Exibida no Disney XD de 2014 a 2018, ela foi claramente feita para os filhos das gerações mais velhas de fãs, e seu foco inicial no jovem Ezra Bridger era uma prova disso. Com base nos primeiros momentos da série, fica difícil acreditar que ganharíamos não só alguns dos *melhores* momentos de Star Wars, mas também alguns dos mais profundos. O criador Dave Filoni, essa lenda de chapéu de caubói do *fandom*, claramente tinha um plano com *Star Wars Rebels*. À medida que os personagens começaram a crescer, a criar laços com seus companheiros rebeldes e a se aproximar cada vez mais de uma guerra contra o Império, a série também foi amadurecendo. Tivemos grandes temas e lições, além de revelações ainda maiores. A cada novo pedacinho de história de Star Wars, veio uma rica camada de desenvolvimento de personagens e enredo.

E então o sabre negro apareceu.

O sabre negro, um sabre de luz lendário tão escuro que parece mais a ausência de cor do que qualquer coisa, tem um espaço importante na história de Star Wars... só que ainda não sabemos muita coisa sobre ele. O que só aumenta o mistério. Assim, quando ele voltou em *Star Wars Rebels*, todo o foco, prestígio e importância foram voltados para ele. Era o sonho dos viciados no cânone de Star Wars. A grande espada de Mandalore, que também apareceu na adorada série *Guerras Clônicas*, estava de volta. Mas quem poderia saber que por trás disso estava uma das melhores lições sobre poder e responsabilidade da franquia Star Wars? Sabine Wren, a filha perdida de Mandalore, estava prestes a receber uma lição poderosa sobre legado e objetivo. A personagem, que ainda não tinha sido completamente explorada, estava prestes a passar do posto de irmãzinha corajosa preferida da galáxia ao de uma líder multifacetada, dividida e poderosa. Sabine Wren brandia o sabre negro.

O momento específico que marcou a todos vem no fim do episódio "Trials of the Darksaber", na terceira temporada da série, mas há certamente um caminho construído até ele. De relance, o sabre sombrio é um brinquedo "legal" de Star Wars. Um sabre de luz único, para ser exato. Mas logo aprendemos com Kanan Jarrus e Fenn Rau que essa arma vem com o legado da liderança. Como uma versão da Excalibur em Star Wars, a pessoa que usar o sabre negro reunirá poderosos clãs mandalorianos e criará um exército que poderá mudar a maré da Rebelião em ascensão. E Sabine é essa pessoa. Os riscos são altos. Só que há um problema: Sabine Wren não quer o sabre negro.

Essa é a primeira das várias incríveis lições da história. Sabine Wren ouve o chamado, mas parece preparada para fugir dele. Depois de duas temporadas e meia a acompanhando, temos a sensação de que ela já fez isso antes. Além de desertora da Academia Imperial, ela também está afastada da família, o clã Wren da casa Vizsla — lar do criador do sabre negro, Tarre Vizsla. Ela fez algo de errado. Era tudo o que sabíamos a essa altura. Então, parece que temos a história atemporal de uma pessoa que não está pronta para aceitar seu propósito e precisa aprender a não fugir mais dele. Profundo o suficiente, mas há muito mais enterrado aqui.

Kanan Jarrus, o ex-padawan cego que está treinando Ezra, assume a responsabilidade de treinar uma Sabine sem sensibilidade para a Força nos caminhos do sabre negro (essa sequência também esclarece detalhes sobre a natureza da Força e sua conexão com o próprio sabre de luz e seu dono. É realmente incrível demais!). Ela já é uma lutadora habilidosa, mas não é o suficiente. O treinamento é um desafio para Kanan, mas o foco é Sabine Wren — como deveria ser. Ela viveu uma vida sem que ninguém da própria família estivesse ao seu lado após os acontecimentos de seu passado. Sua natureza independente, sempre valiosa para a Rebelião, é também um escudo para sua dor mais profunda — uma dor que Hera Syndulla vê e com que se identifica. Sabine está cheia de culpa, vergonha e medo, mas, acima de tudo, ninguém da sua família acredita nela nem a apoiou. Ela está sozinha... há algum tempo.

Tudo isto leva ao momento chave da história. Depois de se afastar (mais uma vez) do desafio, Sabine volta pronta para enfrentar tudo. Kanan, esperando com paciência, lhe entrega o sabre negro e, pela primeira vez, Sabine o aceita. Não apenas a arma, mas tudo o que representa — o legado e o propósito — e tudo o que representa para a própria Sabine: enfrentar a família e o passado.

E assim começa uma intensa sessão de treinamento em que o professor, aprendendo a instruir como nunca pensou que poderia, confronta uma aluna que luta contra si mesma. A cada golpe, Kanan se aprofunda cada vez mais na alma de Sabine. Ela está na luta, mas na defensiva, contida. Seus muros estão erguidos. Kanan avança com cada vez mais força até eles quebrarem. Pela primeira vez, Sabine é honesta, e o colapso emocional lança a série para muito além do reino do "infantil". É cru e real.

Sabine Wren cometeu um erro colossal e criou acidentalmente armas de destruição em massa para o Império, levando à derrota e à escravização do seu povo mandaloriano. Foi por isso que ela partiu. Para protegê-los. O custo foi sua própria família, já que seu pai, sua mãe, seu irmão e todo o clã não ficaram ao lado dela. De certa forma, ela fugiu, mas a verdade é que foi abandonada e não quer enfrentá-los novamente. É por isso que Sabine não conseguia nem compreender a ideia de possuir o sabre negro e liderar o seu povo. Não se tratava apenas de responsabilidade. E, na verdade, ela nem sabe se quer liderá-los. Kanan assegura que sua família — a família rebelde — estará ao lado dela independentemente da escolha que fizer (e isso é importante mais tarde, quando Sabine passa o sabre negro para Bo-Katan Kryze).

Por meio da história de um tesouro de Star Wars, temos um dos olhares mais profundos sobre o funcionamento interno de uma família, confrontando seus maiores erros e enfrentando o âmago dos seus medos, levando à verdadeira superação. *Star Wars Rebels* pode ter começado como uma história boba dos primeiros dias da Rebelião através dos olhos de um órfão corajoso e seus novos amigos, mas amadureceu e se tornou muito mais. Ela se direcionou para esse caminho quando Sabine Wren passou pelas provações do sabre negro.

90

CASSIAN ANDOR: SANGUE SEPARATISTA

É PRECISO TODOS OS TIPOS DE ESPÉCIES PARA SE REBELAR

Livro de Rogue One: Uma História Star Wars
Autor: Alexander Freed

A maior parte do *fandom* de Star Wars perambula por aí pensando que os rebeldes são todos bonzinhos. E, bom, eles são mesmo. É uma guerra do bem contra o mal, afinal de contas. *Uma Nova Esperança* deixa isso bem claro. No entanto, à medida que os anos e a franquia foram avançando, surgiu uma versão nova e mais realista das pessoas por trás da Rebelião contra o Império. E as coisas não são tão simples assim, felizmente.

Quando conhecemos o espião rebelde Cassian Andor, ele está se esgueirando por uma cidade ocupada por imperiais nos anéis de Kafrene. Legal. Sim. É o que se espera de um espião rebelde chamado Cassian Andor. E aí. Bum (ou melhor, *pew pew pew*). Ele faz uma coisa que você nunca esperaria: dá um tiro laser nas costas do informante Tivik e o mata. Um rebelde atirou em alguém pelas costas! Esse não é o tipo de coisa que você teria visto em *Uma Nova Esperança*. Esse rebelde tem sangue nas mãos. A Rebelião contra o Império não era feita só de políticos entrando em acordo, contrabandistas de bom coração e fazendeiros sonhadores. Ela foi construída por espécies de todas as partes da galáxia, e elas trouxeram consigo diferentes crenças, estratégias e histórias. Essa é uma composição muito mais interessante e dinâmica da Rebelião, e por isso que foi muito legal e (definitivamente) surpreendente saber que Cassian Andor, espião rebelde, era de uma família de separatistas.

Em *Rogue One*, o Cassian Andor de Diego Luna está em conflito e assombrado pelo passado. Não há dúvidas de que ele acredita na causa. Andor é um rebelde até o fim. No entanto, suas ações pesaram muito sobre seus ombros, e ele se pergunta se valeram a pena. Além disso, ele tem certa desconfiança em seus novos aliados, Chirrut Imwe e Baze Malbus. As crenças e o histórico que eles têm com a Força, particularmente Chirrut, não passam uma boa impressão para o espião — o que é estranho, porque os rebeldes acreditam na Força, não é? O líder rebelde, general Jan Dodonna, foi o primeiro a dizer "Que a Força esteja com você" nas telas. Não foi Obi-Wan Kenobi. Nem Luke Skywalker. Foi um rebelde. Eles são os mocinhos. A Força gosta deles. Eles gostam da Força, certo? Ainda assim, temos Cassian Andor, se afastando da proteção da Força.

A resposta veio na adaptação de *Rogue One* para os livros, de Alexander Freed, quando nós, os leitores, tivemos a chance de entrar na mente de Cassian Andor. A história soletra com todas as letras na página 88: Cassian Andor foi criado por uma família leal aos separatistas. Elas foram as pessoas e os planetas que constituíram a Confederação de Sistemas Independentes e se posicionaram contra a República. Em outras palavras, os "malvados" das *prequels* de Star Wars. Cassian Andor cresceu lutando contra os jedi e seus exércitos de clones.

Essa foi uma revelação digna de fazer qualquer leitor abaixar o livro e ficar pensando. Ela adiciona camadas deliciosas aos rebeldes, fazendo com que você olhe ainda mais de perto para os eventos, os principais jogadores e os pontos de vista da era das Guerras Clônicas. A República se tornou o Império. Talvez Padmé tivesse razão quando perguntou a Anakin se ele já considerou que estivessem lutando do lado errado. Temos que pensar nas verdadeiras intenções do conde Dookan ao se separar da Ordem Jedi e liderar o movimento separatista. Seria só para se tornar um Lorde Sith? Perguntas profundas que aumentam a diversão ao voltar a ver e ler essas histórias.

A criação de Cassian Andor como separatista alimenta o fogo do que o torna um rebelde. Ele era uma criança quando se tornou parte de uma célula da insurreição da Orla Externa, um soldado aos seis anos de idade. O pai dele morreu resistindo. Ele viu a República reprimir os separatistas e aumentar seu domínio sobre a galáxia com um novo nome. Ele se juntou a uma nova causa e precisou aprender a lutar ao lado de pessoas que lutaram contra sua família. Da mesma forma que elas tiveram que aprender a lutar com ele. Todo mundo — de Saw Gerrera a Mon Mothma, do general Draven à princesa Leia — tem uma ideia diferente de como se rebelar contra o Império. Ainda assim, todos tiveram que aprender a trabalhar juntos em busca do mesmo objetivo. Cassian Andor é o rosto dessa nova Rebelião — diferentes caminhos que levam a um objetivo comum: a liberdade da galáxia.

Agora pode pegar o livro de volta e terminar de ler sobre aqueles rebeldes corajosos.

89

QUE SUA CARA FEIA DESCANSE EM PAZ

A MORTE DO CAPITÃO CANADY

Star Wars: Episódio VIII — Os Últimos Jedi
Roteirista: Rian Johnson
Diretor: Rian Johnson

Nos últimos dias do reinado do Império Galáctico, sobreviventes e líderes escolhidos a dedo pelo próprio Palpatine se encolheram nas sombras das Regiões Desconhecidas para reformar, reagrupar e repensar a melhor forma de governar a galáxia de novo. Como disse a grã-almirante Rae Sloane nos momentos finais do livro de Chuck Wendig, *Star Wars: fim do Império*, "Está na hora de começar novamente. Essa é a nossa primeira ordem. Começar de novo. E, dessa vez, fazer direito". O Império não existia mais, mas a Primeira Ordem nasceu naquele dia.

Muita coisa aconteceu entre esse momento e os eventos que levaram ao *O Despertar da Força*. A Primeira Ordem cresceu, com certeza. Ela se tornou uma ameaça iminente à Nova República e, em seguida, atacou com força total, marcando a galáxia para sempre. No entanto, a Primeira Ordem é uma mistura inflamável do antigo e do novo. Líderes como o fascista frenético general Armitage Hux e o desequilibrado Kylo Ren são novos nesse universo. Líderes como o capitão Moden Canady estão por aí desde os dias de glória.

Quando o couraçado da Primeira Ordem, o Fulminatrix, chega em todo seu esplendor para acabar com as forças miseráveis da Resistência nos primeiros minutos de *Os Últimos Jedi*, o capitão Canady está na ponte. Deixando claro que odeia trabalhar para um chefe mais jovem e menos experiente. Canady está cercado de novatos. Você tem a sensação de que ele passa noites olhando para uma garrafa de álcool espacial, pensando nos dias em que oprimir a galáxia era uma coisa feita direito por pessoas mais duronas. Ele não está errado. Bem, vamos deixar claro... a Primeira Ordem são os malvados, mas é interessante ver que suas fileiras são preenchidas em parte por um grupo mais velho em desacordo com os novatos inexperientes com quem têm que trabalhar.

Cada parte do ser do capitão Canady, excelentemente retratado por Mark Lewis Jones, é de um líder mais hábil resignado à sua posição e, com o tempo, ao seu destino. Sua expressão segundos antes de morrer é um dos melhores momentos de personagens em toda saga Star Wars. É um exemplo galáctico de eternas segundas-feiras.

No calor do momento, quase dá para se perdoar por torcer por um homem que passou toda a carreira no lado errado da batalha. Moden Canady foi um comandante orgulhoso e obediente de um Destróier Estelar durante a Guerra Civil Galáctica. Ele manteve sua lealdade aos princípios fundamentais do Império e a transferiu para a ascendente Primeira Ordem. Temos que pensar que ele entendeu de onde pessoas como Rae Sloane e o pai do general Hux, Brendol Hux, vinham e onde queriam chegar. Uma chance de reconstruir o Império e servir novamente? Claro, por que não? Infelizmente para Canady, não foi tão fácil assim.

Os últimos momentos de Canady foram um vislumbre pungente do estado da Primeira Ordem e um comentário mordaz sobre o mal dentro dela. Foi maluco, caótico e sem honra nenhuma (sim, mais uma vez, o Império era nefasto. Eram os malvados, com certeza, mas, para muitas pessoas da classe trabalhadora do sistema, era uma carreira digna). Canady não era apenas um velho rabugento cansado de trabalhar que sentia que estava cercado de idiotas. Ele realmente *estava* cercado de idiotas.

As fileiras mais jovens da Primeira Ordem eram arrogantes, ineficazes e convencidas de sua própria superioridade sem mérito nenhum. Eles eram maus sem motivo, e seus líderes eram movidos pelo medo. Em *O Despertar da Força*, o general Hux se enfurece e postula. Ele é tão exagerado que quase se transforma em uma paródia. Mas quando *Os Últimos Jedi* começa e o capitão Canady observa a excelente vantagem de um ataque surpresa desaparecer nas mãos de uma nave insignificante, aprendemos com ele que a Primeira Ordem tem raiva, mas não tem substância. O que a torna ainda mais perigosa: eles nem compreendem os limites de suas ações. Para alguém como Canady, remover a Resistência pode significar que a Primeira Ordem poderá se estabelecer em uma posição agradável e confortável de controle sobre a galáxia. Ele sente que faz parte de uma galáxia que não tem mais centro e precisa de estrutura. O general Hux não se contenta em acabar com a Resistência. O medo dele vai queimar o mundo todo.

Então o capitão Canady olha, resmunga e se manifesta para todos os lados. Superficialmente, é uma política de escritório divertida que se estende para além de uma galáxia muito, muito distante e aterrissa na sala de conferências do seu trabalho. Mas, em um nível mais profundo, é um olhar sobre um poder em ascensão que não tem controle nem equilíbrio. Enquanto o último bombardeiro da Resistência corre em direção ao alvo, Canady grita para que ele seja destruído, mas é menos um comando e mais uma esperança. Canady está condenado e sabe disso. Anos de serviço, experiência e conhecimento orgulhosos não significam nada. Enquanto o fogo corre em sua direção, o olhar em seu rosto exibe um conjunto de emoções, mas ele se fixa em um pensamento: "É claro que eu vou morrer. Eu trabalho para idiotas". Que sua cara feia descanse em paz, capitão Moden Canady. Você mereceu.

88

COMO FALAR COM ESTRANHOS

ROSE, FINN, E A REDEFINIÇÃO DO HERÓI

Star Wars: Episódio VIII — Os Últimos Jedi
Roteirista: Rian Johnson
Diretor: Rian Johnson

Um era um herói recém-formado da Resistência que nunca quis ter nada a ver com isso. A outra queria acreditar em heróis quando estava prestes a se tornar um. A jornada de Finn e Rose é sobre encontrar a si mesmo e se tornar maior do que você jamais pensou que poderia ser. Trata-se de se libertar das limitações autoimpostas e encontrar a força que você não acreditava ter. Ser forjado pelo fogo e emergir como algo novo. E essa grande jornada começa de uma forma maravilhosamente pequena. Finn e Rose se encontram como um herói em fuga e uma técnica de voo chorando sozinha. Daí em diante, eles se tornam o novo núcleo da rebelião moderna.

O stormtrooper FN-2187 não se tornou o Finn da Resistência porque queria salvar a galáxia. No começo, Finn queria salvar a si mesmo. Ele, que já foi um cadete premiado da Primeira Ordem, mostrou logo sinais de desconforto com a ideia de ser uma arma sem rosto da organização (talvez isso o tenha levado aos dias como zelador. Não quer atirar? Limpe a privada!). Sua primeira experiência em uma batalha o deixou despedaçado e incapaz de cumprir com as suas obrigações. O plano maluco para tirar Poe Dameron do Destróier Estelar Finalizer foi baseado no medo de ser descoberto, não em uma mudança avassaladora de moral. Ele estava fugindo.

Foi durante essa fuga que Finn conheceu Rey, sua segunda e mais poderosa motivação. Enquanto sua devoção por Rey era admirável e um passo fundamental para torná-lo uma pessoa melhor, os desejos de Finn permaneceram egoístas e imprudentes. O plano de voltar à base Starkiller e o conhecimento de como derrubá-la não era uma mentira. Na verdade, tudo funciona, mas as chances são tão absurdas que colocam todos os membros da Resistência e, como Han aponta, toda a galáxia, em risco. E Finn não tinha pensado nisso. Eles fariam um gesto com as mãos e usariam a Força... ou algo assim. Tudo o que importava para ele era salvar Rey. Quando conhece Rose, Finn pensava apenas nisso. "Cadê a Rey?", ele exige saber, e está preparado para deixar a Resistência... de novo.

Rose Tico sempre pensou nos outros. Ela e a irmã Paige se uniram para lutar contra a Primeira Ordem porque sabiam bem o que essas pessoas tinham feito ao seu planeta e ao seu povo. Embora muito inteligente e com conhecimento técnico, Rose era uma abelha operária. Ela aceitou um papel menor, servindo tranquilamente o bem maior em seu traje sem graça de engenheira enquanto se inspirava pelos outros. Deve-se dizer que não há nada de errado com isso, mas Rose foi feita para mais.

Sua irmã, trabalhando como uma simples atiradora, morreu servindo aos outros. Ambas se inspiravam em Finn. As conquistas dele, ainda que verdadeiras e importantes, tinham crescido para além da realidade do que ele era. Então, quando a pequena Rose Tico hesita em sua apresentação a Finn, proclamando que "conversar" é difícil para ela, nós somos apresentados a um novo tipo de herói em Star Wars: a "pessoa comum" capaz de mudar o curso da história.

O encontro de Rose e Finn é um momento cheio de detalhes incríveis. Finn é imediatamente confrontado pelas emoções cruas de uma pessoa que perdeu alguém: Rose perdeu a irmã. Só isso já assusta Finn quase tanto quanto a chegada da nave da Primeira Ordem de Snoke (a propósito, na pressa de resgatar Rey e ir embora, Finn não alerta a Resistência sobre o Supremacy e os outros brinquedos da Primeira Ordem. Esse é o seu nível de egoísmo). Finn sabe que é uma fraude e teme ser descoberto. Até o grande Han Solo disse que ele seria descoberto em Takodana. Rose é imediatamente confrontada pela imagem inspiradora de um verdadeiro herói. Em pouco tempo, as ações de Finn já haviam sido contadas como mitos nas fileiras da Resistência. Finn — ou "o grande Finn", como diz Rose — a ajuda a dar um sentido à morte de Paige. Pelo menos é o que ela pensa nos primeiros momentos. Mas nunca conheça seus heróis! Rose vê rapidamente a imagem verdadeira de um homem assustado.

Finn é descoberto, e Rose não hesita em fazer seu dever. Em um momento, a ideia de herói é redefinida para Rose Tico... e para nós, também. Finn felizmente também vai aprender em breve. Rose o impede de desertar, alterando ambas as vidas no processo. É um pequeno começo. Falar pode não ser a força de Rose, mas felizmente ela e Finn estão destinados a muito mais.

87

O VESTIDO DE LEIA

OS PEQUENOS DETALHES E AS GRANDES LIÇÕES DE FORÇAS DO DESTINO

Star Wars Forças do Destino: "A Fuga dos Ewoks"
(Temporada 1 episódio 3)
Roteirista: Jennifer Muro

Em *O Retorno de Jedi*, a princesa Leia é separada da equipe de ataque de Endor, encontra um novo amigo em Wicket e reaparece como convidada de honra dos ewoks na Vila da Árvore Brilhante, com um vestido novo. Os ewoks fizeram o vestido para ela? Eles tinham uma coleção de vestidos em uma das cabanas? Ela pediu por ele? Como a princesa Leia passou de poncho de combate a vestido? Essa era uma pergunta que muitos vinham fazendo desde 1983, e nós finalmente tivemos a resposta. Não foi na tela grande, em um livro ou em uma HQ. A resposta... assim como vários outros pequenos detalhes e pedacinhos divertidos do cânone... veio em 2017 na websérie animada *Forças do Destino* no YouTube.

Escrita inicialmente por Jennifer Muro e mais tarde por Nicole Dubuc, a série tem o dever assustador de ser diretamente voltada a uma geração mais jovem — e, em muitos casos, completamente nova — de fãs de Star Wars ao mesmo tempo que tenta também satisfazer a velha guarda nessa era atual de "mineração" de cada conteúdo de Star Wars em busca de implicações canônicas e momentos de expansão da saga. Isso tudo enquanto se concentra nas personagens femininas de Star Wars.

Eu não seria corajoso o suficiente para tentar fazer isso.

Ainda assim, Jennifer Muro chegou com tudo nos oito primeiros episódios. Funcionando sem problemas com histórias encantadoras e divertidas, com as grandes lições típicas de Star Wars, *Forças do Destino* é simplesmente incrível. Combine isso à linha de bonecos Hasbro, e você tem a receita perfeita para um Star Wars feito para crianças.

MAS E OS ADULTOS? OS ADULTOS PODEM ASSISTIR?

Calma.

Sim. Sim, eles podem.

Até o momento, a série apresentou aos fãs momentos intrigantes construídos em torno de personagens populares em combinações nunca antes vistas — ou mesmo pensadas — com outros personagens populares. Isso também levou a um reencontro de fãs dos personagens e vozes de *A Guerra dos Clones*, que pensavam que nunca mais os veriam (isso foi antes da volta celebrada da série *A Guerra dos Clones*). E ela até nos deu Mark Hamill como a voz de Luke Skywalker em uma história ambientada na época da trilogia original! São pontos impressionantes no currículo dessa microssérie, mas você pode muito bem ter perdido tudo isso. Ter ignorado a série por ser "coisa de criança". Mas o DNA de Star Wars pode ser encontrado em cada um dos momentos dela. Os episódios de *Forças do Destino* não são cartas de amor para Star Wars — são pequenos cartões-postais.

As melhores partes da série acontecem quando ela se diverte nos cantos que a saga não tem tempo de abordar e nos apresenta os detalhes que tanto queremos. O melhor exemplo disso é o vestido de Leia. Ele era um assunto gigantesco e desconcertante para fãs de Star Wars? Não. De forma nenhuma. Mas era discutido. As pessoas se perguntavam. As pessoas brincavam sobre isso. As pessoas queriam respostas.

E elas as receberam! Leia e Wicket estavam saindo da sua interação com os batedores em *O Retorno de Jedi* quando se deparam com agentes malvados do Império, os temidos stormtroopers, atormentando dois outros ewoks. Sem hesitar, Wicket parte para salvar o dia. Enquanto o Império ignora completamente o poder e a ameaça dos ewoks, Leia imediatamente vê um aliado. Ela ajuda a salvar os ewoks e recebe um presente: o vestido que conhecemos, amamos e questionamos desde 1983. Ela aceita o presente, pede uma lança e cria uma parceria que viria a derrubar o Império.

É perfeito.

A série também explora temas maiores, com certeza. Ahsoka aprende o valor da individualidade com Yoda, algo que a levaria a deixar a Ordem Jedi. Padmé mostra sua perspicácia diplomática na resolução de problemas. Jyn Erso, uma criminosa em fuga, usa seu coração bondoso para ajudar um jovem desconhecido. Em várias ocasiões, *Forças do Destino* cria momentos maravilhosos a partir do DNA central da saga e lembra os fãs da importância de passar o amor por Star Wars para a próxima geração. Pequenas lições e grandes lembretes para todos com o dom de respostas para uma geração em construção.

86

JAR JAR, O PALHAÇO

O EPÍLOGO DE JAR JAR BINKS

Star Wars: Fim do Império
Autor: Chuck Wendig

Jar Jar Binks merece um momento neste livro.

De verdade.

Sim, não podemos negar a verdade da situação. Todos conhecemos bem a história desse personagem, das reações contra ele e do peso emocional e psicológico que isso teve sobre Ahmed Best, o carismático artista e intérprete que o encarnou nas telas. Jar Jar Binks gera opiniões. Eu entendo. No entanto, o personagem existe. Ele faz parte da história de Star Wars. E ele tem fãs.

Muitos que assistiram a *A Ameaça Fantasma* em 1999 não se conectaram com Jar Jar Binks e nunca se conectarão. Os fãs estão com os braços figurativa e literalmente cruzados. A linha está traçada. Ainda assim, George Lucas dirá — até ficar com o rosto tão azul quanto o de seu personagem em *A Vingança dos Sith*, barão Papanoida — que criou Jar Jar Binks especificamente com as crianças em mente, e são esses jovens fãs, que agora se estendem por diferentes gerações de Star Wars, que se sentem conectados a Jar Jar. O personagem continua a alcançar esses fãs e os que cresceram com ele a partir de 1999 ainda têm um certo carinho pelo gungan. Sim, eles crescem e começam a se conectar com outros personagens e filmes, mas, de uma forma muito parecida com os ewoks de *O Retorno de Jedi*, Jar Jar fez parte da sua entrada na saga.

Então, sim, Jar Jar Binks é um motivo para amar Star Wars.

O autor Chuck Wendig tomou muitas escolhas fortes e ousadas na trilogia de livros *Aftermath*, ambientada nos dias e meses seguintes à vitória dos rebeldes em Endor. Ele pintou um quadro realista da galáxia após uma guerra horrível que derrubou um governo. A guerra não terminou quando os ewoks dançaram e cantaram com nossos heróis. Ele assegurou a diversidade da galáxia e, portanto, essa franquia do mundo real se tornou mais ampla do que era antes de ele colocar a caneta no papel. Ele lidou com questões difíceis e cheias de nuances. Ele transformou um droide de batalha em um personagem adorável (veremos mais sobre isso depois). Mas, além de tudo isso, a coisa mais corajosa que Chuck Wendig fez foi trazer Jar Jar Binks para a era moderna de Star Wars no livro final da trilogia, *Star Wars: Fim do Império*.

O epílogo de Jar Jar Binks, encontrado em um dos interlúdios marcantes da trilogia, é sem dúvida um dos momentos mais emocionantes e comoventes de Star Wars. Vamos a Theed, capital de Naboo, o planeta em que todos conhecemos Jar Jar e Mapo, um refugiado de dez anos da Guerra Civil Galáctica. Os pais do menino morreram por causa do Império, mas o assunto é claro: a vitória dos rebeldes teve muitos custos. Mapo agora é um órfão mutilado e, aos dez anos, um dos refugiados "mais velhos" que se reúnem na cidade, com poucas probabilidades de ser adotado como os outros.

Mapo conhece um gungan engraçado, e ele se identifica como Jar Jar, os dois se conectam rapidamente pelo sentimento compartilhado de abandono e negligência de todos e de tudo. Ninguém fala com Mapo e ninguém fala com Jar Jar. Ambos sentem que não pertencem a lugar nenhum.

Jar Jar Binks foi um herói admirado pelo seu povo por acabar com a divisão em Naboo, ajudar a vencer uma guerra e, mais tarde, servir seu planeta orgulhosamente ao lado de Padmé Amidala no planeta capital de Coruscant. Mas ele foi vítima das maquinações de um Lorde Sith e propôs a moção para dar ao chanceler Palpatine poderes emergenciais, abrindo, sem querer, o caminho para a Guerra dos Clones e a ascensão do próprio imperador (quase como se George dissesse, "Vocês odeiam ele? Então agora podem culpá-lo por tudo.") Após o fim dessa guerra e a ascensão do Império de Palpatine, Jar Jar Binks foi banido pelo próprio povo e esquecido por qualquer amigo que pudesse ter restado. Ele não tinha mais um lugar na galáxia. Ele também foi uma baixa, então Jar Jar voltou sua atenção para as únicas pessoas que conversavam com ele e passou seus dias entretendo jovens refugiados, trazendo alegria para as crianças ao seu redor.

Pense bem: Jar Jar Binks foi evitado pelas pessoas que pensou que o amariam para sempre e agora encontra seu propósito entretendo as únicas que valorizam sua presença: as crianças. Não é só um metacomentário manhoso sobre o personagem e a história. É um espelho colocado em frente ao próprio *fandom*.

É de tirar o fôlego.

O tempo muda as perspectivas e acalma as paixões inflamadas da (maioria) dos fãs. O epílogo de Jar Jar Binks é um ponto final adequado na jornada desse personagem (presumindo que não saibamos mais sobre ele no futuro) e acrescenta uma profundidade inesperada, felizmente. Ahmed Best merece esse olhar maduro e multifacetado sobre o personagem a quem ele trouxe uma vida inovadora. Assim como o personagem, Best, um dos pioneiros na captura de movimentos de Jar Jar, foi alvo do desprezo do *fandom*. Em 2018, ele falou abertamente da depressão e da luta contra pensamentos suicidas que isso trouxe para sua vida. Esse momento não é uma cura, mas nos lembra de uma forma bonita e atenciosa de olhar novamente para Jar Jar Binks e seu verdadeiro valor em Star Wars.

E esse é um dia muito *okie*.

85

A CHEGADA DE APHRA

A DRA. APHRA E UM MUNDO DE POSSIBILIDADES

Star Wars: Darth Vader
(Série Marvel, Livro I edição III)
Autor: Kieron Gillen
Artista: Salvador Larroca

Em maio de 2015, a série de Kieron Gillen para a Marvel Comics, *Star Wars: Darth Vader*, já havia começado a levar o Senhor das Trevas dos sith em sua jornada pessoal para descobrir a verdade sobre o jovem rebelde sensível à Força que explodiu a Estrela da Morte. Ele fazia isso sozinho, escondido do olhar atento do seu mestre, o imperador Palpatine, então formou alianças imediatas com certos personagens suspeitos, velhos e novos. Boba Fett estava a bordo, assim como o desonrado caçador de recompensas wookiee, Krrsantan. No entanto, na terceira edição, um encontro aparentemente inofensivo com uma arqueóloga moralmente ambígua lançou a jornada de uma nova queridinha dos fãs. A dra. Aphra tinha chegado.

A dra. Chelli Lona Aphra pode ter sido apresentada como uma coadjuvante, mas sua chegada foi impactante. Ela era inegavelmente esperta e cheia de energia e rebeldia juvenil. Vader tinha chegado para salvá-la de alguns problemas, mas Aphra estava fazendo piadas com o Senhor das Trevas. Levando-o por uma linha nova e inédita de conversa. Era como se Vader tivesse encontrado Ahsoka de novo, mas os limites dessa parceria seriam mais sombrios. Ela tinha um respeito nervoso por Vader, era até uma fã confessa, mas não tinha medo de deixar sua personalidade brilhar. Havia algo mais no que o criador Kieron Gillen imaginou originalmente como uma anti-Indiana Jones de Star Wars. Seu apelo era inicialmente inexplicável. Aphra simplesmente tinha "o que era preciso".

Suas aventuras continuaram nas páginas da série, mas seus fãs aumentaram (assim como os fãs de seus companheiros droides assassinos, 0-0-0 e BT-1). A história de outra pessoa não podia mais contê-la e, em dezembro de

2016, a Marvel lançou uma série focada na dra. Aphra. Não foi uma surpresa. À medida que aprendíamos mais sobre Aphra, aprendíamos mais sobre sua importância para esse novo cenário de Star Wars e os fãs que gostavam dele.

Apesar de ter nascido 24 anos antes da Batalha de Yavin em um planeta pacífico fora do conflito da Guerra dos Clones, sua aparência era o que nós, terráqueos, chamamos de asiática e, com uma relação passada com a igualmente única Sana Starros e um caso com a oficial imperial Magna Tolvan no currículo, Aphra também foi uma das primeiras personagens LGBT+ proeminentes em Star Wars. A representatividade em Star Wars tinha crescido e ocupado um lugar de destaque durante a preparação para *O Despertar da Força*, e a dra. Aphra tinha brigado para ganhar um lugar à mesa. Ninguém podia obrigá-la a sair.

Sua série em quadrinhos provou ser um tipo de história selvagem, meio maluca e completamente diferente do usual em Star Wars. Graças às suas habilidades arqueológicas, mergulhamos em histórias e mistérios antigos. Graças ao seu compasso moral conflituoso (ela não tem amor pelo Império, mas também não tem amor nenhum pelos rebeldes), conseguimos passear por submundos mais sombrios de Star Wars e ocasionalmente ver um ou dois gatos tooka fofos usados como bomba. Graças à sua teimosia vibrante e independente, pudemos explorar diferentes tipos de histórias familiares e relacionamentos românticos. Os romances de Star Wars são sempre arrebatadores e épicos, enquanto os de Aphra ocorrem em fluxos e são intrigantemente mais inflamáveis. Tudo isso significa que as aventuras da dra. Aphra muitas vezes seguem as próprias regras. Há uma estranha vibe de ficção científica dos anos 1970 no pano de fundo das histórias mais tradicionais de Star Wars.

E é difícil desviar o olhar.

A dra. Aphra chegou em Star Wars correndo perigo e cheia de piadinhas. Ela ainda não parou de correr. O fervor dos fãs levou à criação de *action figures*, e ela é frequentemente a personagem número um que as pessoas querem ver saltar das páginas para a tela. Suas histórias são únicas, novas e, sim, desafiadoras, mas, no centro de tudo isso, mais do que em qualquer momento específico, brilha essa personagem maravilhosa que representa tanto para tanta gente. Acima de tudo, a dra. Aphra representa possibilidades.

84

BODHI ROOK ACERTA

O PROPÓSITO E A MORTE DE UM TRABALHADOR

Rogue One: Uma História Star Wars
Roteiristas: Chris Weitz e Tony Gilroy
Diretor: Gareth Edwards

Há um momento chave de *Rogue One* em que Bodhi Rook, um piloto imperial que se tornou rebelde, fala com Jyn Erso sobre o pai dela, Galen. Bodhi havia recebido dele a importante mensagem de como destruir a Estrela da Morte, que ainda estava em construção. Esse é literalmente o peso da galáxia sobre os ombros de um "simples" piloto de carga do Império Galáctico. Mas Bodhi Rook não é um agente maligno. Ele é um trabalhador, um membro do proletariado da galáxia, que se uniu ao Império porque era uma forma de ir além do seu planeta natal, Jedha, ajudar a família e encontrar seu lugar na galáxia.

Embora quisesse ser um piloto de caça (a versão de Star Wars para "Eu quero ser o capitão do time"), Bodhi pegou o trabalho de piloto de carga, aparentemente sem saber das abomináveis intenções do Império, o que não é difícil de acreditar. O Império é "galáctico", mesmo, e se você o imagina dentro de um campo macro, pode ainda não ter a oportunidade de ver todo o dano causado. Alguns imperiais dentro da Estrela da Morte nem sabiam o que tinha acontecido quando Alderaan foi destruído pela estação espacial em que estavam trabalhando. Bodhi Rook estava mesmo só fazendo seu trabalho, por bem ou... como ele começou a perceber... por mal. A alma de Bodhi começa a vacilar, e é aí que Galen o encontra. Ele foi comprometido da melhor maneira possível.

Então, Bodhi, ainda abalado pelos efeitos do interrogatório pesado feito pela criatura Bor Gullet de Saw Guerra, murmura para Jyn que seu pai lhe confiou aquela importante mensagem junto com as palavras "Isso acertaria tudo". Bodhi não tinha trazido o mal à galáxia com as próprias mãos, mas ele era uma pequena engrenagem na roda imperial. O olhar dele é de um homem que encara seu propósito sabendo que é um caminho difícil. Um caminho que ele precisa seguir. A essa altura, ele já tinha levado a mensagem e desertado para o lado bom. Ele queria mesmo acertar as coisas, e sentiu que estava fazendo sua parte para trazer paz e justiça à galáxia. O custo disso foi a sua vida.

Bodhi escolheu esse caminho por si mesmo, por sua família e, sim, pela galáxia, mas temos que presumir que, por todo o tempo, Bodhi se sentiu bem sobre o que tinha feito. Ah, ele provavelmente não estava preocupado com a glória, mas devia estar ansioso pela adulação que receberia depois e sabendo que, quando visse sua família de novo, seria um *herói*. Como não era parte do combate que o rodeava em Scarif, Bodhi foi subitamente encarregado de ligar manualmente a tripulação de terra aos salvadores rebeldes lá em cima.

Bodhi sai da zona de conforto, entra no fogo cruzado e consegue fazê-lo comunicando-se diretamente com o grande almirante Raddus e a frota rebelde. O humilde piloto de carga salvou o dia. Ele acertou tudo, e não só para ele. Ele sussurra: "Isso é por você, Galen". Ele compartilha a justiça com outro personagem que morreu tentando acertar as coisas.

Em uma fração de segundo, uma batida, uma granada é atirada para a nave imperial roubada, caindo em frente a Bodhi Rook. É um olhar, uma leitura, mas é um dos melhores momentos de atuação em Star Wars. Riz Ahmed captura o pânico, a dor, a confusão, a perda, a resignação e a resolução que Bodhi Rook sente naquele momento. Ele está prestes a morrer. Ele se arriscou. Ele apostou tudo por um bem maior, e não haverá desfiles, nem medalhas, nem adulação. A única coisa que Bodhi Rook, um simples piloto de carga, recebeu foi saber que conseguiu o que queria: acertar tudo.

83

"DESCULPAS ACEITAS, CAPITÃO NEEDA"

A SITUAÇÃO SOLIDÁRIA DOS OFICIAIS IMPERIAIS

Star Wars: Episódio V — O Império Contra-Ataca
Roteiristas: Lawrence Kasdan e Leigh Brackett
Diretor: Irvin Kershner

Eles são frios, calculistas, ardilosos, habilidosos e afiados. Eles também são cegos pelo ego, alimentados pelo medo, muitas vezes ineficazes e propensos a brigas e discussões. Esses são os oficiais do Império Galáctico, e quando o capitão Lourth Needa caiu no chão do Destróier Estelar de Darth Vader, morrendo aos poucos enquanto pedia desculpa por seus erros, ficou bastante claro que, para o Império, bons funcionários são difíceis de achar e de manter.

O imperador Sheev Palpatine tinha planos grandiosos e sonhos selvagens quando trocou a Grande República pelo Império Galáctico em um piscar de olhos. Da noite para o dia, quase tudo mudou. O equipamento, os uniformes, as naves. Foi um empreendimento e tanto, mas foi tudo necessário para que Sheev realizasse seus sonhos, e foi uma coisa pela qual batalhou pela maior parte de sua vida. Seria inspirador se não fosse pelo fato de ele ser um lorde sith. Enquanto brincava com os medos do povo e prometia uma sociedade "segura e protegida", Palpatine estava determinado a conquistar cada parte conhecida da galáxia, oprimindo os que estavam sob seu poder para ajudar a construir sua máquina de guerra e usar tudo isso para procurar muito além do reino — antigos mistérios, relíquias e armas do lado sombrio —, estendendo seu domínio de terror. Isso é muito para um vilão. Sheev Palpatine não se contenta com migalhas. Assim, os assuntos diários de gestão da galáxia tiveram que cair nas mãos inferiores dos oficiais do Império.

Sim, por muito tempo ainda houve um "governo trabalhista" na galáxia, mas, no início dos eventos da trilogia original, o controle militar está em pleno vigor e a Rebelião em ascensão não pode mais ser ignorada. A importância dos oficiais imperiais, incluindo o grão-moff Wilhuff Tarkin, era primordial para a sobrevivência do Império. Os percalços — e as carreiras malsucedidas — desses oficiais são subprodutos quase acidentais da trilogia original. Os oficiais do Império conseguem sobreviver por conta própria?

Em *Uma Nova Esperança*, somos apresentados a eles quase imediatamente: estão dando grudados à capa de Darth Vader nos corredores da recém-capturada Tantive IV. Eles são teimosos e desastrados, mas projetam um ar de confiança competente. Pouco depois, porém, encontraremos os superiores. O nível seguinte dos chefões imperiais. E aprendemos mais algumas coisas: eles adoram brigar entre si, ninguém concorda com ninguém e Darth Vader não tem problemas em asfixiá-los. Principalmente o almirante Conan Antonio Motti e sua boca grande. É uma cena interessante. Esse Império tão poderoso está nas mãos desse bando? Claro, todos podemos discordar durante uma reunião, mas quando o chefe começa a usar a Força para sufocar um funcionário — alguma coisa não está certa.

No entanto, de um jeito estranho, a gente fica com pena. Os oficiais do Império não conseguem vencer porque teimam em perder. Até a destruição da primeira Estrela da Morte foi uma lição. Durante o cerco rebelde, o general Moradmin Bast abordou o grão-moff Tarkin com más notícias. A análise imperial tinha exposto certo nível de perigo naquele ataque. O general fez seu trabalho e encontrou um problema. Ele o informou ao superior. Tarkin o ignorou com uma confiança despropositada em sua preciosa arma do tamanho de uma lua. Momentos depois, ambos estavam mortos.

O capitão Firmus Piett era um oficial muito competente preso ao tapado almirante Kendal Ozzel. Sua recompensa pela incompetência desajeitada de Ozzel foi uma promoção cheia do estresse, sabendo que seu chefe havia sido sufocado até a morte bem na sua frente. Ninguém pode cometer erros, e ninguém consegue fazer nada sob esse tipo de pressão. Até mesmo o frio general Maximilian Veers lidera com sucesso o ataque a Hoth, mas nunca mais é visto. O moff Tiaan Jerjerrod recebe o controle da segunda Estrela da Morte, mas não recebe recursos adequados para terminar o trabalho. Sua recompensa é afundar com a nave que não foi capaz de construir adequadamente. Até mesmo Rae Sloane, uma personagem fascinante apresentada nos livros e nas histórias em quadrinhos da trilogia original, carrega a chama do Império até o amargo fim, e sua recompensa é tentar construir a Primeira Ordem rodeada de mentes inferiores e homens loucos.

E então voltamos ao capitão Lourth Needa. Orgulhosamente no comando do Destróier Estelar Avenger, a nave de comando original de Vader, ele estava logo atrás da cobiçada Millennium Falcon quando ela desapareceu subitamente de seus radares e aparentemente sumiu. Isso não foi culpa do capitão Needa. Han Solo tinha seguido um dos seus típicos planos milagrosos. Isso não foi culpa do capitão Needa. A equipe dele não conseguiu localizar uma nave que simplesmente desligou os motores e se prendeu à nave imperial. Isso não foi culpa do capitão Needa. O famoso caçador de recompensas Boba Fett parecia saber o que estava acontecendo, mas ficou quieto para não perder o dinheiro. Nada disso foi culpa do capitão Lourth Needa, mas, como um bom líder, ele estava preparado para assumir a culpa, e foi direto a Lorde Vader na nave Executor para pedir desculpas.

Needa tinha servido à marinha durante a República, lutando na Batalha de Coruscant e transferindo sua lealdade para o Império Galáctico bem no começo. Trabalhou duro para subir de posição, conseguindo promoções seguidas. Depois de quase duas décadas de serviço distinto, ele se viu no comando de uma das naves estimadas do Esquadrão da Morte de Vader. Ele assumiu a responsabilidade por um erro. Só um. A recompensa do capitão Lourth Needa foi ser sufocado até a morte. Quando caiu morto, Darth Vader resmungou: “Desculpas aceitas, capitão Needa”. Qual é o incentivo para servir o Império? Qual é a recompensa por um trabalho bem-feito? Os rebeldes derrubaram os exércitos de Palpatine, mas, ao assistir à morte do capitão Needa, você percebe que sua estrutura foi construída sobre areia.

82

ADEUS, SENHOR OSSUDO

OU COMO APRENDI A AMAR UM DROIDE DE BATALHA

Star Wars: Fim do Império
Autor: Chuck Wendig

O pai de um adolescente é capturado pelo temido Império. Depois, a mãe se junta à Rebelião. Embora tenha fugido com a irmã e a esposa da mãe (um dos primeiros casais do mesmo sexo em Star Wars), esse adolescente se sente sozinho em um pequeno planeta de uma galáxia que agora explode em guerra. Como engenheiro e construtor hábil, ele reconstrói um velho droide de batalha B-1 da Guerra dos Clones, modifica-o com armas e uma pintura vermelha e o programa para ser seu único amigo... e um guarda-costas assassino. É uma história de crescimento adequada para um filme infantil, talvez até incluindo a tendência do droide de recorrer a uma violência alegre. Talvez. Anos depois, o droide reencontraria seu amigo e criador no meio da batalha final da Guerra Civil Galáctica, salvando a vida dele só para ser destruído na frente do menino que havia se tornado um guerreiro. O jovem segura o que resta de seu único amigo nos braços enquanto chora durante a queda do Império.

Que tal isso para uma história? É um momento lindo, digno de lágrimas, inclusive minhas, e é absolutamente um bom motivo para amar Star Wars. A viagem para chegar a esse ponto, no entanto, foi um desafio maravilhoso. O tipo de desafio que faz você crescer como fã.

Se você ama Star Wars por tempo suficiente, alguma hora vai encontrar um personagem, uma história ou um momento que, bem, simplesmente não gosta. E tudo bem. Não se sinta culpado por isso. É só tentar não deixar o ódio fluir dentro de você. A saga Star Wars é grande o suficiente para aguentar sua resistência a partes dela. Você pode ser um fã e não gostar do novo monstro sarlacc na edição especial de *O Retorno de Jedi*. Você não precisa amar os porgs. Não precisa torcer por um oficial sapo ou vaiar um vilão tubarão. Star Wars é um universo grande. Há coisas para todo mundo gostar e desgostar. E alguns fãs pensaram ter encontrado uma coisa assim quando a série *Marcas da guerra*, de Chuck Wendig, apresentou o melhor amigo de Temmin "Snap" Wexley, um droide de batalha reprogramado chamado Senhor Ossudo.

Sim.

Senhor Ossudo.

Permita-me começar um artigo editorial aqui. Eu odiava o Senhor Ossudo. Para muitos fãs, foi difícil de engolir. O nome era idiota, mesmo que fosse uma brincadeira com "B-1" (*B-One* — em inglês a grafia da sigla é próxima à da palavra "*bone*", osso). As modificações do próprio droide pareciam coisa de histórias em quadrinhos. E ele era uma relíquia das *prequels*. Nostalgia divertida para uns, tópico sensível para outros. Para ser claro, caso ainda não tenha reparado, eu gosto das *prequels*.

Mas o Senhor Ossudo...

Foi difícil para mim, e não estou falando só por mim. O Senhor Ossudo foi difícil para muitos. Mas uma coisa engraçada nessa história. O Senhor Ossudo, com sua devoção a Snap Wexley e sua violência, em uma ordem frequentemente nebulosa, começou a crescer dentro de mim. A cada fala em MAIÚSCULAS, cada história — incluindo a perseguição e o arrancar das asas de uma borboleta — e cada momento de raiva desmedida de um droide assassino, o Senhor Ossudo criou aos poucos um lugar no meu coração.

E então ele morreu.

Foi aí que eu soube. Eu adorava o Senhor Ossudo.

Como descrito acima, a morte do Senhor Ossudo é maravilhosamente dramática. Enquanto lê, você enxerga a natureza cinematográfica dela. Um dos nossos heróis, Snap, envia seu amado droide para ajudar a mãe, Norra, a perseguir a grã-almirante Rae Sloane e ajudar a assegurar o fim do Império. Depois, enquanto o adolescente voa em sua primeira grande batalha, ele quase derruba a própria mãe enquanto ela pilota um transportador imperial roubado. O Senhor Ossudo emerge da nave, e o jovem rapaz reencontra seu bichinho — digo, droide. É aí que o droide salva seu criador quando três sandtroopers e um AT-ST estão prestes a matá-lo. É... incrível. Durante a leitura, você é transportado para dentro da cena.

Depois disso, dois A-wings destroem o transportador, pegando o Senhor Ossudo em um incidente trágico.

Espera, o quê?!

Em retrospecto, todo mundo deveria ter esperado por esse soco no estômago. Não só naquele momento, mas desde o início. Como qualquer conto de fadas clássico sobre uma criança e seu único amigo, alguém tem que partir... e não vai ser a criança. O Senhor Ossudo *é* difícil de engolir no começo, e essa é a questão. Ele é diferentão ao mesmo tempo que vem de uma era de

Star Wars que muitos fãs têm dificuldade para amar. O Senhor Ossudo é um desafio. No entanto, parte a parte, momento a momento, Chuck Wendig faz você conhecer o Senhor Ossudo. Entendê-lo. Você começa a compreender a importância dele para Snap, que foi essencialmente transformado em órfão pela guerra. À medida que o Senhor Ossudo começa a crescer, mesmo aprendendo que abraços são como uma violência feita de amor, nós também aprendemos a baixar nossas próprias defesas. Nossas noções preconcebidas de quem e do que gostamos nessa franquia somem. Se podemos aprender a amar um droide de batalha assassino, que outros personagens podemos aprender a amar nessa grande galáxia? Com que histórias podemos nos conectar, apesar de qualquer desconfiança inicial?

Nós não sabíamos que precisávamos do Senhor Ossudo em Star Wars até o momento em que Snap Wexley não encontra mais nada do droide enquanto chora nas areias quentes de Jakku. No panteão das cenas de morte de Star Wars, essa merece uma posição de destaque. Ela pega você de jeito, talvez porque você nunca pensou que pegaria.

Adeus, Senhor Ossudo. Sua violência jamais será esquecida.

81

O ÚLTIMO SORRISO DE TALLIE LINTRA

OS CUSTOS DA LUTA CONTRA O MAL EM *OS ÚLTIMOS JEDI*

Star Wars: Episódio VIII — Os Últimos Jedi
Roteirista: Rian Johnson
Diretor: Rian Johnson

Sempre houve morte em Star Wars, e não só entre os malvados. O lado bom também paga um preço. *Uma Nova Esperança* começa com soldados rebeldes sendo abatidos a tiros em um corredor e termina com o amigo de infância do protagonista, Biggs Darklighter, sendo explodido pelo vilão que mais tarde revelou ser pai de Luke Skywalker (sim, muitos morreram na Estrela da Morte, mas ainda foi um momento de vitória, porque o bem venceu). A morte é parte fundamental da história de Star Wars, mas, na maior parte do tempo, as perdas são parte da batalha. Quase uma insígnia de coragem, digna de celebração. E então *Os Últimos Jedi*, oitavo capítulo da saga, chegou e nos ensinou a sentir um pouco mais. Há um rosto ligado à morte. Almas brilhantes e mentes valiosas que dão as vidas pelo bem maior, sim, mas muitas vezes sem necessidade. Salvar o que você ama é um tema que Rose Tico te ensina no final, mas há mortes no caminho que nos ensinam por que isso é importante (a morte da irmã dela, por exemplo, será discutida com maior atenção mais tarde). A morte de Tallie Lintra é um sinal da tragédia a caminho.

Conhecemos a piloto Tallisan Lintra nos momentos de abertura do filme, enquanto Poe Dameron lidera imprudentemente um ataque ao couraçado da Primeira Ordem, o Fulminatrix. A atriz britânica Hermione Corfield dá vida à personagem de uma forma que nos cativa imediatamente. O apresentador do podcast *ForceCenter*, Joseph Scrimshaw, chegou a dizer que Hermione deveria dar aulas sobre como atuar na cabine de uma nave espacial, e ele tem toda razão. Tallie Lintra salta da tela e entra na história enquanto conduz os bombardeiros do Esquadrão Cobalto à batalha. Ela está no comando, mas encantadoramente entusiasmada para enfrentar o mal. Nós gostamos instantaneamente de Tallie Lintra.

E devíamos gostar mesmo. A personagem representa a nova face da Resistência nessa era de Star Wars. A general Leia trouxe alguns dos seus aliados mais antigos e de maior confiança para a nova causa. Veteranos como o almirante Ackbar, a comandante Larma D'Acy, o major Ematt e a almirante Amilyn Holdo correram para o lado de Leia, mas todos sabiam que a causa precisava ser construída com as forças e paixões de novos heróis. Tallie Lintra é o rosto desse movimento.

A história dela não é desconhecida na saga. Criada por um fazendeiro em um planeta distante, Tallie sonhava em ser piloto e fazer parte da galáxia. Mas sua busca por aventura se transformou em um papel em uma rebelião. Ela poderia ter abaixado a cabeça sem se envolver, mas, como Luke Skywalker, Tallie Lintra entrou na luta.

Suas habilidades eram naturais, e ela impressionou rapidamente o comando da Resistência. Ainda era jovem e sonhadora, mas era uma líder e uma combatente. Logo, ela recebeu o comando do Esquadrão Azul. Tanto os veteranos quanto os iniciantes procuravam a sua orientação no calor da batalha, e isso foi muito bem mostrado durante a fuga da Resistência em D'Qar e o contra-ataque ao couraçado. Sim, houve grandes perdas, mas, sabe, estamos acostumados com isso em Star Wars. Faz parte da história. Já é esperado. Os "mocinhos" vencem, mas alguns morrem no processo. Nossos heróis permanecem, e Tallie Lintra é claramente um dos novos heróis.

Mas não era para ser assim. A Primeira Ordem contra-ataca! A frota da Resistência é rastreada no hiperespaço, e um Kylo Ren com raiva (ou com ainda mais raiva) lidera pessoalmente um grupo de caças TIE à ação. O piloto Poe Dameron corre em direção ao hangar. A luta começou. E então encontramos Tallie Lintra na cabine de seu A-wing. Enquanto ela prepara a nave para a batalha, olha para seu amigo, Stomeroni Starck. Ela está séria, concentrada, mas quando ele bate no vidro do X-wing que pilota, eles fazem contato visual e Tallie responde com uma saudação e um sorriso astuto. Pura personalidade e propósito dentro de uma cabine. É um sorriso que diz que isso é uma guerra, isso é difícil, mas estamos do lado certo e, como os heróis de antigamente, também vamos sobreviver. Tallie Lintra está pronta para lutar.

Momentos depois, Tallie Lintra está morta. Assim como Starck. Assim como a maioria dos pilotos de caça da Resistência. Kylo Ren os destrói. O custo não é só um grupo de soldados e pilotos sem nome, é uma jovem brilhante que deixou seu planeta e sua família para ganhar o dia. Para estar envolvida.

Para assumir a luta do bem contra um grande mal. Com um olhar final, um pequeno sorriso, uma heroína morre, e nós sabemos que esse capítulo da história de Star Wars vai fazer com que os personagens e o público lidem com as consequências.

Descanse em paz, Tallie Lintra.

INTERLÚDIO #1

MAS E OS BRINQUEDOS?

Algum tempo depois do lançamento de *O Império Contra-Ataca*, meus pais me levaram à casa de um amigo deles para uma festa. Os adultos estavam felizes, fazendo o que quer que os adultos faziam antes de você crescer e perceber que nesse tipo de reunião eles só queriam ficar tempo o suficiente para não se sentirem culpados por ir embora cedo demais. Enfim. Como uma criança tímida e calada, eu estava cuidando da minha vida na sala de estar. Todas as outras crianças estavam brincando lá fora, andando livremente pelas ruas de Orange County, porque nessa época era possível fazer isso. Os adultos devem ter sentido pena de mim, porque o pai da casa desceu as escadas com duas grandes caixas de plástico. Meu próprio pai me levou até elas. O Outro Pai — não lembro o nome dele, e nem importa — abriu as caixas e revelou toda a coleção dele de *action figures* de Star Wars. Os clássicos da Kenner. Darth Vader, Luke Skywalker, Han Solo, princesa Leia, todo mundo! Todo. Mundo.

Eu não tinha mais de cinco anos de idade, e NÃO fazia ideia do que estava diante de mim. E digo isso literalmente. Como já escrevi aqui, minha primeira experiência com Star Wars foi ver *Uma Nova Esperança* num cinema *drive-in* com meus pais. Eu tinha um ano de idade. Eu não me lembro disso. Foi só quando vi aquele trailer de *O Retorno de Jedi* que Star Wars entrou na minha vida. Foi quando compreendi pela primeira vez o que estava vendo.

Ainda assim, nunca me esqueci daqueles brinquedos. Nas caixas que aquele homem tinha trazido estavam os bonecos colecionáveis da Kenner. Numa delas estava o busto de Darth Vader. Na outra o C-3PO. Ainda me lembro de ele me mostrando cada boneco, dando descrições que eu não estava entendendo. Foi hipnotizante para um nerd em desenvolvimento como eu. E o que resta é o seguinte: antes de me apaixonar por Star Wars, eu me apaixonei por brinquedos. É um marketing incrível para o filme e uma prova do poder dos brinquedos de Star Wars.

Há muitos motivos para amarmos Star Wars e estarmos mergulhando nesses momentos dos filmes e das histórias que compõem a franquia, mas seria possível escrever páginas e mais páginas apenas sobre os brinquedos.

Hoje em dia, os brinquedos e colecionáveis da saga Star Wars estão em outro nível, e na maioria das vezes são destinados a adultos. Ah, claro, eles estão no "corredor dos brinquedos", e os colecionadores adultos muitas vezes têm que esperar pacientemente atrás de um pai com seu filho enquanto procuram entre bonecos e conjuntos da Lego. Mas eu garanto que é a geração mais velha de colecionadores que os compra. Eu tenho orgulho de ser um deles. Para nós, é uma coisa que começou nos anos 1970 e 1980 e, para nossa surpresa, não tivemos que parar. Em algum momento, brinquedos deixaram de ser só para crianças. Talvez tenha sido em meados dos anos 1990, quando a coleção The Power of the Force chegou às prateleiras e reacendeu a paixão dos fãs por esses bonecos de dez centímetros de altura. Mas isso é assunto para outro livro e para outra hora.

Os brinquedos de Star Wars são uma grande parte dos motivos para amarmos Star Wars. Na verdade, alguns dos "amores" específicos são movidos pelos brinquedos que você teve quando criança. É a genialidade por trás do título *Brinquedos que marcaram época* da série da Netflix. Eles marcaram época mesmo. Como você ainda vai ler, eu adoro o caça Y-wing. Eu adoro porque ele foi a primeira nave de Star Wars que eu tive quando criança. Eu não tenho mais o brinquedo (infelizmente, tive que jogar fora depois que ele não sobreviveu a uma mudança, quase 35 anos depois de chegar às minhas mãos no Natal de 1983). Contudo, esse brinquedo foi o que influenciou o meu amor pelo caça no cinema. Vê-lo na tela foi como ver um amigo na sua nova turma da escola.

"Eba! O Y-wing está na minha turma!"

Os brinquedos clássicos de Star Wars também ajudaram a alimentar todas as nossas obsessões por personagens secundários e com papeis menores. Claro, havia os principais, como os já mencionados Han, Luke, Leia etc. Mas possuir um boneco da guarda de Bespin ou do guardião de Rancor era especial. Expandia loucamente o cenário de Star Wars para os fãs. O personagem secundário ou extra que aparecia em uma cena sobre o ombro de Obi-Wan Kenobi agora estava em suas mãos, imortalizado para sempre. Se você tinha o Homem-Morsa, você queria saber mais sobre ele. Quando ele se tornou Ponda Baba graças ao jogo West End Star Wars Miniatures, de 1989, ele já era um dos brinquedos preferidos de muitos fãs. Simplesmente porque você se lembrava tanto do boneco quanto do fim horrível que ele sofreu na cantina de Mos Eisley.

Star Wars e brinquedos. Eles andam de mãos dadas... e sempre andarão.

80

A FUGA DE FINN E POE

NOVOS AMIGOS TRAZENDO MOMENTOS DE AÇÃO CLÁSSICA DE STAR WARS

Star Wars: Episódio VII — O Despertar da Força
Roteiristas: J. J. Abrams, Lawrence Kasdan e Michael Arndt
Diretor: J. J. Abrams

Quando os fãs de Star Wars se instalaram em seus assentos (luxuosos) de cinema em dezembro de 2015, ninguém poderia culpá-los por se sentirem um pouco tensos. O episódio VII de Star Wars estava prestes a começar, e a pressão estava definitivamente sobre *O Despertar da Força*. J. J. Abrams e companhia tinham sido encarregados de trazer Star Wars de volta, apresentar a série a toda uma nova geração, satisfazer as gerações mais velhas com sentimentos bastante intensos sobre a saga e ser perfeitos em cada decisão. Como um ewok solitário chutando um AT-ST em movimento, era muita coisa de uma vez só.

No entanto, *O Despertar da Força* agradou os fãs. O stormtrooper FN-2187, da Primeira Ordem, estava mudando de ideia sobre fazer parte de uma equipe intergaláctica de vilões, e precisava sair do Destróier Estelar Finalizer antes que sua supervisora cromada pudesse enviá-lo em uma missão de execução. E então ele pensou rapidamente em um esquema para sair daquela situação: resgatar o piloto da Resistência capturado, Poe Dameron, roubar um caça TIE e voar para um lugar seguro.

Simples assim!

Mas nada é simples nessa galáxia. Felizmente.

O FN-2187 se enche de coragem e liberta Dameron, o que acontece a seguir é uma cena rápida que traz um caça TIE ainda acorrentado, stormtroopers atirando em tudo e heróis à beira de um desastre. Como na maioria das sequências de Star Wars, há muita coisa acontecendo nos diálogos e no cenário que completa a história e te puxa para dentro desse novo capítulo da adorada saga. Vemos um herói destemido voando com habilidade, com é o caso de Poe Dameron, já estabelecido como um piloto importante. E vemos um herói relutante encontrando uma nova identidade, quando FN-2187, uma engrenagem sem nome em uma máquina maligna, se torna Finn. E, ainda, nesse caso, podemos olhar para o mais superficial da cena. Finn e Poe escapando do Finalizer nos indica que Star Wars estava de volta.

A cena acontece pouco menos de vinte minutos depois do começo de *O Despertar da Força*. O primeiro ato termina, e nós também ficamos prontos para sair voando como aqueles personagens. É uma entrada e tanto para o segundo ato. Enquanto os primeiros vinte minutos do filme deixaram os fãs relaxar um pouco, nós ainda estávamos prendendo a respiração. Blasters e sabres de luz já tinham aparecido, mas a essa altura os fãs queriam se sentir imersos em um filme de Star Wars.

E então começam os toques tradicionais de Star Wars (quase literalmente). O clássico "Force Theme" surge como uma sugestão durante o encontro dos nossos novos heróis, e a tensão aumenta em meio a uma paisagem muito familiar — o hangar dos vilões! E, assim como os eventos na Estrela da Morte em *Uma Nova Esperança*, somos imersos na situação com as comunicações por rádio em voz baixa, tropas em marcha e droides rato. Nós conhecemos esse cenário, e estamos nos sentindo em casa.

A fuga inclui um novo som incrível — o engasgar do caça TIE roubado —, mas até isso dá lugar ao som clássico de um TIE rugindo pelo espaço. Para muitos fãs, esse momento foi a primeira vez que viram e ouviram um caça espacial clássico desde 1983! Isso não é um julgamento das *prequels*, é apenas a realidade da situação e, enquanto Finn e Poe correm dentro da nave da Primeira Ordem, detonando canhões pelo caminho, não dá para dizer que isso não é Star Wars.

Ah. Essa frase. "É Star Wars". É a frase obtusa e mágica que é quase impossível de descrever (para o desgosto dos criadores de Star Wars), mas você a reconhece quando a sente. Enquanto Poe leva o TIE roubado de volta a Jakku e Finn comemora sua primeira vitória como uma alma livre, você entende esse sentimento mágico de Star Wars. E então eles caem em direção à superfície do planeta. Nossos heróis estão em apuros de novo.

O que é, bem, mais uma prova de que é Star Wars.

79

HAN ATIRA EM BECKETT... PRIMEIRO!

A CONSOLIDAÇÃO DE UMA VERDADE EM STAR WARS

Solo: Uma História Star Wars
Roteiristas: Lawrence Kasdan e Jon Kasdan
Diretor: Ron Howard

Han atirou primeiro.

Nós acreditamos que isso seja verdade. Nós sabemos que isso é verdade. E, por anos, discordamos do próprio criador, George Lucas, pela mudança da edição especial que buscava, pelo menos aos vários olhos atentos, amenizar as nuances do nosso contrabandista preferido, Han Solo. Ele não simplesmente sobreviveu a um tiro à queima-roupa do infeliz Greedo. Ele atirou primeiro. Han. Atirou. Primeiro.

Sim, há muitos motivos para amarmos Star Wars, mas debater, discutir e às vezes simplesmente desistir de uma discussão sem um acordo também faz parte da jornada. Adoramos resmungar. Han Solo era um personagem quase perfeito, mas George sentiu a necessidade de mudá-lo, assim como sentiu a necessidade de mudar muitas coisas na trilogia original. As edições especiais de 1997 (e as edições extraespeciais que vieram depois) não passam da obra de um verdadeiro artista lutando continuamente contra o seu produto final. Algumas das mudanças são ótimas e ajudam a desenvolver o universo — pense nos detalhes da Cidade das Nuvens —, enquanto outras certamente deixaram os fãs confusos (a cena de "Jedi Rocks" em *O Retorno de Jedi* é sempre um desafio que questiona o tamanho de seu amor pela série). Mas cada uma das mudanças permaneceu superficial. Decorações de um bolo que já sabemos que adoramos comer. Foi a mudança no momento de Han Solo que pareceu modificar o próprio personagem e MEU DEUS, GEORGE, POR QUE VOCÊ...?

Calma. Respira fundo. Vai ficar tudo bem.

Embora a edição especial de *Uma Nova Esperança* permaneça no cânone de Star Wars, talvez tenhamos que viver para sempre aceitando que Greedo atirou primeiro e errou. Na realidade, Han atirou primeiro. Isso aconteceu no planeta Savareen, e Han matou seu mentor Tobias Beckett segundos antes de ele atirar.

Ainda assim, esse momento, um dos maiores *auges* de *Solo: Uma história Star Wars*, não é só uma resolução divertida para um debate. É uma análise perspicaz de uma dolorosa lição aprendida e um momento merecido na saga. O grande Han Solo sentado calmamente na cantina de Chalmun, quando o encontramos em *Uma Nova Esperança,* significa um monte de coisas; palavras e frases extravagantes, como cansado do mundo, angustiado, conflituoso e multifacetado. No entanto, logo descobrimos o que ele tem tentado combater a vida toda: no fundo, ele tem um coração de ouro. Mas isso não quer dizer que Han não seja capaz de fazer o que deve ser feito para sobreviver. O momento da edição especial em que Greedo atira primeiro suaviza isso. O pensamento por trás disso era que Han não deveria ser um assassino porque, bem, ele é uma boa pessoa. É compreensível, claro, mas entender que, no fundo, ele é uma boa pessoa faz parte da viagem que todos queremos fazer. Ele mata Greedo porque precisa, não porque Greedo errou o tiro. É por isso que o momento em que um Han Solo de vinte anos mata seu mentor a sangue frio é uma cena tão gratificante. É a viagem até esse ponto da vida de Han.

Han Solo é uma boa pessoa (mais sobre isso em breve). Ele cresceu com essa programação, mas aprendeu a sobreviver nas ruas difíceis de um Corellia controlado pelo Império, e sem uma família de verdade; depois, como um adolescente, em uma organização criminosa de baixo nível. Ele não pode se dar ao luxo de ser o bonzinho. É um jogo de sobrevivência, e ele quer vencer. Ele sente que precisa vencer.

Han Solo então se enterra cada vez mais na vida de um fora da lei. Tentando formar uma nova unidade familiar com os que o rodeiam enquanto se concentra, por engano, no amor que sente por sua antiga *crush*, Qi'ra. Ele percebe o charme, começa a criar uma nova versão de si e precisa aprender o verdadeiro custo dessa vida. Mas essa é a questão: ele não aprende rápido. Dois de seus novos amigos morrem imediatamente (o mal aproveitado Val e o charmoso Rio Durant). O droide L3 é o próximo. Han é abandonado duas vezes. Duas vezes! E isso é muito para esse homem bom que se tornou um fora da lei. Seu pai o abandonou não pela morte, mas por um problema com a bebida e pela destruição da grande indústria de construção naval correlliana (outra vítima da mão opressora do Império). Lando o deixa no meio de um confronto com Enfys Nest e os Cavaleiros das Nuvens, e Beckett segue o exemplo, não querendo fazer parte de um plano para enganar Dryden Vos. É um ciclo de confiança que só foi recompensado com abandono.

E então Beckett faz mais do que abandonar Han Solo. Ele se volta contra ele (Qi'ra também faz isso, de certa forma, mas tem um custo diferente para Han). Han está muuuuuito distante da parte de sua alma que é uma boa pessoa. Qi'ra lhe disse que sobreviver é mais importante do que ganhar, e Beckett lhe disse para não confiar em ninguém, porque todos são previsíveis. Seus parceiros o deixaram completamente sozinho, e agora Han aprendeu que não pode esperar que outros ajam por ele. Ele tem que agir primeiro.

Tudo isso leva ao momento final entre Han e Beckett no alto de um penhasco no pitoresco planeta Savareen. Han foi mais esperto que seu mentor e o senhor do crime Dryden Vos, mas nada disso importa. Ele está enfrentando Beckett. Seu mentor, sim, mas seu inimigo. Como ele mesmo disse, as pessoas são previsíveis, e Beckett não é diferente. Enquanto está diante dele, Han sabe o que Beckett sabe — você precisa atirar primeiro.

Pew.

Han atira.

Beckett está morto.

Han corre para o seu lado, os instintos de boa pessoa borbulhando sob a superfície, mas Tobias Beckett, que provavelmente já foi uma boa pessoa algum dia, confirma a lição que Han acabou de aprender. Beckett teria matado o aprendiz. Ele teria atirado primeiro. Han Solo e seu copiloto, Chewbacca, agora estão sozinhos na galáxia. Eles perderam amigos, foram abandonados e escravizados, e foram apunhalados pelas costas mais de uma vez. Agora eles sabem que, para sobreviver na galáxia, você precisa atirar primeiro. Algo em que Han Solo acredita quando entra naquela infame cantina em Mos Eisley alguns anos depois.

78

OS FANTASMAS DE VADER

DARTH VADER VOLTA À ARENA PETRANAKI

Darth Vader
(Série Marvel edição 2)
Autor: Chuck Wendig
Quadrinista: Leonard Kirk
Arte-finalistas: Walden Wong e Scott Hanna
Colorista: Nolan Woodard

Há algo acontecendo atrás da máscara intimidadora do Senhor das Trevas dos sith. Uma agitação de memórias, emoções e até mesmo arrependimentos constantemente apagados pela raiva e pelo ódio. Vader precisa continuar alimentando essa raiva. Ele trabalha duro para mantê-la, mas os momentos em que o véu cai, e temos um vislumbre da turbulência dentro de Darth Vader, são alguns dos episódios mais interessantes da história de Star Wars.

Vader se lembra. E ele sente.

Na segunda edição da série *Marvel's Darth Vader: Lord of the Sith*, Chuck Wendig e a equipe artística de Leonard Kirk, Walden Wong, Scott Hanna e Nolan Woodard nos dão um dos melhores olhares sobre a mente de Vader. É simples e direto. Um flash do passado que Vader luta para superar e uma explosão que ele continua a remoer. Ambos alimentam o monstro que vive por trás da máscara.

Darth Vader voltou para Geonosis e, mais especificamente, para os restos da arena Petranaki. A última vez em que ele pisou ali foi durante os eventos da Guerra dos Clones, quando a segunda Batalha de Geonosis aconteceu, mas seu foco é na primeira — que serviu como início da guerra e capítulo final da vida de Anakin Skywalker como um jedi. Naquele dia, Anakin e Padmé confirmaram seu amor proibido à sombra da morte certa. O apego sempre foi um problema para Anakin, uma dura lição que ele tinha que aprender continuamente e com a qual muitas vezes entrava em conflito. Mas ali, prestes a ser executado publicamente, o homem que se tornaria Vader finalmente recebeu a reciprocidade do amor por Padmé. Ela, a forte rainha que virou senadora e frequentemente priorizava seu dever, também tinha chegado a esse ponto. Eles lutaram por suas vidas naquele dia. Anakin foi derrotado pelo conde Dookan e salvo apenas por Yoda. Padmé, política, sempre procurando uma solução pacífica, estava agora em meio a uma guerra. Sua declaração de amor, juntamente ao beijo, pode ter sido o último momento puro que tiveram sem o espectro da guerra e do segredo sobre os dois. E tudo começou na arena Petranaki.

Conforme Vader se aprofunda no projeto da Estrela da Morte e banca o detetive enquanto sabotadores continuam a fazer todo o possível para atrasar ou impedir a destruição da superarma, ele encontra um momento para vagar pela arena que teve um papel tão grande em sua vida anterior. Ele vê Obi-Wan Kenobi lutando contra o acklay, um dos três animais enviados para matar Anakin, Obi-Wan e Padmé na arena, e vê Mace Windu destruindo droides de batalha. Ele já tinha ajudado a matar um deles, e um dia mataria o outro. Vader vê Padmé, sua esposa, aquela que o imperador afirma que ele matou, se envolvendo nas infames "negociações agressivas". E, o mais importante, ele vê a si mesmo. Jovem no meio de uma luta em que um dia acreditou. Uma luta muito diferente da que está travando agora. Não é mais uma luta contra os separatistas e os lordes sith. E ele não está só lutando contra líderes imperiais e uma insurreição rebelde em crescimento. Ele luta contra aquela imagem de um jovem jedi. Ele luta contra suas escolhas. Darth Vader luta contra Anakin Skywalker.

A imagem de Darth Vader andando pela arena em silêncio, mãos atrás das costas, cabeça baixa, submisso a suas memórias assombradas, marca um dos momentos mais poderosos da vida conflituosa de Anakin Skywalker. Como leitor e fã de Star Wars, essa imagem deixa você atordoado. Nesse ponto da edição, você está envolvido na deliciosa rivalidade entre Tarkin e Vader. Está recebendo migalhas deliciosas do cânone conectando as *prequels*, *A Guerra dos Clones* e *Rogue One*, e é testemunha do momento em que Palpatine deixa Vader saber que ele está sob o comando de Tarkin. E então você vira a página e se depara com os conflitos e a luta interna de um monstro.

É só uma cena, e a história continua. A investigação de Vader o leva de volta ao ninho da rainha geonosiana e sua colmeia — os sabotadores. Vader é impiedoso. Como já fez antes, ele usa o sabre de luz para trucidar os geonosianos. A rainha não tem chance. Ela é cortada em pedacinhos. Vader em seu pior momento? Não, é Vader como ele pode sempre ter sido. Pela segunda vez, Wendig nos leva de volta ao seu passado, e vemos a imagem de Anakin massacrando incursores tusken como ele fez em *Ataque dos Clones*. As palavras que já foram um prenúncio do que estava por vir ecoam: "Eram animais, então os abati como animais". A luta entre Darth Vader e Anakin Skywalker continua.

Star Wars é impulsionada pela saga atemporal do bem contra o mal. Ainda assim, logo abaixo da superfície há lições e sinais para nossas próprias vidas, muitas vezes vindas de fontes surpreendentes. Pode ser estranho se ver refletido na vida de Darth Vader, o símbolo do mal na galáxia, mas à medida que a história dele muda dentro da saga, essa hipótese vai se tornando cada vez menos estranha. Eu aprendi a sentir pena de Vader, como tenho certeza de que você também aprendeu. Ele foi encurralado. Enquanto Vader vagueia silenciosamente pela arena Petranaki, encarando seus fantasmas, não dá para deixar de olhar para trás, para sua própria jornada, parar para considerar seus fracassos e esperar que, ao contrário de Darth Vader, você não repita seus dias mais sombrios.

77

"É LINDO"

OS SONHOS DE ORSON KRENNIC

Rogue One: Uma História Star Wars
Roteiristas: Chris Weitz e Tony Gilroy
Diretor: Gareth Edwards

Não importa qual a sua vocação, não importa qual o seu percurso profissional, você quer ter sucesso. Quer saber que seu trabalho está sendo valorizado e que o crédito que merece está vindo. Promoções? Claro. Elogios? Definitivamente. Ainda assim, no fim, só queremos uma coisa: respeito daqueles com quem e para quem trabalhamos. É por isso que a jornada do diretor Orson Krennic em *Rogue One* pode tocar muitas pessoas (o que é um pouco estranho porque... sabe... ele não é o cara mais legal que existe por aí). A busca de Krennic pela ascensão nas fileiras imperiais retrata muitas pessoas, mas a lição que o esperava no final dessa jornada é uma afirmação sobre ser consumido por suas próprias obsessões.

Orson Krennic foi um estudante de engenharia exemplar durante os últimos anos da Antiga República, e ele queria apenas coisas simples como reconhecimento, poder e prestígio. Antes do fim da Guerra dos Clones, Krennic descobriu e, mais tarde, se envolveu no enorme projeto que era a construção da primeira Estação de Batalha Orbital DS-1, também conhecida como Estrela da Morte. Ela se tornou o trabalho da sua vida. A Guerra dos Clones terminou e o Império Galáctico nasceu. Krennic vestiu os novos uniformes (acrescentando uma capa incrível) e começou a longa busca para completar esse "terror tecnológico". Desde cedo, aprendemos duas coisas sobre Orson Krennic: ele quer um lugar melhor na estrutura de poder do Império e, mesmo assim, vai querer ainda mais. No entanto, a cada passo, Krennic é recebido com oposição e subterfúgios. Mas não dos rebeldes covardes. Não, seus maiores inimigos são seus chefes.

Ah, sim, a história de Krennic é um conto de política de escritório em grande escala.

Temos um vislumbre importante da mente de Krennic durante os eventos de *Rogue One*. Essa imagem fala sobre o que está por vir e serve como *insight* de até onde ele comprometeu sua própria humanidade na busca pelo poder. Quando o governador Tarkin pede uma demonstração da querida Estrela da Morte de Krennic, ele tem como alvo a histórica cidade de Jedha. Uma cidade pacífica que era uma meca para pessoas espiritualmente iluminadas e para quem procurava consolo e conforto. A quilômetros do centro da cidade, Jyn Erso chora perante um holograma do pai, e o rebelde extremista Saw Gerrera ouve e sente um estrondo ao longe. Pela primeira vez na história, a Estrela da Morte disparou sobre um alvo. Jedha foi varrida da existência.

No livro *Rogue One*, de Alexander Freed, passamos pela destruição da cidade enquanto cidadãos e tropas abandonadas são dizimados em um piscar de olhos. No filme, nós — talvez felizmente — observamos do solo a destruição se espalhar de Jedha para o deserto, onde os partidários de Saw estavam escondidos. Uma onda horrível de terra, vento e fogo. Um mundo foi dilacerado. Ao assistirmos aos últimos momentos de pânico para muitas, muitas vidas, nossa perspectiva muda de repente.

No alto, do centro de comando da Estrela da Morte, Orson Krennic observa a destruição que sua máquina causou. Longe dos gritos dos moribundos, Krennic vê tudo estoicamente, ao passo que a explosão e as ondas de choque continuam pela superfície de Jedha. Do seu ponto de vista, é uma obra de arte macabra, o centro do ponto da explosão alcançando os céus como uma flor de sangue em pleno desabrochar. As nuvens se dispersam, enquadrando o centro mortífero. As ondas de choque se espalham em um círculo perfeito, quase refletindo a Estrela da Morte em sua própria destruição. Krennic está sem palavras. Ele inspira e expressa um pensamento enquanto observa a aniquilação absoluta de uma cidade, um povo, uma cultura e, com o tempo, um planeta.

"Ah. É lindo."

A frase é seguida por um sutil aceno de cabeça. Uma afirmação calma e pessoal de que o projeto funcionou como ele acreditava que funcionaria quando todos duvidaram dele. Sua alegria doentia é clara, e seus pensamentos são confirmados momentos depois, quando o governador Tarkin, o único grão-moff a serviço do imperador, elogia o trabalho de Krennic... e o rouba dele imediatamente. Krennic desmorona de vez.

O resto de *Rogue One* traz um Krennic quase fora de si por ter suas aspirações destruídas em vários níveis. As coisas começam a ir de mal a pior para ele. Os rebeldes atacam o centro de pesquisas de Eadu. Seu melhor cientista e possível informante, Galen Erso, é morto. Ao chegarem a Scarif em um pânico latente para tapar brechas de segurança, os rebeldes atacam em uma tentativa de roubar os planos de dados e as leituras técnicas da própria

É por isso que o momento em que Qi'ra diz a verdade a Han, que ele é uma boa pessoa, é um dos melhores momentos de *Solo: Uma História Star Wars*. É como se Han estivesse enfrentando seus conflitos novamente, daquele momento em questão até o último. Tudo isso vale seu próprio capítulo. No entanto, havia um tom intrigante na convicção de Qi'ra. O momento em que ela passa a acreditar nisso é ainda mais impactante e acontece no livro *Most Wanted*, de Rae Carson.

Nessa história, Qi'ra percebe a verdadeira natureza de Han, e seu caráter é revelado de uma forma pequena e íntima. Embora ainda jovem, ela já está acostumada a ser negligenciada, subestimada, sexualizada e ignorada. Qi'ra passa por um momento de respeito e encontra sua própria força refletida.

De volta a Corellia, não muito antes dos eventos de *Solo*, Qi'ra, Han e seu amigo rodiano, Tsuulo, estão em fuga depois de um serviço mal feito para lady Proxima que os deixa em apuros com alguns sindicatos de criminosos e com os capangas da própria Proxima. Em um momento de vulnerabilidade, Qi'ra leva Han e Tsuulo para o abrigo que usa secretamente há anos. Qi'ra e Han finalmente têm uma oportunidade de sentar e conversar como amigos, não rivais no bando White Worm. Han a descreve como a pessoa mais inteligente e competente que já conheceu. Qi'ra se pergunta se Han está apenas flertando. Mas ele não está. Ela percebe que é real.

Na verdade... vamos destacar as palavras escritas por Rae Carson. Elas são importantes:

"Ele reconhecia o valor dela com respeito genuíno."

Vamos ser claros: Qi'ra sabe quem ela é. Esse não é um caso de Han falando uma coisa que desbloqueia a verdade e a confiança dentro dela. Não, não, não. Embora ainda seja jovem e esteja desenvolvendo suas habilidades como futura, bem, líder de um sindicato do crime, Qi'ra sabe quem é. O que esse momento confirma é que Han é a primeira pessoa que a vê desse jeito. Ele demorou para enxergá-la. Não como um conceito. Não como uma conquista. Não como um clichê. Han enxerga Qi'ra completamente. Essa continua a ser uma característica valiosa e importante para ele. Ele enxerga Beckett como realmente é, salvando a própria pele no processo. Ele vê além da fera enlameada e cheia de rosnados que o parceiro Chewbacca pode ser. O fazendeiro impossível enfrentando probabilidades impossíveis se torna um guerreiro corajoso digno de sua ajuda. E, sim, a princesa em perigo se torna a líder ardente que tem a força para carregar o peso da galáxia sobre os ombros ao mesmo tempo que o inspira e constantemente o desafia a ser uma pessoa melhor. Esse é o coração de Han Solo.

Essa perspectiva se torna ainda mais poderosa porque vem da mente e dos olhos de Qi'ra. Sejamos honestos, Han provavelmente nem sabe o que está fazendo e, mesmo se soubesse, ele poderia muito bem dar de ombros e focar apenas nas partes legais de ser um bandido. Não, isso tem que vir de Qi'ra, e foi maravilhosamente escrito. Lawrence e Jon Kasdan criaram um grande personagem em Qi'ra, e Emilia Clarke deu-lhe vida, mas através das palavras de Rae Carson (e, adicionalmente, Mur Lafferty no livro sobre o filme), tivemos uma Qi'ra não apresentada anteriormente. E, por causa disso, aprendemos que não basta você dizer que é bom, você tem que realmente ser bom.

Um anti-herói clássico. Um bandido corajoso. O bom contrabandista. Sim, Han Solo é todas essas coisas. Ele sempre será, mas, fique tranquilo, Qi'ra estava certa, Han Solo é uma boa pessoa. Uma pessoa *completamente* boa.

75

LEIA E PANÁS

A FILHA DE UMA RAINHA VAI PARA CASA SEM SABER...

Journey to Star Wars: The Last Jedi — Leia, Princess of Alderaan
Autora: Claudia Gray

Poucos escrevem sobre a princesa Leia Organa melhor do que Claudia Gray, e seu livro de 2017, *Leia, Princess of Alderaan*, levou os fãs em uma viagem perspicaz pela mente de dezesseis anos de uma futura líder rebelde. Leia, nascida de uma Padmé à beira da morte e um Anakin Skywalker que morria figurativamente, cresceu como filha adotiva de Bail e Breha Organa, escondida em segurança dos inimigos que buscariam sua destruição. O livro dá aos fãs o primeiro olhar aprofundado sobre a influência que os Organa tiveram na formação de Leia. Embora seja fácil entender a influência de Bail Organa sobre a filha, a escrita de Gray mostra a enorme participação de Breha Organa na criação, orientação e inspiração de Leia. Enquanto Leia se envolve rapidamente no estado desolado e preocupante da galáxia dirigida pelo Império, novos amigos como Amilyn Holdo (mais tarde uma personagem importante de *Os Últimos Jedi*), seu primeiro amor Kier Domadi e o piloto Ress Batten entram a bordo de uma história que nos leva a planetas novos e também familiares, como Wobani, de *Rogue One*, Crait, de *Os Últimos Jedi* e Onoam, uma lua próxima ao planeta das *prequels*, Naboo. O que marcou a primeira viagem de Leia ao setor da galáxia em que sua mãe biológica foi rainha. Foi muito le... espera, espera, a jovem Leia chegou perto de Naboo?!?!

Sim. Sim, chegou... e criou um dos momentos mais tensos de Star Wars.

Veja bem, Leia conhece o governador do setor imperial, o moff Quarsh Panás, na lua de Onoam. O mesmo Panás conhecido como capitão Panás quando servia à Padmé como conselheiro de segurança em *A Ameaça Fantasma*. O mesmo Panás que passou da Antiga República ao Império. O mesmo Panás que permaneceu leal ao ex-senador de Naboo, Sheev Palpatine, depois que ele se tornou imperador.

Panás conheceu Leia... e isso quase destruiu a Rebelião em crescimento.

Embora termine com uma explosão mortal, o encontro dos dois foi um momento calmo e aparentemente simples. Acompanhada pela atual rainha de Naboo, Dalne, e desconhecedora de sua verdadeira linhagem além de saber que foi adotada, Leia entra no chalé pessoal de Panás para discutir as condições dos mineradores no sistema. Como suas roupas estavam sujas devido a uma viagem pelas minas, ela pega um vestido emprestado de Dalne. Um vestido tradicional de celebração Naboo. Você já viu esse vestido antes. Padmé veste um no fim de *A Ameaça Fantasma*. O que, é claro, significa que Panás também já viu esse vestido. Em Padmé. E, tal mãe, tal filha, Leia entra no chalé e Panás congela como se tivesse visto um fantasma. O que, de certa forma, foi o que aconteceu.

É NESSE momento que os fãs de Star Wars, mergulhados no funcionamento interno da saga, congelaram. A princesa Leia de Alderaan estava prestes a ser identificada como filha de Anakin Skywalker e Padmé Naberrie por um homem que tinha uma ligação direta à pessoa com um grande interesse em matá-la. É de dar arrepios. E esses arrepios nerds são parte dos motivos por que amamos Star Wars.

Faz todo sentido e, com a aparição de Panás, esse é um ótimo uso do cânone conectado de Star Wars. Enquanto o imperador, como muitos, sabia que Padmé estava grávida quando morreu, ele não sabia o que podia ter acontecido. Mesmo com sua conexão à Força, os gêmeos Skywalker parecem tê-lo enganado (ah, se ele tivesse pensado em voltar a Tatooine e procurar o sobrenome Skywalker na lista telefônica...). Era importante que nenhuma das crianças Skywalker tivesse sido encontrada.

"O imperador sabia, como eu, que um descendente de Anakin seria uma ameaça para ele." Foi o que disse Obi-Wan Kenobi, um dos poucos, além de Yoda, tio Owen, tia Beru e os Organa, que não só conheciam a verdadeira linhagem de Luke e Leia, mas tinham se encarregado de protegê-los de Palpatine e Vader. Eles eram faróis de esperança que iluminariam a galáxia. Era vital para tudo que sobrevivessem. O que nos leva de volta a esse momento, com Leia diante de Panás.

Ele é educado, agindo de acordo com sua reputação de "bom" imperial, mas o antigo membro do círculo interno de Padmé se aprofunda no passado e na criação da jovem Leia. Ele liga a idade e a adoção por Bail Organa, conhecido aliado de Padmé, à hora da morte da antiga rainha. Ele não pode ignorar a semelhança surpreendente entre elas, ainda mais com o mesmo vestido. Não precisa de muito. Panás sabe. Caramba, Quarsh Panás sabe que Leia é filha de Padmé e Darth Vader, e termina rapidamente o encontro, concordando com os pedidos de Leia e Dalne de uma forma curiosamente dócil, prometendo entrar em contato com o próprio Palpatine para que ele saiba que os Organa adotaram uma filha "tão distinta".

Não sei você, mas foi nesse exato momento que eu me perdi completamente na tensão da narrativa (mas, sério, eu quero mesmo saber como você ficou nesse momento. Vamos conversar mais tarde). Leia tinha dezesseis anos no livro. Nós sabemos que ela sobrevive. O imperador nunca a encontra. Vader não sabe sobre ela até o fim da própria vida. Tudo acaba bem!!!

No entanto, enquanto Panás promete falar com o imperador, eu, um adulto supostamente funcional, me vi completamente sugado por aquele momento. A esperança futura e a sobrevivência da Rebelião pela qual crescemos torcendo podiam estar à beira do desastre. Haveria ramificações para Leia e a família Organa. Haveria ramificações para os planetas e sistemas aliados ao movimento. Haveria ramificações para a galáxia como um todo. Tensão. História. Revelações. Riscos altíssimos. E tudo isso porque uma princesa adolescente se apresentou a um moff imperial ligado ao passado de sua família. Um momento de tirar o fôlego para fazer você amar Star Wars.

Ah, você não leu o livro e quer saber o que acontece?

Pergunta justa. A resolução une as *prequels*, a trilogia original, *Rogue One* e (agora) *Solo* em um clímax violento e inflexível nos caminhos da jovem Rebelião. Então, só dessa vez, ficarei calado e deixarei que você se divirta.

74
O SUSPIRO DE ACKBAR

O PESO DA VITÓRIA

Star Wars: Episódio VI — O Retorno de Jedi
Roteiristas: Lawrence Kasdan e George Lucas
Diretor: Richard Marquand

Em Star Wars, sempre ficou claro que os rebeldes eram "variados". Os heróis costumam ser os azarões das histórias de fantasia no espaço. No entanto, pense bem: por várias décadas de Star Wars, a impressão que tivemos é que era fácil para os rebeldes. Não em relação à parte de derrotar o Império, mas fácil no sentido de que um grupo de pessoas que pensam da mesma forma se juntaram para lutar contra os vilões. Os heróis sempre foram somente heróis. Prontos para enfrentar o Império. Mas, como vimos com Cassian Andor e seu passado, na era moderna de Star Wars os líderes da Rebelião vinham criando suas "equipes" há anos. Juntando apoios e suprimentos de todas as partes da galáxia. Reunindo células de resistência separadas e muitas vezes independentes e criando a Aliança Rebelde. Foi um trabalho duro. Trabalho cansativo. As brigas internas e os debates sobre como fazer uma rebelião eram tão incisivos quanto a rebelião em si.

A vitória em Yavin 4 e a destruição milagrosa da primeira Estrela da Morte com certeza foi um momento de virada para a Rebelião. Foi um golpe certeiro no Império, mas tudo para que os rebeldes tinham se preparado, lutado e, acima de tudo, morrido, levava à Batalha de Endor. O imperador e seu regime estavam com os dias contados, e aquela era a última oportunidade de derrubar um império.

Mas a situação não parecia boa. Atacando em duas frentes, os rebeldes estavam espalhados entre as árvores no chão da lua florestal, e tinham sido pegos em uma armadilha no espaço. O imperador, ao que parece, estava esperando por eles. Era uma situação bem ruim. E então surgiu um herói rebelde. O piloto de A-wing Arvel Crynyd foi abatido pelo inimigo, mas usou seus últimos momentos de vida para ir de encontro à ponte do Destróier Estelar Executor. A poderosa nave, o destaque do exército imperial, bateu contra a superfície da segunda Estrela da Morte e, de repente, a maré da batalha virou. Nesse momento, o almirante Gial Ackbar suspirou a bordo de sua nave Home One. Foi o suspiro que se ouviu em toda a Aliança Rebelde.

O almirante Ackbar é um personagem amado em Star Wars por muitos motivos. Aparecendo pela primeira vez em *O Retorno de Jedi*, em 1983, como um dos novos líderes da já mencionada Aliança, ele atraía atenções imediatamente por ser uma lula que andava e falava. Ele já não era mais apenas um aperitivo extravagante na Terra. Ackbar dava ordens e liderava a batalha espacial de uma cadeira de comando que parecia flutuar na ponte da nave. Era maravilhosamente bizarro e perfeitamente normal para Star Wars. Afinal, havia anos que a gente adorava um "tapete ambulante" chamado Chewbacca.

E então as famosas palavras de Ackbar se tornaram lendárias. No início da batalha, ele gritou: "É uma armadilha!". Conforme a cultura pop passava de uma parte curiosa da sua infância a um grande negócio mundial, o grito "É uma armadilha!" de Ackbar se tornou uma piada interna compartilhada, uma referência que transcendeu sua origem e um cartão de visita do personagem. É estranho porque, como alguém que ouviu essa frase pela primeira vez no cinema durante as exibições originais do filme, ela nunca se destacou. Pareceu-me apenas uma observação astuta de que a situação tinha acabado de piorar para nossos heróis. O que, bem.. aconteceu.

Era uma armadilha. O imperador atraiu a Aliança Rebelde para o golpe final e colocou um pé metafórico na garganta dos nossos heróis. O pânico no momento "É uma armadilha!" de Ackbar e a frustração de Lando Calrissian diante da ideia de recuar segundos depois não tinham a ver com essa única batalha. O problema eram todas as batalhas anteriores. Todas as vidas perdidas até então. O peso de todas as vidas levadas até aquele momento. O problema era o pânico, a frustração e o medo de que um movimento que tinha começado mais de vinte anos antes, quando o supremo chanceler se proclamara imperador, estivesse prestes a chegar a um fim.

Mas os heróis continuaram a lutar, e a maré começou a mudar. Os ewoks passaram de amigos fofos a aliados inestimáveis. Luke Skywalker ergueu o sabre de luz e deu início à sequência de eventos que levariam à redenção de seu pai e ao fim do imperador. O escudo da Estrela da Morte foi finalmente derrubado. Lando, Nien Nunb, Wedge Antilles e as naves de combate rebeldes restantes atacaram a segunda Estrela da Morte para dar o golpe fatal. Mas nada disso significava que a vitória estava garantida. As naves precisavam de mais tempo, e eles perceberam que tinham que derrubar o Executor. Como mencionado, foi aí que a maré virou. E foi quando Ackbar suspirou.

Se assistir ao filme agora, você perceberá, como da primeira vez em que ouviu Ackbar gritar sobre a armadilha do imperador, que esse suspiro tem mais peso e assume um significado maior. Enquanto sua tripulação aplaude e o Destróier Estelar cai em direção ao fim da Estrela da Morte, Ackbar suspira e despenca em sua cadeira. Ele não está apenas aliviado. Está cansado, depois de lutar por anos. Ele percebe como chegaram perto de serem vencidos e o que isso teria significado. E se pergunta qual vai ser o custo de tudo isso. Esse suspiro é *o centro emocional* do momento de resistência da Rebelião contra o Império. Nos filmes, a batalha em si ainda precisa ser vencida (e momentos depois, ela é), mas, agora, você se conecta a Ackbar em um nível diferente. Todos queremos aquele momento em que largamos o peso carregado até então e vemos que, apesar de todas as dificuldades, dúvidas e dores, valeu a pena. Você quer experimentar esse suspiro vitorioso.

73

O MITO DE LUKE SKYWALKER

REY E FINN SABEM O NOME DELE

Star Wars: Episódio VII — O Despertar da Força
Roteiristas: J. J. Abrams, Lawrence Kasdan e Michael Arndt
Diretor: J. J. Abrams

O fim de *O Despertar da Força* foi um enorme risco. O retorno da franquia prometia o retorno de Luke, Leia e Han, os heróis com que uma grande percentagem de nós tinha crescido. Han estava lá. Leia estava lá. Mas onde estava Luke? Toda a premissa do sétimo capítulo da saga Star Wars foi articulada em torno do desaparecimento de Luke Skywalker, o maior dos cavaleiros jedi. Ele tinha sumido. Puf. Tinha saído à procura do primeiro Templo Jedi. Tinha fugido dos erros do passado. A última cena, em que Rey, nossa nova heroína, arrancada das areias de um planeta longínquo, caminha lentamente por degraus antigos em Ahch-To para encontrar Luke Skywalker é o final mais único da franquia. Muito mais poderia ser escrito sobre isso — na verdade (spoiler) eu *vou* escrever mais sobre isso. Fique atento. O final de *O Despertar da Força* foi um risco enorme com grandes recompensas, mas muito dele foi construído sobre um rápido e pequeno momento no início do filme, quando Rey identifica Luke Skywalker como um mito que muitos já não pensavam ser real.

Rey e Finn se encontram no mercado do Posto Avançado de Niima. Ele é um estranho em fuga, mentindo para si mesmo — e, em breve, para ela — sobre por que estava fugindo. Depois de uma briga que coloca Finn no lado errado do bastão de Rey, ele revela uma coisa: BB-8 tem um mapa para encontrar Luke Skywalker.

Em um piscar de olhos, a Rey de Daisy Ridley passa por uma galáxia de emoções. Com a simples menção do nome Skywalker, Rey se vira para Finn como se ele estivesse falando uma língua secreta, uma senha especial. Muita coisa aconteceu desde que Luke Skywalker saiu vitorioso na lua de Endor. Reviravoltas sombrias que transformaram um herói da Rebelião em um fantasma, um sussurro. Ainda assim, o sussurro foi poderoso o suficiente para chegar aos ouvidos de uma jovem catadora de lixo que vivia sozinha em Jakku. Ao dizer o nome de Luke Skywalker, Finn conseguiu a atenção dela.

Em uma fração de segundo, a atenção de Rey se torna a confirmação cheia de esperança de que o mito pode ser real e de que a galáxia tem um herói que vive nela. Ela sussurra de volta para ele, garantindo que a possível confirmação do segredo fique entre eles: "Luke Skywalker? Eu pensei que ele fosse um mito". Há um sorriso por trás da primeira parte dessa resposta. Rey está entusiasmada com a notícia. Ela sempre sonhou com o que estava além daquele planeta e de sua própria vida, mesmo convencida de que não poderia fazer parte disso.

Vivendo na concha de um andador imperial que fez parte de uma batalha lendária, Rey passou seus dias na busca de uma prova dos grandes momentos que aconteceram antes de seu tempo. Ela ocasionalmente usa o capacete de um membro caído do esquadrão rebelde conhecido como Tierfon Yellow Aces e sonha acordada com a galáxia que existe além de suas barreiras autoimpostas. Mas isso nunca tinha sido suficiente para que acreditasse na lenda de Luke Skywalker ou em si mesma. Ela não aceita que haja algo mais, e definitivamente não acredita que fará parte de algo maior do que as dunas sem fim que vê diante dela.

Sim, parece familiar. Luke Skywalker começou sua viagem de forma semelhante. Olhando para um pôr do sol, convencido de que aquilo era o mais longe que conseguiria ir. Em certo nível, essa é a tal "poesia de Star Wars" de que George Lucas sempre falou. Em outro, porém, essa imagem é usada novamente porque ainda é tão poderosa quanto era no passado, e ainda faz parte da lição de Star Wars. A jornada do herói muitas vezes começa com alguém que não acredita que pertence a esse caminho. Todos já passamos por isso. Talvez ainda estejamos lá. Ou voltaremos a estar. Cada geração olha para o que pode ser e expressa — ou mesmo acredita em — todas as dúvidas colocadas ali por si mesma ou pela sociedade.

"Eu não consigo." Esse é o mito em que acreditamos.

O sorriso de Rey fica sério quando ela acrescenta: "Pensei que ele fosse um mito". É como se ela não pudesse aceitar que uma coisa tão incrível seja verdade. Finn não tem tempo para confirmar ou negar (e ele próprio não tem certeza, porque a Primeira Ordem não quer que as pessoas acreditem em heróis como Luke Skywalker). A aventura começa então.

Rey sai em sua viagem como heroína, e nós somos levados com ela, quase nos esquecendo desse pequeno momento em Jakku. Somos envolvidos no encontro com velhos heróis, na fixação que ela tem em querer voltar para casa e em revelações sobre seu possível passado e potencial futuro. Tudo se move tão maravilhosamente rápido que você não recupera o fôlego até que Rey perde o dela ao se ver na frente de Luke Skywalker no fim do filme. É então que você reflete sobre esse primeiro momento, em que a empolgação, a esperança e a dúvida se derramaram sobre aquelas palavras: "Luke Skywalker? Eu pensei que ele fosse um mito". O peso do momento é enfim sentido. A garota descrente que veio do nada está sobre uma misteriosa colina descobrindo que o mito de Luke Skywalker é real... e ela também é.

E todos nós também somos.

72

A IRMÃ DA NOITE

ASAJJ VENTRESS VAI PARA CASA

Star Wars A Guerra dos Clones: "Nightsisters"
(Temporada 3 episódio 12)
Roteirista: Katie Lucas
Diretor: Giancarlo Volpe

Asajj Ventress se tornou popular assim que apareceu pela primeira vez na tela da aclamada série de 2003, *Guerras Clônicas*, de Genndy Tartakovsky. Como muitos elementos, personagens e cenas dessa série, Ventress superou o momento em que foi jogada para o escanteio e ignorada, como parte do cânone de Star Wars, com a chegada da mais conhecida *A Guerra dos Clones*. Com base nos primeiros designs da aprendiz que substituiria Darth Maul, Ventress tinha um apelo semelhante entre os fãs. Zangada e mostrando os dentes, com uma beleza impressionante em seu visual único, Ventress era uma assassina sombria e elegante com dois sabres de luz vermelhos. Um objeto a serviço do conde Dookan. Como Grey DeLisle antes dela, o rosnado na voz da dubladora Nika Futterman estava pingando com a vingança que os fãs querem em uma usuária malvada e sombria da Força. Sim, Ventress fez coisas muito malvadas — e as fez muito bem.

Mas quem era Asajj Ventress?

Katie Lucas sabia. A filha de George Lucas, Katie tinha trabalhado duro até chegar à equipe de roteiro da série *A Guerra dos Clones*, e se identificava mais com uma personagem em específico: Asajj Ventress. Na terceira temporada da série, Katie Lucas se conectou à fúria feminina de Ventress e procurou sua própria identidade para criar uma personagem magnificamente multifacetada em uma busca pela paz pessoal que todos podemos entender. Essa jornada poderosa e agridoce começou quando a assassina *punk rock* foi para casa, direto para os braços de Madre Talzin.

O abandono é um tema recorrente na vida de Ventress. Ela já foi rejeitada, expulsa, traída e deixada para morrer. A assembleia de bruxas sensíveis à Força em que ela nasceu, as Irmãs da Noite, precisou entregar Ventress a um pirata chamado Hal'Sted quando ela ainda era um bebê — aparentemente, como um pagamento pela segurança de todas elas. Criada como escrava desse pirata, a jovem Ventress cresceu e desenvolveu afeição por ele, mas Hal'Sted foi assassinado por piratas rivais. Ela foi então descoberta por um jedi chamado Ky Narec. Ele a treinou nos caminhos da Força, uma padawan não oficial no planeta em que estavam presos. Mas ele também foi morto na sua frente por outros piratas. Forte no uso da Força, mas agora sozinha, a raiva de Ventress a levou para o lado sombrio e ao serviço do conde Dookan, um jedi deposto que tinha se tornado sith. Sob as ordens de um Darth Sidious preocupado com os poderes de Ventress, Dookan se vira contra ela e a assassina em uma batalha (ou é o que ele pensa). Consegue enxergar o padrão? Sim. Asajj Ventress é sempre abandonada, o que alimenta seu desejo por vingança.

Completamente destruída, ela volta a Dathomir. Suas irmãs de assembleia emergem, ainda sem saber quem ela é, e a rodeiam como uma ameaça. Chamam Ventress daquilo que ela sentiu ser durante toda sua vida: uma estranha. Mas ali, através das palavras de Katie Lucas, Ventress se encontra. "Eu não sou uma estranha", ela diz antes de cair nos braços de Madre Talzin. A cura começou, e a jornada dela também.

Um episódio do podcast *Happy Beeps*, de Jennifer Landa, para o *ForceCenter* nos aponta para um artigo de 2011 que Jason B. Jones escreveu para o *Wired* sobre o arco desse episódio. Nele, Katie Lucas fala sobre Ventress se encontrar, afirmando que "ela não é mais peão de ninguém. Ela finalmente é dona de si mesma". É uma declaração poderosa que transforma essa personagem amada, mas um tanto unidimensional, em um farol para pessoas que se encontram em sua própria jornada por liberdade, identidade e paz. Ela *é* uma personagem cheia de raiva e violência que está dilacerada e sofrendo. Ela nunca teve a oportunidade de ser outra coisa até decidir fazer algo por si mesma.

A imagem de Ventress nos braços de sua "mãe" é tocante, mas é só o início da viagem. Há muito mais pela frente, ainda mais deslocamento e abandono. A história de Asajj Ventress quase não foi finalizada, mas os episódios não produzidos da série foram transformados no livro *Dark Disciple*, de Christie Golden. E então pudemos ler o capítulo final da jornada de Asajj Ventress. Ela, como muitos de nós, só queria encontrar seu propósito na galáxia, não fazer parte do propósito de outra pessoa, e ela merecia essa paz. No fim, tragicamente consegue o que queria, mas, graças a Katie Lucas, ela começou essa busca no momento em que foi para casa.

71

JOINHA!

COMO BB-8 ROUBOU A CENA

Star Wars: Episódio VII — O Despertar da Força
Roteiristas: J. J. Abrams, Lawrence Kasdan e Michael Arndt
Diretor: J. J. Abrams

Apresentar um novo grupo de heróis humanos ao mundo de Star Wars não é fácil. Rey, Finn e Poe Dameron teriam que se equiparar às lendas como Han, Leia e (em algum momento) Luke. Colocar Kylo Ren no nível de Darth Vader também foi um desafio, mas, pelo menos no caso dos vilões, você pode colocar uma capa preta e um sabre de luz vermelho para estar alguns passos mais perto de agradar aos fãs. Criar novos protagonistas para Stars Wars seria difícil de todos os ângulos. No entanto, a gigantesca tarefa de criar um novo droide para ser amado por todos foi o maior dos testes, e o sucesso de BB-8 tem tanto a ver com o afeto generalizado por *O Despertar da Força* como qualquer outra coisa.

BB-8 precisava funcionar. Ele não estava apenas enfrentando o afeto do *fandom* por C-3PO, R2-D2 e, tudo bem, qualquer um dos droides gonk. Esse novo astromech precisou enfrentar um histórico desafiador de conseguir que fãs aceitassem personagens construídos com um pouco de humor em mente. É claro que as *prequels* talvez tenham recebido o maior desafio, com Jar Jar Binks e até o jovem Anakin Skywalker, mas, além disso, houve outros personagens que foram inicialmente rejeitados pelo *fandom* por serem precoces ou brincalhões demais. A transformação de Ahsoka Tano de pré-adolescente emburrada para favorita entre os fãs é lendário, mas era difícil de imaginar em 2008. Ezra Bridger e Chopper, de *Star Wars Rebels*, também vêm à mente, e veremos até onde Bucket, de *Star Wars: Resistance,* consegue ir. Então, sim, BB-8 precisava funcionar, e havia muita pressão sobre aquele pequeno droide redondo.

A Lucasfilm deve ter se sentido confiante, ou então foi um caso galáctico de "vamos acreditar e repetir até se tornar realidade", porque BB-8 estava por toda parte até o lançamento do filme. Ele foi gerado como um "efeito prático", e desfilou pelos eventos. As versões de controle remoto foram vendidas como itens especiais nos cinemas. O droide foi usado até para vender laranjas (e, sim, eu comprei algumas). Então pode ser que o sucesso posterior do BB-8 como um personagem bem-recebido não tenha sido surpreendente para a empresa.

Ainda assim, quando BB-8 rolou pela primeira vez na cabana de Lor San Tekka e avisou seu melhor amigo Poe Dameron sobre os problemas que se aproximavam, todos os olhos e ouvidos estavam voltados para aquela bolinha. Parecia funcionar, não parecia? E então ele fugiu dos problemas com uma missão importante — uma missão não muito diferente da de R2 em *Uma Nova Esperança* —, e nós precisávamos torcer por ele. Foi aí que BB-8 conheceu Rey, e o charme desse novo droide começou a nos cativar da mesma forma que estava cativando a personagem de Daisy Ridley. Enquanto ele apitava e rolava ao redor de Rey como um cachorrinho seguindo sua nova e amada dona, tínhamos a sensação de que BB-8 estava dando certo. Mesmo assim, ele ainda poderia ter pisado no cocô proverbial de Star Wars e exclamado: "Peeeeee yousa!".

Tudo isso: o charme sutil, a natureza serelepe e a alma resiliente desse novo droide levaram ao MOMENTO de BB-8. Seu pedaço no legado de Star Wars. O GIF e o meme que cimentou seu lugar nos corações do *fandom*: aquele joinha para Finn.

O momento em que um droide estende um braço metálico com um isqueiro na ponta e dá a outro personagem um "joinha" foi, como diria o governador Tarkin, "um risco enorme". Se o desenvolvimento da cena tivesse sido feito de forma errada, esse momento entre Finn e BB-8 poderia ter amargurado os fãs de Star Wars, que com frequência são, hum... firmes em suas opiniões sobre "o que é Star Wars", em relação aos filmes. No entanto, quando Finn pede ajuda para parecer legal na frente de Rey, nos encantamos com o droide. BB-8 tem nossa atenção, nossa imaginação e, graças a um triste aceno em Jakku, nossa simpatia. Nós também sabemos que ele é esperto e bem informado. Ciente de que algo não está certo e ajudando a mostrar Finn como parte da Resistência, BB-8 tem uma grande decisão moral a tomar: confiar nesse ex-stormtrooper com boas intenções ou estragar o disfarce dele.

Com um giro contemplativo da cabeça, BB-8 decide. Ele dá a Rey a localização da base da Resistência e mantém o disfarce de Finn. Finn faz um "joinha" com o polegar, e BB-8 devolve o mesmo. Eu não assisti a uma única sessão desse filme em que o público não tenha amado esse momento. A reação era sempre a mesma. Risos e alegria. Funcionou. Era engraçado, mas mostrava a verdadeira natureza do droide com que estávamos prestes a passar um tempão.

Luke Skywalker, Han Solo, princesa Leia, Chewbacca, Lando Calrissian, Obi-Wan Kenobi e até Darth Vader eram os grandes nomes que seguíamos e em que nos espelhávamos a cada filme, mas C-3PO e R2-D2 faziam com que tudo parecesse conectado, como se você estivesse assistindo às histórias com dois amigos. Essa era uma parte valiosa do sucesso dos filmes anteriores. Todo esse peso foi colocado sobre os ombros virtuais de BB-8. Não havia nem um segundo droide para ajudá-lo. Talvez porque C-3PO ainda estivesse se preocupando com a galáxia, BB-8 estava sozinho. Tudo isso estava nas costas dele, mas, com um "joinha", BB-8 roubou a cena e nos mostrou que tínhamos um novo amigo nessas novas histórias.

70

Y-WINGS A CAMINHO

RECONHECENDO A BASE DA FROTA REBELDE

Rogue One: Uma História Star Wars
Roteiristas: Chris Weitz e Tony Gilroy
Diretor: Gareth Edwards

À medida que a Batalha de Scarif se desenrolava no céu e na praia, um momento deixou um certo grupo de fãs de Star Wars roendo as unhas. Eu faço parte desse grupo, por isso vou tentar permanecer o mais imparcial e emocionalmente distante possível (e vou falhar). O Esquadrão Ouro, liderado pelo veterano rebelde Jon "Dutch" Vander, sobrevoou a batalha e usou seus torpedos de íons para desativar o Destróier Estelar Imperial Persecutor, depois que um membro do Esquadrão Azul desativou alguns dos escudos defletores do Destróier. Isso levou à grande decisão do almirante Raddus de chocar o Persecutor contra o Destróier Intimidator. Uma tática que permitiu aos Rebeldes transportar os planos da Estrela da Morte para fora do planeta. O Esquadrão Ouro é composto por Y-wings. E os pilotos dos Y-wings BTL são os melhores pilotos da galáxia.

Tudo bem, isso é só, você sabe, a minha opinião, mas os Y-wings brilhando na tela — assim como o debate sobre quais pilotos estelares são os melhores — é definitivamente um motivo para amar Star Wars. O que os fãs têm feito isso desde que viram Star Wars pela primeira vez. Nos parquinhos, no trabalho, nas festas e, mais tarde, nos podcasts, os debates divertidos — e, muitas vezes, bobos — sobre esses pequenos detalhes da saga são uma grande parte do que nos atrai.

Os Y-wings fazem parte de Star Wars desde *Uma Nova Esperança*. Dutch Vander estava lá com seu Esquadrão Ouro e deu o *primeiro* tiro para destruir a Estrela da Morte. Ele e seus companheiros Dex Tiree e Davish "Pops" Krail foram destruídos. Oito Y-wings voaram naquela batalha, e apenas um, pilotado por Evaan Verlaine, sobreviveu. A Estrela da Morte, como a história nos mostra, foi explodida por aquele fazendeiro loiro, Luke Skywalker. E o tal Skywalker pilotava um X-wing.

Ah, preciosos X-wing. Todo mundo adora um X-wing!!! blá blá blá. Eu entendo. Os X-wings são os protagonistas das forças rebeldes. Elegantes e com um design quase perfeito. Essa nave é o garoto propaganda dos veículos. Ele é o que todo caça espacial deveria ser. No entanto, à sombra dos clássicos X-wing, estão os burros de carga da frota Rebelde, os Y-wings.

Eles são caças bombardeadores, vitais para a causa pela habilidade de enfraquecer as defesas imperiais. No entanto, são mais lentos e volumosos, e seu design é um pouco desajeitado. Ah, droga, eles têm até a letra Y no nome, e todo mundo sabe que o X é muito mais sexy. Mais tarde, somos apresentados aos A-wings, voando pela batalha como cachorrinhos barulhentos, e aos exóticos B-wings, bombardeadores pesados, mas com um design que deixou todo mundo confuso. *Rogue One* nos apresenta aos transportes de tropas chamados U-wings. Atrasados para a festa, eles ainda traziam um design elegante e ameaçavam ofuscar os pobres Y-wings.

E ainda assim, no meio da batalha, chegou o momento de eles brilharem. Ao voar pela tela em toda a glória, Dutch Vander e sua equipe, para variar, conseguiram terminar o que um X-wing tinha começado. Os torpedos de íons bateram contra a ponte do Destróier Estelar imperial. Enquanto voavam para longe, um sorriso apareceu no meu rosto. Não era só eu sorrindo naquele cinema em 2016. Era eu, um jovem fã no Natal de 1983, sorrindo enquanto abria meu primeiro brinquedo de caça espacial de Star Wars Kenner — um Y-wing. Star Wars está tanto no nosso passado quanto no nosso presente. Boa sorte, Y-wings.

69

"CARGAS SÍSMICAS!"

UM SOM PODE TRAZER VOCÊ DE VOLTA

Star Wars: Episódio II — Ataque dos Clones
Roteiristas: George Lucas e Jonathan Hales
Diretor: George Lucas

Não dá para estabelecer um ranking dos melhores filmes Star Wars. Com mais filmes a caminho, você vai sempre ter que ajustar a lista e, quando pensa que tem controle sobre suas opiniões, você muda de ideia. É inteiramente possível "classificar" os filmes Star Wars de uma maneira diferente a cada dia. No entanto, é uma aposta relativamente segura dizer que *Ataque dos Clones*, de 2002, vai, na maioria das vezes, estar no final da lista.

Com alguns dos diálogos mais criticados das já difamadas *prequels*, assim como alguns dos momentos de comédia mais constrangedores, o Episódio II pode revelar ser um desafio até mesmo para os fãs mais entusiasmados. E anda assim... AINDA ASSIM... há alguns momentos incríveis nesse filme. Momentos que são frequentemente redescobertos e valorizados. E, da mesma forma como Darth Maul ou a testa franzida de Qui-Gon Jinn impediram que os fãs mais exigentes rejeitassem *A Ameaça Fantasma*, um som continua a trazer as pessoas de volta ao *Ataque dos Clones*: o som das cargas sísmicas.

Com Obi-Wan Kenobi em perseguição da icônica nave Slave I, de Jango Fett, o caçador de recompensas se dirige para o campo de asteroides em torno do planeta Geonosis. Enquanto o filho Boba ri ao seu lado, Jango solta um tubo da parte de trás da nave. O astromech R4-P17 de Kenobi emite um sinal de alerta e o jedi exclama: "Cargas sísmicas!". Ao ver essa cena pela primeira vez, um fã pode adivinhar o que vem a seguir. Uma explosão. Quer dizer, é sempre uma explosão, não é?

É uma explosão! Mas é uma explosão diferente de qualquer outra vista — e ouvida — em Star Wars. Uma bola de energia azul brilhante aparece na tela e é imediatamente seguida pelo silêncio. Sim. Silêncio. Como uma música que é pausada logo antes da banda chegar ao refrão, o design de som da carga sísmica contém uma batida poderosa de silêncio ensurdecedor. E então, quando as ondas da carga se espalham pelo espaço, destruindo qualquer asteroide que possa encontrar no caminho, nós ouvimos um rugido vibrante e metálico que deslumbra os ouvidos.

E aí, enquanto você tenta processar o efeito hipnotizante que testemunhou, Jango libera uma segunda carga e você prende a respiração em antecipação — porque está empolgado demais por um efeito sonoro! Obi-Wan consegue escapar de ambas as bombas e a missão de detetive continua, mas as explosões ainda permanecem nos ouvidos do público.

É mais um momento de triunfo para o lendário Ben Burtt. Assim como o *pew pew pew* dos blasters e inúmeros outros sons e ruídos, Burtt nos deu um banquete delicioso para os olhos e ouvidos. Descrito como um "buraco negro de áudio", Burtt se inspirou na sequência da câmara de ar em *2001: Uma odisseia no espaço* e em um velho editor de som com o método de "apagar" os sons antes das explosões nos filmes antigos. Sejam quais forem suas fontes, Burtt consegue criar um momento memorável... e momentos memoráveis nos fazem relembrar.

É exagero dizer que APENAS um som faz com que os fãs aceitem um filme que não gostaram? Talvez. Mas não dá para negar: as cargas sísmicas estão no topo da lista de "sim, mas..." para esse filme.

Fã 1: "Eu não gostei muito de *Ataque dos Clones*."

Fã 2: "Sim, mas... as cargas sísmicas foram muito legais."

Fã 1: "Ah, sim, eu adoro elas!"

Por baixo da comédia boba, da história de amor um pouco forçada e dos clones estranhos de CGI no Episódio II, podemos encontrar alguns momentos importantes da saga. Eles estão lá. Você só precisa valorizar os momentos do tipo, sabe, uma carga sísmica explodindo entre asteroides no meio de uma luta espacial.

68
ESCRITO NAS ESTRELAS
A HISTÓRIA DE CIENA REE E THANE KYRELL

Star Wars: Estrelas perdidas
Autora: Claudia Gray

Dois jovens amantes em lados opostos de uma guerra que está dilacerando a galáxia, criados no mesmo planeta, mas proibidos de se amar, reencontram-se numa ponte em chamas de um Destróier Estelar imperial caindo em direção à superfície de um planeta. Esse momento espetacular e atemporal é o tipo de coisa que faz Star Wars ser o que é e para quem é. O bem luta contra o mal, o destino de muitos fica em jogo, mas o foco são os indivíduos e suas conexões com quem amam. O momento é épico e grandioso. Verdadeiramente adequado para uma saga dessa grandeza. E ele saltou das páginas de um livro adolescente no início do novo cânone de Star Wars. Publicado em 2015, *Estrelas perdidas*, de Claudia Gray, continua a ser uma das melhores leituras da saga, estendendo-se para além do seu alcance comercial e capturando os corações dos fãs.

Ciena Ree e Thane Kyrell são a Julieta e o Romeu de Star Wars. Não dá para olhar de outra forma e, francamente, que bom que não dá. Nascida em Jelucan, um mundo da orla exterior, Ciena Ree cresceu como descendente da Primeira Onda de colonizadores daquele planeta. Eles são uma classe pobre e trabalhadora, além de desprezada pela Segunda Onda, que, é claro, foi onde Thane Kyrell cresceu. Naturalmente, eles se conheceram quando crianças, se tornaram amigos e parceiros de treinamento de voo, e passaram a integrar a Academia Imperial para servir ao governo que assumiu o planeta logo depois da queda da República. Desse momento em diante, o amor *deveria* ter florescido. Romances arrebatadores, principalmente romances arrebatadores *proibidos*, são um ingrediente importante para Star Wars. E o amor de Ciena e Thane é mesmo arrebatador. Arrebatador e com camadas e obstáculos surpreendentes.

O maravilhoso na história de Claudia Gray é que ela tem como pano de fundo a Guerra Civil Galáctica, o conflito central dessa saga que estudamos desde 1977, e nos faz olhar para esses acontecimentos de um novo ângulo. O livro passa por momentos importantes da trilogia original. Atribuída ao Destróier Estelar Devastator, Ciena Ree faz parte da captura da nave da princesa Leia e até observa (e não ataca) a cápsula de fuga que leva C-3PO e R2-D2 para longe dali. Thane Kyrell faz parte da equipe imperial que procura a suposta localização da base Rebelde em Dantooine. E os dois passam pelo choque da destruição de Alderaan e a explosão da Estrela da Morte.

É então que a história segue por uma direção importante. Pela primeira vez, nós, fãs de Star Wars — principalmente os fãs mais antigos —, testemunhamos esses eventos icônicos pelos olhos das pessoas afetadas. O livro não nega o Império como fonte de opressão e maldade na galáxia (na verdade, ele se aproveita disso), mas, agora que temos novos pontos de vista, os maiores momentos da Guerra Civil Galáctica podem ser analisados como nunca foram antes. A aniquilação completa de Alderaan é repugnante para os jovens, ela é desafiadora e confusa, mesmo que, como Ciena Ree, você tenha caído no papo imperial de que isso é necessário para evitar uma guerra maior. E então, quando os rebeldes e Luke Skywalker "salvam o dia" e destroem a Estrela da Morte, aprendemos não apenas que quase um milhão de imperiais foram mortos "por terroristas", como alguns dizem, mas descobrimos alguns de seus nomes e rostos. Ciena e Thane sofreram perdas pessoais naquele dia.

Ainda assim, a Guerra Civil e as ações das facções continuam a afetar nossos dois amantes de formas diferentes. O aristocrático Thane Kyrell considera as ações do Império desprezíveis e se junta à Rebelião pouco antes da Batalha de Hoth. Ciena Ree, talvez encontrando algum conforto em estar no topo da estrutura de poder pela primeira vez, permanece em conflito, leal a um regime que ela realmente acredita estar trazendo a paz através da ordem. Assim, eles se afastam, ficando em opostos de uma guerra que poderia muito bem colocá-los um contra o outro em uma batalha.

A história continua a trazer certa diversão melodramática pelos cantos da trilogia original. Os eventos de *O Império Contra-Ataca* e *O Retorno de Jedi* são contados pelos pontos de vista de Ciena e Thane. É bem bacana, e de vez em quando passa aquela sensação *Forrest Gump* de que nossos personagens estão presentes em todos os grandes momentos. Mas tudo isso leva até o grande final. Amor e guerra em meio ao caos da Batalha de Jakku.

Thane é enviado para se infiltrar e assumir o controle do Destróier Estelar Imperial Inflictor sob o comando de — é claro — Ciena Ree. Ao saber de uma invasão, Ciena evacua a tripulação e decide destruir a nave para mantê-la fora das mãos rebeldes. Isso leva ao momento para qual toda a história foi construída. Amantes e amigos há muito separados em lados opostos se enfrentam quando suas vidas estão prestes a terminar. É poderoso e emocionante, digno de Shakespeare. Escrito nas estrelas de Star Wars.

O verdadeiro resultado é que o livro estabeleceu um precedente alto para os romances subsequentes. O *fandom* se apaixonou completamente pela história (esse ainda é o livro pelo qual sugiro que novos leitores comecem). O que Claudia Gray conseguiu fazer não foi apenas criar personagens novos e memoráveis que inspiraram e se conectaram com os fãs; ela também pegou carona na nossa visão de Star Wars, especificamente da amada trilogia original, e apresentou uma perspectiva nova e instigante. A essa altura, Star Wars já tinha alguns livros populares, mas quando Thane Kyrell ficou cara a cara com Ciena Ree dentro de uma cápsula de fuga em chamas na superfície devastada de Jakku, todos nós percebemos o que esperávamos ler daquele momento em diante: novas respostas para velhas perguntas sobre o bem, o mal, a guerra e o amor que se eleva acima de tudo.

67

HERÓIS DE GUERRA

BB-8 E R2-D2 SE LEMBRAM DOS HORRORES E DAS VITÓRIAS DA GUERRA

Star Wars – Poe Dameron: "The Awakening"
(Edição 28)
Autor: Charles Soule
Artista: Angel Unzueta
Colorista: Arif Prianto

"Guerra não faz grande ninguém."
— Yoda, *O Império Contra-Ataca*

A ideia de que Star Wars é mais do que tiros e batalhas sempre esteve presente na saga. A trilogia original estava cheia de batalhas épicas e boas lutas para derrotar o mal, mas ela também sempre parou por um momento, principalmente no Episódio V e no Episódio VI, para examinar os efeitos das guerras e os guerreiros que as travam. À medida que a saga foi avançando, os criadores, de George Lucas — nas *prequels* — aos autores, diretores e contadores de histórias da era moderna, tiveram mais tempo para explorar as realidades da guerra. Como e por que se chega a certo ponto e o que acontece depois com as pessoas e com o mundo são temas que aparecem sempre. E um dos momentos mais bonitos, comoventes e surpreendentes veio na vigésima oitava edição da série em quadrinhos *Star Wars: Poe Dameron*. Ela envolveu dois veteranos de guerra de um jeito que você nunca viu antes.

O roteirista Charles Soule e a equipe de arte por trás da edição lançaram uma isca maravilhosa para levar a mensagem diretamente ao seu coração de fã. Nesse ponto da série, a história tinha "superado" os eventos de *Os Últimos Jedi* e estava usando os diálogos entre personagens como Rey, Poe e Finn para voltar ao passado e preencher algumas lacunas, grandes e pequenas, entre o Episódio VII e o Episódio VIII. Então, começamos com dois membros desconhecidos da Resistência falando sobre a Batalha da Base Starkiller. Um deles estava lá. Ele se lembra de quase todos os pilotos E TAMBÉM dos droides astromech que voaram em batalha. O outro não estava presente, mas claramente já esteve em uma batalha antes, e conta sobre a lendária Batalha de Yavin e as perdas sofridas nela. Ele também conheceu Han, acredita em Leia e esteve perto o suficiente para testemunhar o potencial e o poder de Rey. Como leitor, você é imediatamente conquistado e se pergunta quem são esses dois. Um deles não é o Poe, certo? O primeiro afirma que Poe esteve na batalha junto dele. O segundo seria o Wedge? Ele participou da Batalha de Yavin, mas ainda não apareceu na nova trilogia. O fantasma de Biggs? O fantasma de Ello Asty? E então um deles começa a falar sobre estar presente em muitos momentos importantes da história, e sente que esse é seu destino. Quem são esses guerreiros?

Você vira a página e...

... são BB-8 e R2-D2.

Boom. Brilhante!

Os dois droides astromech mais famosos da galáxia estão dentro da Millenium Falcon, enquanto a nave foge de Crait e da Primeira Ordem, e estão tendo uma conversa profunda, dolorosa e, acima de tudo, cheia de esperança sobre o conflito em que ambos estão desempenhando papéis importantes. Os *bipes* e *bupes* desses dois droides foram substituídos por palavras reais. Estamos indo além do que sempre pensávamos sobre eles e compreendendo o sentido pleno de seu envolvimento na luta por sobrevivência e liberdade.

Devíamos ter adivinhado. Enquanto BB-8 entra em detalhes sobre o ataque desesperado à base Starkiller, ele toma cuidado para mencionar cada droide astromech presente e lamenta por aquele de que não consegue se lembrar (jurando encontrar o nome e colocá-lo em seus bancos de memória). R2-D2 faz o mesmo, lembrando-se não apenas da perda do piloto Jek Porkins, o Vermelho 6, na Batalha de Yavin, mas também de seu droide, R5-D8. Nunca passamos por isso em Star Wars. Ah, sim, já sentimos a perda de droides antes (descanse em paz, R4-P17, amigo de Obi-Wan). Vimos um droide gonk gritando de dor nas masmorras do Palácio de Jabba. Rimos junto com K-2SO e simpatizamos com L3-37. Mas, sejamos honestos, pela maior parte de nossas vidas como fãs de Star Wars, nossa visão dos droides foi semelhante à reação que tivemos ao ver R2-D2 levando um tiro do TIE Advanced de Darth Vader na cena de corrida em *Uma Nova Esperança*. Vader dispara, R2 explode, Luke diz que "perdeu o R2". No centro de comando rebelde, C-3PO reage, a preocupação emanando de alguma forma de seus olhos droides, mas ninguém parece se importar.

N-I-N-G-U-É-M.

Nem Leia. Nem o general Jan Dodonna. Nem qualquer outra pessoa reage à notícia de que R2-D2 foi aparentemente destruído. E, de certa forma, assim tem sido conosco. Nós gostamos desses droides e não queremos que nada aconteça com eles. Mas, em geral, estamos aqui por Luke Skywalker, Han Solo e princesa Leia. E, veja bem, talvez você sempre lembrasse dos droides, mas tenho que admitir a fria e dura verdade: eu nunca olhei para eles como veteranos de guerra e é ESSE o motivo para amar esse momento em Star Wars.

Nas páginas de uma história em quadrinhos, podemos passar um tempo com dois droides que lutaram em quase todas as batalhas que assistimos. Na maioria das vezes, eles salvaram o dia. Eles perderam colegas e amigos. Perderam a fé e lutaram para manter a esperança. À medida que você lê cada quadro, entende cada palavra, sente que nunca poderá ver BB-8 e R2-D2 de outra forma. Eles não são heróis de guerra. São heróis que responderam ao chamado para lutar nas causas em que acreditavam.

E então C-3PO os interrompe. Ah, C-3PO...

66

ORDEM 66

A QUEDA DOS JEDI

Star Wars: Episódio III — A Vingança dos Sith
Roteirista: George Lucas
Diretor: George Lucas

Sim.

Sim, eu fiz isso.

O 66º motivo para amarmos Star Wars é, na verdade, a cena da Ordem 66 em *A Vingança dos Sith*. Tinha que ser. Olha, eu até tentei não colocar essa cena aqui. É previsível demais, não é? Além disso, é uma cena bem poderosa, então discuti comigo mesmo sobre isso. *Coloque em uma posição superior. Não faça essa brincadeira tão ruim.* Mas aqui estamos nós. E seja honesto, se eu não colocasse a Ordem 66 no número 66, você nunca me perdoaria. Eu também não conseguiria me perdoar. Talvez nunca mais me permitisse escrever outro livro. Você precisa aproveitar o que a vida te dá.

Então, sim, a Ordem 66 está na posição 66. Vamos lá.

Ao passar para Luke Skywalker o sabre de luz que pertenceu ao pai dele, Obi-Wan fala, para o personagem e para nós, sobre os pomposos cavaleiros jedi. "Por mais de mil gerações", lamenta, "os cavaleiros jedi foram guardiões da paz e da justiça na Antiga República, antes dos tempos sombrios, antes do Império". A partir dessas palavras, a imaginação dos fãs de Star Wars correu à solta. Como a Ordem Jedi pode ter caído? *Como* a Ordem Jedi caiu? Sabemos que eles caíram, e nos prometeram que teve alguma coisa a ver com Darth Vader. George Lucas finalmente nos deu a resposta em *A Vingança dos Sith*, de 2005. Gostar ou não desse filme pode muito bem depender de como você se sente sobre a cena da Ordem 66 em si. É a destruição literal dos jedi (ou da maior parte dos jedi — voltaremos a isso depois). Ela responde à pergunta de como aconteceu, e isso pode ser um problema para alguns fãs. Às vezes, as respostas que você recebe não são as mesmas que pensou.

Mas é justo questionar a cena da Ordem 66 até certo ponto. Eu estaria mentindo se dissesse que ela me conquistou imediatamente. Eu passei toda a minha existência de fã construindo a imagem de Darth Vader correndo pela galáxia, apontando os jedi para o imperador enquanto eles se revezavam em destruí-los. Tenho certeza de que não fui o único.

"Lá está um, imperador", exclamava Vader.

"Acabe com eles, Darth!", ria o imperador.

Na verdade... sabe de uma coisa? Ainda bem que não foi o meu eu de dez anos que escreveu a destruição dos jedi. Vamos deixar esse momento nas mãos do homem que criou a história. Há sempre espaço para perguntas e dúvidas em Star Wars; só não deixe que elas dominem sua experiência. Como muitas coisas nas *prequels* de George, se você estiver disposto a parar um pouquinho e mergulhar mais fundo, poderá encontrar algo muito mais esclarecedor, gratificante e importante do que poderia ter esperado. É assim com a cena da Ordem 66. Nenhuma das perguntas pode tirar a força emocional dela. Não é só a queda dos jedi, é a queda da paz, o escudo da Antiga República está sendo derrubado. Essa cena é o núcleo de *A Vingança dos Sith*, e é construída por maravilhosos pequenos momentos. Cada um deles acrescentando mais dor e compreensão sobre a aniquilação da Ordem Jedi.

Depois da morte de Mace Windu e da queda de Anakin Skywalker, a cena da Ordem 66 começa com o primeiro ato de Darth Vader: sua marcha à frente do 501º Batalhão pelo Templo Jedi. É um retorno simbólico à instituição que criou Anakin e, de certa forma, o destruiu. É também uma das melhores cenas de Star Wars. Os soldados clones marcham enquanto o rosto coberto de um jedi deposto adentra uma nova era de maldade. É impressionante em sua franqueza (bônus para Rian Johnson, que homenageou a cena com Kylo Ren marchando para a base de Crait em *Os Últimos Jedi*). Só esse momento já nos deixa boquiabertos, mas estamos apenas começando.

A ordem para acabar com os jedi é dada ao comandante Cody, em Utapau, segundos depois de um momento com o velho amigo e companheiro de batalha Obi-Wan Kenobi. Aqui, podemos sentir o significado da traição. Os jedi se tornaram generais dos exércitos de clones, uma ação que ia contra o código desses guerreiros, mas que não mudava a conexão criada ao longo da guerra. Os jedi e os clones lutaram e morreram juntos. No entanto, graças a um chip inibidor implantado nos cérebros dos clones, essas relações foram falhas desde o início. Os clones foram criados para matar os jedi. É uma traição poderosa e trágica. Eles disparam em Kenobi, e ele cai para sua suposta morte. Mas não focamos muito nisso. George guardou os sentimentos para o que está para vir.

No inclemente planeta Mygeeto, o venerável Ki-Adi Mundi sai em batalha, mas o som das botas dos clones para. Ki-Adi se vira, e o ator Silas Carson capta a sensação íntima da traição. Esse habilidoso jedi não tem chance nenhuma. Não só porque ele é pego desprevenido e em menor número, mas porque sua mente não aceita que pessoas tão próximas a ele poderiam trazer sua morte.

Quando chegamos à morte de Aayla Secura, em Felucia, a música do maestro John Williams já tomou conta da cena. A trilha cresce por cima da traição, mas é com o peso da tristeza. Yoda leva a mão ao coração, e nós também. Antes que possamos nos recuperar, as mortes de Plo Koon e Stass Allie nos fazem entender que nenhum jedi teve chance. Plo Koon descobriu Ahsoka Tano e fazia parte da espinha dorsal da Ordem. Num instante, ele morre sem cerimônias, espalhado pelos escombros de Cato Neimodia. Stass Allie morre de uma forma semelhante. As mortes só aumentam.

A cena termina em duas notas diferentes. Em Kashyyyk, Yoda sente o que está acontecendo, decapita seus pretensos assassinos e segue para a segurança sobre os ombros de Chewbacca e sob a proteção do chefe Tarful. É o suspiro de alívio em um momento escuro. Não dura muito. Darth Vader está prestes a dar seu passo mais sombrio. Enquanto os clones do 501º correm pelo Templo Jedi, matando os cavaleiros, Darth Vader entra em uma sala de jovens jedi — onde as crianças treinam no templo.

Para muitos, o assassinato das crianças pelas mãos de Darth Vader não parece certo. Não tanto pelo ato em si, mas talvez pelo fato de sempre termos ouvido que Vader tinha ajudado o imperador a caçar e matar os jedi. Mas isso acontece. Continuamos. Muitos jedi sobrevivem, e Vader sai para caçá-los pela glória de seu mestre. A Marvel Comics e os livros estão cobrindo esse terreno. Gostando ou não, faz parte da história. Nesse momento, Darth Vader tem uma escolha.

Um jovem, Sors Bandeam, avança e deposita toda sua confiança no homem que ainda acredita ser Anakin. “Mestre Skywalker, eles são muitos. O que é que vamos fazer?” Com um *crack*, o sabre de luz de Vader é ativado, e o ator Ross Beadman, aos seis anos de idade, demonstra a melhor reação de confusão em Star Wars. A Ordem 66 não o poupará, assim como não poupará seus amigos. Sim, é horrível, mas era isso que George Lucas pretendia.

Além de George Lucas decidir nos mostrar a decisão mais brutal que Vader poderia tomar, eu sempre vi isso — George não me explicou o que ele quis dizer, exatamente — como um jovem de cabelos loiros, não muito diferente do pequeno piloto que gostava de construir droides que encontramos em *A Ameaça Fantasma*, olhando para o que ele se tornou. É o primeiro teste de Darth Vader na destruição de tudo o que já foi. Quando a cena termina, ele dá o primeiro passo para matar seu passado. O pequeno Ani Skywalker não sobrevive a Darth Vader.

A Ordem 66 nos mostra muitas coisas. A dor da traição. O custo da guerra. E, em muitos aspectos, ela ilustra que a morte da Ordem Jedi, aquela poderosa instituição de heróis mantenedores da paz da galáxia, veio de dentro, destruída pelos soldados clones que eles concordaram em liderar. *A Vingança dos Sith* é construído sobre a Ordem 66. É a resposta que nós nunca quisemos, mas de que definitivamente precisávamos.

65

DE EWOK A SAQUEADOR

OS PERSONAGENS DE WARWICK DAVIS

Star Wars: Episódio VI — O Retorno de Jedi
Roteiristas: Lawrence Kasdan e George Lucas
Diretor: Richard Marquand

Em 1983, Wicket W. Warwick andou cuidadosamente pelo chão da floresta de Endor e espetou a princesa Leia com um galho de madeira. A princesa imediatamente percebeu e logo conheceu seu novo amigo ewok (graças a um lanche compartilhado, é claro), e todos nós conhecemos Warwick Davis. Não sabíamos disso naquele momento, mas uma nova e maravilhosa tradição de Star Wars tinha começado: Warwick Davis e Star Wars.

Para todos os efeitos, era para ser o fim. A saga Star Wars na telona tinha chegado ao fim. Warwick interpretou o agora mundialmente famoso ewok mais duas vezes nos filmes para televisão da ABC, mas foi só isso. Ele logo estrelou em *Willow: Na terra da magia* e, como muitos atores de Star Wars antes dele, seguiu com sua carreira. Então George Lucas decidiu fazer tudo de novo, e Warwick Davis voltou para a galáxia de Star Wars em *A Ameaça Fantasma*.

Interpretando Wald, Weazel, um comerciante de rua sem nome e um dublê para Yoda, em algumas cenas, Warwick tinha um prato cheio. Sua aparição como Weazel, um amigo de Watto com cabelos selvagens na corrida de pods, foi particularmente divertida para os fãs. "Ei, é o Wicket!" deve ter sido dito em voz alta em todas as sessões por algum tempo. No entanto, os Episódios II e III vieram e se foram sem seu envolvimento. Talvez tenha sido sua popularidade crescente graças ao seu envolvimento com a franquia *Harry Potter*, ou talvez sua participação como o personagem-título maléfico da série de filmes *Leprechaun*, que o manteve ocupado demais para Star Wars (tá bom... deve ter sido *Harry Potter*).

E então os novos filmes começaram, e foi aí que a participação de Warwick Davis em Star Wars se tornou uma tradição. Uma tradição gloriosa e maravilhosa. São quase personagens demais para listar, mas vamos tentar.

O Despertar da Força: Wolllivan, um habitante do castelo de Maz Kanata
Rogue One: Weeteef Cyubee
Os Últimos Jedi: Wodibin e Kedpin Shoklop
Star Wars Rebels: Ruhk
Solo: Weazel

E esses são apenas os papéis listados. Só em *Solo*, ele foi pelo menos dois droides, uma criatura parecida com um hamster parabenizando Han na mesa de Sabacc e sabe-se lá o que mais. Sua adição ao elenco de dubladores de *Star Wars Rebels*, interpretando o guarda-costas de Thrawn e assassino favorito dos fãs, Rukh, foi uma notícia digna de ser aplaudida de pé no Star Wars Celebration 2017, e *Solo* deu a ele seu papel mais importante na tela desde Wicket, com o surpreendente retorno de Weazel, o personagem que interpretou em *A Ameaça Fantasma*. Como Weazel conseguiu ir de ladrão de Tatooine a saqueador por uma causa é uma história que ainda não foi contada, por isso, dedos cruzados por ainda mais Weazel! Todas essas aparições mostram suas habilidades versáteis como artista, e parece certo ter Warwick ali.

Warwick Davis e Star Wars são a combinação perfeita. Ele tem sido embaixador da franquia há muito tempo. É um dos principais participantes dos Fan Weekends e dos eventos, como aquelas deliciosas Star Wars Celebrations, onde também é um dos melhores MCs que existem. Warwick era um fã antes de ser chamado para fazer parte de *O Retorno de Jedi*, e a alegria que sentiu ainda irradia dele, assim como quando ele era o mais amado ewok (desculpa, Paploo). Se você teve o prazer de vê-lo nos eventos e hotéis, você sabe uma coisa: ele é uma estrela do rock para os fãs.

Todo esse amor e apreciação começaram há alguns anos na lua florestal de Endor. O papel de Warwick como Wicket não é um feito pequeno. Considere uma coisa: quando tinha onze anos, Warwick foi contratado para ser um extra, apenas mais um ewok. E então o lendário Kenny Baker, já ocupado como R2-D2, adoeceu e não pôde interpretar Wicket conforme planejado. A lenda conta que George Lucas gostou do que o jovem Warwick estava fazendo como ewok, então ele o colocou no papel principal. A apresentação de Wicket com Leia precisava apresentar os ewoks para o público. Era a primeira visão dos nativos de Endor que ajudariam a derrubar o Império. Jogado no cenário, em frente a Carrie Fisher, com grande parte do terceiro ato do filme nas costas, o jovem Warwick Davis deu seu melhor. E ele ainda não parou. Seja na tela ou entre os fãs, Warwick Davis é uma parte preciosa da galáxia de Star Wars.

Yub nub.

Sim, yub nub.

64

A CHEGADA DE CAD BANE

O PRESENTE DE *A GUERRA DOS CLONES* PARA OS CAÇADORES DE RECOMPENSAS DEIXA SUA MARCA

Star Wars A Guerra dos Clones: "Hostage Crisis"
(Temporada 1 episódio 22)
Roteiristas: Eoghan Mahony, Brian Larsen e Drew Z. Greenberg
Diretor: Giancarlo Volpe

A Guerra dos Clones nos deu um incrível número de momentos memoráveis de Star Wars que conquistaram seu lugar de destaque entre os fãs. Os traumas profundos na jornada de Anakin em direção ao seu verdadeiro propósito, a expansão das realizações de Padmé Amidala, as camadas que compõe o personagem Obi-Wan Kenobi, o retorno de Maul e o crescimento de Ahsoka como uma personagem verdadeiramente inspiradora e influente fazem parte do legado da série. No entanto, logo no começo, um dos maiores destaques foi a estreia do caçador de recompensas com chapéu de abas largas, revólver de seis tiros e inspirado no Velho Oeste que era simplesmente mortífero e brutal. Cad Bane tinha chegado, trazendo consigo um bando de caçadores de recompensas (incluindo a amada Aurra Sing) para a tela e criando uma legião de fãs.

Sempre há lições em Star Wars. No caso de algumas, não precisamos cavar muito fundo, mas para outras é preciso ponderar. Elas estão em cada esquina. Fazem parte da diversão e do propósito de Star Wars. Ainda assim, não devemos subestimar o poder das coisas legais. Star Wars também tem a ver com ser descolado, e pode não haver, em toda a galáxia, alguém tão maneiro quanto Cad Bane.

Maneiro?

Sim... maneiro.

Os episódios de *A Guerra dos Clones* estão fora de ordem. Os motivos são confusos demais para este livro. Então, se você assistir à série na ordem cronológica, Cad Bane aparecerá seis episódios antes de "Hostage Crisis". Mas, se você assistir na ordem em que foram transmitidos, "Hostage Crisis" servirá como uma introdução a Bane, e ele chega explodindo tudo durante a tomada de um edifício do Senado em Coruscant. Sua equipe inclui a já mencionada Aurra Sing (se piscar, você perde a participação dela em *A Ameaça Fantasma*), um pirata weequay e um droide da série IG-86 (uma referência ao popular droide caçador de recompensas IG-88 de *O Império Contra-Ataca*). É uma equipe de estrelas da ralé, e eles não estão lá para brincar.

Estranhamente, à primeira vista, o design de Bane é... bobo... excêntrico... parecido demais com um pistoleiro do Velho Oeste. Lembro de ver o episódio pela primeira vez e subestimar o personagem imediatamente no começo da história. "Ele tem um chapéu de caubói", eu disse em voz alta para ninguém enquanto via a série sozinho. "Quer dizer, não dá pra levar ele a sério e — ah, entendi." Meu pensamento foi interrompido por Bane e sua equipe matando um grupo inteiro de soldados clones. Os riscos eram maiores... e eles conseguiram capturar a minha atenção.

E essa é a importância de Cad Bane na história de *A Guerra dos Clones*. Os fãs tinham acabado de sair das complicadas *prequels* e ainda não sabiam o que fazer com esse "desenho animado de Star Wars". Principalmente se a gente considerar que começaram mal, com um filme mal concebido de 2008 que só serviu para aumentar ainda mais as dúvidas que alguns alimentavam depois dos Episódios I, II e III. Não foi inteiramente culpa da série. Muitos de nós, fãs da era da trilogia original, se lembravam dos droides e dos ewoks das séries animadas dos anos 1980. Eles não passavam de desenhos animados bobos para as manhãs de sábado. Não deviam ser levados a sério e não tinham lugar na história do "verdadeiro" Star Wars. Embora desse para perceber imediatamente que *A Guerra dos Clones* tinha um objetivo mais ambicioso, Ahsoka (mais conhecida pelo apelido dado por Anakin, "Abusada") era precoce demais, Jar Jar estava por aí e os droides de batalha pareciam uma trupe de comédia pastelão. Em retrospecto, nenhum desses momentos é tão grave quanto pensamos inicialmente, mas naquela época — ai, ai — *A Guerra dos Clones* não pegou o *fandom* de jeito.

Ainda assim, Cad Bane era um mercenário, um caçador de recompensas, e matava clones sem remorso. Logo, ele estava atirando em um senador à queima-roupa e levando muitos dos outros senadores como reféns. Era real e perigoso. Em episódios posteriores, Cad Bane torturou um jedi até a morte e fez parte do plano de Darth Sidious de roubar crianças sensíveis à Força pela galáxia. Coisas bem pesadas.

A primeira temporada de *A Guerra dos Clones* fez muito para estabelecer o desejo da série de ocupar um lugar de destaque na tradição da franquia.

No entanto, depois de 21 episódios, as grandes batalhas, as intrigas políticas e os aprofundamentos de personagens estabelecidos ainda não tinham sido notados. Porém, no episódio final da primeira temporada, Cad Bane fez você endireitar as costas, inclinar o corpo um pouco mais para frente e prestar atenção. Esse caçador de recompensas perspicaz e de coração frio era diferente de tudo o que você estava vendo, mas, ao mesmo tempo, era completamente familiarizado com a galáxia com que você cresceu sonhando acordado. *A Guerra dos Clones* agora tinha uma vantagem e era.. você sabe... maneira... para os tais fãs maduros presentes na sala.

63

GUERRA!

A BATALHA DE CORUSCANT

Star Wars: Episódio III — A Vingança dos Sith
Roteirista: George Lucas
Diretor: George Lucas

Eu amo o começo de *A Vingança dos Sith*.

Pronto. Falei. Tá falado. Eu amo a Batalha de Coruscant, e tenho dito.

Espero que tenha sido mais fácil para você chegar a esse ponto. Talvez você nunca tenha precisado "chegar lá", talvez você estivesse "lá" desde o início. Que inveja. Sério. Bom, eu não senti uma aversão tão grande assim, sabe? Eu só senti que a cena era superficial demais. Uma versão construída sobre a Batalha de Yavin. George Lucas e suas legiões de efeitos visuais finalmente tinham todos os brinquedos na caixa de areia, e esse foi o resultado. Como um fã, eu simplesmente ignorei tudo. Mas a cada vez que eu assistia ao filme — que a Força esteja com o mercado de *home video* —, mais camadas e significados começaram a surgir. Foi revelada uma brutalidade à ação. Dois irmãos na tela. E, de repente, a Batalha de Coruscant se tornou cada parte de Star Wars que adoramos consumir.

O que temos aqui é uma tese sombria sobre o capítulo final dos filmes de Star Wars de George Lucas. Depois de contar a inspiradora história de autodescoberta, esperança e luta pela liberdade na trilogia original, o diretor voltou o foco para uma história de autodestruição, medo e colapso de instituições supostamente indestrutíveis. E, para o terceiro capítulo, ele trouxe consigo uma classificação "para maiores de treze anos". A escuridão estava caindo sobre a galáxia, e tudo começou com os tambores da trilha de John Williams. O som já estava diferente.

O texto clássico do começo de todo filme de Star Wars tinha proclamado "Guerra!" e, com certeza, pela primeira vez na franquia (até então), nós realmente começamos a história em uma batalha. As naves jedi pilotadas por Obi-Wan Kenobi e Anakin Skywalker passam por nós, sobre a superfície da capital da República, e nos levam para a ação. Estava em todos os lugares. Era barulhento e grandioso. Para onde quer que você olhasse, havia violência.

Um caça ARC-170 explode, e os corpos de soldados clones passam voando por nós em direção a uma morte fria no espaço. Já tínhamos visto pilotos rebeldes adorados morrerem antes, ouvimos seus gritos, mas havia alguma coisa perturbadoramente gráfica na distância emocional dessa morte. Não tivemos tempo para conhecer esses heróis, mas muitos estavam morrendo. Integrantes desconhecidos em uma guerra travada por políticos.

Mas nós conhecemos os nossos jedi, e nossa visão dos conflitos está focada em Kenobi e Skywalker. Lado a lado. Irmãos de armas. Isso foi antes da série animada *A Guerra dos Clones* chegar para preencher a relação e a história entre os dois. No entanto, mesmo com a série, foi esse o clímax da jornada que começou com um simples encontro a bordo de uma nave nubiana mais de uma década antes (ou em 1999, para nós). O professor relutante e o aluno medroso cresceram juntos, lutaram juntos e se tornaram a dupla dinâmica mais poderosa da galáxia. Aquela era sua última apresentação.

Há momentos na saga em que Anakin e Obi-Wan falam sobre sua história e amizade. Eles reconhecem a fraternidade que cresceu entre os dois para além da relação de trabalho. Nós os ouvimos falar sobre isso, mas, para mim, esta cena é tudo isso em ação. A sintonia, a sincronia das técnicas de luta, as piadas internas e as risadas, apesar do perigo em que parecem sempre se encontrar. Está tudo aqui. Esses são Obi-Wan Kenobi e Anakin Skywalker no auge de sua ligação.

Pouco depois, eles estão na nave de comando do general Grievous, A Mão Invisível, e nós estamos a caminho do resgate do chanceler Palpatine e do resto da história. Deixamos a batalha para trás. Ainda assim, pelos primeiros seis gloriosos minutos, fomos envoltos em todo o esplendor de Star Wars. Todos os ingredientes que amamos. Explosões, naves espaciais em batalha, R2-D2 atacando droides do mal e o destino da galáxia, tudo isso com doses saudáveis da história, dos personagens e das lições que queremos.

E eu perdi tudo isso na primeira vez.

Star Wars é muito parecido com uma franquia de restaurantes popular. Quero dizer, todo mundo adora comer no Star Wars. São tantas opções, tem tanto para amar, mas nem todos os itens do menu são para todo mundo. Ele tem refeições clássicas que todos continuamos pedindo porque são mesmo as melhores, mas, de vez em quando, é preciso ler o resto do menu. A Batalha de Coruscant tem tudo o que você procura. A trilha, os personagens, os riscos e cada momento divertido e suculento de ação que atraiu você todos aqueles anos atrás pode ser encontrado aqui, bem acima da capital da galáxia. Você só precisa desacelerar e tomar cuidado. Você precisa pedir uma novidade no menu.

62

CAPAS!

A MODA DA GALÁXIA

Star Wars: Episódio V — O Império Contra-Ataca
Roteiristas: Lawrence Kasdan e Leigh Brackett
Diretor: Irvin Kershner

Darth Vader tem uma capa. O diretor Orson Krennic e a capitã Phasma também. O mesmo pode ser dito para o conde Dookan e para o general Grievous. Padmé tinha uma, e seu amigo e companheiro de Senado, Bail Organa, também. E, é claro, Lando Calrissian tinha várias. E esses são apenas alguns dos personagens da telona. Quer saber qual é um dos ingredientes mais importantes de Star Wars? Um dos pequenos detalhes que acrescentam glamour à galáxia, ajudando a ditar a moda na história ao mesmo tempo que afeta o *fandom* do mundo real, que simplesmente não consegue acertar em suas escolhas fashion? São as capas.

Montes e montes de capas.

Darth Vader pode ter definido o tom quando apareceu com sua capa preta esvoaçando na brisa maligna em *Uma Nova Esperança*, mas foi Lando Calrissian, barão administrador da Cidade das Nuvens, amigo (ou seria inimigo?) de Han Solo e lançador de tendência que, aparecendo em *O Império Contra-Ataca,* estabeleceu um precedente de como usar uma capa em Star Wars.

Agora, vamos ser bem claros, o personagem de Lando Calrissian é muito mais do que suas capas. Ele é um amigo clemente e, quando pressionado, leal; é um piloto habilidoso e um futuro líder na Rebelião. O personagem de Lando e a interpretação de Billy Dee Williams ajudaram a expandir a franquia depois do sucesso do primeiro filme, tornando a galáxia um lugar mais robusto e diversificado. Ele também mudou a cara da moda na franquia.

Enquanto Han e Chewbacca levavam C-3PO e uma Leia desconfiada à Cidade das Nuvens para conhecer seu velho "amigo", todos nós começamos a duvidar. Há uma história escondida ali, e Han proclama que Lando não tem amor pelo Império, mas os sussurros entre ele e Chewie só servem para criar ainda mais dúvidas. Como público, não sabemos o que esperar. E então

Lando aparece na passarela da plataforma de pouso 327, sua comitiva de segurança atrás dele, e uma das primeiras imagens que vemos vai ficar na história: Lando indo em direção a Han Solo, as mãos nos quadris, com sua gloriosa capa esvoaçando ao vento de Bespin.

Esse tal de Lando tem alguma coisa.

A imagem é muito diferente da que Darth Vader apresentou em *Uma Nova Esperança*. Ainda assim, a capa de Vader *é* magnífica, trazendo à mente o vislumbre ameaçador de um vilão clássico dos filmes de monstros (Drácula está no espaço e ele não está feliz!). Os vilões seguintes de Star Wars continuam nesse tom.

O conde Dookan, interpretado pela lenda dos filmes do Drácula, Christopher Lee, ganhou outra capa clássica. Majestoso e intimidador, Dookan e sua capa eram uma só pessoa, fluindo como a alma oculta de Lorde Sith. Outros vilões usaram capas em um esforço para adicionar uma camada extra de poder. O general Grievous a usou para coletar os sabres de luz dos jedi que morreram em suas mãos. A capitã Phasma ordenou friamente a execução dos inocentes aldeões tuanal em *O Despertar da Força* enquanto cobria sua deslumbrante armadura prateada com uma capa preta de debrum vermelho-sangue. O diretor Orson Krennic usou a capa como tentativa de aumentar sua imagem autoconstruída de temido líder imperial. No final, não funcionou muito bem, mas ele ficou bonitão, morrendo sozinho e sem poder nenhum. Sim, capas são uma parte fundamental do mal no mundo de Star Wars, mas a diversão não acaba aí.

Solo: Uma História Star Wars é uma ode absoluta às capas na galáxia muito, muito distante. Dryden Vos usa sua capa preta e lustrosa como os outros vilões, e há mais. A capa forrada de pele de Enfys Nest é gloriosamente rebelde, estabelecendo uma nova tendência para saqueadores. Qi'ra, sempre calculando e um passo à frente, faz uma pausa para apreciar a coleção de capas de Lando, e até usa uma de suas peças especiais como ingrediente final do golpe para conseguir acesso às minas de especiarias em Kessel.

Mas a coleção de capas do Lando, hein? Sério, a Lucasfilm precisa licenciar uma linha de capas para usarmos na nossa galáxia. É gloriosa, bonita e impressionante. A versão mais jovem de Lando Calrissian combinada ao estilo de Donald Glover se baseia no reconhecimento e importância das capas em Star Wars. As cores, os estilos, as variações, a grandiosidade. É como se o centro do universo de capas em Star Wars estivesse ali mesmo, na Millennium Falcon. Como deve ser. Capas e Star Wars andam de mãos dadas. Percebemos isso pela primeira vez quando Lando atravessou a plataforma de pouso para cumprimentar um velho amigo com sua capa e seu legado balançando orgulhosamente ao vento.

61

IDEN VERSIO: O COLAPSO DO NEGÓCIO DA FAMÍLIA

COMO UMA PERSONAGEM DE VIDEOGAME ASSUMIU SEU LUGAR MERECIDO EM STAR WARS

Star Wars Battlefront II
Roteiristas: Walt Williams e Mitch Dyer

O clássico jogo de fliperama Star Wars foi minha primeira experiência com um jogo ambientado nesse mundo. Colocando fichas e mais fichas na máquina, eu, como tantos outros daquela geração, deixava de lado os gráficos *wireframe* e permitia que minha imaginação me levasse à Estrela da Morte. Eu estava lá. No filme. Ajudando Luke Skywalker a derrubar o Império. Desde então, os jogos ficaram maiores e melhores, e a variedade nos trouxe histórias e personagens incríveis. Suas primeiras lembranças podem ser da versão de 8-bits de *O Império Contra-Ataca* no Atari ou do inovador *Shadows of the Empire* no Nintendo 64, mas o apelo e a promessa daquele primeiro jogo de fliperama não desapareceram. Todos queremos sentir que somos parte da história de Star Wars.

Em 2015, a franquia *Star Wars Battlefront* foi reiniciada e, curiosamente, apesar de ser deslumbrante e fazer com que nos sentíssemos DENTRO das batalhas, não foi o suficiente para os fãs. As exigências do público de videogames cresceram e amadureceram desde que meus amigos e eu gastamos a maior parte da mesada para pilotar o equivalente tecnológico de um boneco de palito em uma batalha espacial. Os fãs queriam um modo história completamente funcional. No entanto, quando anunciaram que a sequência, *Battlefront II*, teria um modo história e que essa narrativa faria parte do cânone oficial de Star Wars, algumas sobrancelhas foram levantadas. Nessa nova era do cânone, com mais ênfase no quem, por que e onde das histórias, os fãs se perguntavam se um jogo conseguiria encontrar seu lugar na saga.

Sério, será que podemos parar por um segundo e reconhecer como, às vezes, é difícil fazer os fãs de Star Wars felizes?

Mas é compreensível. Na era moderna de Star Wars, a palavra "cânone" significa... bem... tudo para muitos fãs (ou para alguns fãs, não vamos apontar tanto o dedo). Talvez até demais. Embora o cânone nunca deva vir antes da importância de uma boa história, não podemos negar que parte da diversão de ser um fã de Star Wars é saber onde as peças do quebra-cabeça se encaixam. O perigo é quando peças demais são colocadas na mesa. Esse foi o grande desafio de *Star Wars Battlefront II* e dos roteiristas, Walt Williams e Mitch Dyer. Será que eles poderiam criar uma história e um protagonista que se encaixassem perfeitamente no universo de Star Wars?

Claro.

Sem problemas.

Nós conhecemos Iden Versio, interpretada por Janina Gavankar, uma líder do Esquadrão Inferno, uma força de ataque imperial de elite. Vestida em um preto imponente e entrando na Batalha de Endor, ela estava no centro de um grande momento de Star Wars. Enquanto as engrenagens na sua cabeça de fã estão girando, tentando descobrir se você gosta mesmo de ver imperiais de elite desconhecidos correndo pela preciosa Batalha de Endor, isso acontece... A segunda Estrela da Morte explode. Um momento decisivo em Star Wars... mas, desta vez, estamos vendo esse momento pelos olhos de Iden Versio. À medida que a segunda superarma do Império explode sobre o planeta, há dor no rosto de Iden, uma compreensão profunda seguida pela negação desta nova verdade. Iden não pode deixar de olhar para o Império sob uma nova luz. Eles não deveriam perder, mas perderam, e, antes do fim, Iden ajudaria a terminar o trabalho.

Ela nasceu no Império, no planeta Vardos. Seu pai, Garrick, era um oficial imperial importante. Sua mãe, artista, usou seu imenso talento para criar propaganda imperial. Ela foi criada para acreditar no que o Império representava, mas cresceu para descobrir a verdade e se juntar à Rebelião. Ela fez tudo o que podia para derrubar o Império e, de certa forma, ajudou a acabar com o negócio da família.

À medida que a história de Iden evolui — ou seja, à medida que você joga a aventura no conforto de casa — nós lidamos com alguns conceitos bem grandes. Iden não apenas "acredita" no Império. Ele é um modo de vida para ela. Sua única existência. Embora sua mãe tenha falecido, sua conexão com o pai rígido e distante vem por meio do serviço ao Império. A dinâmica pai/filho é frequentemente explorada com sucesso em Star Wars, mas é bom ver a dinâmica pai/filha (para saber mais sobre a mãe de Iden, confira o livro de Christie Golden, *Star Wars: Battlefront II — Inferno Squad*). A relação de Iden com o Império desmorona quando ela descobre a triste verdade sobre o pai. Ele ordenou um ataque ao seu mundo natal, obedecendo às ordens do imperador. Ela muda de lado, e está em rebelião declarada contra o Império, assim como contra o pai e a história da família. Isso também representa uma valiosa lição para todos nós: é possível mudar quando uma vida de crenças nos leva a revelações imprevistas? É possível crescer?

Assim como Luke Skywalker antes dela, a jornada de Iden parece uma vingança contra o próprio pai, mas se transforma em uma missão de redenção. Seus últimos momentos com o pai acontecem a bordo do Destróier Estelar que ele comanda. Ela está lá para resgatá-lo. Resgatá-lo daquele momento, sim, mas também levá-lo com ela para uma nova forma de pensar. Ele se recusa. Não só por lealdade a um regime prestes a desaparecer, mas porque sabe que não merece. Iden olhou para uma Estrela da Morte explodindo e percebeu que nem tudo era como ela pensava. Como ele diz: "Você viu a fraqueza do Império e se recusou a deixar que ele te consumisse". Isso a tornou mais forte. A reação de Iden vem do instinto, acreditando que o pai merece mais do que isso. Garrick discorda completamente. Ela merece viver, e ele pede que a filha vá embora. Garrick Versio não consegue uma redenção, mas, naquele momento, Iden Versio conseguiria. Suas últimas palavras para ela são: "Vá. Sobreviva. Viva."

Essa é uma cena em um jogo. Uma cena que é exibida enquanto você espera pela missão ou pelo nível seguinte. Mas ela se tornou um dos momentos mais emocionantes de Star Wars. De toda a saga. Estamos muito longe dos fliperamas do passado que engoliam todas as fichas para que você pudesse se sentir parte da história de Star Wars. Agora, você é a história.

INTERLÚDIO #2

O PRIMEIRO PASSO PARA UM MUNDO MAIOR...

Duas jovens passaram pelas portas do grande centro de convenções e entraram na Las Vegas Comic Con. Era março de 2016, e *O Despertar da Força* tinha acabado de reacender uma *fanbase* e, o mais importante, tinha trazido novos fãs para a franquia. Eu andava pelo canto, abrindo caminho e tentando ficar fora dele ao mesmo tempo, e a mãe das meninas, minha prima Michelle, estava tentando fazer o mesmo. Quando entramos no evento, os olhos delas se arregalaram. Maggie, dez anos, vestida como Kylo Ren, e Madeline, nove anos, vestida como Rey, se admiraram com as ondas de vendedores, colecionadores, *cosplayers* criativos, e, simplesmente, fãs. Famílias, amigos, estranhos. Todos ligados por um amor por histórias, filmes, personagens, fantasias e pequenos pedaços de plásticos das suas lembranças e inspirações. Maggie e Madeline sorriram em suas fantasias de Star Wars e literalmente deram os primeiros passos para um grande mundo.

Star Wars é um mundo magnífico de se fazer parte. Em geral, o *fandom* também é, o que torna esses eventos tão divertidos, mas Star Wars tem aquele sentimento especial de comunidade e conexão. Mesmo em tempos barulhentos em que as redes sociais podem ampliar o pior de cada grupo, o núcleo da comunidade de Star Wars será sempre construído sobre a alegria compartilhada de fazer parte desse mundo maior. Ela é mais forte do que as forças negativas que se chocam contra ela. Acredito que isso venha daquela chama do *fandom* que todos acendemos na primeira vez que vemos o filme. No começo, parece uma chama pequena que acende sozinha em você. Não dá para saber se outras pessoas amam aquela coisa com o mesmo fervor. Você não sabe se *deveria* amar tanto assim. Alguns disseram que você não poderia. E então as portas se abrem para toda a amplitude do *fandom* de Star Wars e fortalecem essa conexão. Ela se torna inquebrável.

À medida que a franquia continua a crescer e, com ela, o comércio de nostalgia, pode ser um pouco mais fácil subestimar tudo. Esses personagens e essas histórias passaram diante dos seus olhos por tanto tempo e você passou tanto tempo se perguntando o que tudo isso significa e vasculhando cada informação, que ninguém pode ser considerado errado por querer respirar ou dar um passo para trás. Eu entendo. Eu já estive lá. Mas nada disso apaga o primeiro passo que *você* deu em direção a Star Wars. Aquele amor sempre estará lá.

Star Wars é melhor analisado, apreciado e compreendido por adultos. No entanto, é mais amado por crianças. Às vezes, precisamos voltar a isso. Enquanto eu observava Maggie passar pelo evento como Kylo Ren, com sua capa esvoaçando ameaçadoramente atrás dela, e Madeline brilhando como Rey, o sabre de luz orgulhosamente ao seu lado, fui lembrado, mais uma vez, dos primeiros momentos em que todos nós olhamos para o mundo de Star Wars e percebemos que pertencíamos àquele lugar.

60

"COMEÇOU A GUERRA CLÔNICA..."

A DURA BELEZA E AS LIÇÕES DA BATALHA DE GEONOSIS

Star Wars: Episódio II — Ataque dos Clones
Roteiristas: George Lucas e Jonathan Hales
Diretor: George Lucas

Eu soube que não devia ter gostado de *Ataque dos Clones* quando saí do cinema. Afinal, era 16 de maio de 2002, e a multidão barulhenta de fãs de Star Wars tinha decidido, coletivamente, que nós não gostávamos das *prequels*. "Valeu a tentativa, George Lucas", disse a multidão barulhenta. "Mas isso não era o que a gente queria como fãs. Que vergonha, senhor. Que vergonha." No entanto, andando com meu amigo em direção aos nossos carros, eu não conseguia tirar a Batalha de Geonosis da cabeça. Alguma coisa naquela batalha me cativou. Uma beleza dura em meio aos horrores da guerra.

George Lucas nunca escondeu seus sentimentos pela guerra, especificamente a do Vietnã, enquanto trazia para o mundo seu amado Star Wars. A Batalha de Endor foi um comentário sobre ela; Yoda pregou sobre guerras não tornarem uma pessoa grande e, no final, Luke jogou sua arma na frente do imperador, escolhendo o verdadeiro caminho jedi. Sim, George Lucas tem algumas ideias sobre a guerra. No entanto, ao longo dos filmes, George e as forças criativas que trabalharam com ele nos deram cenas de guerra memoráveis. Ação de acelerar o batimento, bombas-relógios que criam tensão e visuais de tirar o fôlego em desacordo com a mensagem por trás de tudo. É o delicado equilíbrio de Star Wars.

A Batalha de Geonosis que encerra *Ataque dos Clones* serve bem a esses dois propósitos. Os jedi deveriam ter se envolvido nessa guerra? Eles deveriam ter escolhido um lado e liderado os exércitos de clones? O retrospecto é mais fácil mesmo para os jedi mais perspicazes. Nem todas as visões do futuro, em constante transformação, poderiam tê-los afastado do conflito. Tudo começa como um resgate, na verdade, mas rapidamente se desenvolve como o início da Guerra dos Clones. Às vezes, a guerra é inevitável, mas será talvez que os jedi devessem ter respondido a essas perguntas por conta própria antes de entrar em ação? Essa batalha e a guerra que se segue levam ao fim dos jedi. Talvez eles não tivessem escolha? A guerra estava batendo à porta.

No entanto, com o começo da batalha, esses pensamentos profundos dão lugar ao tipo de ação que todos queremos como fãs. Era ISSO que estava na minha cabeça quando eu saí do cinema. Desde que o holograma da princesa Leia disse "Há anos você serviu meu pai na Guerra dos Clones...", todo mundo sonhou com o que aquilo poderia ser. Bem, aqui estava ela, finalmente. E enquanto eu tinha algumas dúvidas sobre o que tinha acabado de ver (estou olhando para você, C-3PO montado em um droide de batalha), eu me virei para meu amigo e disse: "Acho que eu quero voltar para a escola e brincar de Star Wars no recreio".

E é por isso que a batalha funciona.

George Lucas nos levou para o centro da batalha. É avassalador e insano, repleto de sabres de luz e tiros de laser. Os droides de batalha jedi, os geonosianos e outras criaturas marchando antes dos clones chegarem e a batalha se expandir da Arena Petranaki para a superfície do planeta, crescendo em tamanho e abrangência. Dentro da batalha estão algumas das imagens mais cativantes da guerra em Star Wars. Nós observamos de cima enquanto os jedi sobreviventes são rodeados por droides. Boba Fett pega silenciosamente o capacete do pai morto e o segura contra a testa. Uma nave da série LAAT recarrega as armas e voa para a batalha. Os soldados clones disparam em uma onda de destroços, areia e droides, uma imagem marcante do caos da guerra. Se pausar o filme em qualquer um desses momentos, você terá uma imagem de Star Wars digna de ser emoldurada. E cada uma dessas cenas tem uma coisa em comum. Esse é o tipo de batalha que você imaginava quando criança. Se você reunia todos os seus amigos ou todos os seus bonecos ou, na maioria dos casos, ambos, essas não são só as batalhas de Star Wars com que sonhamos — são as que criamos.

Ainda assim, esses temas e lições maiores permanecem um pouco abaixo da superfície das imagens e da ação. A batalha sai rapidamente de controle, como a guerra também sairá em breve, envolvendo toda a galáxia. Em breve, Boba Fett entrará para o famoso submundo. Os clones serão envolvidos em uma trama caótica. Os jedi serão destruídos por dentro da ordem. Causa e efeito. Causa e efeito. Enquanto eu me afastava do cinema, querendo fazer parte da ação, pensamentos mais profundos se acumulavam dentro de mim. Mais uma vez, George Lucas nos tinha em suas mãos, tocando nossa imaginação e usando isso para nos lembrar de que há sempre alguma coisa sobre a qual refletir enquanto você está cativado por Star Wars. Yoda estava certo. Guerras não tornam uma pessoa grande — ainda que possam ser lindas.

59

KYLO SEM LIMITES

UM VILÃO MATA SEU PASSADO

Star Wars: Episódio VIII — Os Últimos Jedi
Roteirista: Rian Johnson
Diretor: Rian Johnson

Kylo Ren só queria ser ele mesmo.

Filho de dois heróis da Rebelião, enviado para treinar com uma lenda e sobrecarregado por um legado de maldade, Ben Solo tinha muitas expectativas a cumprir no caminho para se tornar Kylo Ren. Seu passado pairava sobre cada um de seus movimentos. Era uma receita para o desastre. A confusão, a negligência, o isolamento e a raiva fluíram violentamente pela sua alma e transformaram tudo isso em medo. Medo de quem ele deveria ser. Medo de não se tornar quem ele poderia ser. Medo de não ser quem ele queria ser. Então, lá estava ele, na sala do trono de seu mestre. Rey, a única pessoa que parecia conhecer toda a verdade dentro dele, estava agora na sua frente, prestes a morrer enquanto o mestre Snoke afirmava descaradamente ter controle sobre sua vontade. Kylo Ren tinha uma arma e uma única escolha. A de se libertar.

A cena da sala do trono em *Os Últimos Jedi* é uma história a parte, mas, no fundo, é o momento em que Kylo Ren realmente se tornou o vilão da história, colocando tudo o que sabíamos sobre ele em um caminho imprevisível. Não havia mais a dinâmica do lado sombrio entre mestre e aprendiz. Não havia mais o líder maligno cuja principal preocupação é usar o poder militar para governar a galáxia. Não havia mais a alma conflituosa daquele que já foi conhecido como Ben Solo. O que resta é Kylo Ren, sem amarras nem legados para seguir sua vida. Ele pode ir atrás do que quiser.

E o que ele quer pode ser a destruição de tudo. Tudo. Cada pessoa. Cada exército. Cada planeta. Cada sociedade. Cada herói em seu caminho. Cada detalhe que ouse lembrá-lo do que ele era e do que deveria ter sido.

O líder supremo Snoke queria que Kylo Ren cumprisse seu destino, mas isso não passava de uma mentira. Um argumento para atraí-lo, moldá-lo e usá-lo para fazer o que o mestre queria. Snoke só pensava em si mesmo. Mas esse é o lado sombrio da Força, certo? Poder e manipulação. Kylo Ren venerava a memória do avô, e Snoke sabia como "balançar" isso na sua frente como uma isca que ele nunca conseguiria alcançar. O herdeiro de Lorde Vader? Claro, Kylo gostava de como isso soava, mas ele sempre lutou com a sombra de Vader, e aprendeu claramente que Snoke só o via como um garotinho brincando de faz de conta. Snoke teve que ser descartado.

Rey estava lá, e o coração dela era puro. Ele sabia disso. Kylo sentia isso... ou melhor... Ben Solo sentia. Eles estavam ligados, entrelaçados de uma forma íntima, e isso tinha poder sobre ele depois de anos se sentindo abandonado. Primeiro, por um homem que teve problemas com a transição de herói popular para pai e uma mãe amorosa que ainda sentia o peso e a responsabilidade da liderança. Depois, pelo lendário tio que sentiu o lado sombrio borbulhando dentro do sobrinho e não conseguiu salvá-lo. Até Snoke negligenciou Ben Solo, ajudando-o a virar as costas para si mesmo. Mas aqui estava Rey, de pé diante dele, pedindo para que se juntasse a ela, e usando o nome Ben. Kylo já não queria mais Ben. Rey tinha que ser descartada.

Ah, ele ofereceu a mão a ela. Ele queria que Rey se juntasse a ele, mas se ela tivesse aceitado a oferta, Rey não estaria mais lá. Ela teria se tornado outra pessoa. Sem sith. Sem jedi. Sem Skywalkers. Sem rebeldes. Sem passado. A nova ordem que Kylo Ren queria trazer à galáxia era desconectada de qualquer coisa que tivesse ajudado a atormentá-lo.

Havia muitas expectativas e teorias sobre o que deveria acontecer na sala do trono. Muitas coisas enraizadas na forma como estávamos acostumados a essas histórias. No entanto, quando a poeira de tudo isso abaixou, a única coisa que surgiu foi um vilão poderoso sem nada que pudesse impedi-lo de ser o monstro que ele queria ser.

Ben Solo finalmente se tornou Kylo Ren.

58

VADER SE LEMBRA DE AHSOKA

UMA LENDA DO CINEMA SE LEMBRA DE UMA PERSONAGEM QUERIDINHA DAS ANIMAÇÕES

Star Wars: Lordes dos sith
Autor: Paul S. Kemp

Ahsoka Tano é uma das personagens mais populares de Star Wars, uma influência inspiradora para uma geração de fãs cujo ponto de entrada na franquia foi a série animada *A Guerra dos Clones*. Importante por merecimento, com alguns dos melhores arcos e momentos da série, ela também foi a chave para o amadurecimento de Anakin Skywalker. No entanto, tal como a série em que estrelou, ela teve um começo difícil. O filme *A Guerra dos Clones*, lançado nos cinemas em 2008, não foi bem recebido. Ahsoka era precoce demais para algumas pessoas, e ficou marcada pelos apelidos bonitinhos que criava para os outros, como "Artooey" para R2-D2 e "Fedorento" para Rotta, o filho de Jabba (infrações pequenas e insignificantes aumentadas por uma *fanbase* mais velha e resmungona... Como o homem que vai se tornar Darth Vader pode chamá-la de "Abusada"? Ah, não!). Mas uma das maiores dúvidas que alimentavam o olhar cínico sobre Ahsoka era: "Onde ela estava durante os eventos de *A Vingança dos Sith?*". Cinismo à parte, é uma pergunta justa. Uma pergunta que não desapareceu quando Ahsoka cresceu para se tornar uma personagem amada. Onde Ahsoka entra na história dos filmes?

Ela não é mencionada nem uma única vez durante os acontecimentos de *A Vingança dos Sith*, e quando Darth Vader aparece em *Uma Nova Esperança*, será que acreditamos mesmo que ele passou três anos de sua vida lutando ao lado dela? Então, ok, sim, essa pergunta se esquiva de propósito do fato de que Ahsoka Tano foi criada por Dave Filoni e pela equipe de *A Guerra dos Clones* décadas depois de *Uma Nova Esperança* e pouco depois do Episódio III. Essa é a verdadeira resposta, mas, sabe, não é uma resposta legal nem uma boa desculpa que os fãs vão aceitar. Se você vai apresentar uma personagem importante em séries de TV, livros e quadrinhos com efeito sobre os personagens que conhecemos na tela, queremos saber como eles se conectam. Nós somos muito exigentes.

Ahsoka Tano se conecta à história de Darth Vader de uma forma grandiosa. A segunda temporada de *Star Wars Rebels* nos apresenta um confronto que merece ser discutido mais a fundo. No entanto, precisava haver uma primeira vez, e a primeira vez precisava ser poderosa. E, na era moderna do cânone de *Star Wars*, o primeiro a tentar foi o autor Paul S. Kemp em seu altamente subestimado livro *Lordes dos sith*.

Com acontecimentos oito anos depois do *início* da Guerra dos Clones e com o rebelde de Ryloth preferido dos fãs, Cham Syndulla, a história principal do livro gira em torno das provações contínuas de Darth Vader, agora vivendo há cinco anos em sua segunda vida como aprendiz maligno de Palpatine. A relação entre eles é — e sempre será — complicada, o que é uma vitória adicional para Kemp nessa história. O livro foi lançado em abril de 2015 e ajudou a estabelecer a luta constante entre Vader e seu mestre, que mais tarde foi representada em uma história em quadrinhos e um livro centrados em Vader. Kemp ajudou a dar o tom. Assim como ele deu o tom para o futuro confronto entre Ahsoka e Vader.

Quando Vader, o imperador e um membro da Guarda Imperial caem em direção à superfície de Ryloth em uma nave imperial, Vader se encontra na posição de piloto, e o caos reina à sua volta. Enquanto a nave cai em direção a um fim possivelmente fatal, ele se acalma com a Força e é confrontado por memórias do passado. Memórias de Obi-Wan Kenobi, Mace Windu, Plo Koon e sua amada Padmé — todos eles desafiando Vader em seu estado de tormento emocional. A primeira lembrança, porém, foi de sua última vez sobrevoando Ryloth, perdido em uma cápsula de fuga durante a Guerra dos Clones (um evento encontrado no episódio "Storm Over Ryloth" da primeira temporada). Um nome invade sua alma.

Ahsoka.

E então Kemp segue ousadamente com o apelido que perturbou os fãs.

"Abusada."

Pronto. Esse é o momento pelo qual os fãs de Ahsoka tinham esperado. Para Vader, há dor ligada à memória de Ahsoka. Ela está em um canto distante de sua mente, um lugar que ele não quer visitar. Vader ainda está em guerra, lutando contra Palpatine, lutando contra suas memórias e lutando contra o próprio Anakin. O momento não é embaraçoso nem desajeitado. Não é forçado. É uma conexão orgânica entre a lenda do cinema e a celebridade animada. Darth Vader se lembra de Ahsoka.

Por que isso é importante? Por que esse é um motivo para amarmos Star Wars? Porque isso tornou possível o que aconteceria mais tarde entre eles em *Star Wars Rebels*. É o primeiro momento em que os fãs de Ahsoka — correção — NÓS, os fãs de Ahsoka, porque eu estou entre eles — podem apontar e dizer que ela é importante. Ahsoka Tano não é apenas uma personagem relegada a um canto animado de *Star Wars*. Essa cena faz você parar de ler, respirar fundo e ficar feliz com o fato de que havia mais sobre pela frente. Esse pequeno momento de um livro lançado no início de uma onda do novo cânone fala sobre a importância de poder ver e sentir a ligação entre personagens por quem nos apaixonamos no cinema e aqueles que conhecemos no resto do cânone. A galáxia se torna mais robusta e dá esperança aos fãs de Rae Sloane, dr. Aphra, Sana Starros, Sinjir Rath Velus e os muitos personagens empolgantes que pontilham a paisagem do universo de Star Wars. Eles não impactaram só você, eles estão impactando a história.

Em abril de 2015, todos os olhos estavam voltados para cada palavra dessas novas séries, livros e histórias em quadrinhos. Uma nova era do cânone havia sido lançada, e os fãs queriam respostas. Antes de Ahsoka voltar para enfrentar Vader, antes do livro *Ahsoka*, de E. K. Johnston, antes dela partir em busca de Ezra Bridger, Paul S. Kemp quebrou a barreira e nos deixou saber que uma das personagens mais amadas tinha seu lugar de direito na galáxia que já conhecíamos.

57

PAIGE TICO

A IMAGEM INSPIRADORA DO SACRIFÍCIO

Star Wars: Episódio VIII — O Último Jedi
Roteirista: Rian Johnson
Diretor: Rian Johnson

A morte é uma parte importante da história de Star Wars. O custo da guerra, muitas vezes sentido com mais força pela República, Rebelião e Resistência, nunca é evitado, mas, em *Os Últimos Jedi*, o peso dessas mortes, passadas e presentes, é explorado com mais detalhes. Detalhes muito dolorosos. Descobrimos isso bem cedo, com a morte e o sacrifício da artilheira da Resistência Paige Tico. Um poema perturbador, mas inspirador, encontrado na cacofonia bombástica da guerra.

Paige Tico, que logo descobrimos ser irmã da futura heroína Rose, é uma pequena engrenagem na grande roda da Resistência. Ela se juntou à Resistência com a irmã depois de ver em primeira mão o que o mal crescente da Primeira Ordem estava fazendo. Embora seja uma piloto habilidosa, ela trabalha principalmente como artilheira, vendo a galáxia se estender diante dela enquanto está encolhida no interior da enorme MG-100 StarFortress Bomber conhecida como Cobalt Hammer. Paige Tico não queria ser uma heroína, ela só queria fazer sua parte. É um arquétipo já usado e bem-sucedido, principalmente em Star Wars, mas foi a primeira vez que vimos o sacrifício tão de perto.

Rian Johnson começa o filme com algo que todos nós amamos e, se formos honestos, queremos: uma batalha intensa cheia de sons cativantes, explosões hipnotizantes e ação extraordinária. Com um olhar duplo sobre o funcionamento interno da rivalidade na liderança da Primeira Ordem e o atrevimento de Poe Dameron, com a Resistência atacando com tudo enquanto tenta escapar da destruição, a batalha de abertura sobre D'Qar foi uma maneira fantástica de começar esse capítulo da saga. Simplificando, a cena já começa com imagens impressionantes, e os ecos do filme sobre a Segunda Guerra Mundial e das imagens de cinejornal mostrando os bombardeamentos de B-17s são certamente intencionais e entendidos. À medida que você fica confortável no assento, apreciando as maravilhas que só Star Wars pode oferecer, uma coisa muda. Um caça TIE se choca contra um bombardeiro da Resistência quando ele está prestes a soltar a carga. O fogo engole tudo, e a artilheira se vira quando a força da explosão iminente rasga a nave. Os destroços alcançam os caças ao redor, e agora sabemos que há alguma coisa diferente nessa batalha. Agora estamos assistindo à carnificina pelos olhos de Paige Tico, remetendo a uma cena arrepiante do filme *Memphis Belle: A fortaleza voadora*, de 1990, quando os militares, que são o nosso ponto de vista, veem e ouvem um outro avião americano ser partido em dois e enviado de volta à Terra.

Veronica Ngo interpreta Paige Tico, e com apenas alguns minutos de tempo na tela ela registra uma atuação memorável. Ela passa de traumatizada e em pânico para diligente e corajosa em apenas algumas sequências tensas de apertar o coração. Muitos podem se identificar com a reação inicial que ela teve. Treinada, preparada e acreditando tanto na rotina quanto no propósito da tarefa em mãos, nada poderia ter preparado Paige para o que testemunha: a violência, o caos e a perda da vida. É tudo muito real, e o peso disso tudo se reflete em seus olhos e em seu rosto. Quer seja durante uma emergência ou uma situação na vida que nunca pensamos precisar enfrentar, todos temos esse momento de descrença. Todos já chegamos a dizer: "Isso não está acontecendo". Mas está, e Paige Tico ainda está em guerra. Ela ainda está lutando. Ela ainda está viva.

Podemos encontrar inspiração no que vem a seguir para Paige. Poe chama por ela, e Tico volta à realidade. Paige Tico, não uma jedi, não é uma super-heroína, é apenas uma artilheira fazendo seu trabalho, olha para o horror ao redor, para os obstáculos adiante, e faz o que deve fazer. A conexão é real. Em tempos sombrios das nossas próprias vidas, nós também entramos em estado de choque. "Isso não está acontecendo" se transforma facilmente em "Eu não consigo fazer isso". Ainda assim, tal como Paige nesse momento, você tem que voltar. Você precisa continuar.

Paige sobe as escadas do bombardeiro e é literalmente derrubada novamente, caindo de costas. Quando os seus olhos se abrem, ela está ainda mais distante da missão do que estava anteriormente. Assim começa a estrofe final desse poema. Rian Johnson nos leva por uma série de gritos em câmera lenta, tanto da Resistência quanto da Primeira Ordem. O bombardeiro — agora a última esperança de sobrevivência de todos — se aproxima do alvo, a general Leia fecha os olhos em antecipação de um possível fim, e Paige segura seu medalhão e dá uma última lembrança na irmã antes de um chute final para derrubar o dispositivo. Com uma música digna do ato final de qualquer filme, Paige consegue.

Esse é definitivamente um momento heroico em Star Wars. A simples artilheira superou as probabilidades, tanto de dentro como de fora, para salvar o dia. Uma vida inteira de lições de Star Wars nos ensinou que é isso que heróis fazem, mas dessa vez é diferente. Paige fecha os olhos quando o Cobalt Hammer cai no couraçado em chamas. Ela nunca verá a irmã de novo. Ela será apenas um nome nos livros de história. É uma dura lembrança do sacrifício da guerra. Um sacrifício necessário para a sobrevivência da Resistência naquele momento, mas que faz parte de uma série de perdas que pesam muito sobre aqueles que ficaram para trás. E essa é a segunda metade da inspiração. Pelo resto de *Os Últimos Jedi*, Rose Tico continua a lutar pela causa maior e pelo tema de salvar o que amamos, mas sua motivação para sobreviver é a imagem da irmã. Rose segue em frente por ela, e nós lutamos para que outros não precisem lutar no futuro.

56

A DUQUESA E O PADAWAN

AMOR E PERDA EM TEMPO DE GUERRA (DOS CLONES)

Star Wars A Guerra dos Clones: "The Lawless"

(Temporada 5 episódio 16)

Roteirista: Chris Collins

Diretor: Brian Kallen O'Connell

O romance certamente tem espaço em Star Wars. Nunca acaba bem, mas continuamos a cair nessa. Sejam as discussões implicantes entre opostos que se atraem, como Han e Leia, a paixão jovem sem limites, idealista e shakespeariana de Thane Kyrell e Ciena Ree ou o amor proibido e infeliz de Anakin e Padmé, nós mergulhamos na natureza arrebatadora desses romances só para sermos magoados mais uma vez. Então, quando a série animada *A Guerra dos Clones* revelou um grande amor no passado de Obi-Wan Kenobi e o pôs cara a cara com a força dessa perigosa paixão, a gente deveria saber o que ia acontecer. Deveria ter se preparado. Ainda assim, quando a duquesa Satine Kryze, de Mandalore, morreu nos braços de Kenobi, assassinada pelo rival, Maul, e confessando seu amor em suas últimas palavras, nós nos encontramos em um lugar familiar: de corações partidos e melhores por isso.

A duquesa Satine e Obi-Wan se conheceram quando jovens. Como padawan, Kenobi e seu mestre Qui-Gon Jinn receberam a missão de protegê-la. Em fuga por mais de um ano, a duquesa e o padawan encontraram conforto um no outro. Um conforto delicioso e tentador. Isso só poderia acabar em um romance arrebatador. Do tipo que amamos em Star Wars.

É por isso que doeu tanto. Quando ficou evidente que o estoico e rígido Obi-Wan Kenobi tinha um amor de longa data por essa líder vibrante e perspicaz, nós queríamos que desse certo. Queríamos que acontecesse, mesmo sabendo que não podia dar certo. Com suas merecidas conquistas, a liderança ousada em tempos conturbados e as crenças instigantes, havia o suficiente para que Satine recebesse atenção fora de um romance, mas a gente sabia que ela era o par perfeito para Kenobi. Ela o tornava uma pessoa melhor enquanto criava para si mesma um legado que não podia ser subestimado.

Antes da Guerra dos Clones, Satine assumiu o governo de Mandalore e se recusou a seguir os caminhos violentos de sua cultura. Os mandalorianos foram criados, geração após geração, para desejar a guerra e acreditar na violência, mas Satine não queria apenas uma maneira melhor de fazer as coisas. Ela liderou o povo até lá. Ela era uma pacifista em uma galáxia em guerra. O que, é claro, era uma posição filosófica admirável que criava inimigos e a colocava em desacordo com — entre todas as pessoas possíveis — os jedi.

Os jedi estavam em guerra, sabe? Generais liderando exércitos de clones. Era preciso questionar se estavam lutando porque precisavam ou porque queriam. Obediente e corajoso, o general Kenobi acreditava que tudo o que os jedi faziam era para proteger a democracia e combater o mal. É difícil discordar disso, mas a duquesa Satine desafiou diretamente essa ideia e fez Kenobi repensar seu ponto de vista sobre os jedi. Naturalmente, ele se apaixonou por ela. Havia muito para aprender.

Depois de anos separados e sem comunicação, seus destinos se entrelaçaram mais uma vez graças à Guerra dos Clones, mas, infelizmente, dessa vez havia um intruso: aquela bola de raiva e vingança que era Darth Maul (naquele momento, apenas Maul). O antigo aprendiz sith nunca conseguiu deixar para trás seu ódio por Obi-Wan Kenobi. Ele tomou Mandalore com o irmão, Savage Opress, ao seu lado, e tinha poder, aliados, um exército, e até o lendário sabre negro, mas nada disso importava em comparação com o que ele realmente queria fazer: destruir Kenobi. Então, ele usou Satine como isca, e Kenobi mordeu. Não havia outra maneira.

Que romântico.

Tragicamente romântico.

A tentativa de resgate não seria fácil. A missão e o quadro geral estão sempre em primeiro lugar para Obi-Wan, porque é isso que os jedi querem. No entanto, a segurança de Satine não fazia parte desse quadro. Os jedi não viriam salvar o dia. O mesmo mestre jedi que certa vez disse a Anakin para deixar Padmé para trás nas dunas de Geonosis para que pudessem lutar contra o conde Dookan estava agora diante do mesmo problema pela pessoa que amava. Anos de treinamento, disciplina e crença tinham se deparado com amor e paixão desenfreados.

Era o coração de Obi-Wan Kenobi contra tudo o que ele tinha sido treinado para fazer.

Ele desafiou as ordens e foi salvá-la. Não por dever. Não pela República. Não pelos jedi. Isso era por ele. Era por Satine. Um ato de desafio por amor.

Descobrimos que Obi-Wan Kenobi teria deixado a Ordem Jedi por ela. Ele diz que ela só precisava pedir. Essa é uma revelação enorme. Quer você o tenha conhecido como o velho Ben Kenobi, vivendo além do Deserto de Jundland, ou como um cavaleiro mais jovem e elegante no meio da guerra, ele sempre foi o jedi clássico. Ele andava na linha, cumpria ordens e aderia rigorosamente a todos os códigos e crenças que aprendeu. Ele passou vinte anos em isolamento para proteger Luke Skywalker. Mas, por Satine, ele teria deixado tudo isso de lado. Ela nunca pediu, no entanto, e ele nunca abandonou seu modo de vida. Ambos viveram vidas dedicadas a outras pessoas, e isso os manteve separados até o final. Maul, com o sangue fervendo de vingança, a matou brutalmente na frente de Obi-Wan, afundando o sabre negro em seu coração. Todo o *fandom* ficou sem fôlego ao mesmo tempo, o ar removido dos nossos pulmões com um arquejo gutural quando a declaração de amor final de Satine encontrou os ouvidos e o coração de Obi-Wan. Um romance em Star Wars tinha acabado com a gente de novo.

No entanto, a trágica história da duquesa Satine e de Obi-Wan Kenobi permanece como um dos romances mais amados da franquia. Ela acrescentou camadas a um personagem clássico que muitas vezes parecia estar esperando seu retorno à história. Ela nos deu uma líder inspiradora que mudou uma cultura inteira. Ela nos deu duas pessoas que não podiam ficar juntas porque perseguiam um propósito acima de si mesmas. O romance tem um espaço importante em Star Wars e, mesmo que saibamos que sempre vai acabar mal, nós, assim como Satine e Obi-Wan, nos agarramos a esses breves momentos de amor sabendo que valeu a pena.

55

CORRIDA POR ENDOR

A BELEZA NA CENA DAS MOTOCICLETAS

Star Wars: Episódio VI — O Retorno de Jedi
Roteiristas: George Lucas e Lawrence Kasdan
Diretor: Richard Marquand

George Lucas adora coisas que se movem rápido. Na vida real e nos filmes. Aspirante a piloto de corrida na juventude, ele sobreviveu a um acidente de carro quase fatal aos dezoito anos e se voltou para o cinema como carreira. George, no entanto, nunca deixou para trás seu amor por velocidade. Quer seja com os rachas em *Loucuras de verão*, as corridas pela Estrela da Morte, as corridas de pods ou, a preferida de uma geração, a cena das motocicletas em *O Retorno de Jedi*.

A moto 74-Z tem um design maravilhoso. É uma motocicleta espacial. Até mesmo o mais jovem dos fãs só precisa de dois segundos para entender isso. E então, quando você entende *o que* ela é, principalmente quando você é um menino de sete anos sentado no cinema em, digamos, uma data aleatória, 25 de maio de 1983, você quer vê-la em ação. E, uau, nós vemos mesmo. Os rebeldes chegam em Endor, e nossos heróis roubam imediatamente algumas motos para perseguir os vilões, e assim começa uma das melhores cenas em Star Wars.

O legado da perseguição em motocicleta se estende por muitas categorias. O aspecto visual e a sensação da cena são o que pega você de jeito. Isto é diferente dos momentos de maior intensidade que vieram antes dela. A ação em *Uma Nova Esperança* é focada principalmente no espaço. Claro, há tiros e uma batalha de sabres de luz nos corredores da Estrela da Morte, mas os nós na nossa garganta costumam ser maiores quando estamos voando entre as estrelas. *O Império Contra-Ataca* teve a tensão pessoal de Vader e Luke retratada numa batalha épica na neve. Mas em *O Retorno de Jedi* nos encontramos em um planeta florestal pela primeira vez, e a perseguição entre as árvores é uma novidade cheia de tensão. Um movimento em falso e você morre esmagado contra uma sequoia. Você sente a perseguição.

Do ponto de vista técnico, foi bem engenhoso. A essa altura, é comum saber o que aconteceu nos bastidores de Star Wars, e nada disso deve ser esquecido. Em abril de 1982, o operador de câmera Garrett Brown caminhou com uma câmera VistaVision em um *steadicam* pela floresta do Parque Nacional de Redwood. O supervisor de efeitos visuais, Dennis Muren, e o operador de câmara assistente, Michael Owens, estavam ao lado dele enquanto Brown caminhava lenta e meticulosamente, filmando a uma velocidade de três quartos. Qualquer desvio, e teriam que refazer tudo de novo. A plataforma era pesada. O equipamento era incômodo. O processo de filmagem foi quase tão intenso quanto a cena de arrepiar os cabelos que ele gerou (você pode ler o relato pessoal de Brown sobre esse processo no site da American Society of Cinematographers). Depois disso, a gravação foi misturada com imagens reais dos atores, *chroma key*, *matte paintings* e o bom e velho modelismo para criar uma obra-prima tecnológica daquele tempo.

A apresentação final foi um golpe de mestre do cinema *blockbuster* moderno. Você é completamente transportado para aquele momento, o que é provavelmente o impacto mais importante da cena. Ela capturou o público. O design das motocicletas, a montagem, o som único dos motores (quem nunca imitou aquele eco das motocicletas correndo?) e a perseguição criam quatro minutos memoráveis em um filme. Não é nada ruim que a perseguição termine quando Luke Skywalker, vestido para combate e tudo mais, salta da motocicleta, poucos segundos antes dela explodir contra uma árvore, e enfrenta um batedor com o sabre de luz. Desviando de três tiros de laser e cortando a moto pela metade, Skywalker leva a última motocicleta, assim como a cena, a um final incandescente.

Pode recuperar o fôlego.

Poderíamos falar com frequência e escrever muita coisa sobre os significados mais profundos e as maiores lições encontradas em Star Wars. Felizmente, isso não falta na franquia. No entanto, nunca podemos nos esquecer (porque George nunca se esqueceu) de que essa saga também existe para nos entreter e encantar. É por isso que a cena da perseguição de motocicletas é imbatível. Toda vez que alguém a vê pela primeira vez, não consegue tirá-la da cabeça. Ela vai para casa com você.

Havia uma pequena palmeira no meu quintal quando eu era criança. Um dos galhos se inclinava em um ângulo de quase noventa graus, tornando-a acessível para a versão minúscula de mim mesmo. Eu conseguia pular para cima do galho e para fora dele. Quem precisava de uma motocicleta bonitona, um skate caro ou uma casa na árvore? Eu tinha aquele galho, e eu o usava para uma coisa — era minha motocicleta. Eu subia sobre ele, tomava meu lugar no "assento" e saía voando. Em alguns dias, eu perseguia batedores imperiais como um rebelde ajudando Han, Luke e Leia a derrotar o Império. Em outros, eu era um dos batedores — um dos meus estilos favoritos de soldado em todo o Império —, perseguindo rebeldes e, ouso dizer, ewoks. Os sons, o olhar, a sensação e, é claro, a velocidade. Em uma franquia que nos trouxe batalhas espaciais incríveis e lutas de sabres de luz, além de um mundo de brinquedos para nos ajudar a viajar para quase qualquer lugar daquela galáxia, eu queria correr pela lua florestal de Endor. Star Wars tem muitos temas e lições importantes e significativos, mas às vezes os filmes só tentam nos encantar. Primeiro, quando o vemos, e depois para o resto de nossas vidas, quando sonhamos com eles. Velocidade e tensão: ingredientes importantes para Star Wars. Como George Lucas era conhecido por dizer durante as gravações, "Mais rápido, mais intenso".

54

A MORTE DE K-2SO

A ESCOLHA ACIMA DE PROGRAMAÇÃO

Rogue One: Uma História Star Wars
Roteiristas: Chris Weitz e Tony Gilroy
Diretor: Gareth Edwards

Momentos depois de não conseguir convencer os líderes da Aliança Rebelde a levar a luta até o Império em Scarif, Jyn Erso se junta a um pequeno grupo de rebeldes desgarrados em uma ousada missão de roubar os planos da Estrela da Morte. Acreditando nas palavras de Jyn sobre não terem outra escolha senão lutar, todos decidem desafiar as ordens e se juntar à missão. Todos menos um, no caso. K-2SO, o droide direto e sarcástico, amigo de Cassian Andor, diz sem rodeios que também irá com Jyn... porque Cassian o obrigou. O droide não queria estar lá, ele recebeu uma ordem. Uma ordem que foi particularmente difícil de obedecer, porque ele e Jyn não se deram exatamente bem. Contudo, a morte de K-2SO talvez tenha sido a mais tocante do filme. Como ela chega a esse ponto é uma lição sobre as escolhas acima da programação.

K-2SO era um droide de segurança da série KX construído para servir ao Império Galáctico até que um encontro casual com Cassian no planeta Wecacoe o mudou para sempre. Enquanto tentava prender Cassian, ele teve a maior parte de sua memória apagada. No final do encontro, Cassian e seus companheiros escaparam com K-2SO ao seu lado. K2 continuou por lá, tornou-se o braço direito de Andor e, como muitos droides, serviu tanto na guerra quanto as formas orgânicas de vida ao redor dele. No entanto, também como muitos droides, essa escolha de lutar pode parecer óbvia. O que eles fazem na batalha é o importante.

Na superfície de Scarif, Jyn, Cassian e K-2SO se infiltraram na torre altamente fortificada da cidadela. Foi lá, no interior das instalações imperiais de pesquisa, que K-2SO fez a escolha mais importante de sua existência. Com a missão quase impossível à beira do fracasso, K-2SO se manteve firme, lutando contra stormtroopers e guiando Jyn e Cassian no roubo dos planos da Estrela da Morte.

Rogue One: Uma História Star Wars sempre vai ser uma narrativa sobre sacrifício. Ainda assim, o tema da esperança está em todo o filme. Ao passo que conhecemos esses novos heróis, há sempre a esperança de que eles vão sobreviver. Porém, no calor do momento, nós nos envolvemos com a ação e, talvez, com a falsa noção de que tudo sempre acaba bem nessas histórias. Não era para ser. A maré começa a virar para K-2SO.

Com tiros e mais tiros dos blasters dos stormtroopers atingindo-o de todos os lados, nós começamos a temer o pior. Ele cai de joelhos, sofrendo ainda mais danos. Há uma fragilidade em sua voz, algo que não costumamos ouvir na voz de um droide, quando ele grita os próximos passos para Cassian e Jyn. Eles podem subir até o topo da torre e transmitir os planos. Cassian Andor percebe ao mesmo tempo que nós que K-2SO vai morrer. Sua palavra final é "adeus".

É uma escolha simples, mas vívida. Estamos acostumados a ver droides apitando. Estamos acostumados com a rigidez de um droide de protocolo, a distância metálica de um droide de serviço ou até com os barulhos estranhos de um droide de batalha. Mas, agora, as palavras de K-2SO não são nada menos que dolorosas, e tocam todos nós.

K2 sabia o que precisava ser feito para a sobrevivência da missão, pela guerra que se aproximava e, acima de tudo, por seus amigos. Ele precisava dar a vida para que a missão pudesse continuar. Essa ação não foi baseada em nenhuma programação ou ordem. Nada foi predeterminado nessa decisão. Foi uma escolha dele — e só dele. K-2SO escolheu se sacrificar pela causa, e sua morte foi um sinal do que estava por vir.

À medida que a luz se apaga nos olhos de K-2SO e nós o deixamos à beira da morte no chão de uma instalação distante que em breve será destruída, ele já não é apenas um droide; é uma prova do poder de olhar para além do seu passado, sua educação, seu ambiente, suas expectativas e de ver a verdade no momento em que você se encontra. K-2SO morreu porque, talvez pela primeira vez em sua existência, ele escolheu fazer uma coisa que não era esperada em benefício de outras pessoas. Um por um, os outros heróis dessa história caem de forma parecida. Cada um aprende uma lição sobre valorizar a escolha acima da programação. Vamos saudar K-2SO. Um droide em primeiro lugar, um herói para sempre.

53

SOMOS TODOS LUMINOSOS

LEIA, POE E O PODER DE OLHAR PARA ALÉM DE SI MESMO

Star Wars: Poe Dameron
(Série Marvel edição 14)
Autor: Charles Soule
Artista: Angel Unzueta
Colorista: Arif Prianto

"Mais cedo do que gostaríamos, eu vou me tornar luminosa."

Essas foram as palavras comoventes e assombrosas da general Leia para Poe Dameron. Foi um momento em que o mundo real saltou do mundo de fantasia de Star Wars e nos encarou. Poe Dameron estava recebendo sua primeira grande lição sobre liderança da general Leia Organa, mas todos nós estávamos enfrentando a triste verdade poucos meses depois do falecimento de Carrie Fisher. Morte e perda. O propósito para além de si mesmo. As duras realidades da vida real. Todos esses grandes temas de Star Wars estão em destaque quando Poe e seus companheiros da Resistência lidam com a morte do piloto veterano L'ulo L'ampar. As páginas da edição 14 da série em quadrinhos *Marvel's Star Wars: Poe Dameron* trazem alguns dos momentos mais impressionantes da saga.

L'ulo L'ampar foi um personagem popular nos quadrinhos de Poe, e foi também um mentor e uma figura paterna para nosso piloto preferido da Resistência. Ele morreu em ação. Rápido demais, mais uma vítima da guerra. L'ulo faleceu com seu famoso escudo. Conforme o resto da Resistência se reúne para relembrá-lo, todos pensam que será assim para eles também. Em um minuto, você está aqui; no minuto seguinte, já era. Apenas "átomos à deriva no universo", como diz Poe. É difícil se inspirar com isso, mas Leia pede a Poe para contar aos outros e ele encontra o caminho, dando sem saber o primeiro passo para encontrar seu eu verdadeiro.

O próprio Poe diz que não está preparado para a tarefa de dizer adeus, mas faz um discurso comovente, ecoando as palavras que Leia lhe disse uma vez. Palavras que ela ouviu do irmão, Luke, depois que ele as ouviu de

Yoda. Palavras que se conectam ao âmago da história de Star Wars. Nós não somos apenas carne e osso, matéria bruta. Nós somos seres luminosos. Como Obi-Wan Kenobi, uma morte que Leia testemunhou e que, naquele momento, não entendeu completamente, nós podemos desaparecer, mas isso não quer dizer que fomos embora para sempre. Nesse momento, vemos o Poe Dameron que Leia vê. Ele é um líder.

Mas Poe ainda não enxerga isso. Ele vê a si mesmo como um mero piloto. Uma arma em uma guerra cheia de outras armas. Uma arma importante, sim, mas apenas uma pequena engrenagem nessa grande máquina. É um sentimento familiar para muitos de nós. Em nossas vidas, muitas vezes, a tendência de se diminuir toma uma importância desmedida. Mesmo se você é como Poe Dameron, confiante e ousado, com a coleção de jaquetas mais legal do mundo, ainda pode ter dificuldade para ver além de suas próprias limitações. Todos precisamos descobrir nosso verdadeiro valor. Então, Poe, o piloto presunçoso e cheio de marra, é, naquele momento, cada leitor de sua história. Ele pensa que é apenas um piloto. Leia, no entanto, sabe o que ele é de verdade.

Leia o deixa de castigo, tentando entender por que faria isso com um de seus melhores pilotos enquanto o espectro da guerra se aproxima. Depois de um tempo, Poe começa a compreender. É uma lição que ele não vai aprender por completo até aos acontecimentos de *Os Últimos Jedi* (sua noção de liderança ainda precisa ser aprimorada). Ele retorna para Leia com o conhecimento de que essa não é a luta dele. A Resistência contra a Primeira Ordem não tem a ver só com ele. Há outras pessoas envolvidas, todas tentando fazer a coisa certa. Todas trabalhando por um objetivo além de si mesmas. Poe está pensando pequeno, seu próprio eu o está afastando do quadro geral.

Com Poe diante de si, Leia fala por quanto tempo a Resistência pode ter que aguentar. A Rebelião foi uma batalha que durou décadas, com muitas perdas na liderança ao longo do caminho. É quando Leia diz as palavras diretas e comoventes: "E lamento dizer que, provavelmente mais cedo do que gostaríamos... eu vou me tornar luminosa." E é nesse momento que as páginas dos quadrinhos se dirigem ao mundo real. As palavras "...vou me tornar luminosa" estão em um painel com as artes de Angel Unzueta e cores de Arif Prianto. É apenas o rosto da general Leia, grande e em detalhes. No entanto, não é mais uma personagem fictícia que vemos ali. É Carrie Fisher que olha para nós. Lançado poucos meses depois do trágico falecimento da atriz, o painel, a edição e a história tentam confortar a legião de fãs e ensinar por que devemos pensar além de nós mesmos como fãs.

Carrie Fisher era Leia. Leia era Carrie Fisher. Tudo o que Carrie Fisher era em vida, suas batalhas públicas com problemas de saúde mental e dependência de drogas, sua personalidade ousada e vivaz que se recusava a parar de lutar contra esses problemas, era ainda mais valioso para o *fandom* do que a princesa autossuficiente a quem ela deu vida. Você pode ver isso nos rostos de cada geração de jovens fãs, principalmente, das mulheres e das jovens que entram em eventos vestidas como ela e usam camisetas com o seu rosto. Você pode ouvir isso no que dizem sobre e para ela.

Em agosto de 2015, eu tive o prazer de moderar uma mesa com Carrie Fisher em uma convenção de quadrinhos da Wizard World em Chicago. Três mil fãs lotaram o maior salão do centro de eventos para ouvir a princesa. Ela contou histórias divertidas, fez todo mundo rir e, junto de seu cão de companhia, Gary, celebrou sua personagem conosco. No entanto, foi quando o painel abriu para as perguntas do público que o alcance total do que essa personagem significa se mostrou. A primeira pessoa a dar um passo à frente não queria saber sobre a personagem ou sobre a franquia. Ela falou sobre como a abertura e honestidade de Carrie com a própria bipolaridade tinham ajudado em sua luta pessoal. Outra jovem, com menos de dez anos de idade, perguntou como poderia ser forte como a princesa Leia. A última pergunta foi de uma adolescente que tinha uma cachorrinha. A cachorrinha, chamada Leia, estava lá, vestida com uma fantasia clássica da personagem, incluindo até o cabelo tradicional. Carrie parou o painel e chamou a garota para um momento em particular que foi emocionante. Enquanto os fãs saíam e eu ia para os bastidores, nenhum de nós conseguiu escapar do peso daquele momento. Anos atrás, essa mulher, sem saber, entrou em um personagem que nunca seria capaz de sair. Um *fandom* a tinha aceitado como uma princesa e uma líder rebelde, mas não parou por aí. Embora muitos de nós tenhamos visto Carrie naquele dia e pensado imediatamente nela correndo pela Estrela da Morte, trocando farpas com Han e libertando uma galáxia fictícia, muitos outros viram um farol de esperança. Inspiração verdadeira. Inspiração importante. Poucos meses depois, Carrie Fisher faleceu.

O que podemos aprender com esse dia, e com incontáveis outros como ele, ecoa nas páginas dessa edição. Tal como Poe Dameron precisa descobrir que a luta não é só dele, nós também precisamos perceber que Star Wars não é só para nós. É para todo mundo. O que você ama na franquia, suas expectativas e até mesmo as suas inspirações são suas, mas o poder de Star Wars deve sempre se expandir para garantir que todos possam se encontrar. Você precisa olhar para fora de si como fã. Temos que ajudar a aumentar o *fandom*, encorajar as gerações que vieram antes de nós e celebrar Star Wars pelas pessoas que amam a saga e por aquelas que ainda vão amar. Encontre seu propósito como fã fora dos seus desejos pessoais. Encontre seu verdadeiro valor como fã. É o que Leia Organa — Carrie Fisher — iria querer.

52

ENFYS NEST

DESMASCARANDO A NOVA IMAGEM DA REBELIÃO

Solo: Uma História Star Wars
Roteiristas: Lawrence e Jon Kasdan
Diretor: Ron Howard

Tente olhar para a galáxia pela máscara de Enfys Nest.

A República deu lugar ao Império Galáctico e, embora a promessa de uma sociedade segura e protegida tenha sido proclamada durante essa transição de poder, o novo Império começou imediatamente a colocar seu poderoso pé no pescoço de cada criatura, planeta e cultura. Você cresceu nessa opressão, criada por uma orgulhosa mãe guerreira. Ela protegeu você e seu povo ferozmente até não conseguir mais. E você assumiu o posto dela.

Ao colocar a máscara da sua mãe, ao torná-la sua, você olha com mais atenção para o universo à sua volta, e fica claro que o Império existe para minar planetas por recursos e escravizar criaturas consideradas inferiores. Culturas orgulhosas são dizimadas, centros industriais robustos se tornam fábricas avariadas para a máquina de guerra imperial, e o olho cego dos líderes deixa o submundo criminoso ficar insolente. Os sindicatos do crime viajam de planeta em planeta, e não trazem nada além de morte, dor e sofrimento. Tudo para se tornarem mais fortes. Você se sente sozinha nesse mundo.

É claro, você encontraria aliados.

Por trás da máscara, você encontra mais e mais vítimas e sobreviventes em toda a galáxia. Os senhores do crime se tornaram poderosos ao coletar, trocar e vender seus recursos. É seu povo que está morrendo. Economias entram em colapso. Um povo que já foi orgulhoso e soberano agora responde à maldade e desolação. Uma a uma, você encontra essas almas e as puxa para mais perto. Algumas eram guerreiras. Algumas eram artistas. Algumas eram pais ou mães. Algumas eram filhas. Algumas eram refugiadas. Algumas eram criminosas. Mas todas elas agora têm uma coisa em comum: estão sofrendo, e não querem sofrer mais.

Você sabe que precisam de ajuda. Você precisa de ajuda. No entanto, a única verdade que tem certeza é que nenhuma ajuda está a caminho. O Império não se importa com você. Os apelos da galáxia nunca chegarão àquelas torres altas em Coruscant. Não existe uma cavalaria vindo em seu socorro.

É claro, você lutaria.

Por trás da máscara, você sabe que a diplomacia morreu. Não dá para barganhar com os seus opressores. Não dá para implorar, não existe razão, não existe esperança. Então você tem que criar o que precisa. Você precisa se levantar e pegar em armas contra os opressores. Mas essa luta não pode ser impensada. Não pode ser aleatória nem fútil. A luta precisa ser focada, ter propósito e fazer parte de algo além do seu círculo de influência imediata. Você precisa se conectar a algo maior. Precisa criar um movimento.

A luta terá um preço. Por todo o caminho, muitos que seguirem você irão cair. Seus fins não virão com honra ou aclamação. Exceto para você, não terão nome, e não poderá lamentar suas mortes — porque você pode ser a próxima. Você vai arranhar, morder e rosnar até que o peso da opressão seja removido e você esteja livre. A única outra opção é a morte.

É claro, você iria querer paz.

Por trás da máscara, você vê seus rivais à sua frente, mas sabe que não são o inimigo. Eles também estão tentando sobreviver. Tentando vencer um jogo que todos vão perder em algum momento. Alguns querem sair, mas se sentem encurralados. Alguns querem liberdade, mas sentem que precisam servir. Alguns acham que são canalhas, mas você sente que eles são bons. Eles não entendem.

Para eles, o hipercombustível pelo qual você está lutando representa créditos e proteção temporária dos criminosos a quem servem. É uma conquista. Um sucesso. Algo sobre que se gabar na próxima cantina. Para você, ele representa a vida.

Você está no caminho deles, por isso, naturalmente, a veem como uma saqueadora. A compreensão sobre sua existência para no que conseguem ver. As máscaras que você e seus aliados usam criaram a imagem de que precisam para sobreviver. É feroz, é tribal, mas está na hora. Você precisa que eles saibam a verdade.

Para seu movimento crescer, precisa alcançar os ouvidos de todos. Ele precisa se espalhar por toda a galáxia. Você precisa que todos vejam quem você realmente é. Eles precisam olhar nos olhos da pessoa com quem estão lutando. Você não é uma caçadora de recompensas resmungona causando estragos sem motivo. Não é uma caçadora de tesouros competindo pelo mesmo prêmio. Não é uma pirata sem lealdade. É uma mulher jovem. De olhos brilhantes e com sardas. Negligenciada e subestimada. Você faz parte de uma nova geração que olhou para a galáxia e viu as falhas de todos que vieram antes, que alegavam protegê-la, mas estavam apenas em busca de poder. Você faz parte de uma nova geração que viu os mortos e moribundos à sua volta. Você faz parte de uma nova geração que se reuniu, cada pessoa com passados diferentes, e está gritando: "Chega!".

É claro, você tira a máscara.

Você é Enfys Nest, a nova cara da Rebelião, e a guerra acabou de começar.

51

SABRES DE LUZ

ARMA DOS JEDI, BRINQUEDO DO POVO

Franquia Star Wars
Responsáveis: Vários

Em 2002, o estudante canadense Ghyslain Raza, de quinze anos, fez um vídeo usando um recuperador de bolas de golfe como um sabre de luz duplo em uma tentativa de imitar os movimentos de Darth Maul em *A Ameaça Fantasma*. O garoto de óculos dança, gira e pula pelo estúdio de seu colégio. Ele está completamente envolvido no momento, que inclui uma imitação dos efeitos sonoros familiares. O vídeo foi esquecido, e um colega o encontrou e postou na internet algum tempo depois, em 14 de abril de 2003, sem que Ghyslain soubesse. Ele viralizou e se tornou sensação antes mesmo que percebêssemos o que aquilo significava ou o tormento que o vídeo poderia trazer. Assim nasceu o Star Wars Kid. Mas com esse título, essa infâmia e mais de 34 milhões de visualizações, só no YouTube, Ghyslain Raza foi ridicularizado. Tudo por ser um fã apaixonado de Star Wars com um amor por sabres de luz.

Essa pessoa poderia ter sido eu.

Agora, quando você assiste Ghyslain Raza, girando e voando por uma sala fechada em uma batalha que só ele pode ver e sentir, você começa a perceber lentamente o que está vendo. Não é um estudante desajeitado perdido na própria imaginação. Não é um meme da internet que levou a incontáveis paródias e *bullying* virtual. Você está assistindo a você mesmo. Nós somos o Star Wars Kid.

Quem entre nós *nunca* pegou num tubo de papelão, uma vassoura ou uma lanterna e fez o som de um sabre de luz sendo ligado? Quem nunca sonhou acordado sobre estar em combate feroz contra um sith malicioso ou um jedi fanático? (Bom, é tudo uma questão de perspectiva, né?). Quem não comprou um sabre de luz de brinquedo? Ou melhor ainda... quem de nós consegue resistir à tentação de ver um sabre de luz de brinquedo por perto e NÃO tomá-lo em mãos e se deixar transportar para a sala do trono do imperador ou para os rios de lava de Mustafar? Você não consegue. Eu não consigo.

Ghyslain Raza não conseguia — e isso nem deveria ser exigido dele. O sabre de luz é, sem dúvida nenhuma, um dos motivos por que amamos Star Wars.

É fácil entender o apelo do sabre de luz. É simples e direto. George Lucas se inspirou na ficção científica das séries de Flash Gordon e nas lutas de espadas que via quando criança. Ele queria espadas na história. Criar espadas a laser foi apenas uma progressão natural. O conceito que conhecemos como sabres de luz mudou em relação ao que era nos primeiros desenhos, incluindo as famosas artes conceituais de Ralph McQuarrie, mas o centro de tudo sempre esteve lá. O animador coreano Nelson Shin é creditado com frequência como o responsável por usar um rotoscópio para criar as lâminas coloridas de luz.

Fãs são apresentados ao sabre de luz de diversas formas. Para muitos, é com a ação sutil de *Uma Nova Esperança*, com o treino minimalista de Luke e a luta calculada entre Obi-Wan Kenobi e Darth Vader. Para outros, é com as acrobacias e a dança artística de *A Ameaça Fantasma*. E agora ainda é possível que os olhos de um fã mais jovem dobrem de tamanho ao verem o sabre vermelho de Kylo Ren ou os sabres animados de Ezra Bridger ou Ahsoka Tano. Há (felizmente) muitas e muitas maneiras de se apaixonar por um sabre de luz, mas uma coisa é sempre a mesma — os sons. E, mais uma vez, nós nos encontramos aos pés do gênio de Ben Burtt.

Ben Burtt criou o agora inconfundível som do sabre de luz com o motor de antigos projetores de cinema e a interferência de uma televisão em um microfone. Essa última parte foi puro acidente... ou destino. Independentemente disso, Burtt criou uma coleção de sons cativantes que considerava serem alguns de seus preferidos na franquia. Não é absurdo dizer que é o efeito sonoro mais importante de Star Wars. O que acontece quando você pega uma réplica de um sabre de luz? Você começa a imitar imediatamente o som da ignição, o som do movimento e, o mais tentador, o crepitar de dois sabres de luz que colidem em batalha.

Um culto de sabres de luz surgiu em torno da simples ideia de espadas a laser no espaço. Há inúmeros vídeos e textos sobre a miríade de cores e seu significado. Há especialistas reais nas várias disciplinas de combate com sabres de luz, e saber que Obi-Wan usa a Forma III enquanto Vader luta com a Forma V é uma parte importante do conhecimento de muitos. Existe um fascínio pelas lâminas dessa arma, e saber que tipo de sabre de luz você teria caso lhe pedissem para se juntar à Ordem Jedi é uma resposta na ponta da língua de todo fã de Star Wars. Sim, sabres de luz são importantes para Star Wars.

Em 1995, durante o lançamento dos brinquedos Power of the Force e o ressurgimento da marca, eu comprei uma réplica da Hasbro do sabre de luz verde de Luke Skywalker. Bem adequado — se pensarmos que esse sabre fazia parte da minha primeira lembrança como fã de Star Wars. Anos e anos mais tarde, eu ainda sou atraído pelo design simples, mas poderoso, do cabo e pela ousadia daquela lâmina verde. Mais de vinte anos depois, o mesmo sabre de luz com as *mesmas* pilhas tipo C está no canto do meu quarto. Ele já cumpriu seu papel por casas antigas e escritórios de trabalho. Muitas vezes, enquanto tento escrever ou ando pela minha casa, eu vejo esse sabre de luz no canto do olho. Eu paro tudo, sorrio e pego a espada que representa parte do meu amor por essa franquia. E, sem ninguém por perto para assistir, eu acendo o sabre, as pilhas trazendo vida a um simples pedaço de plástico, e faço meu caminho com golpes e cortes em uma batalha imaginária que venho ganhando a vida inteira. Meus próprios efeitos sonoros abafam os barulhos que o brinquedo faz. Eu termino a luta com um golpe final e coloco o brinquedo de volta no canto, sabendo que sobrevivi mais outro dia.

Não sei onde Ghyslain Raza está neste momento, e nada pode compensar o que ele passou, mas espero que ele saiba que nunca esteve sozinho. Eu também sou o Star Wars Kid. Nós todos somos o Star Wars Kid. E sempre seremos.

50

RAE SLOANE

UMA VILÃ INSPIRADORA

Star Wars: O fim do Império
Autor: Chuck Wendig

Há muito a admirar em Rae Sloane.

Nascida na classe baixa, ela nunca deixou de sonhar com uma vida melhor, e logo se viu trabalhando duro para fazer um nome para si enquanto outras pessoas a subestimavam. Ela frustrou tentativas de assassinato, descobriu casos de corrupção, recebeu promoções merecidas — que as pessoas ainda questionavam —, lutou honrosamente e de modo inteligente até o amargo fim, impediu um evento cataclísmico que teria mudado o destino da galáxia e deu um passo ousado para começar tudo de novo. Além disso, ela transcendeu o mundo de Star Wars para se tornar uma inspiração para os fãs, particularmente mulheres não brancas, e tem toda uma legião apaixonada atrás de si.

Há muito mesmo a admirar em Rae Sloane.

O problema é que ela fez tudo isso pelo Império, sabe... a equipe contra quem a gente torce. Rae Sloane é uma personagem notável que há muito tempo desafia nossas noções sobre quem está "daquele" lado e redefine o conceito de um vilão. Nas páginas finais do livro de Chuck Wendig, *Star Wars: O fim do Império*, a grã-almirante Rae Sloane, tendo acabado de salvar o dia, enfrenta a escolha entre mudar de direção, submetendo-se à vontade da recém-formada Nova República, ou arriscar seguir para as Regiões Desconhecidas com o resto do Império para reconstrui-lo. Naquele momento, ela reafirmou quem era, garantiu que não se submeteria a ninguém e decidiu ir atrás do que merecia.

Rae Sloane sempre acreditou na ideia do Império. Crescendo pobre no planeta central de Ganthel, ela passou a juventude sob a ameaça constante das gangues criminosas locais. O Império, na sua perspectiva, removeu essa ameaça. Ela queria fazer parte disso. Nós, porém, temos o benefício de conhecer a história toda. Que o Império estava oprimindo a galáxia, ajudando a tornar o submundo criminoso mais robusto, e que estava sendo comandado por um feiticeiro sombrio em busca da dominação galáctica. Sim, tudo isso é verdade, mas a perspectiva de Rae Sloane também era verdadeira, e isso guiou toda a jornada dela. O mundo que ela habitava era mau, mas Rae Sloane era boa.

Mas Sloane não era ingênua. Ela fez sua fama ao impedir uma tentativa de assassinato direcionada ao imperador e a Darth Vader, expondo a corrupção do associado imperial conde Vidian, e passou toda a carreira protegendo a natureza do seu Império, a versão em que cresceu acreditando. Mas ela não estava perdida em um estado de êxtase. Ela viu os ideais que seguia caírem aos poucos. A essa altura, ela já estava, talvez, envolvida demais. Obteve posições militares que não costumavam ser dadas a uma mulher de berço humilde em uma organização dominada por homens idosos. Mas, no fim, enquanto trabalhava com o misterioso, mas enlouquecido, Gallius Rax, secretamente encarregado de destruir o Império pelo próprio Palpatine, Rae percebeu o que o Império tinha se tornado, e talvez o que ele sempre tivesse sido, então ela o impediu, salvando um planeta inteiro e seus "inimigos" no processo.

Uma das principais tramas secundárias da série *Marcas da guerra* gira em torno de Gallius Rax executando o plano de contingência do imperador para derrubar o que sobrou do Império, seguir para as Regiões Desconhecidas e começar tudo de novo — em memória do imperador. À beira da morte, Gallius Rax dá a Rae essa tarefa, caso ela a aceite. Como Wendig escreve, Rax diz: "Agora você serve à Contingência".

E é aí que a escolha de Rae Sloane coloca o *fandom* em um dilema delicioso. Podemos torcer por uma vilã? Estamos acostumados a um certo tipo de redenção em Star Wars: um personagem passa a vida agindo de uma maneira, lutando por uma coisa, e então, no final, vê a luz e faz o que entende como certo. Não que isso seja pouca coisa, veja bem. Essa versão clássica de redenção tem muito valor. No entanto, quando Rax apresenta a escolha a ela, dizendo-lhe que ela pode continuar a servir o imperador, o Império dele e tudo o que ele foi, Rae Sloane percebe que não mudou muito desde que era aquela menininha sonhando em partir para salvar a galáxia. A versão que ela tinha do Império não estava errada; ela simplesmente não existia. Ela tinha sido parte de uma coisa que não era dela, e agora poderia construir algo novo, como ela sempre quis, como ela sempre acreditou. Então, ela escolhe.

"Eu não sirvo a ninguém", proclama Rae Sloane.

Sua redenção é pessoal.

Com isso, ela parte para começar o que se tornará a Primeira Ordem. O que acontece nessas Regiões Desconhecidas ainda é um mistério. Quando *O Despertar da Força* começa, Rae Sloane já se foi, e a Primeira Ordem se tornou a visão de outra pessoa. Mas isso é história. Um enredo a ser revelado. O que existe para nós é uma personagem que transcendeu quaisquer afiliações e lealdades para se tornar um testamento vibrante à individualidade. Ela representa a superação de obstáculos, opositores e preconceitos colocados à sua frente sem nunca perder de vista quem você é. Rae Sloane é uma vilã? Talvez. Talvez não. Mas ela é uma coisa.

Rae Sloane é uma inspiração.

49

UMA ESCOLHA

LUKE SKYWALKER, DEL MEEKO E AS LIÇÕES DE UM JEDI

Star Wars Battlefront II
Roteiristas: Walt Williams e Mitch Dyer

Está procurando lições profundas e uma visão crítica sobre as crenças dos jedi? O que você acha de entender melhor quando e por que alguns jedi contra-atacam? Gostaria de ter uma noção do que estava passando pela cabeça de Luke Skywalker quando ele começou a busca para saber mais sobre os jedi, e procurou por locais e artefatos importantes para a história deles, depois de *O Retorno de Jedi*? Você também quer destruir uns bichos espaciais nojentos chamados scritters? São muitas perguntas, mas a resposta deve ser sim (principalmente sobre os scritters). Sente-se, pegue seu controle, e vamos nos afundar em *Battlefront II*.

A história de *Battlefront II* é sobre Iden Versio e seus companheiros, agentes imperiais de elite do Esquadrão do Inferno, mas, pelo caminho, porque isso é um jogo, você pode dar alguns passos pela galáxia na pele de lendas como Lando Calrissian, Han Solo, princesa Leia e, é claro, Luke Skywalker. Todas as fases ajudam a satisfazer aquele desejo infantil de ser esses personagens lendários de Star Wars, mas, quando você se junta a Luke Skywalker, consegue um olhar perspicaz sobre o funcionamento de uma lenda.

A fase apresenta o cavaleiro jedi recém-formado e colega de esquadrão e futuro marido de Iden, Del Meeko, no remoto planeta de Pillio à procura da mesma coisa: um dos observatórios do imperador, cheio de relíquias, a maior parte com relação aos sith. Del está lá para destrui-las, Luke está lá para encontrar pistas. No entanto, ambos logo precisam se ajudar para sobreviver. É através dos olhos de Del, um imperial de berço, criado em Coruscant para temer os jedi, que aprendemos nossas lições.

Num primeiro momento, Del Meeko é salvo por Skywalker, e pergunta por quê. Afinal, Luke faz parte da Aliança Rebelde que ainda está lutando contra os imperiais remanescentes depois dos acontecimentos de *O Retorno de Jedi*. Luke então dá a ele, e a nós, uma lição rápida, mas poderosa, sobre misericórdia.

"Porque você pediu."

Todo um esquadrão de stormtroopers está morto não muito longe dali. Foram todos cortados pelo sabre de Luke. Del aponta esse detalhe, mas Luke explica que Del lhe deu uma escolha. Os stormtroopers não. Fãs de Star Wars passam muito tempo analisando quando é uma boa hora para os jedi lutarem. Eles são generais na Guerra dos Clones, mas afirmam que não podem travar guerras em outros momentos. A resposta e o debate nunca são muito claros, mas aqui está Luke explicando sua filosofia. Se você pede misericórdia, você recebe. Todos temos uma escolha.

Isso também aparece mais tarde, no comportamento de Luke em relação a Kylo Ren. Luke cedeu aos próprios impulsos e tentou atacar o jovem Ben por medo. Naquele momento, ele não deu a Ben a chance de fazer uma escolha. Esse ato concluiu a transformação de Ben e acabou com Luke. O lendário Skywalker traiu as próprias crenças e, no processo, criou um monstro. Não me admira que ele tenha fugido para uma ilha esquecida (encontrando-a parcialmente com a bússola que ele acha durante o jogo).

Tudo se resume a escolhas. Luke e Del terminam sua missão coletiva, ajudando-se ao longo do caminho (são tantos scritters...). Nós até vemos um pouco sobre a aura sombria que o imperador Palpatine despejou sobre a galáxia. Ele transformou os jedi em vilões enquanto escondia sua natureza cheia de Força daqueles que o serviam (Del fica chocado ao encontrar a porta do depósito do imperador trancada pela Força). Mas, no fim, Del quer saber o que vai acontecer em seguida. Como um jedi rebelde e um agente imperial podem sair vivos dessa parceria improvisada?

Luke não faz um discurso para que ele abandone o Império. Del Meeko deve dar as costas a um serviço imperial de uma vida? O que ele pode fazer como um homem que *vê* a maldade que estava acontecendo? Luke Skywalker não dá respostas. Ele apenas aponta a importância das escolhas.

Todos podemos escolher melhorar como pessoas.

E, com isso, Del Meeko começa sua jornada de deserção e luta por liberdade. Uma jornada que ele faz ao lado de Iden Versio depois que ela não pode mais fechar os olhos para as escolhas que vê seu Império continuar fazendo.

É emocionante e revigorante descobrir que Star Wars está sempre servindo o poderoso propósito estabelecido por George Lucas: falar com jovens, aquelas crianças de doze anos à beira da idade adulta, e dar-lhes lições atemporais sobre moralidade. Star Wars sempre tem que voltar a isso, seja nos filmes, nas séries de TV, nos livros e, como aqui, nos jogos de videogame. É a força vital da saga. Todos nós queremos usar um sabre de luz, derrotar stormtroopers e salvar o dia, tal como Luke Skywalker. Ainda assim, no fim das contas, Luke Skywalker e a própria saga Star Wars só querem que você faça uma coisa: escolha ser uma pessoa melhor.

48

YODA CONTRA DOOKAN

GUERRAS NÃO FAZEM UMA PESSOA GRANDE, MAS MOMENTOS SIM

Star Wars: Episódio II — Ataque dos Clones
Roteiristas: George Lucas e Jonathan Hales
Diretor: George Lucas

As multidões de fãs nos cinemas foram à loucura. Nós adoramos lutas de sabre de luz e precisamos de duelos cativantes. Lutas importantes entre as maiores estrelas da história. Quando *Ataque dos Clones* estava perto do fim, a empolgação começou a crescer. Não importava como estava sua relação com o filme naquele momento, você sabia o que estava por vir. O vilão. O herói. Os sabres de luz. Estava na hora da atração principal.

No entanto, dessa vez, as coisas não ocorreram como planejado. A dupla dinâmica formada por Obi-Wan Kenobi e Anakin Skywalker parecia ter uma vitória fácil pela frente contra o conde Dookan. Não era só o caso da vantagem de dois contra um. Dookan era mais velho, e ainda não tinha provado que sabia lutar, Obi-Wan tinha derrotado Darth Maul em *A Ameaça Fantasma* e Anakin tinha se gabado, no início do filme, de ser um espadachim tão bom quanto o mestre Yoda. Deveria ter sido mamão com açúcar, mas, como várias reviravoltas no nosso mundo, não foi como pensávamos.

O resultado foi surpreendente, e a luta em si não foi uma decepção. Apesar de ter o duelo contra Darth Maul, do Episódio I, como comparação, pudemos ver Obi-Wan enfrentar os relâmpagos do sith e Anakin empunhar dois sabres de luz lutando contra Dookan no escuro e criando imagens fascinantes. Mas agora nossos dois heróis estavam feridos no chão e o vilão estava prestes a partir. Aquela não podia ter sido a atração principal.

Bem, não foi.

Yoda estava lá.

Yoda é visto como o maior jedi de seu tempo, e talvez o maior de todos os tempos, superado, em teoria, apenas por Luke Skywalker. Embora os fãs aplaudam, como diria o falecido ícone da cultura nerd Jon Schnepp, a habilidade de Mace com um sabre de luz, a percepção de Qui-Gon ou o poder bruto de Luke Skywalker, isso é tudo especulação. Com pouco mais de um metro de altura, Yoda está acima de todos os debates. Luke Skywalker procurou um grande guerreiro em Dagobah e, embora Yoda tenha proclamado que guerras não fazem um grande guerreiro, momentos fazem.

Ouvimos os passos primeiro, e depois vimos uma forma familiar em uma sombra que se aproximava. Todos sabíamos quem estava chegando — e estávamos prontos. Era hora de Yoda saltar para a ação. Muitas perguntas, em sua maior parte logística, brotaram em seu cérebro enquanto esse momento se aproximava. Como é que Yoda luta? Como ele supera essa desvantagem de tamanho? O que mais esconde em sua manga?

Uma pequena batalha de raios de Força dá lugar ao que queríamos ver, alguns por anos, outros por todo o filme. Yoda empunha a arma. À medida que o ritmo da música acelera, nós vemos a pose de um herói jedi. O sabre está aceso — é verde, para aqueles leitores que estão acompanhando —, e Yoda está pronto para lutar. Finalmente.

Muito bem, uma pausa no olhar nostálgico sobre a história de Star Wars. Vamos ser realistas. Isso não é uma memória hiperbólica e viajada. As multidões assistindo a *Ataque dos Clones*, por mais odiado que esse filme possa ser, estavam tremendo nesse momento. Muitas pessoas tinham segurado aquele pequeno boneco Kenner nas mãos e se perguntado como seria Yoda em ação. Essa foi nossa resposta. As reações em 2002 refletiram isso. Não deixe que ninguém diga o contrário. Eu estava lá. Você estava lá. Todos estávamos lá vendo um grande mentor ser a lenda que sempre soubemos que ele era.

E a luta termina, a propósito, com mais uma lição do nosso amiguinho verde. Uma lição tão digna de um livro de citações quanto qualquer outra sabedoria que ele possa ter nos passado. Dookan sabe que não pode ganhar, então ataca a única fraqueza que Yoda tem: seu bom coração. Usando a Força, o antigo aprendiz de Yoda quase esmaga Kenobi e Skywalker com um pedaço do hangar de Geonosis. Sem hesitação, Yoda desiste da luta para salvar seus amigos, escolhendo a compaixão em vez da vitória... e isso, ao contrário das guerras, faz uma grande pessoa.

47

"EU SOU LANDO CALRISSIAN"

O TRAIDOR DE CONFIANÇA

Star Wars: Episódio V — O Império Contra-Ataca
Roteiristas: Lawrence Kasdan e Leigh Brackett
Diretor: Irvin Kershner

Em alguns cantos da galáxia, você pode encontrar alguém que descreveria Lando Calrissian, o apostador de Socorro que se tornou empresário, como um traidor. Ele só pensa nele mesmo. É um vigarista, um enganador. Além de seu sorriso encantador e das capas chamativas, esse homem enganaria até os amigos mais próximos. Só há uma coisa para saber sobre Lando: você não pode confiar nele.

Mas essas pessoas não entendem Lando.

E, sim, isso inclui Han Solo.

Lando Calrissian tem muitas habilidades, conspirações e histórias. Ele tem um ego gigantesco e se acha o maioral. Ninguém pode mandar nele, isso é certo. Ele é uma presença necessária e única na galáxia. Mas o que Lando faz de melhor é sobreviver. Ele fez isso principalmente por conta própria, com pouquíssima ajuda em uma galáxia cheia de conflitos, submundos perigosos e problemas em cada esquina. Com tudo isso, Lando aprendeu que você só precisa da confiança de uma pessoa: você mesmo.

Lando confia em si mesmo e deposita quase toda sua fé na própria capa. Há espaço para alguns outros. L3-37 já ocupou esse lugar. Lobot o ocupa agora. Willrow Hood talvez sempre ocupe. No entanto, ninguém é mais leal a Lando do que Lando. E ele sabe que isso é para o melhor.

Sim. Ele vendeu Han Solo, Chewbacca, Leia, C-3PO e a guerra que trouxeram consigo para Bespin. Então, claro, para eles Lando é um traidor. Mas pense bem: o que você faria se alguém aparecesse à sua porta e a simples presença dessa pessoa ameaçasse a segurança de tudo aquilo pelo que você batalhou tanto? Essa pessoa chama você de amigo, e não dá para negar que tiveram alguns momentos juntos, mas quando esse "amigo" destruiu sua nave, quase te matou e depois voltou para pegar a mesma nave de você — não há muitos motivos para confiar nela, não é?

Lando precisava sobreviver.

Han Solo sabia disso. Leia entendeu imediatamente. Você pode achar melhor não confiar em Lando, mas ele realmente não tinha amor pelo Império. E o Império também não teria a lealdade dele, de jeito nenhum. Ele só quer continuar seguindo o próprio caminho.

Ainda assim, a única coisa que Han não entendeu completamente, a única coisa enterrada por baixo de tudo, é que Lando tem um bom coração. Por mais que tenha enganado, contrabandeado e roubado por toda a galáxia, nunca o fez por maldade. Ele era apenas um Robin Hood intergaláctico, roubando dos ricos para dar (principalmente) a si mesmo.

Então, quando o acordo que ele fez com o Império, que ele passou a maior parte da vida fugindo, começou a dar errado, ele olhou com atenção para suas chances de sobrevivência. E elas estavam diminuindo a cada minuto que passava. Era hora de analisar a situação à sua volta. Lando havia passado um bom tempo tentando escapar da guerra que agora se espalhara pela galáxia. O acordo só iria atrasá-la por um tempo, adiar o inevitável, mas ela estava lá. O Império, a Rebelião, a luta contra as forças do mal. Estavam todos lá, e ele sabia disso. Pessoas boas estavam sofrendo diante dele, e agora toda a situação estava literalmente o sufocando (obrigado, Chewie). Lando Calrissian sabia que, para sobreviver, ele precisava aumentar sua lealdade. Ele precisava mudar, e estava na hora de confiar em alguém.

Ainda havia tempo para salvar Han. Ainda havia tempo para que esse apostador que só sabia correr atrás das próprias vontades depositasse sua fé em uma coisa maior, lutasse contra quem o teria destruído e continuasse na galáxia. Nossa lista de heróis se expande, e ele se junta à luta. Uma luta que vai ajudar a vencer.

Confie em Lando.

Como C-3PO disse.

Sempre confie em Lando Calrissian.

46

COMO ENSINAR UM JEDI

YODA SE REVELA A LUKE

Star Wars: Episódio V — O Império Contra-Ataca
Roteiristas: Lawrence Kasdan e Leigh Brackett
Diretor: Irvin Kershner

ENTÃO VOCÊ QUER TREINAR UM JEDI!

UM GUIA PARA O MESTRE JEDI MODERNO

Cinco passos simples para treinar um Escolhido!

Introdução
Parabéns pela decisão de treinar um jedi!

Transmitir o que você aprendeu é um aspecto valioso da Ordem Jedi. Eles literalmente mantêm a Ordem viva! Uma galáxia sem jedi seria ruim. Na verdade, *foi* ruim. Por mais de vinte anos, o fogo dos jedi se apagou, e a escuridão reinou. Qualquer jedi ou criatura sensível à Força precisava fugir ou se esconder até aquele momento! O plano está em andamento, a Guerra Civil Galáctica está no ápice, e finalmente chegou a hora de treinar mais jedi.

Treinar um novo jedi já é bem difícil, e agora você está sem uma academia funcional para reforçar os ensinamentos. Você vai ter que fazer isso por conta própria. Mas não se preocupe!

Aqui estão cinco passos simples para te ajudar a treinar um jedi.

Um: envie o chamado
Quando é o momento certo para começar o treinamento? É difícil de dizer, mas pode ser apenas uma questão de confiar na Força. Quando os eventos da galáxia chegarem ao ponto da virada, você provavelmente saberá que está na hora. Sugerimos esperar até que algum tipo de superarma, principalmente um destruidor de planetas, tenha sido destruído.

Quando isso acontecer, envie uma mensagem através da Força cósmica. Se possível, use um dos seus amigos fantasmas da Força para transmiti-la. Os fantasmas da Força têm uma probabilidade de sucesso oitenta por cento maior do que as visões.

Dica especial! *Certifique-se de que a chamada à ação seja vaga, forneça apenas uma localização e seu nome. Fará com que a mensagem pareça mais mística, como uma mensagem do além. Isso é fundamental, já que seu aprendiz provavelmente está ocupado lutando em uma guerra ou fazendo parte de uma resistência. Uma mensagem fantasma ou visão vai chamar a atenção dele!*

Dois: entenda os erros dele

O ser que você escolheu para treinar muito provavelmente está cheio de grandes equívocos sobre o que significa ser um jedi. Isso vem de anos e anos de falsa idolatria aos jedi e da falta de compreensão comum sobre a verdadeira natureza dos jedi. Para ele, os jedi eram um mito.

Muito provavelmente, seu aluno terá recebido um sabre de luz, uma arma gloriosa, e saído em uma jornada épica de autodescoberta, tendo como plano de fundo o conflito maior. Isso levará ao possível desejo por duas coisas:

1. Aventura
2. Empolgação

Essas coisas são ruins.

Além disso, ao te procurar ele terá uma noção pré-concebida de quem você é. Cavaleiros e mestres jedi são considerados grandes guerreiros e heróis. Ele estará à procura de outra coisa. Capas esvoaçantes, sorrisos calorosos, palavras encorajadoras.

Isso está errado. Tudo isso.

Cabe a você mudar essa imagem.

Três: teste-o imediatamente

Por mais que a era de ouro da Ordem Jedi permitisse aos professores estenderem as aulas e a formação por anos, senão décadas, as coisas não são mais assim. O tempo é curto. Para começar, seu novo aprendiz é provavelmente *muito* mais velho do que um aprendiz normalmente seria.

Você sabia? *Apesar de terem sido um dos pilares dos treinos dos anos passados, as tranças padawan não são necessárias para treinar uma geração moderna de jedi. Se seu aprendiz atual insistir em uma trança, permita, mas a decisão deve partir dele.*

No passado, os jovens sensíveis à Força eram levados de suas famílias em tenra idade para ter todo o tempo disponível para se prepararem para os testes jedi oficiais. Você não tem esse luxo. (Nota do editor: Nós entendemos que o sequestro institucionalizado de jovens jedi pode ser problemático agora.)

À medida que seu aluno se aproxima, comece a colocar obstáculos e desafios à sua frente. Destrua a nave dele. Ele precisa fazer alguma coisa. Permita que a dúvida cresça dentro dele. Você não quer ninguém que não deseje de verdade estar nesse treinamento. Só não o ataque... a não ser que o alvo seja o orgulho.

Para um bônus adicional, talvez até para seu próprio entretenimento, crie um personagem. Algo como um eremita maluco que ele nunca entenderia como um grande jedi. Ele aprenderá uma valiosa lição sobre julgar as pessoas pela aparência e pelo tamanho. Você pode ser capaz de conseguir rações saborosas ou uma luz portátil para sua cabana.

Quatro: chegue ao âmago dos problemas dele

As aulas oficiais ainda nem começaram, mas seu aluno já está se questionando por que está aqui com você ou o que ele está fazendo. Ainda está apegado ao grande ideal do que deveria estar aprendendo, e não entende o que a Força realmente é, apesar de já tê-la usado a seu favor. Você sabe que a Força não se limita a ouvir vozes e movimentar rochas, mas ele não. Antes que ele possa começar a entender o poder total da Força, precisa ver as questões centrais que o impedem, turvam a sua mente e podem diminuir suas intenções.

Classificações das questões principais:

5. Medo
4. Vontade de fugir e matar ou salvar alguém
3. Raiva
2. Ódio
1. Impaciência

Quando você não dá o que ele esperava — o cavaleiro galante com as lições fáceis de treinamento —, você começa a desvendar as camadas de seu aprendiz. Isso exporá o maior problema. Nesse ponto, você ganhará a atenção dele.

Cinco: revele-se e mude o tom

Tendo capturado completamente a sua atenção, revele-se. Revele quem você é de verdade. No entanto, divirta-se no processo. É a sua oportunidade de fazer drama. Vai com tudo. Seja duro. Você não quer ele, você sente que ainda não está pronto para ser treinado, e agora é a hora de deixá-lo saber sobre a seriedade da jornada que vem pela frente.

Dica especial! *Comece a falar com outra presença na sala. Sem aviso nenhum. Num momento você está servindo um caldo de pântano; no outro, está conversando com o espírito de um velho amigo em comum.*

Bônus!

Receita do caldo de pântano:

1. Ferva dois quartos de água morna do pântano
2. Adicione uma colher de sopa de lama local e tempere a gosto
3. Mexa até estar mentalmente pronto para experimentar

Com essa mudança dramática de tom e ação, seu aprendiz não começará a perceber que alguma coisa está errada. Ele começará a entender os erros e as suposições que fez até o momento. Um olhar dele dirá tudo. **É o olhar de alguém que compreende que o tom da jornada foi alterado para sempre.** Tudo o que ele pensava saber começou a desmoronar.

Ele te encontrou depois de ser arrancado de um planeta distante, e o sucesso precoce o encontrou ao passo que ele começou a receber recompensas e aceitação como nunca antes. Ele passou a vida inteira acreditando que estava longe da ação, mas agora se encontrou no centro de tudo com o conhecimento repentino de que foi chamado para esse caminho. Você pode perdoá-lo por pensar que o treinamento seria aprender formas legais de lutar com sabres de luz e truques mentais. Passos simples em uma viagem maior para a glória.

Não é. E, nesse momento, o olhar dele mostrará que compreendeu. É o seu conselho que ele deve seguir. É a sua percepção que ele deve estudar. Apesar de ainda não conseguir compreender o que vem a seguir, ele está finalmente pronto para aprender.

Depois disso, vocês podem tomar o resto do caldo do pântano.

Bônus: assuste-o

Quando ele disser que não terá medo do que está por vir, olhe bem em seus olhos e rosne: “Você vai ter. Você. Vai. Ter”.

É assustador e eficaz.

Obrigado por decidir treinar um jedi. Que a Força esteja com você.

45

AMIGOS

FINN CHEGOU PARA SALVAR REY

Star Wars: Episódio VII — O Despertar da Força
Roteiristas: J. J. Abrams, Lawrence Kasdan e Michael Arndt
Diretor: J. J. Abrams

Vamos dar um crédito a Finn.

Ele é um amigo leal. Um amigo de verdade. Do tipo que vai fazer tudo o que estiver ao seu alcance para garantir que você vai ficar bem. Nos filmes *Os Jovens Pistoleiros*, o Billy The Kid de Emilio Estevez fala sobre a importância dos companheiros e diz que não há nada que ele não faça por um amigo que ama (sim, eu consegui enfiar uma referência a *Os Jovens Pistoleiros* e *Jovem Demais Para Morrer* em um livro de Star Wars e estou muito feliz com isso). Finn entende a importância de um bom companheiro. Essa importância aparece com tudo de uma forma inspiradora quando ele volta à base Starkiller para salvar Rey.

O motivo pelo qual precisamos dar crédito a Finn por esse momento, o motivo para celebrá-lo, é que muitas vezes a conversa sobre Finn gira em torno da jornada do personagem. As lições para aprender a se conectar com causas maiores além de seus próprios objetivos e escolher um lado quando a coisa mais fácil a fazer é, como diria o DJ de Benicio Del Toro, "não se misturar". E precisamos falar sobre isso. A jornada de Finn de stormtrooper a rebelde comprometido é uma lição valiosa para a história de Star Wars e para o mundo real. Ela também é parecida com a batalha de Han Solo para deixar o canalha de lado e continuar a ser bom. É por isso que é apropriado que Finn *e* Han (e Chewbacca, é claro!) voltem juntos para a base Starkiller. É lá que Han descobre que Finn não tem um plano para desativar os escudos. Ele só quer salvar Rey.

Han fica compreensivelmente bravo. Isso o leva a soltar a frase perfeita: "Não é assim que a Força funciona". É um momento que também é usado em dissertações, ou, melhor, em monólogos de *podcasts*, para mostrar que as motivações de Finn são apenas sobre Rey. E isso é verdade. Mas, antes que entremos demais no assunto do crescimento e da jornada de Finn, ele merece muito crédito pelo que está fazendo, nesse momento, na base Starkiller.

Finn estava disposto a sacrificar muita coisa, como ele próprio, para salvar Rey. A Resistência precisava destruir essa base, mas, do ponto de vista que tinham naquele momento, eles não precisavam salvar Rey. Então Finn improvisou. Ele agiu como se soubesse mais do que sabia e chegou à superfície do planeta para salvar sua amiga. Isso tem que valer alguma coisa.

E vale.

A poderosa devoção de Finn à amizade é uma declaração de Star Wars sobre conexões, relacionamentos, apoio e lealdade. Finn cresceu como FN-2187. Um número sem nome em uma máquina de guerra que se desenvolvia. Os colegas e companheiros existiam na Primeira Ordem; Finn não estava sozinho. Mas nenhuma dessas ligações tinha calor ou profundidade reais. Soldados numerados e sem personalidade não criam um ambiente de conexão. Isolamento físico e mental não constroem um espírito saudável.

Finn começa a se destacar da Primeira Ordem por causa do medo e de um instinto de sobrevivência. É isso que o leva a fugir. Mas o que o faz permanecer em seu novo caminho são as conexões que ele faz. Primeiro Poe, depois Rey. Os primeiros momentos que Finn passa com eles são, muito provavelmente, a primeira vez que ele se sentiu notado, encorajado, apoiado e até abraçado. É sua primeira experiência com conexão humana (ou conexão alienígena... ou conexão droide — é uma galáxia grande), e ela abriu o seu mundo. Ela o abriu, mesmo que o tenha assustado ao mesmo tempo. Quando chegou a Takodana, essa nova conexão parecia ser demais para ele. No entanto, quando o perigo chegou na forma da Primeira Ordem, ele voltou para Rey.

Rey, é claro, se liberta e encontra Finn, Han e Chewie. Essa não é a questão. Finn voltou para a salvá-la. Isso é poderoso o suficiente para Rey, uma pessoa que foi abandonada, mas é igualmente poderoso para Finn. Ele arriscou tudo para salvá-la porque, pela primeira vez na vida, tinha um motivo para voltar. É por isso que segue em frente. FN-2187 viveu a maior parte da vida sem ligações, sem amizades verdadeiras e definitivamente sem romance (criando um grupo sólido de fãs torcendo por um romance entre Rey e Finn ou talvez até mais entre Finn e Poe). No entanto, agora, Finn tem amigos. E agora que tem amigos, nunca vai deixá-los. Custe o que custar.

Finn merece crédito.

Ele entende a importância da amizade.

44

"E VÃO PARA OS SEUS TRANSPORTES"

A LIDERANÇA DE LEIA

Star Wars: Episódio V — O Império Contra-Ataca
Roteiristas: Lawrence Kasdan e Leigh Brackett
Diretor: Irvin Kershner

Todos nós temos uma Leia preferida.

A personagem é uma só, claro, mas, por toda sua existência, Leia é vista por meio de seus trajes e situações. Sim, esse fenômeno abrange Han, Luke e outros, também, mas é mais claro em Leia Organa. Isso pode ser atribuído à clássica linha Kenner de bonecos de Star Wars. Infelizmente, Leia era a única mulher humanoide na linha original. Isso nos deu cinco versões diferentes dela. Leia Clássica, Leia Bespin, Leia Hoth, Leia Caçadora de Recompensas e Leia Poncho de Combate. Linhas posteriores, incluindo os lançamentos modernos, contam com Leia Vila dos Ewoks, General Leia e, claro, icônica além da compreensão humana, Leia Biquíni de Aço (agora mais uma prova da matadora de hutts que ela foi do que à escrava fetichizada). Uma personagem, muitas Leias.

Cada boneco representava um aspecto diferente da personagem que amávamos. Leia Clássica era a princesa real que salva a si mesma. Leia Bespin era a beleza etérea que sentia que alguma coisa estava errada. Leia Caçadora de Recompensas resgatava corajosamente o homem que ama. Leia Poncho de Combate travava uma guerra nas linhas de frente usando — bem — um poncho muito legal. Visuais diferentes que nos inspiraram e nos cativaram. Capítulos separados de uma história maravilhosa. Todos temos nossa Leia preferida, e a minha é a líder forte e desafiadora, sem o glamour de um vestido ou a proteção de uma máscara. É aquela que se mantém forte no frio cruel e se recusa a ir embora. A minha é a Leia Hoth.

O legado de Leia é formado por muitas palavras e ações poderosas, mas sua liderança é melhor exibida em Hoth. Não com um discurso apaixonado ou uma grande lição. A Leia que vemos ali, em um centro de comando em ruínas, é uma que tem o peso da Aliança Rebelde sobre os ombros e sabe disso. O chão tremia a cada passo dos atacantes que se aproximavam. As paredes começaram a ruir à medida que os gritos se aproximaram. Uma ameaça sombria em uma capa preta como a noite cortou as fileiras da Rebelião. O fim estava próximo. Mas ela não vacilou nem fugiu.

A princesa Leia ficou ali.

Isso contrasta muito com a Batalha de Yavin em *Uma Nova Esperança*, onde ela parece estar presente apenas para dar apoio moral. Dessa vez, não é o caso. O tom é completamente diferente. Aqui, ela está no comando, e mandou pessoas para a segurança enquanto arriscava a própria vida. Ela ainda está dando ordens e movendo as peças de xadrez pelo campo de batalha. É uma líder fazendo o possível para manter a esperança viva.

É por isso que ela não tem tempo para Han Solo quando ele aparece no centro de comando. Quando Leia pergunta "Por que você ainda está aqui?", não é apenas um indicativo do clássico romance entre os dois, que, é claro, está totalmente exposto nessa cena, principalmente quando ela sai e Han vai atrás dela. É uma guerreira sem tempo para alguém que não queria ficar ali. Ela já faz a escolha de lutar, se rebelar e ajudar os outros há muito tempo, e esse canalha ainda não conseguiu se decidir? Ela não precisa disso.

Mas Han não está errado. Com o agravamento da situação, ela precisa ir. E até isso é um sinal de um bom líder. Você tem que ouvir os conselhos dos outros, mas, no fim, tomar sua própria decisão. É Han quem diz a ela que está na hora de ir, mas o olhar no rosto de Leia mostra que a escolha é toda dela. Ela tem mais valor para a Rebelião viva. A batalha está perdida, e todos eles precisam lutar mais um dia — por isso é hora de partir. Enquanto Han a conduz, a ordem final de Leia é garantir que aqueles que lutam com ela também vão embora.

"E vão para os seus transportes."

Isso é tudo o que você precisa saber sobre o tipo de líder que Leia é em poucos segundos. A princesa Leia ficou para trás porque a batalha ainda não tinha terminado. Ela ficou porque o povo precisava dela. Ela ficou para que outras pessoas pudessem se salvar. Ela é a alma da Rebelião e da líder na linha de fogo. Quando tudo parece sombrio e a esperança se esvanece, na hora mais escura, é ela quem brilha mais forte.

A princesa Leia ficou para trás, ainda como centro de tudo.

Sim, a Leia Hoth é minha Leia preferida.

43

R2-D2 SABICHÃO

O ASTROMECH QUE SABIA DEMAIS E NUNCA DISSE UMA PALAVRA

Star Wars: Episódio III — A Vingança dos Sith
Roteirista: George Lucas
Diretor: George Lucas

É um pequeno momento. Quase uma piada usada para responder a um problema de continuidade criado pelo próprio George Lucas. Perto do fim de *A Vingança dos Sith*, Bail Organa dá ao capitão Raymus Antilles a custódia de C-3PO e R2-D2. Isso já conecta o Episódio III à fala de C-3PO sobre pertencer ao capitão Antilles em *Uma Nova Esperança*, mas em seguida Bail dá uma ordem simples de apagar a mente do droide de protocolo com um sorriso. É como se dissesse a Antilles e aos espectadores que há muitos segredos na galáxia e que todos sabemos que C-3PO não pode guardá-los. É um momento engra... ESPERA UM MINUTO AÍ. R2-D2 sabia de tudo.

Ele. Sabia. De. Tudo.

Quando você percebe isso pela primeira vez, toda a história da trilogia original se desenrola na sua frente com uma ruga totalmente nova. O melhor amigo baixinho e sarcástico de Luke Skywalker, com todos os seus bipes, sabia tanto sobre o que estava acontecendo. Cada batalha, cada missão e, talvez, cada revelação permaneceu dentro da cabeça dele, e ele não disse uma palavra. Se você tem um segredo, pode contar para R2-D2!

Mas, citando Anakin em *A Vingança dos Sith*, "A diversão começa aqui".

Teorias viajadas e *headcanons* divertidos são parte da experiência de fãs de Star Wars. Boba Fett matou o tio Owen e a tia Beru? Chewbacca já conhecia Obi-Wan Kenobi quando o encontrou na cantina? E o que é que R2-D2 sabia ou guardava para si? Isso acaba se tornando uma sessão do jogo preferido de todos, "E se?".

E se ele e Obi-Wan estivessem se comunicando com sinais ocultos no primeiro encontro em Tatooine? E se ele só estivesse tão bravo com Yoda em Dagobah porque sabia quem ele era de verdade e queria que parasse de perder tempo? E se, depois de ver Leia beijar Luke na ala médica de Hoth, R2-D2 apitasse que ele estava presente quando ambos nasceram em Polis Massa e tinha achado aquela cena perturbadora? O que, é claro, traz à tona o maior "E se?". E se R2-D2 soubesse que Luke Skywalker é filho do seu antigo companheiro de combate, Anakin Skywalker?

Ahhhh! Tantos cenários deliciosos se despejam pelo seu cérebro de fã que a barragem começa a se romper. Há agora um novo subtexto para várias cenas clássicas. Quando o velho Ben Kenobi diz "Não me lembro de ter um droide" e lança um olhar curioso a R2-D2, o que era um pequeno momento agora está cheio de bipes: "O quê? Os sóis gêmeos desse planeta fritaram seus fios? Eu lutei com você... durante anos! E você não era meu dono, você era dono da R4-P17. Acho que a morte dela não te afetou tanto como afetou a mim! Seu velho idiota!"

Tantas dúvidas. Tantas dúvidas maravilhosas.

O argumento contrário a isso (e a minha alegria pessoal) é que George Lucas tenha estragado o próprio cânone. É justo supor que, em 1977, Ben Kenobi não se lembrava de ter sido dono de um droide porque isso não tinha acontecido, apesar do lendário *The Adventures of Luke Starkiller as taken from the Journal of the Whills, Saga I: The Star Wars* que George rabiscou no início dos anos 1970. Obi-Wan Kenobi nunca deveria ter conhecido R2-D2 na juventude. Foi um descuido, um erro, não era para ter sido. E tudo isso é muito justo.

Mas, ah, cadê a graça disso?

Parte da diversão de celebrar Star Wars também é poder se divertir com Star Wars. E isso é pura diversão. As lendas urbanas de Star Wars nos fizeram acreditar que Lucas disse que C-3PO e R2-D2 foram testemunhas de toda a saga, então isso não saiu do nada. Todo o conhecimento de R2-D2 só faz expandir o impacto do personagem. Ele não é apenas um repositório de registros e eventos, ele é um amigo e agente de confiança. Ele sabia o que estava fazendo quando se afastou de C-3PO depois de chegar em Tatooine porque já tinha estado lá antes. Ele sabia por quem estavam procurando e por quê. O plano tinha começado, e R2-D2 estava lá para terminar a missão. E talvez essa seja a resposta ao último "E se?". E se Bail Organa tivesse mantido a memória dele intacta porque R2-D2 era mais importante do podemos imaginar e fosse *isso* que George Lucas estava finalmente dizendo?

42

DOOKAN RECRUTA OBI-WAN

QUANDO STAR WARS DESAFIOU SUA CONFIANÇA

Star Wars: Episódio II — Ataque dos Clones
Roteiristas: George Lucas & Jonathan Hales
Diretor: George Lucas

A saga Star Wars gira em torno da luta universal do bem contra o mal, mas isso não significa que não tenha nuances ou momentos que obriguem você a se aprofundar um pouco mais nas motivações dos personagens. As *prequels* nos deram o conde Dookan, um dos "Vinte Perdidos", mestres jedi que deixaram a ordem. Ele se voltou para o lado sombrio e se tornou aprendiz de Darth Sidious, também conhecido como o bom e velho Sheev Palpatine. Ele era a imagem do movimento separatista — o grupo de planetas, guildas e sistemas que queriam sair da República, a mesma República que era o lar dos nossos jedi, membros da realeza e clones, tanto que entraram em guerra por essa crença. Tudo isso cria um currículo muito bom para um vilão. O conde Dookan — também conhecido como Darth Tyranus — era mau.

Mas as intenções dele também eram?

Em *Ataque dos Clones*, Obi-Wan Kenobi é capturado durante sua investigação intergaláctica e mantido em cativeiro em Geonosis. Ele logo se vê cara a cara com Dookan, e, assim como o público, é forçado a questionar tudo em que acredita sobre as duas grandes instituições a que serve: a Ordem Jedi e a República. Uma delas estava se perdendo, e a outra estava sendo devorada por dentro. Verdades difíceis de encarar. Nesse momento, Star Wars não estava apenas questionando se você era bom ou mau — estava fazendo uma pergunta mais importante primeiro: em quem você confia? Porque essa resposta vai te guiar.

Obi-Wan tem todos os motivos para não confiar no conde Dookan. Embora ele não tenha sido exposto como sith até aquele momento, Dookan deixou a Ordem Jedi e assumiu o controle de um exército que ameaçava a paz da galáxia. Então, quando Obi-Wan o marca como traidor, Dookan mente. Diz que não teve nada a ver com a captura dele e nega que Jango Fett esteja no planeta. São mentiras. Kenobi sabe disso. Ele seguiu Fett, então, quando o tom das palavras de Dookan muda pouco tempo depois, Kenobi não está errado em não confiar nele.

Mas tudo o que o conde Dookan diz a partir de então está certo. A Federação do Comércio estava trabalhando com Darth Sidious. O Senado da República, há muito corrupto, estava sob a influência de um lorde sith, e os jedi não tinham percebido isso porque o lado sombrio os estava cegando facilmente. É tudo verdade, então a questão proposta é: o que você faz quando uma pessoa em quem você sabe que não pode confiar é a única a dizer a verdade?

Dookan até invoca o nome de Qui-Gon Jinn, antigo mestre de Kenobi *e* antigo aprendiz de Dookan, desejando que ele estivesse ali para ajudar. Kenobi responde que Qui-Gon nunca se juntaria a ele, mas será que ele pode ter certeza disso? Qui-Gon nunca esteve em total sintonia com o Conselho Jedi. Obi-Wan sabe disso porque foi incumbido de treinar Anakin Skywalker, subproduto da oposição de Qui-Gon ao Conselho. Então, quando o conde Dookan afirma que Qui-Gon também poderia ter deixado os jedi e talvez até o ajudado, isso soa real. Assim como o pedido a Obi-Wan: "Você precisa se juntar a mim, Obi-Wan, e juntos podemos destruir os sith".

É um momento decisivo, tanto para Obi-Wan quanto para o conde Dookan.

As *prequels* apresentam repetidamente a ideia de que a venerável e honrada Ordem Jedi se afastou dos seus princípios fundamentais. Yoda fala sobre a arrogância dos jovens jedi. Muitos questionam o envolvimento militar na Guerra dos Clones. Mace Windu fala abertamente sobre a conexão com a Força ter diminuído. Diante do peso de todas essas duras verdades, passadas e futuras, Obi-Wan Kenobi defende os próprios princípios. É a única coisa em que ele pode confiar. Não é que ele não acredite em Dookan nesse momento, mas ele não vai se curvar. Ele se recusa a aderir àquela causa. Obi-Wan ficará na luz, em um esforço para limpar a escuridão.

Dookan formou os separatistas para enfrentar a República, e a República se tornou o Império, uma coisa que os jedi não conseguiram impedir porque foram complacentes demais para enxergar. Dookan previu isso, e suas intenções podem não ter sido más, pelo menos no começo. Em certos aspectos, ele foi o primeiro rebelde. No entanto, sir Christopher Lee, o falecido ator lendário que interpretou Dookan, o descreveu como amoral, sem preocupação com certo ou errado — apenas com poder. Isso faz pensar que talvez ele quisesse mesmo recrutar Obi-Wan. Talvez ele quisesse derrubar os sith, mesmo sendo um deles. Para Dookan, a troca de lado e título era apenas mais um meio para seus próprios fins. Mas naquele momento, quando é recusado por Obi-Wan, ele defende *seus* princípios. Em um dos melhores momentos de atuação da série, o conde Dookan de sir Christopher Lee balança a cabeça em mágoa, confirmando a escolha. Ele enfrentou as verdades há muito tempo e perdeu a própria confiança. O poder se tornou seu guia. Poder é a única coisa em que Dookan confia. Então, ele vai embora. De volta para a escuridão, para longe da luz.

Star Wars é uma história do bem contra o mal, mas no planeta Geonosis, à beira da guerra, somos lembrados de que você pode precisar ter sua confiança abalada para descobrir o que realmente defende.

41

A HISTÓRIA DE LUKE LARS

QUANDO A FORÇA PEDE POR UM HERÓI...

Livro de *Os últimos jedi*
Autor: Jason Fry

A Força não está de brincadeira. Ela não tem tempo para profecias sobre o Escolhido. Ela não liga se você é o jedi mais poderoso que já apareceu no espaço. Ela nem liga se você bloqueou sua conexão com ela. Nada disso importa. A Força sempre vai encontrar você.

A adaptação de Jason Fry de *Os Últimos Jedi* levou a *fanbase* à loucura com uma visão assombrosa do que poderia ter acontecido em *Uma Nova Esperança*. E se Luke Skywalker tivesse assistido ao holograma da princesa em perigo, ouvido o pedido de Obi-Wan para se juntar a ele em uma cruzada idealista e, em vez de ir para Mos Eisley, tivesse ficado para trás e não se envolvido? Grandes perguntas que tiveram uma grande resposta no prólogo de Fry.

Era o sonho de um fanático de Star Wars. Fry apresentou uma realidade alternativa em que Luke se casou com a namorada Camie (famosamente cortada de *Uma Nova Esperança*, mas ainda presente no livro de 1977), seu melhor amigo Biggs morreu "em algum lugar inimaginavelmente distante", Obi-Wan foi descoberto pelo Império e a princesa Leia foi executada. O Império vence, e Luke fica em Tatooine com a esposa. Ele assume a fazenda em que foi criado, alcança as cotas do Império e paga os impostos, definidos por Jabba, pela água enquanto vive se perguntando sobre aquela princesa e seu pedido de ajuda.

Depois disso, os sites de Star Wars ficaram loucos com chamadas deliciosas e enganosas de que Luke Skywalker tinha uma esposa (ele não tinha) enquanto passava seus dias no isolamento em Ahch-To, sonhando com essa vida que nunca aconteceu. Como se fosse um devaneio sobre uma vida mais simples. Errado. Tudo errado. A Força o chamou.

Luke fugiu e, quando o encontramos no final de *O Despertar da Força*, ele tinha voltado para o começo. Estava em um planeta distante fazendo tarefas mundanas e desconectado do mundo ao seu redor. Só que, agora, em vez de olhar para os sóis gêmeos e se perguntar o que havia além daquela vida, ele estava esperando que as coisas não mudassem. Luke Skywalker tinha falhado.

Mas por que é bom ou empolgante que Luke Skywalker tenha falhado? Por que esse é um motivo para amar Star Wars? Estamos falando do nosso herói. É um motivo para amar Star Wars porque nos lembra que a saga tem espaço para o fracasso. Como nós, o grande herói PODE falhar, há camadas em sua jornada, mas ele pode escolher ser melhor (lembre-se da lição de Luke para Del Meeko em Pillio). E esta não foi só uma chance de Luke escolher de novo, foi uma bronca. Se você não gostou das decisões de Luke nos últimos anos da vida dele, você não estava sozinho: a Força também não.

No entanto, a Força não conseguiu chegar a Luke da forma tradicional. Sem fantasmas da Força, vozes misteriosas ou cavernas escuras. Ela precisou contornar os muros que havia erguido em volta do coração, então ela o encontrou em um sonho. Foi um aviso. Uma tempestade estava a caminho, e ele faria parte dela. Ele podia se envolver ou ficar de fora. A Força quer que você escolha, e não pode fazer isso por você. Como Obi-Wan disse anos atrás, “Você deve fazer o que acha certo, é claro”.

No passado, ficar de fora teria significado a morte de Biggs, Kenobi e Leia. Teria levado à captura de R2-D2 e C-3PO. Não só Alderaan teria sido destruído, mas também os planetas natais de Ackbar e Mon Mothma. O Império teria vencido. Skywalker teria vivido seus dias como Luke Lars, um humilde fazendeiro sob a falsa paz do Império Galáctico. A Força estava mostrando, não tão sutilmente, o custo potencial do *passado* como um lembrete do que estava em jogo *agora*. Alguma coisa e — não vamos nos esquecer — alguém — Rey — vieram tentar puxá-lo de volta para o jogo.

Não foi fácil. Luke precisou de cada pedaço da presença de Rey para desafiar sua mentalidade abatida, e é isso o que torna a escolha final em *Os Últimos Jedi* muito mais eficaz. A escolha que Luke faz no final, o sacrifício poderoso de paz e propósito, pode ser ligado diretamente a esse prólogo. É por *isso* que o momento deve ser celebrado. É o que forma a base da decisão final de Luke e se conecta ao âmago do que sabemos sobre a Força.

Há uma promessa que recebemos muito cedo no *fandom* de Star Wars: a promessa que Obi-Wan fez a Luke na corrida pela Estrela da Morte. A Força estará sempre com você, querendo ou não. Esse prólogo é o cumprimento dessa promessa e a percepção da sua profundidade. Sempre olhamos para ela do ponto de vista dos bons tempos, mas a história de Star Wars não fala sobre a linha de chegada da vitória. Fala sobre a jornada até ela. Luke Skywalker falhou e não queria saber da Força, mas, felizmente, a Força queria saber dele.

INTERLÚDIO #3

SEU PERSONAGEM PREFERIDO DE STAR WARS...

Han Solo era o meu. Fiquei encantado com ele desde o início, e certamente não estava sozinho. Aquele patife com um bom coração tem muitos fãs. Corajoso e ousado. Esperto e despreocupado. Han Solo tinha a nave espacial mais legal de todas, o melhor amigo da galáxia e ainda ficou com a princesa. Tudo isso fez sentido para mim como um jovem fã que morava nos subúrbios da Terra, mas sonhava com as guerras nas estrelas.

À medida que fui ficando mais velho, encontrei ainda mais de mim mesmo em Han. A luta interna entre quem você quer ser contra quem você sabe que precisa ser. A realidade das decisões e mudanças batendo na sua cara enquanto você enfrenta o desejo constante de voltar ao que sabe ser seguro. E, sim, até o mau humor. Eu me vejo nele.

Han Solo é meu personagem preferido em Star Wars, mas quem é o seu?

Essa pergunta sempre foi divertida de responder, porque Star Wars sempre nos ofereceu opções maravilhosas. Para cada pessoa que possa responder Luke Skywalker e princesa Leia, vamos ter quem responda Salacious B. Crumb e Wuher, o barman da cantina. Você pode simpatizar com os oficiais do Império, os droides caçadores de recompensas ou mesmo com Bo-Shek, o piloto que aparentemente se recusou a levar Obi-Wan Kenobi para fora de Tatooine. Quem é seu personagem preferido em Star Wars sempre foi uma pergunta divertida de receber, mas agora a resposta é ainda mais importante.

Essa nova era do cânone moderno de Star Wars nos trouxe uma quantidade impressionante de personagens novos, instigantes, inspiradores e diversos. E isso nunca ficou mais claro do que nos livros e nas histórias em quadrinhos, onde os fãs têm muitas escolhas diferentes. Agora, mais do que nunca, você pode se encontrar em Star Wars.

Há momentos incríveis, e todos merecem um holofote. Alguns dos destaques incluem o beijo da dra. Aphra, uma arqueóloga independente que trabalha com Vader num submundo criminoso e com seus próprios droides assassinos, na oficial imperial em conflito Magna Tolvan. Temos Sana Starros, a ex-amante de Aphra, chegando com sua nave, apontando um blaster para Han e Leia, proclamando ser esposa de Han e assumindo imediatamente seu lugar de direito na história. Norra Wexley, a mãe do personagem Snap, de *O Despertar da Força*, se tornou a imagem do movimento anti-Império na série *Marcas da guerra*, enquanto Rae Sloane se tornou a imagem do Império em mudança. Temos Peekpa, a hacker ewok que se juntou às aventuras de Han e Chewie depois de *O Retorno de Jedi* e provou suas habilidades técnicas continuamente enquanto outras pessoas teimavam em subestimá-la. Conhecemos Evaan Verlaine, a piloto de Y-wing alderaaniana que sobreviveu à Batalha de Yavin e voou com Luke, Wedge e a Millennium Falcon. E temos Sinjir Rath Velus, um ex-oficial leal ao Império que encontrou um novo propósito junto aos rebeldes da Nova República em ascensão ao lado do hacker Conder Kyl.

A coleção variada de novos personagens continua a sair dessa nova era de livros e HQs, ocupando seu lugar no coração dos fãs ao lado dos presentes nas telonas e nas séries de TV. A galáxia ficou maior para combinar com um *fandom* maior. E sempre vai haver espaço para crescimento. Hoje em dia, a questão de quem é seu personagem preferido em Star Wars é mais significativa do que nunca, porque as respostas estão se tornando tão variadas quanto o público sempre foi.

40

A RAINHA AMIDALA VOLTA PARA CASA

O MOMENTO DECISIVO PARA UMA VERDADEIRA HEROÍNA

Star Wars: Episódio I — A Ameaça Fantasma
Roteirista: George Lucas
Diretor: George Lucas

A rainha Amidala foi eleita para servir o povo, não para governá-lo. Então, quando ela se vê envolvida em uma batalha política sem sentido na capital da República e se depara com um muro de burocracia e corrupção, ela toma uma decisão que define seu caráter e que ninguém esperaria de uma rainha de catorze anos: ela volta para casa para unir duas culturas, lutar lado a lado com elas e, por um momento, superar o homem no centro de tudo isso. A rainha Padmé Amidala Naberrie era um tipo próprio de heroína.

Não se engane! Sheev Palpatine, o senador corrupto de Naboo, era ótimo em estar alguns passos à frente de todo mundo. Impulsionado pela busca por poder e todas as coisas relacionadas ao lado sombrio, o homem que um dia se tornaria imperador elaborou um plano eficaz para assumir o controle da galáxia. Tanto os jedi quanto os políticos caíram em suas enganações. Palpatine estava no controle e cheio de confiança.

Ao falar da rainha, Palpatine proclamou: "A rainha Amidala é jovem e ingênua. Controlá-la não vai ser difícil". Até então, ele não tinha encontrado oposição real em sua trama secreta para tomar o poder. Quer fosse entre os chefes crédulos da Federação do Comércio, o chanceler da República Finis Valorum ou os jedi tão perspicazes, Palpatine era o titereiro no comando.

E então a rainha Amidala, já mostrada como uma pensadora independente enquanto estava disfarçada como serviçal de Padmé em Tatooine, chega em Coruscant e se torna o novo peão no plano de Palpatine. Funciona. Não dá para negar. Ele alimenta as chamas da paixão dela pelo bem-estar do povo, sussurrando ao pé do ouvido, e ela pede o voto de não confiança em Valorum. Isso abre o caminho para a ascensão de Palpatine.

No entanto, alguma coisa não parece certa para a rainha. A promessa de a política servir à vontade do povo foi quebrada bem na frente dela. Um exército de droides tomou a capital, e o Senado quer mais provas. Ela se sente frustrada e inaudita. Não só pelo Senado da República, mas também pelos jedi (Qui-Gon e Obi-Wan não seguiram todos os conselhos dela no começo). Enquanto Jar Jar Binks fala sobre o grande exército gungan escondido sob o mar, pronto para lutar com orgulho, a rainha de Naboo, do povo que há muito tempo ajuda a alimentar a segregação dos gungans e do planeta, percebe que é hora de se unir. Ela precisa parar de seguir o caminho de todos os outros. Precisa seguir seu próprio destino. Ela está pronta para acabar com a história perturbadora da sua cultura. Está pronta para ser ouvida. Está pronta para lutar. A rainha volta para casa para ficar com seu povo.

Esse é o momento em que a rainha Padmé Amidala se estabelece como uma líder forte. É o caminho para a princesa Leia e suas ações cheias de compaixão durante a Rebelião e sua liderança durante a Resistência. É o padrão de ouro para os heróis em Star Wars. Não faça o que esperam de você — faça o que é necessário para o bem dos outros.

Quando ela diz calmamente a Palpatine — satisfeito por estar um passo mais perto de se tornar chanceler — que a arena dele é aqui e o lugar dela é em Naboo com seu povo, a fachada bem produzida do lorde sith em segredo é afetada. Sim, é só por um momento, mas é. Um dos pontos fortes de Palpatine é se adaptar aos obstáculos de um plano. Ele faz isso até que o último obstáculo ao que foi previsto o derruba para a morte em *O Retorno de Jedi*. Por isso, é *bom* que Amidala fique longe e comece uma resistência no próprio planeta. Ele sorri como se esse fosse o destino, mas, por uma gloriosa cena, os olhos dele dizem o contrário. Ela pode ser jovem e pode ter sido ingênua, mas vai ser difícil controlá-la. Isso faz de Padmé uma das maiores ameaças para Palpatine.

A série animada *A Guerra dos Clones* ajudou a expandir a personagem de Padmé e a rivalidade com Palpatine. Podemos vê-la praticar o que pregou nos corredores do Senado e nos campos de batalha através de discursos e atos corajosos. Dois episódios da terceira temporada, "Heroes on Both Sides" e "Pursuit of Peace", vêm à mente, com Padmé liderando a oposição à guerra, aceitando sua mentora separatista, Mina Bonteri, buscando a paz e fazendo o melhor discurso político da franquia. Mais uma vez, ela segue o caminho de maior resistência, fora da forma normal de pensar. Mais uma vez, ela frustra os planos de Palpatine e o faz mudar de direção. O ápice disso tudo é a conexão e influência que ela tem sobre o aprendiz que ele tanto cobiça, o que levará a uma trágica conclusão. No entanto, desde o momento em que ela tomou a decisão de voltar a Naboo e até seus últimos apelos a Anakin, Padmé foi uma personagem poderosa e (perigosamente) independente.

Por muito tempo, Padmé Amidala foi negligenciada e subestimada. Por fãs, pelos colegas e pelos vilões que tentavam controlá-la. O foco ficava, às vezes de forma compreensível (é Star Wars, afinal), nos sabres de luz, nos guerreiros das estrelas e nos heróis escolhidos prometendo trazer o equilíbrio. Mas, nesse momento, Padmé tomou seu lugar de direito ao lado deles e trouxe consigo a dedicação à diplomacia, democracia e liberdade para todos. Ela é uma rainha e uma senadora. Uma esposa e uma mãe. Uma líder e uma heroína. E Padmé Amidala Naberrie fez tudo seguindo os próprios termos.

39

O HORROR DE VADER

O MASSACRE NO CORREDOR

Rogue One: Uma História Star Wars
Roteiristas: Chris Weitz e Tony Gilroy
Diretor: Gareth Edwards

Às vezes é fácil se esquecer de que Darth Vader é um vilão. Desde a metade de *A Vingança dos Sith* até os últimos momentos de *O Retorno de Jedi*, a alma que um dia foi Anakin Skywalker é má. Quero dizer, sim, ele ESTÁ em conflito, ainda está em guerra com seu antigo eu, e nunca confiou totalmente em seu mestre das trevas. Sim. Há camadas. Principalmente agora. No entanto, todos sabemos da verdade: Darth Vader fez coisas horríveis desde que se juntou aos sith. De matar crianças a caçar jedi e ajudar a oprimir e escravizar a maior parte da galáxia, Vader foi um vilão malvado. Ele é do mal.

Ainda assim, quando os boatos de que Darth Vader apareceria em *Rogue One: Uma História Star Wars* começaram a circular, uma onda de antecipação começou a crescer. Embora todo mundo acreditasse que ele não seria um personagem importante na história, a esperança era de que todos pudéssemos ver Vader "em ação". Seria o Darth Vader com que todos sonhamos quando crianças. E não o veríamos só em uma série animada ou leríamos em um livro. Seria Vader em seu auge na telona. É estranho parar e pensar sobre isso, porque nós TAMBÉM sabíamos que *Rogue One* estaria muito perto dos eventos de *Uma Nova Esperança*, então faz pouco sentido que o auge de Vader não inclua *Uma Nova Esperança* e *O Império Contra-Ataca* (vamos permitir a ideia de que ele estava mais brando em *O Retorno de Jedi*, cansado do chefe e à procura de um plano de aposentadoria). Porém, na verdade, isso é brincar com o aspecto da história. O subtexto de toda essa antecipação era que queríamos ver Darth Vader usar o sabre de luz e sufocar inimigos na era do cinema moderno. Apesar de todos os avanços na indústria cinematográfica, a trilogia original também é um produto de sua época. Vader está quase reservado na trilogia. Andando ameaçadoramente pelas pontes de comando do Destróier Estelar, encarando seus inimigos ou sentado em um caça para matar os melhores amigos de Luke, Darth Vader não faz, sabe — tente seguir meu raciocínio, não quero cometer sacrilégio —, muita coisa. A gente *queria* ver Vader em ação.

E nós vimos. E foi absolutamente, inegavelmente, inquestionavelmente incrível. Tal como sempre quisemos.

Como a gente já sabe, Vader aparece mais cedo durante o filme, na cena em seu castelo. No entanto, ele só estava tendo uma reunião de negócios com um funcionário. Orson Krennic foi chamado essencialmente para falar sobre o seu fraco desempenho no trabalho. Nós queremos mais de Vader. Muito mais.

A história de *Rogue One* acontece, e nós quase nos esquecemos de Vader. Muita coisa está acontecendo. Os espiões rebeldes estão correndo por aí, tentando roubar os planos da Estrela da Morte, os imperiais estão acertando os alvos, para variar, e a frota rebelde está derrubando Destróieres Estelares. E então o grão-moff Tarkin leva a Estrela da Morte para a batalha e menciona que Vader "cuidará" da frota rebelde.

Opa.

Todo mundo endireitou as costas. Ninguém fez barulho nenhum, nem para beber refrigerante. Darth Vader estava a caminho. Sua mente começou a especular loucamente o que aquilo podia significar. Vader vai voar com seu TIE Advance, acabando com os X-wings e Y-wings rebeldes? Ele vai cair na superfície do planeta e tentar arrancar os planos da Estrela da Morte das mãos de Jyn Erso? Será que Darth Vader vai usar a Força para esmagar os cruzadores rebeldes como em um jogo? O que Darth Vader vai fazer?!?!?!

Mas nada acontece. Ou, pelo menos, nada com Vader. A batalha continua, e os rebeldes conseguem transportar os planos roubados em segurança para a nave rebelde acima e tentam escapar. A Estrela da Morte dispara em sua própria base, e as pessoas e nossos heróis morrem durante a explosão na praia de Scarif. Acabou. A batalha foi ganha, os rebeldes começam a sair de lá depressa, caças e naves saltando para a velocidade da luz. Acho que o filme já vai aca...

BUM.

A nave de Vader, Devastator, emerge do hiperespaço. As naves rebeldes colidem com ele e se estilhaçam. A batalha NÃO terminou. Darth Vader tem um trabalho a fazer.

Quando a história salta para a nave rebelde Profundity, e depois para os corredores brancos familiares e imaculados do Blockade Runner, que sabemos pertencer à princesa Leia, nós temos uma noção do que está para acontecer. Alarmes são acionados, alimentando nossa antecipação e, honestamente, nosso medo. Os soldados rebeldes, vestidos com o azul, preto e cinza que vimos pela primeira vez em 1977 (ou quando quer que você tenha tido o prazer de ver *Uma Nova Esperança* pela primeira vez), estão com os planos, mas encontram uma porta quebrada. Eles estão presos, e se viram para enfrentar um som na escuridão. Um som que todos crescemos ouvindo e associando com *o* vilão da nossa galáxia favorita. A respiração chiada. Aquele sabre de luz vermelho aparece.

O que acontece a seguir é um novo gênero nos filmes de Star Wars. Mark Reilly, do Collider Video, disse uma vez em seu antigo programa, Collider Nightmares, que isso era horror puro. Os rebeldes estão presos e o mal está avançando. Não podem fazer nada. Vader os corta em pedaços, arrancando blasters com a Força, sufocando-os, destruindo-os e até cortando um pobre rebelde em dois. Os gritos na escuridão vão diminuindo até não restar ninguém. Os planos passam pela porta, e outro soldado foge com eles. Uma das últimas e mais eficazes cenas não é na escuridão. Naquele corredor familiar, branco e brilhante, Darth Vader está solto e, enquanto um soldado rebelde se encolhe de medo, o vilão que crescemos admirando, não tão secretamente, desce sua lâmina carmesim sobre ele. Nessa era do cinema moderno, tudo isso é muito real e palpável. É horror PURO. Darth Vader é um monstro. Como sempre soubemos que era.

38

A DETERMINAÇÃO DE UMA HEROÍNA E O MEDO DE UM VILÃO

O PRIMEIRO CONFRONTO DE REY E KYLO REN

Star Wars: Episódio VII — O Despertar da Força
Roteiristas: J. J. Abrams, Lawrence Kasdan e Michael Arndt
Diretor: J. J. Abrams

Todo mundo ama quando Star Wars surpreende. O público pode estar à espera da grande surpresa, daquelas revelações de enlouquecer que ninguém esperava, mas, às vezes, a surpresa é mais sutil. Mais profunda. E você se ajeita no assento, sabendo que está assistindo uma coisa diferente sobre a qual sabe que vai precisar pensar um pouco. Uma dessas surpresas aconteceu em *O Despertar da Força*, e continua a nos recompensar com implicações que se desenrolam no decorrer da saga. O centro de tudo é a primeira derrota de Kylo Ren. Não, não a derrota na superfície da base Starkiller. Rey o derrotou pela primeira vez dentro da superarma da Primeira Ordem, quando o interrogatório de Kylo saiu pela culatra, dando-lhe força e nos presenteando com uma ligação entre a heroína e o vilão que nunca tínhamos visto antes.

Capturada e à mercê da Primeira Ordem, Rey estava numa péssima posição quando acordou para ver a imagem de Kylo Ren olhando para ela enquanto estava amarrada a um dispositivo de tortura. Cheio de si, Kylo Ren é o que estávamos esperando nesse momento do filme. O malvadão influenciado pelo lado sombrio, com uma capa preta e um sabre de luz vermelho. Ele é poderoso e sabe disso. Kylo Ren sabe quem é Kylo Ren. Então, ele faz o que sabe, assim como nós sabemos, o que os vilões fazem: ele tenta conquistar o que não é dele. Nesse caso, a mente de Rey.

Depois de tirar a máscara por achar que não precisaria dela, Kylo começa a contaminar a mente de Rey, e nós aprendemos muito sobre ela nesse momento. Ela acabou de passar pela assustadora visão da Força no Castelo de Maz, então já sabemos um pouco sobre seu estado de espírito, mas agora fica claro, para nós e para Kylo: ela está sozinha, isolada, sentindo-se completamente inadequada e fora do lugar. Todas as fraquezas dela são exibidas, mas é a natureza dessa descoberta que é mais sombria do que o esperado. Assim como aconteceu com Poe, cada verdade sobre Rey foi arrancada de sua mente. Levada à força. E, ao contrário de Poe, não são só informações úteis na guerra: é quem ela é. Sua própria existência. Rey não é mais só uma heroína enfrentando obstáculos; Rey é uma jovem perdendo uma parte de si mesma. Cada verdade sobre ela foi arrancada de sua mente.

Porém, como a trilogia nos ensina, quando as trevas ascendem, a luz sai para encontrá-las.

Nesse estado vulnerável, Rey descobre uma determinação que não sabia possuir. Sim, estamos falando de Star Wars, mas não se trata apenas dos poderes da Força, níveis de treino e o propósito dela no grande esquema das coisas — isso vem depois. Esse momento mostra uma jovem encontrando uma força pessoal que nem conseguia imaginar. E, com essa força, ela contra-ataca.

A situação se volta contra Kylo, e agora ele está exposto. Rey está em sua mente. E de uma hora para outra... o destino do nosso novo vilão é alterado. Seu maior medo, sua maior inadequação, fica exposto. Ele venera o legado maligno de Darth Vader. Ele quer se afastar de tudo o que foi criado — e talvez nascido — para ser e continuar um império do mal. Mas ele acha que não vai conseguir. Ele não tem a força para fazer isso. E não é Snoke que descobre isso na cena. Snoke é o seu mestre, seu novo mentor, e o Líder Supremo já sabe de tudo. Mas esse conhecimento agora está nas mãos da nova rival. A criatura mascarada, tão segura de si, tão convencida de sua posição de poder, agora se tornou um fingidor cheio de medo. Essa é definitivamente a primeira derrota de Kylo.

Esse é o tipo de surpresa que deve ser valorizado. As revelações de abalar a história podem vir mais tarde, mas essa é uma revelação de construção de história. Nossa heroína está ficando mais forte a partir de um lugar que não previmos, e o caminho do nosso vilão foi alterado. Nós sabíamos que ele poderia não estar totalmente formado, mas essa não é uma história de origem — é uma desconstrução, e, por causa disso, Kylo Ren se torna mais perigoso do que podíamos ter imaginado. A confiança dele foi abalada, suas pernas se tornaram menos seguras sobre o chão, e ele vai fazer qualquer coisa para se convencer de que é o monstro que quer ser.

Por mais que, pouco tempo depois, Snoke vá ligar as mentes dos dois com seus poderes sombrios, essa é a primeira conexão entre eles. Eles se viram como ninguém mais os viu. Pode esquecer os devaneios das *fanfics*, essa conexão é muito mais íntima. Kylo e Rey não são apenas adversários. Eles são, quer gostem ou não, confidentes. E essas são as implicações com que terão de lidar. Nessa saga épica, gigantesca e arrebatadora, eles não têm mais ninguém que realmente os entenda, exceto um ao outro. Um andando por aí sabendo a fraqueza do outro, uma arma emocional que poderiam usar para se ajudar ou destruir.

O que começou como uma cena de interrogatório, a capturada e o captor, uma cena já vista em Star Wars, rapidamente se transformou em algo que não esperávamos. Uma heroína e um vilão lutaram, e cada um ganhou o poder da verdade nua e crua. Fomos lembrados de que, em Star Wars, as coisas felizmente nem sempre acontecem como você espera.

37

"VOCÊS ESTÃO COMIGO?"

MON MOTHMA, A MÃE DA REBELIÃO

Star Wars Rebels: "Secret Cargo"
(Temporada 3 episódio 18)
Roteirista: Matt Michnovetz
Diretor: Bosco Ng

"Vocês estão comigo?", ela perguntou a uma galáxia que precisava de uma centelha de esperança entre as trevas do Império. Ela estava fugindo, tinha sido marcada como traidora e não sabia se alguém a escutaria. Ela buscava dar inspiração, mas acabou solidificando uma aliança. Ela é Mon Mothma, a mãe da Rebelião, e esse é o seu momento.

Star Wars tem momentos inspiradores, é claro. Palavras edificantes e lições perspicazes, mas temos que admitir que às vezes faltam aqueles gritos e discursos que outros espalham por suas histórias. Sim, nós tivemos discursos incríveis. Padmé tem algumas joias em *A Guerra dos Clones*, o momento "Eu não sou o último jedi" de Luke é ótimo, e tenho certeza de que uma tradução um pouco melhor do que o chefe Chirpa diz em *O Retorno de Jedi* deixaria você motivado a defender a Vila da Árvore Brilhante. Eles existem, então pode segurar as cartas irritadas para o editor. É só que não temos uma versão de Star Wars para o rei Théoden reunindo os cavaleiros de Rohan ou para o momento "Por Frodo" de Aragorn antes de atacar o Portão Negro. Não temos um Tyrion Lannister fazendo o trabalho de um rei covarde antes de defender Porto Real ou um William Wallace em *Coração Valente* sendo — bem — valente. Às vezes, tudo o que recebemos é "Que a Força esteja com você", e é por isso que o discurso de Mon Mothma na terceira temporada de *Star Wars Rebels* se destaca entre os demais.

O discurso dela foi o de uma senadora falando contra uma corrupção que a obrigou a se esconder. Tentar resolver esse conflito dentro dos limites da política já não era uma opção por causa de um decreto público. Ela se perguntou se estava sozinha e como resposta viu que estava rodeada de aliados. Há um grande significado nesse discurso — o início formal da Rebelião.

Antes desse momento, a Rebelião era uma coleção de células, cada uma trabalhando em prol do mesmo objetivo geral, sim, mas cada uma com seus próprios estilos, métodos e missões. Elas não tinham um líder. Aqui, Mon Mothma se torna exatamente isso.

Claro, ainda haverá debates, lutas internas pelo poder e a questão problemática sobre o que fazer com Saw Gerrera e seus partidários violentos, mas agora há uma frente unida, uma Aliança Rebelde para derrubar o Império.

Mon Mothma ocupou um lugar curioso em Star Wars desde sua primeira aparição em *O Retorno de Jedi*, onde ela lamentou que "muitos bothans morreram para nos trazer essa informação". Ela era claramente uma presença importante naquela cena da sala de reuniões, mas quem era ela? Em uma franquia muitas vezes desprovida de personagens femininas, principalmente em 1983, seria bom conhecer o seu lugar na história da saga. George Lucas fez questão de responder essa questão quando escolheu a atriz Genevieve O'Reilly como uma jovem Mothma ao lado da Padmé de Natalie Portman e do Bail Organa de Jimmy Smits em algumas cenas cortadas de *A Vingança dos Sith*. Ele se certificou de que ela seria uma personagem de destaque em *A Guerra dos Clones*, mas é aqui em *Star Wars Rebels* que ela brilha e dá a Star Wars um grande discurso.

Todos correram um risco na Rebelião. Eles colocam suas vidas em perigo por essa causa de liberdade, do retorno da democracia e do fim de um regime maléfico. No entanto, para que essa luta fosse legitimada, era necessário que uma pessoa com tudo a perder saísse das sombras e conduzisse o movimento para a luz. Esse discurso não aconteceu no campo de batalha com espadas desembainhadas. Ele não foi seguido de aplausos trovejantes e o rugido poderoso de um exército. Em vez disso, uma senadora pedindo renúncia transmitiu humildemente sua verdade para quem a quisesse ouvir. Ela não descansaria até que a República tivesse sido restaurada. "Vocês estão comigo?", Mon Mothma perguntou, e, uma a uma, naves espaciais se apresentaram a ela. Cada nave que saía do hiperespaço era um novo aliado respondendo de forma retumbante que sim.

36

"LIBERTE-NOS OU MORRA"

LUKE SKYWALKER MOSTRA O QUE É UM JEDI

Star Wars: Episódio VI — O Retorno de Jedi
Roteiristas: Lawrence Kasdan e George Lucas
Diretor: Richard Marquand

Luke Skywalker estava na prancha que se estendia do esquife sobre a boca do poço do sarlacc. Todos no barco de Jabba estavam observando e esperando a morte desse homem vestido de preto que alegava ser um jedi. Enquanto Luke caminhava até a beirada, sua perdição a um passo de distância, o tradutor coagido de Jabba, C-3PO, perguntou a Skywalker e seus amigos se eles queriam implorar por misericórdia. Skywalker proclamou com confiança: "Jabba, essa é sua última chance. Liberte-nos ou morra".

Todos riram.

E todos morreram.

Várias vezes por semana, na verdade, porque eu e meus amigos recriamos essa cena sem parar na hora do recreio, de segunda a sexta-feira, pelo que pareceram anos. A gente pegava as caixinhas de suco, os pedaços de maçã e os sanduíches sem casca na mesa do almoço e corria até uma grande engenhoca de madeira no meio do parquinho. A cerca de dois metros do chão na parte mais alta, era um retângulo longo feito de madeira velha e um escorregador de metal. Era uma monstruosidade perfeita para ser usada como um dos esquifes de Jabba. Isso foi nos anos 1980, é claro, então ninguém se preocupava com a possibilidade de estudantes serem furados por farpas do tamanho de galhos ou receberem infecções por causa da ferrugem. Era tudo parte da brincadeira.

E nós brincamos muito mesmo. Se você chama massacrar o Jabba e seus capangas como nossos heróis Luke, Han, Leia, Chewie e Lando (ninguém queria ser o R2-D2!) de brincadeira. Cada um recebia um papel ("Hoje você vai ser o Luke, eu sou o Han"). A gente ficava em posição. E depois a gente revivia toda a cena do poço do sarlacc até o sinal tocar. Se você fosse atingido por um sabre de luz imaginário, pulava os dois metros até a areia lá embaixo.

Se estava fazendo o papel de Lando, você rastejava por baixo enquanto as crianças que eram Han e Chewie se balançavam pelo brinquedo para resgatar você. Que diversão. Que memórias. Que lesões nós quase sofremos. Mas éramos crianças, e era Star Wars.

Sim, Star Wars é para crianças. É uma lição universal sobre moralidade destinada a iluminar as crianças. O bem e o mal existem, e suas escolhas muitas vezes ditam qual direção você vai seguir. Mas, como a proverbial colher de açúcar que ajuda o remédio a descer, essas grandes lições estão cercadas por ações eletrizantes dos nossos heróis.

Nós não sabíamos que estávamos recriando as escolhas de uma pessoa boa salvando seus amigos, pagando uma dívida com Han e derrubando um gigante do submundo do crime. O foco não era saber se as ações de Luke vinham do senso de proteção ou agressão e qual era o verdadeiro caminho jedi. Só estávamos hipnotizados pelo que vimos.

Como devíamos estar. A fuga das garras malignas de Jabba tinha tudo o que estávamos esperando desde que Luke tinha recebido um sabre de luz. Saltos, pontapés e socos malucos impulsionados pela Força, tiros de laser desviados e aquele magnífico sabre de luz verde servindo como um farol de tudo o que é bom para nosso herói. É um videogame em movimento. E, por mais que o conceito do que significa ser um jedi seja profundo e cheio de camadas, você nunca pode escapar do nosso desejo de que os jedi fossem guerreiros como Errol Flynn, saltando de navio em navio e acabando com os vilões.

E Luke não estava sozinho! A princesa Leia se torna a matadora de hutts, R2-D2 ataca Salacious B. Crumb e Han, Chewie e Lando participam de um resgate tenso sobre o monstro esfomeado enterrado no Mar de Dunas. Toda parte dessa cena está repleta do tipo de ação de Star Wars que é feita sob medida para a empolgação desenfreada da juventude. Luke Skywalker mostra o que é um jedi como nunca antes e, de certa forma, nunca mais mostrou.

E é por isso que essa cena é tão importante para o jovem fã dentro de todos nós. Luke acaba fugindo para enfrentar Vader e o imperador na Estrela da Morte e, no processo, se torna um verdadeiro jedi. Esse é o momento mais importante da vida de Luke Skywalker. Um momento que se conecta à abordagem de Lucas sobre o desvio de conduta dos jedi nas *prequels* e às escolhas que Luke faz no final de sua vida. No entanto, a cena da sala do trono e os temas que dela emergem são mais sombrios, mais matizados e, por vezes, sóbrios, enquanto o embalo e a ação apresentados acima do poço do sarlacc é mais fácil de digerir, compreender e traduzir para uma alegria juvenil.

Esse é o legado da cena do poço do sarlacc. É Star Wars exibindo seu DNA de aventura dos anos 1930 em cores e atmosfera vibrantes. Não é um olhar acadêmico sobre nosso herói — é nosso herói em ação. E é isso que inspira inúmeras gerações. Vimos aquele Luke Skywalker na tela e o levamos aos recreios e quintais da nossa juventude. Tomamos corajosamente a decisão de salvar nossos amigos e o dia, assim como Luke, e, como George Lucas planejou, levamos essas lições conosco pelo resto da vida.

35

ELA ESTÁ VIVA

OS ÚLTIMOS MOMENTOS DE BAIL E BREHA ORGANA

From a Certain Point of View: "Eclipse"
Autora: Madeleine Roux

Eu chorei.

Acabei de reler o conto "Eclipse", de Madeleine Roux, e chorei de novo.

As lágrimas fluíram livremente na primeira vez que li essa abertura. bonita, mas dolorosa, da coletânea *From a Certain Point of View*, então eu não deveria estar surpreso. Não deveria ter perdido o fôlego, também, mas aqui estamos nós.

Em preparação para cada capítulo deste livro, eu revi, reli, reanalisei, re-tudo do universo Star Wars coberto aqui. Depois disso, planejei cada ensaio de uma forma que deixaria o general Crix Madine orgulhoso. Cada ponto é trabalhado e ponderado (ah, eu pondero demais). Cada peça é um mapa perfeito nos levando a um motivo para amar Star Wars. Eu tinha um perfeito para esse. Juro.

A gente ia falar sobre como essa história, junto do *Leia: Princess of Alderaan,* de Claudia Gray, finalmente esclarece um pouco sobre a verdadeira natureza e o caráter da rainha pacifista de Alderaan. Como é iluminador ver o quanto da alma de Breha foi absorvido por Leia na criação. Forte e gentil, ela era uma líder não *do* povo, mas *com* o povo. A gente ia passar um tempo falando sobre a importância da maternidade em Star Wars. Como a influência de Breha Organa foi tão importante quanto a de Bail e como é gratificante passar esse tempo com ela, mesmo que apenas por umas poucas páginas comoventes.

A gente ia discutir como a tensão se acumula maravilhosamente nessa história, criando um crescente emocional que você sabe que está vindo, mas para o qual nunca poderá estar preparado. Como podemos ver Breha lidando graciosamente com os deveres mundanos da liderança enquanto o estresse de não saber o destino do marido e da filha acaba com ela. Uma característica que Leia demonstra repetidamente. Uma característica que ela claramente aprendeu com a mãe.

Eu tinha ótimas coisas planejadas sobre o retorno de Bail Organa. Como ele corre para a capital e os braços da esposa, permitindo que os vejamos como duas pessoas apaixonadas precisando uma da outra. Como a história é tão sutilmente trabalhada que você começa a ver a si mesmo. Ela evoca a sensação de abraçar um ente querido. Um porto seguro de tudo o que está acontecendo à sua volta. Enquanto Breha Organa escuta a notícia de que a nave da filha foi destruída e o seu paradeiro é desconhecido, você se sente como um pai. Acontece em Star Wars, mas parece acontecer conosco.

Eu queria muito escrever sobre como a destruição de Alderaan só é vivida à distância em *Uma Nova Esperança*. Uma distância emocional, até. É um flash na tela. Um breve momento que muda para sempre a galáxia e a princesa tentando libertá-la, mas que nunca nos toca porque só estamos flutuando em volta dele. Aqui, podemos nos aproximar e sentir. O momento nos pega de jeito. Ele nos aterroriza. Ele treme debaixo dos nossos pés. Essa é uma história de horror. O monstro está à espreita lá fora. Um mal que se aproxima. E não podemos fazer nada a respeito. Você só tem que continuar a leitura.

Muito deveria ser falado sobre o aperto no seu coração ao ler sobre a chegada da Estrela da Morte a Alderaan, um eclipse anormal sobre um planeta belo e pacífico que rapidamente se torna um alvo da oportunidade. É uma companhia assombrosa para algumas cenas de *Rogue One*. Quando a Estrela da Morte chega, as luzes se apagam para sempre.

Eu queria escrever sobre todas essas coisas — estou usando "coisas" aqui porque estou atordoado —, porque queria ser um escritor adequado que consegue explicar os próprios sentimentos, a própria compreensão e a própria apreciação por dezesseis das melhores páginas de uma história de Star Wars que já li.

Mas eu não consigo.

Não consigo porque Madeleine Roux escreveu a poesia mais comovente e dolorosa de Star Wars. Eu nunca mais vou poder — nunca mais mesmo — ver *Uma Nova Esperança* sem pensar nos momentos finais de Bail e Breha Organa. Depois de ler "Eclipse", você não consegue mais ver Vader segurar Leia, forçando-a a assistir à destruição de seu povo, seu planeta e seus pais sem pensar em Bail envolvendo Breha em seus braços enquanto a Estrela da Morte se prepara para atirar. Enquanto você olha nos olhos de uma jovem princesa prestes a ser deixada sozinha nessa galáxia em guerra, você sempre pensará nas últimas palavras que Bail dirige à esposa. "Ela está viva." E enquanto você vê o planeta explodir na tela, não deixando à princesa outra escolha senão encontrar a força de vontade para salvar a galáxia e a força para liderá-la, você nunca se esquecerá das últimas palavras que Breha dirige ao marido. "Eu sei." Você não pode mais assistir à cena que viu por anos em *Uma Nova Esperança* e separá-la dos assombrosos momentos finais de Bail e Breha Organa. Roux escreve: "Ela sentiu o calor do marido, a respiração dele no pescoço dela, e depois o cheiro de fumaça e fogo. No momento seguinte, nada". A Estrela da Morte destruiu Alderaan em segundos, mas essas palavras tornam a dor eterna. São dois pontos de vista, sempre entrelaçados como um só. Você vai sempre pensar nisso...

... e chorar.

34

"FINALMENTE"

O BEIJO DE KANAN E HERA

Star Wars Rebels: "Kindred"
(Temporada 4 episódio 7)
Roteiristas: Dave Filoni e Henry Gilroy
Diretor: Sergio Paez

"Será que eles vão ficar juntos?" é uma dinâmica conhecida e usada para contar muitas histórias. Dois protagonistas circundando o amor por um longo tempo até que suas paixões explodam em um beijo. Com as risadas de fundo, você tem pelo menos uma temporada de uma comédia de sucesso. *Star Wars Rebels* nos apresentou essa dinâmica bem cedo com Kanan e Hera, mas o que fez com que funcionasse tão bem não foi o "Será que eles vão ficar juntos?", mas sim "Será que eles *podem*?".

Quando conhecemos Kanan Jarrus no livro *Um novo amanhecer*, de John Jackson Miller, o ex-padawan conhecido como Caleb Dume está distante da criança que ele foi e do homem que queria ser. Ele é um caubói no fundo do poço, pulando de bar em bar atrás de rabos de saia. Ele tem um rabo de cavalo, pelo amor da Força! A jornada dele pelos eventos de *Star Wars Rebels* não é apenas uma jornada de autodescoberta e retorno ao caminho jedi que ele PRECISOU abandonar por causa dos eventos da Ordem 66 e da ascensão do Império Galáctico. Não, é mais como se Kanan Jarrus passasse por uma reabilitação. O passado desapareceu com o tempo — em parte devido às circunstâncias, sim, mas mais ainda porque ele mascara o medo de perder quem tinha sido em meio a todos os adornos e vícios que foi treinado para evitar. Ele foi enterrado debaixo deles e precisou passar por um lento processo de escavação para se reconstruir. Isso transforma qualquer possível apego romântico a Hera em um risco. É proibido! Pergunte a Anakin, ele vai te contar! Kanan ama Hera? Claro que sim, sem dúvida nenhuma, mas ele pode amar?

Por sua vez, Hera Syndulla é filha de um famoso revolucionário, Cham Syndulla, e nasceu na Rebelião. Embora essa situação nem sempre seja clara e fácil, significa que ela sentiu de perto a natureza opressora do Império.

Ela é uma guerreira nata, e logo se tornou uma líder. Ela teve que se tornar. Era seu legado, e ela é ótima no papel. Quando ela conhece Kanan, não se trata apenas de não ter tempo para ele por causa de algum tipo de dever superficial para com o trabalho. Ela não está tentando ser promovida e não precisa dessa distração, já que não é uma comédia romântica da Netflix. Ela está ajudando a iniciar uma rebelião e, se você não está ajudando, pode dar o fora da nave espacial dela. Kanan consegue romper essa barreira, o objetivo dos dois se torna a liberdade. Nada mais. Hera ama Kanan? Claro que sim, mas ela pode amar?

Por todas as temporadas de *Star Wars Rebels*, nós vimos a continuação do crescimento de Kanan e Hera. Kanan cada vez mais perto do jedi que precisa ser; Hera crescendo de líder de uma pequena célula rebelde para uma guerreira inestimável em uma aliança maior. Nós sabemos que eles se amam. Eles sabem que se amam. Mas, por todo o tempo, a questão de "Será que eles podem se amar?" paira sobre suas cabeças como uma visão tentadora da vida que ambos merecem. E, assim, eles finalmente se beijam...

Star Wars tem grandes beijos, como Han e Leia, Padmé e Anakin, dra. Aphra e capitã Tolvan, Kylo e Rey (brincadeira! Ainda não... ou nunca... ou talvez...), mas ninguém ganha nada ao tentar dizer qual é o melhor. Cada um deles representa uma coisa diferente e especial para essas situações e esses personagens. O que brilha no beijo de Kanan e Hera é como, depois de todo este tempo e expectativa — principalmente nossa —, ele foi tão simples, direto e real.

Foi rápido e repentino. Sem olhares longos (eles vieram antes). Nada de gestos grandiosos. Nada de paisagens arrebatadoras atrás deles. Foi poucos momentos antes de uma batalha, no meio de uma conversa e na frente da equipe que, a essa altura, tinha se tornado família (pontos bônus para o sorriso orgulhoso de Zeb ao ver o beijo). O beijo de Kanan e Hera não foi uma proclamação e o início de um romance. Foi uma confirmação de todos os sentimentos que vieram antes desse momento e da progressão natural de uma relação já existente, uma parceria que ambos finalmente perceberam que tinha se tornado a parte mais importante de suas respectivas jornadas individuais. É o beijo mais realista da galáxia de Star Wars.

O amor de Kanan e Hera estava tragicamente condenado, mas nada do que aconteceu depois desse momento poderia ter apagado o poder desse beijo e a alegria por trás dele. Era a resposta que os fãs queriam desde o começo. Kanan e Hera podem se beijar? Sim. Eles precisavam fazer isso.

33

O TEMA DE YODA

OS SONS DA ILUMINAÇÃO

Star Wars: Episódio V — O Império Contra-Ataca
Compositor: John Williams

Todas as palavras que alguém poderia usar para descrever a magia de John Williams e sua música foram esgotadas. Não deixaram nenhuma para mim. Perdão. De outros livros e ensaios a artigos de revistas e *podcasts*, não há novas maneiras de descrever o trabalho de John Williams. George Lucas o chama de molho secreto do sucesso de Star Wars e, bem, isso resume tudo. Então, em vez de ler sobre isso, vamos ouvir "Yoda's Theme" e celebrar os sons do esclarecimento.

(Espaço deixado intencionalmente em branco para você ouvir "Yoda's Theme".)

Então... eu sou contratualmente obrigado a tentar usar *algumas* palavras para descrever a obra de John Williams e por que "Yoda's Theme", especificamente, resume tudo o que aprendemos com Star Wars. Vamos tentar.

Os vários temas de Star Wars, aqueles criados especificamente para os personagens principais, trazem uma coisa única e especial à história. Um clássico como "Binary Sunset" traz o desejo de viajar por aí e o sentimento de esperança, enquanto "Leia's Theme" traz força e determinação. Músicas novas como "The Adventures of Han" finalmente capturam a sede eterna do contrabandista pelo perigo, e "Rey's Theme" soa como se alguém estivesse recomeçando. Qualquer um desses temas (e outros) merece seu próprio capítulo e, sim, estamos resumindo seus significados como seus temas centrais, por mais que Williams incorpore muitas ideias e emoções variadas em cada tema, dependendo do contexto. Mas todos eles são motivos por que amamos Star Wars. "Yoda's Theme", porém, traz alguma coisa que não dá para encontrar nos outros temas que se conectam diretamente ao núcleo de Star Wars: o esclarecimento e o sentimento reconfortante de revelação.

Quando Luke Skywalker passa pelo treinamento em Dagobah, não é o que ele espera. É mais difícil, mais desafiador e muito mais sombrio do que poderia imaginar... e isso inclui o próprio Dagobah. Combinando com o tema de *O Império Contra-Ataca*, o tom da viagem muda de acordo com a mudança no tom da guerra para os rebeldes. Para Luke, há mais a aprender do que usar a Força para destruir a Estrela da Morte. Yoda pode começar brincando e se fazendo de bobo, mas ele fala muito sério sobre o que está em jogo.

É por isso que a justaposição desse tema encantador e arejado é tão fascinante. Yoda é um professor. Mesmo no nosso mundo, suas ideias confusas são usadas para orientação, conselho e inspiração ("É como o Yoda falou aquela vez..."). E o tema dele combina com isso. Ouça de novo (e de novo). É animado, esperançoso, até, mas há uma tensão séria por trás. Particularmente no começo. Nada do que Luke está aprendendo deveria ser fácil. Verdades duras são servidas com perigo e escuridão. No entanto, a música cresce e cresce até que a melodia clássica se transforma na música principal. Que aparece em tantos momentos em Star Wars. Esse é o som e a energia do esclarecimento que vem depois de duras lições. Star Wars nos leva por uma viagem com os personagens. Então, quando a parte principal da música entra em ação, parece que seus olhos estão tão abertos como os de Luke. Você viu a verdade. Você tem a habilidade necessária. Você está totalmente iluminado.

Esse esclarecimento também traz grande conforto. Mais uma vez: Yoda é professor, guia e mentor. É preciso ter confiança e uma sensação de segurança nessa relação. Luke trouxe todos nós para essa paisagem ameaçadora, e não demora a enfrentar seus demônios internos e as ameaças externas àqueles que ama. Ele tem que levar o que aprendeu com ele. Esse conhecimento é uma linha de segurança. A natureza calmante desse tema é realçada pela reprise no fim do Episódio V. *O Império Contra-Ataca*, como todos sabemos, é famoso por ser sombrio. É o segundo capítulo, a sombria hora do chá da alma (viva Douglas Adams!), e, quando os créditos aparecem, não temos uma grande celebração. Ewoks e gungans não estão dançando. As estátuas do imperador não estão derrubadas. Em vez disso, lutamos para chegar até o fim. Vai ser um desafio. Williams encerra o filme com essa sensação de esperança e determinação através de "Luke's Theme" e "Leia's Theme", mas é quando "Yoda's Theme" ressurge que o conforto vem. É um lembrete de que não somos quem éramos antes da viagem começar. Temos os conhecimentos e as habilidades para enfrentar esses obstáculos.

Isso acontece de novo em *Os Últimos Jedi*, quando Yoda volta para (literalmente) enfiar o bom senso na cara do seu antigo aluno, Luke. Com "The Sacred Jedi Texts", Williams brinca com uma versão mais sombria de "Force

Theme", assim como adiciona um caos ameaçador e uma breve dança a "Yoda's Theme". Mas a cena termina com uma última revelação difícil para Luke Skywalker, e Williams se volta mais uma vez para aquele sentimento reconfortante de "Yoda's Theme". Os tempos se tornaram difíceis novamente, erros foram cometidos, mas Luke, como nós, foi iluminado mais uma vez. Nós aprendemos as lições, e tudo vai ficar bem, não importa o que aconteça. Com tantos temas e conceitos de Star Wars sobre aventura, descoberta, desafios e dor, você sempre pode voltar a "Yoda's Theme" e ao lembrete reconfortante de John Williams de que tudo leva à vitória.

32

"O NOME DELE É SKYWALKER"

DARTH VADER DESCOBRE A VERDADE

Série Marvel Star Wars, edição 6 e Star Wars: Darth Vader
Autores: Jason Aaron e Kieron Gillen
Artistas: John Cassady e Salvador Larroca
Coloristas: Laura Martin e Edgar Delgado

Era muito importante que Darth Vader nunca descobrisse que tinha filhos. Yoda e Obi-Wan elaboraram um plano com Bail Organa para manter os gêmeos escondidos e em segurança. O imperador, disse Kenobi, sabia que qualquer descendente de Vader seria uma ameaça para ele. A morte de Padmé incluiu até uma artimanha para fazer parecer que ela ainda estava grávida. Assim, ninguém pensaria que ela e Anakin tiveram filhos. A revelação de que Vader era pai de Luke foi um momento histórico em termos de cultura pop e, na história, levou à ruptura final da relação entre Palpatine e Vader. Então, sim, para ambos os lados do conflito, era importante manter Vader na ignorância. O que significa que o momento em que ele descobrisse a verdade precisava ter um certo impacto.

Finalmente chegamos a esse momento em uma dupla sublime de histórias em quadrinhos de 2015. Vader, obcecado por descobrir a verdadeira identidade do rebelde sensível à Força que disparou o tiro fatal na primeira Estrela da Morte, contrata o famoso caçador de recompensas Boba Fett para localizá-lo e trazê-lo até as garras do Império. Ele consegue encontrar Luke, mas perde em uma luta feroz na cabana de Ben Kenobi, agora abandonada. Fett informa Vader. Ele não conseguiu levar o rapaz, mas descobriu um nome.

Skywalker.

A máquina distorcida que já foi Darth Vader acabou de descobrir — ou talvez confirmar o que sentia — que ele teve um filho. A revelação de Leia obviamente vem mais tarde, em um momento crucial, mas aqui, agora, na ponte de um Destróier Estelar, Darth Vader descobre que tem um filho, o que significa que Palpatine, seu mestre, mentiu para ele. Talvez não no sentido direto. Talvez Sheev Palpatine não soubesse que um jovem Skywalker existia, mas isso queria dizer que ele mentiu quando disse que Vader matou Padmé. Isso quer dizer que essa mentira foi usada para alimentar a raiva de Vader. Uma raiva contra os jedi, que nunca confiaram nele, que se voltaram contra ele. Uma raiva pela crença de que ele tinha matado seu verdadeiro amor antes que Palpatine pudesse cumprir a promessa de usar o lado sombrio para manter vivos aqueles que ele amava. Uma raiva que nunca seria saciada, mesmo governando a galáxia ao lado de seu mestre, como prometido. Palpatine tinha feito muitas promessas, e agora era tudo parte de uma mentira.

Isso é grande para Vader. A visão de mundo que tinha mudou. Quem ele estava servindo? Por que estava servindo essa pessoa? Vader já estava sendo culpado pela destruição da Estrela da Morte, uma arma em que ele nem acreditava, e, como também descobrimos nessas histórias, Palpatine tinha começado a treinar secretamente outros possíveis aprendizes durante quase toda a existência de Vader pós-Mustafar. Tudo até esse ponto foi posto em questão. É um momento importante.

Tão importante que a Marvel tomou a decisão de revelá-lo em dose dupla. A primeira é a versão mais sutil encontrada nas últimas páginas da sexta edição da série principal Star Wars na Marvel. Fett chega com a informação, revela o nome de Luke, e Vader se agita silenciosamente até que o vidro do Destróier Estelar na frente dele racha. Com os punhos cerrados, a expressão natural de Vader adquire um novo significado com as rachaduras do vidro como moldura. É como se a raiva estivesse literalmente fluindo dele. Um novo tipo de raiva. Isso já valeu o preço da entrada e levou muitos nerds aos arrepios, mas teve mais.

A sexta edição da série *Darth Vader*, escrita por Kieron Gillen, traz de volta a mesma cena. Fett chega com a informação, revela o nome de Luke, e Vader se agita silenciosamente até que o vidro do Destróier Estelar racha. Só que, dessa vez, nós entramos na mente do Senhor das Trevas dos sith. Lembranças de Padmé dizendo a ele que estava grávida e a reação dele à notícia. Lembranças da mentira de Palpatine sobre a morte dela. Isto o leva a entrar imediatamente em contato com o imperador, mas não para confrontá-lo. Não, Vader conta sua própria mentira. Com imagens de Padmé, da X-wing de Luke e até do próprio Luke, visto em um encontro anterior na série principal, passando por seu cérebro, Vader mente para seu mestre. O último quadro é uma visão reversa do que vimos no outro título. Vader não está simplesmente olhando para o vidro rachado. Vader está olhando para a Armada Imperial e proclama a verdade. Ele tem um filho, e TUDO isso será dele. Vader começa a trabalhar para si mesmo.

Essa história é essencial para Darth Vader. Do tipo que traz você de volta para estudar e ponderar o que já sabia. As ramificações são profundas, principalmente para *O Império Contra-Ataca*. Quando Palpatine e Vader se comunicam via holograma, Vader já está movendo as peças de xadrez do seu campo de batalha pessoal contra o imperador. E, mais tarde, quando estende a mão para oferecer a Luke um lugar ao seu lado, ele está falando sério. A decisão de matar o imperador não foi cumprida até *O Retorno de Jedi*, mas surgiu nas páginas desses quadrinhos.

É por isso que todas as mídias do Star Wars moderno são viáveis e essenciais. Quadrinhos, livros, séries, filmes. Tudo isso é importante. Há uma vasta galáxia de histórias para contar, verdades para revelar, passados para confrontar, tudo isso fluindo para a saga geral. Nessas páginas coletivas, não só chegamos a experimentar um grande momento como fãs de Vader, como também conseguimos entendê-lo. Vimos além da sua máscara.

E essa é a verdade.

31

A LUTA DE OBI-WAN COM ANAKIN

DOS NOSSOS SONHOS PARA A TELONA

Star Wars: Episódio III — A Vingança dos Sith
Roteirista: George Lucas
Diretor: George Lucas

Desculpando-me com os fãs mais jovens e mais recentemente obcecados por Star Wars, permitam-me fazer essa viagem para 1983. Na adaptação para o livro de *O Retorno de Jedi*, o autor James Kahn conseguiu espremer alguns detalhes deliciosos sobre a história de Darth Vader e seu velho amigo Obi-Wan Kenobi, tirados, sem dúvida, das notas, dos roteiros e da mente de George Lucas. Com Luke pressionando Kenobi para mais informações (e dando um motivo para ele mentir), ficamos sabendo que Obi-Wan confrontou Anakin Skywalker sobre sua inclinação para o lado sombrio, e eles lutaram. "Nós lutamos", disse o fantasma da Força de Kenobi. "Seu pai caiu na lava." Quase ao mesmo tempo, toda uma geração de fãs de Star Wars pulou em sua cama, derrubando o livro no chão do quarto.

"Está tudo bem?", perguntaram os pais.

Os jovens fãs se recompuseram coletivamente para pegar o livro enquanto tentavam evitar a intrusão, citando Han no processo: "Ah... está tudo perfeitamente bem agora. Nós estamos bem. Estamos todos bem aqui, obrigado. Como vai você?"

Você continuou a ler, sedento por mais pistas e respostas para o mistério que o cinema não respondeu. Como é que Anakin se tornou Vader? Lava? Uma luta? O que aconteceu?! Mais tarde, no livro, enquanto Darth Vader está morrendo diante do filho, ele se volta com arrependimento para lembranças de sua esposa e de rastejar para fora da lava derretida. Mais revelações, mais pistas, todas elas acrescentando à sua busca para saber toda a história (além disso, você descobre que o tio Owen era irmão de Obi-Wan, mas eeeeessa não colou... George Lucas não consegue sustentar o próprio cânone, e eu o amo por isso). No entanto, foi só isso. 1983 trouxe o fim da história de Star Wars, e todo o resto eram boatos sussurrados, lendas urbanas ou suas teorias pessoais se tornando fato no seu coração e no de qualquer amigo que você tivesse convencido.

Isso nos leva a 2005 e a *A Vingança dos Sith*. O trailer oficial saiu com vislumbres de um local coberto de lava e um duelo aparentemente brutal entre Anakin e Obi-Wan, confirmando que finalmente veríamos o que só tínhamos imaginado por anos. Anakin contra Obi-Wan. Nas margens de um rio de lava derretida. Meu eu de 2005 se transformou em meu eu de 1983 pulando de alegria.

Com cerca de doze minutos de duração na tela, a luta final entre Obi-Wan e Anakin é o duelo de sabres de luz mais longo da série, e contém ação, energia e subtexto suficientes para entreter fãs de qualquer idade ou geração (principalmente com Yoda e Palpatine lutando em uma Câmara do Senado vazia). Foi uma luta digna da empolgação mesmo que você não tivesse crescido esperando para finalmente ver a estrofe final da origem do Senhor das Trevas dos sith.

Em outras palavras, estou tentando ser imparcial, mas muitos de nós esperamos VINTE E DOIS anos para ver isso.

Depois de lutar por todo Mustafar, do interior das instalações que viram o fim do movimento separatista até perigosamente sobre o fluxo de lava, esses dois amigos chegaram até o local do fim ardente de Anakin. Pronto. Era o que tínhamos esperado.

Eu cheguei a me inclinar na sala de cinema.

Algumas coisas nessa luta definitivamente não foram incluídas no devaneio que passou repetidamente pela minha cabeça por todo aquele tempo. Alguns dos saltos sobre os dispositivos de mineração e droides flutuantes parecem desafiar a plausibilidade até mesmo das melhores ações alimentadas pela Força. Os pulos às vezes parecem demais um jogo de videogame. A proclamação meio estranha de Obi-Wan sobre ter a vantagem não estava na luta que eu tinha imaginado, embora eu possa respeitar a ideia de que esse foi um apelo emocional de um amigo para o outro. Obi-Wan não estava apenas se gabando de sua posição na batalha — ele estava fazendo um último esforço para impedir Anakin. Ainda assim, quando finalmente chegou ao momento fatídico, tudo isso ficou de lado na minha mente. Quando Obi-Wan Kenobi gritou "Você era o Escolhido. Disseram que você destruiria os sith, não que se juntaria a eles", as emoções cruas da cena me pegaram de jeito. Enquanto Obi-Wan se afastava com a culpa e o peso do fracasso que o iria corroer pelos próximos vinte anos e enquanto o homem anteriormente conhecido como Anakin Skywalker agonizava na costa de Mustafar, consumido pela raiva que o faria prisioneiro até ao fim de seus dias, a única coisa que eu pensava era...

... eu finalmente tive minha resposta.

30
O ESCOLHIDO
A PROFECIA NO CENTRO DE TUDO

Star Wars
Autor: A Força

Luke Skywalker é o Escolhido, o cumprimento da Profecia que previu a chegada de um jedi que traria equilíbrio à Força. Ao confrontar Darth Sidious, o homem que a galáxia conhecia como seu imperador, e salvar o pai, que havia se tornado Darth Vader, levando ao momento de redenção de Vader pela morte do mestre, Sidious, Luke Skywalker trouxe equilíbrio para a Força. Ele é o Escolhido.

O problema é que, bem, Anakin Skywalker era o Escolhido. Ele foi criado pela Força — talvez com a ajuda de Palpatine, talvez não. A mãe dele, Shmi, confirmou que ele não teve um pai. Qui-Gon Jinn foi levado até ele e sentiu a Força à sua volta. E eu sei que muitos não gostam de saber disso, mas a contagem de midi-chlorians de Ani era absurda. Foi ele que trouxe equilíbrio à Força. Sim, Luke o salvou ao abaixar o sabre de luz e se recusar a atacar o pai, mas foi o Anakin Skywalker redimido que se levantou, pegou o chefe e o atirou de uma passarela imperial tradicionalmente perigosa. Os sith foram destruídos, e o equilíbrio foi restaurado.

No entanto, fica a dúvida: a Força tinha interesse por um dos lados? *Nós* sabemos que os sith eram maus, mas a Força sabia disso? A Força não é só um campo de energia que nos rodeia, nos conecta e ajuda a orientar nossas ações? Não é uma aposta de uma luta livre entre sith e jedi em Canto Bight. O equilíbrio significaria nenhum sith... e nenhum jedi?

Mas isso não parece certo. Lor San Tekka disse a Poe Dameron em *O Despertar da Força* que, sem os jedi, não pode haver equilíbrio. Sim, eles não eram perfeitos, mas os jedi eram bem bacanas. Obi-Wan dava boas gorjetas nas cantinas, e tinha toda aquela coisa de "combater o mal" em que eles acreditavam.

Então, sim, Anakin Skywalker foi o Escolhido.

Mas... Yoda começou a ponderar abertamente se a profecia tinha sido mal interpretada (e Mace Windu concordou, é só reparar no aceno de sobrancelhas arqueadas que ele dá para Yoda quando isso é sugerido). Muitas vezes, profecias são feitas para estarem erradas, serem mal interpretadas ou simplesmente adaptáveis. Se saltarmos para a série *As crônicas de gelo e fogo*, os fãs de *Game of Thrones* vão dizer para tomar cuidado ao acreditar em profecias. George R. R. Martin concordaria com isso. Mesmo que ele tenha uma resposta para a questão de quem é o Azor Ahai renascido, o autor da série quer que haja muitas respostas plausíveis no caminho para a verdade. É assim com Star Wars.

Até Obi-Wan Kenobi mudou de opinião. Depois de duvidar da afirmação de seu amigo e mentor Qui-Gon sobre Ani ser o Escolhido, ele chegou a acreditar completamente na ideia, mas, vendo o que aconteceu com Anakin, mudou de opinião mais uma vez. Ele acreditava com todo o coração que era Luke. Disse isso para um Maul moribundo. Ainda que, como Obi-Wan sabe, as verdades a que nos agarramos... certos pontos de vista... blá blá blá.

E ainda tivemos Yoda. Além de pensar que a profecia pudesse ter sido mal interpretada, ele estava pronto para treinar a jovem Skywalker que ele pensava ser a salvadora da galáxia. Leia. Ele queria treinar Leia *antes* de Luke. Além do que ele diz em *O Império Contra-Ataca*, agora sabemos, graças ao conto "There Is Another", de Gary D. Schmidt, no livro *From a Certain Point of View*, que Yoda sentia fortemente que Leia era a pessoa certa para ser treinada. Não necessariamente A Escolhida, mas, de sua estimada visão, Leia tinha a melhor disposição para carregar o fardo de salvar a galáxia. É difícil dizer que ele está errado, embora um recém-formado fantasma da Força de Kenobi pensasse que sim, chegando a aparecer em sua cabana, puxar um tronco e discutir com ele antes de Yoda se render e treinar Luke primeiro. Então, talvez Leia *pudesse* ter sido a Escolhida?

Tanto Yoda como Obi-Wan têm bons argumentos, mas é claro que nenhum deles deu ouvidos a George Lucas. Ele tem opiniões fortes sobre quem é o Escolhido... e um pouco de moral para falar sobre o assunto. Ele diz que foi Anakin, os episódios I a VI contam essa história, e a prova disso está naqueles episódios maravilhosamente viajados de *A Guerra dos Clones* no planeta Mortis. Neles, o pai, que manteve o equilíbrio da Força entre a filha do lado da luz e o filho do lado da escuridão, fez Anakin passar por um teste para ver se ele era o Escolhido. Anakin passou.[2]

E é isso que George afirma. Ele diz que os whills, os seres no centro da Força, concordam com ele. O cara que trabalha na sua loja de quadrinhos preferida também concorda com ele. Acho que está resolvido, então...

2 Sim, eu estou resumindo tudo sobre esses episódios porque eles estão tão afogados na história do Escolhido que você precisa de um equipamento de mergulho para encontrar a saída.

...Anakin Skywalker foi o Escolhido, que, no final, destruiu os sith e trouxe equilíbrio à Força. Um equilíbrio que o próprio Luke diz ter existido nos anos que seguiram os eventos de *O Retorno de Jedi*.

Um equilíbrio que Luke também disse que... desapareceu. Os sith ainda não voltaram, pelo menos por enquanto, mas a Força despertou e, mesmo que não esteja desequilibrada, *alguma coisa* está acontecendo.

Então isso pode significar... que Rey é a Escolhida.

Ou... pode significar que Ben Solo é o Escolhido.

Ou ambos são os Escolhidos.

Como diria C-3PO, "Aqui vamos nós de novo...".

A melhor parte da profecia do Escolhido é que ela existe e, como a maioria das profecias em histórias de fantasia, pode ser mal interpretada. Isso quer dizer que nós, fãs de Star Wars, podemos nos divertir (e nos frustrar) discutindo sobre quem achamos que é, foi e pode ser novamente. Quem é o Escolhido? Acho que é aquele que você acredita que é.

29

A BATALHA DE HOTH

OLHANDO A BATALHA DO CHÃO

Star Wars: Episódio V — O Império Contra-Ataca
Roteiristas: Lawrence Kasdan e Leigh Brackett
Diretor: Irvin Kershner

"Agora eu me sinto como se pudesse enfrentar todo o Império sozinho", disse o artilheiro rebelde Dak Ralter enquanto o piloto Luke Skywalker entrava na cabine do snowspeeder. Há três anos da vitória na Batalha de Yavin, a Rebelião tinha crescido, mas ainda não estava sólida. O Império tinha perseguido os rebeldes por toda a galáxia, e a Guerra Civil Galáctica continuava a parecer bem unilateral. Muitas vezes, parecia ser um contra muitos. E, como sugere o título *O Império Contra-Ataca*, as coisas não estavam prestes a melhorar. Como é estar nessa Rebelião? Como foi encarar as probabilidades esmagadoras e a Armada Imperial? Como foi lutar contra o Império? Basta ver a Batalha de Hoth.

A Batalha de Hoth não é uma vitória para os rebeldes, é claro. É uma evacuação desesperada enquanto o punho furioso do Império contra-ataca e a história do filme entra em foco. Esse é o nosso ponto de vista do conflito. O sargento rebelde major Trey Callum (uma participação de Bob Anderson, espadachim extraordinário e dublê de Darth Vader durante as lutas do Episódio V e do Episódio VI) olha por seus eletrobinóculos, e nós encontramos uma cena de arrepiar até os ossos, mostrando o tema que constrói essa batalha.

Pelos binóculos vemos um grande pé de andador sobre a neve, e Callum sobe para revelar a imagem de uma máquina-dinossauro olhando para ele. Esse é o poder do Império, e nós estamos no chão olhando para cima.

A maior parte dessa batalha é vivida pelos olhos dos rebeldes superados. É cru e desesperador. Ouvimos os gritos conforme os equipamentos e os soldados são atacados na superfície gelada do planeta. Os disparos dos canhões P-tower contra os andadores parecem completamente fúteis. Luke Skywalker acabou com a Estrela da Morte, mas agora a armadura das máquinas do Império é forte demais para os blasters dos rebeldes. É esmagador e caótico.

É assim que acontece a luta pela liberdade na galáxia. Conforme naves caem do céu frio e os soldados começam a fugir, ficamos consternados e somos obrigados a pensar que essa Rebelião sempre foi uma causa perdida. Será que chegaram a ter uma chance de ganhar?

No entanto, nossos heróis precisam aprender alguma coisa sobre si mesmos nesse momento. Até mesmo as maiores lutas nos ensinam sobre os personagens que amamos. Para sobreviver a essa batalha e à guerra, os rebeldes vão ter que agir de forma diferente. Pensar fora da caixa e lutar de outra maneira. E eles fazem isso. Eles se adaptam. E qualquer pequeno desgaste que conseguem causar aos inimigos é uma vitória.

Quando Wedge Antilles e Wes Janson conseguem usar um cabo de reboque para derrubar um andador, nós comemoramos com os rebeldes em ataque. Quando Luke Skywalker escapa da morte e derruba um andador por conta própria, respiramos de alívio. Isso também significa que sentimos as perdas do mesmo jeito. A morte do atirador de Luke, Dak, é uma das mais viscerais de Star Wars. Agora, com anos de *fandom* nas costas, eu consigo dizer o nome de todos os pilotos rebeldes de *Uma Nova Esperança* e *explicar* por que suas mortes foram importantes, mas, para mim, nada nunca eclipsou o pavor que senti quando vi o corpo de Dak ser esmagado pelo pé de um andador pela primeira vez. Mais uma vez, nós estamos lá, com ele. Quando Luke olha para cima, aquele pé está descendo sobre nós. Cada detalhe da Batalha de Hoth fica com você.

E também fica com a própria franquia. Os ecos da Batalha de Hoth reverberam em muitas outras partes de Star Wars. Os próprios andadores imperiais AT-AT se tornaram um tipo próprio de fera mítica, com conceitos semelhantes e designs da próxima ou primeira geração aparecendo em Geonosis, Scarif e Crait. Quando encontramos Rey, ela mora em um. Cenas parecidas com essa aparecem em outros lugares como homenagens divertidas à grande cena de batalha que nos cativou na época e uma continuação dos temas da história. Em *Os Últimos Jedi*, a Primeira Ordem usa a Formação Veers em Crait, uma ode ao grande general imperial Maximillian Veers, líder da Força Nevasca em Hoth. O popular jogo de videogame de 1996, *Shadows of the Empire*, é lembrado por muitos por ser a primeira chance de sentir que você estava na batalha de verdade. Sim, a Batalha de Hoth ainda vive.

No entanto, cada imagem nostálgica, piscadela criativa e aceno não é apenas uma lembrança do que vimos. É uma linha direta que volta à sensação da cena. Como é enfrentar todo o Império? É desesperador, perigoso e assustador, mas, quando você se levanta, sempre há esperança.

28

AHSOKA, A FUGITIVA

A LIÇÃO SOBRE A SOLIDÃO

Star Wars A Guerra dos Clones: "The Wrong Jedi"
(Temporada 5 episódio 20)
Roteirista: Charles Murray
Diretor: Dave Filoni

A gente sabia que alguma coisa tinha que acontecer a Ahsoka Tano. Quando ela foi apresentada ao mundo de Star Wars no filme *A Guerra dos Clones* e na série que veio depois, uma coisa ficou clara: ela não estaria presente em *A Vingança dos Sith*. Precisariam dar uma resposta a esse potencial dilema no cânone, e essa necessidade cresceu a cada temporada de *A Guerra dos Clones*. Ahsoka não se tornou apenas uma personagem popular, ela se tornou uma personagem essencial para o amor de tantos fãs por Star Wars. O que acontecia com ela era importante para muita gente. Ela só ficou de fora durante a ação do Episódio III? Ela foi morta na Ordem 66? Ela conseguiu um emprego no Dexter's Diner? Bem, a quinta temporada da série finalmente trouxe a resposta: ela foi falsamente acusada por um ataque terrorista ao Templo Jedi e incriminada por um de seus amigos, Barriss Offee. Isso a colocou em uma luta que ela e os fãs nunca poderiam ter imaginado: uma padawan contra a Ordem Jedi.

Foi uma escolha corajosa. Há muitos riscos em pegar uma personagem inspiradora, principalmente para meninas jovens, e tirar dela tudo o que ela mais amava. Ahsoka Tano era uma cavaleira jedi em treinamento, uma general, de certa forma, e uma das almas mais puras da saga. O que se ganha ao tirar tudo isso dela?

Muita coisa, na verdade.

Com a investigação do atentado, a situação que a leva a ser acusada do crime e o julgamento que a expulsa da Ordem Jedi, Ahsoka Tano é forçada a questionar tudo o que lhe foi ensinado. Os jedi não podem ter sentimentos e emoções porque essas coisas levam a ligações perigosas. Os jedi precisam estar acima disso, mas e quando isso começa a afastar você do que você deveria ser? Em fuga, ela é forçada a trabalhar com Asajj Ventress, e a aliança improvável revela que as duas foram traídas e abandonadas por seus mentores e pelas crenças que escolheram. A confiança entre elas nasce das cinzas de promessas não cumpridas. E, finalmente, o único jedi que ainda acredita nela é Anakin Skywalker, cujas próprias dúvidas e medos sobre quem ele é como jedi estão começando a nadar para a superfície.

Ahsoka Tano logo se encontra diante de um tribunal intimidador de jedi, incluindo Yoda, Obi-Wan Kenobi, Mace Windu, Ki-Adi Mundi e o jedi que a descobriu, Plo Koon. Eles são seus professores, seus mentores e suas maiores influências ("Pensei que fizesse parte dessa ordem", diz ela mais tarde). Ela é expulsa da Ordem Jedi e levada a julgamento na República, onde, apesar de uma defesa fervorosa de Padmé, Tarkin e Palpatine estão prestes a condená-la à morte até que Anakin aparece no momento certo com provas para salvá-la.

Essas são as provações, as perguntas e a consequência da situação. Existe um motivo para esse ser um dos melhores arcos de *A Guerra dos Clones*, mas, quando você deixa de lado esses pontos da história, fica com uma coisa muito mais importante do que simplesmente o que acontece com Ahsoka: a lição.

Veja bem, quando a poeira baixa, aqueles mesmos grandes jedi aparecem diante dela com desculpas *e* a oferta de voltar à Ordem Jedi. Chegam até a sugerir que essa foi a última provação jedi e, olha só, ela passou! (Haha, tudo bem, né?) Ahsoka não só será bem-vinda, mas ela finalmente alcançaria o título de cavaleira jedi. Era o que ela queria. Como diz Anakin, "A Ordem Jedi era sua vida".

Mas ela recusa.

Ahsoka Tano vira as costas a tudo isso, deixa a Ordem Jedi, deixa Anakin — e não olha para trás, só para a frente.

Não é fácil. A Ordem tem falhas. Alguns problemas já a estão levando ao seu fim. Complacência, uma falsa sensação de segurança, supressão da individualidade, regras e doutrina acima de compaixão e discernimento. Está tudo ali, na frente dela. O que ela queria pode não ser o que ela precisa. No entanto, nem tudo o que Ahsoka aprendeu com os jedi está errado. Ela vai levar alguns daqueles indivíduos em seu coração, mas até eles falharam com ela. A confiança de Ahsoka foi estilhaçada, até mesmo a confiança em si mesma. Quando Anakin implora para que ela fique dizendo que aquilo era um erro, ela não discorda. Ela simplesmente sabe que tem que descobrir isso sozinha. Definir quem realmente é, longe da Ordem e dos jedi. Que lição poderosa de uma personagem tão influente. Dave Filoni, George Lucas e toda a equipe de *A Guerra dos Clones* pegaram sua nova personagem mais importante e ensinaram ao universo de fãs dela o poder de ficar de pé e se descobrir. Era uma garota contra uma instituição. Uma garota contra os próprios heróis. Uma garota em quem ninguém acreditou. Então ela recusou tudo isso para aprender a acreditar em si mesma. Quando ela volta em histórias posteriores, é uma nova personagem. Não é uma Cavaleira Jedi. É Ahsoka Tano, e o que aconteceu com Ahsoka Tano?

Ela se tornou ela mesma.

27

PADMÉ'S RUMINATIONS

O SOM DE UM CORAÇÃO PARTIDO

Star Wars: Episódio III — A Vingança dos Sith
Roteirista: George Lucas
Diretor: George Lucas
Compositor: John Williams

No outono de 2005, meses depois de *A Vingança dos Sith* ter sido lançado e concluído a franquia *Star Wars* até então, muitos fãs ainda estavam sem saber o que pensar sobre as *prequels*. Não era diferente comigo. George Lucas tinha nos dado três filmes que eram inconfundivelmente Star Wars, mas que desafiavam nossas expectativas pessoais do que queríamos que fossem. O jogo original *Star Wars: Battlefront II* tinha acabado de sair e, com ou sem dúvidas, todos estávamos jogando. Eu ouvia as notas de "Padmé's Ruminations" enquanto jogava o mapa de Mustafar do jogo. Enquanto corria pelo *game* como um soldado clone ouvindo o som da TV, a música de John Williams e a história que George tinha contado naquela cena vieram à minha mente. Eu queria reviver a cena e compreender as camadas encontradas nela. Ver o que eu tinha perdido. E, pela primeira vez na minha jornada como fã, o filme de Star Wars que eu queria ver naquela noite era um episódio das polêmicas *prequels*.

Esse momento é uma prova da capacidade de George Lucas de ser um contador de histórias artístico, o que, sejamos honestos, nem sempre foi a impressão durante as *prequels*. O diálogo "Eu te amo muito, de verdade" entre Anakin e Padmé em *Ataque dos Clones* é um dos maiores obstáculos que encontramos. Apesar do amor descarado que agora eu sinto por essas três primeiras histórias de Star Wars, não posso discordar disso. Os subtextos presentes nessa cena são incríveis, mas não posso deixar de imaginar que ela teria sido melhor recebida se não tivesse diálogo nenhum. Um olhar e um beijo muito aguardado enquanto eram levados à execução pública teria sido o suficiente para mim. Ainda assim, por mais que esse momento doa até mesmo nos mais ardentes fãs das *prequels*, aqui, em *A Vingança dos Sith*,

George Lucas usa essa abordagem sutil com grande sucesso. Quase nenhuma palavra é dita, e John Williams fez a cena pertencer à música.

É um feito impressionante até mesmo para uma série de filmes eternamente associada à trilha sonora. Williams nos dá o tipo de música que nunca tínhamos ouvido antes em Star Wars. Lenta e sinistra, é como se fosse o som do mal se aproximando. Anakin estava desmoronando lentamente já há algum tempo. Ele estava em uma guerra há três anos, tinha visto sua padawan Ahsoka se afastar da Ordem Jedi e parecia estar perdendo cada vez mais confiança dos e em seus companheiros jedi (Mace Windu basicamente diz "Espera aqui enquanto os adultos cuidam disso" antes de sair para prender Palpatine). E, a essa altura, o medo de perder Padmé se enraizou em sua alma, e Palpatine agiu perfeitamente. Para Anakin, não se tratava mais apenas de perder a esposa e a mãe de seu filho, mas também de perder acesso ao Lorde Sith que tinha prometido uma maneira de mantê-los vivos. Tudo isso fervia dentro de Anakin que estava prestes a explodir.[3]

Por baixo disso, há urgência e calor na música. Anakin e Padmé estão conectados nesse momento. Não pela Força, mas pelo amor. Eles estão se olhando do outro lado de Coruscant, dois destinos em uma encruzilhada, mas há uma intimidade que ressalta o peso de tudo. Para Anakin Skywalker, esse amor está fazendo com que ele questione tudo o que virá depois se não agir aquele momento. No caso de Padmé, está fazendo com que ela olhe para tudo o que levou àquele instante. Embora grandes decisões e momentos acontecerão a seguir, embora a morte vá encontrar um deles, esse é o momento em que Anakin cede ao medo de perder Padmé, e tudo muda.

À medida que a cena se aproxima do final, o som dos sintetizadores encontra o lamento de uma vocalista. É o diálogo da cena, e nós não estamos mais assistindo a Star Wars em um cinema — estamos assistindo a uma ópera. A jornada da Padmé até esse ponto tinha sido construída sobre um grande senso de serviço à democracia e à sobrevivência da República. Embora estivesse relutante em admitir seu amor por Anakin, ela só ficou mais motivada depois que deu esse passo. Agora seu senso era mais pessoal. Ela nunca quis parar de proteger a galáxia, mas naquele momento ela queria proteger a própria família, e o homem com quem estava construindo essa família estava desmoronando. Padmé está sofrendo. Sabemos que Anakin se perdeu, mas ela ainda está descobrindo isso. Entendendo o que está acontecendo e tentando desesperadamente lutar contra. Aquele é o som do seu coração se partindo, e pode ter começado desde o início.

---

3 E não é por nada, mas Hayden Christensen brilha nessa cena. A natureza taciturna e estoica do personagem funciona muito bem. As lágrimas foram merecidas.

Há um pequeno momento entre Padmé e Anakin no final de *A Ameaça Fantasma* que eu amo. Com uma celebração rugindo ao redor deles, o chefe Nass segurando uma esfera de paz e o futuro indicando coisas boas, a jovem rainha em seu tradicional vestido de júbilo de Naboo e Anakin com seu novo corte de cabelo de padawan fazem contato visual e sorriem. É um olhar inocente, cheio de comemoração e alívio. A Batalha de Naboo tinha sido vencida, e eles tinham toda a vida pela frente, mas nós sabemos como a história termina. Uma escuridão já estava à espreita. Vamos colocar esse momento do Episódio I ao lado do outro do Episódio III. Foi naquele momento que a escuridão os encontrou.

Em uma saga cheia de ação, palavras ousadas e sons altos, George Lucas e John Williams nos deram silêncio e introspecção. Em vez da esperança, nos deram o receio. Foi um momento sombrio de reflexão sobre o que tinha acontecido antes e o que estava prestes a mudar a galáxia para sempre. Padmé e Anakin estavam sendo estraçalhados, e nós ouvimos as lágrimas. E tudo isso pertenceu exclusivamente às *prequels*.

26

JYN ERSO RECEBE A MENSAGEM

GALEN ERSO ESTÁ VIVO, E TUDO MUDOU

Rogue One: Uma História Star Wars
Roteiristas: Chris Weitz e Tony Gilroy
Diretor: Gareth Edwards

Jyn Erso cresceu pensando que o pai a tinha abandonado. Que ele teria trocado ela pelo Império e que talvez até estivesse, com sorte, morto. Era mais fácil assim. Ele nunca tinha estado completamente presente durante a vida dela por causa de seu trabalho no projeto que se tornaria a Estrela da Morte, mas ele estava lá. Havia uma ligação. Então Jyn Erso sentiu a perda.

Bom, não era verdade. Galen Erso não abandonou ninguém. Ele voltou à força para as garras do Império, mas Jyn, no auge de seus oito anos, era jovem demais para entender o que tinha acontecido quando testemunhou o assassinato da mãe, e que o homem de branco, o diretor Orson Krennic, não deu uma escolha a Galen. Ela só sabia que estava sozinha.

Em fuga e criada pelo rebelde extremista Saw Gerrera, que a ensinou a lutar, mas nada além disso, Jyn Erso teve uma vida dura. Seus antecedentes criminais eram muitos. Ela tinha lutado e matado — e perdido muitos amigos. Sua dor e seu ponto de vista eram alimentados pelo ressentimento que sentia pelo pai. Ela evitou o Império, não queria nada com os rebeldes, e a última coisa que pretendia enfrentar era a notícia de que seu pai estava vivo. No entanto, a Rebelião foi insistente, e, aos dezesseis anos, ela foi enviada para enfrentar a figura paterna que a abandonara pela primeira vez.

E agora ela estava diante de um holograma que não apenas era uma prova de que o pai estava vivo e a amava, mas também era (pior) a prova de que ela ainda amava o pai.

Galen Erso estava vivo, e a imagem dele não era o que ela tinha construído em sua mente. Ele tinha sido um prisioneiro, feito tudo o que podia para protegê-la onde quer que ela tivesse sido levada por Saw e, seu ato final de rebeldia, projetou a tão importante falha da Estrela da Morte, criada como recompensa a seus captores. E ela agora tinha a responsabilidade de fazer tudo dar certo. É uma reunião de pai e filha como nenhuma outra em Star Wars, e uma das melhores atuações da franquia.

Felicity Jones nos leva por uma viagem emocional. Esse é o momento em que a visão de mundo de Jyn Erso é alterada para sempre. É uma mudança completa em seu ponto de vista. Momentos antes, ela diz a Saw Gerrera que as bandeiras do Império voando pela galáxia não podem afetá-lo se você nunca olhar para cima. Ela chegou a essa mentalidade porque tudo (e todos) em que tinha acreditado desaparecera por causa do Império opressor e dos rebeldes violentos que tentavam derrubá-lo. A mãe foi morta diante de seus olhos, ela acreditava que o pai a tinha abandonado pelo Império, Saw a tinha deixado para trás para continuar lutando e seu primeiro amor, Hadder Ponta, tinha morrido depois de ser pego no fogo cruzado de uma batalha espacial. Toda essa dor reside em seus olhos.

Ainda assim, diante de uma gravação do pai, Jyn Erso começa a mudar. Felicity Jones vai retirando as camadas da personagem, mostrando uma emoção por vez. É o choque e a incredulidade de ver o pai depois de tantos anos. A descoberta da verdade. Jyn não foi abandonada, ela estava sendo protegida. E, além disso, é a constatação de que estava errada sobre tudo o que tinha moldado seu caminho, exceto a poderosa verdade: seu pai sempre a amara. As lágrimas que correm pelo rosto dela e os muros que ela construiu para sobreviver já não precisavam existir. Ela sente cada pedaço do peso da mensagem. Jyn Erso agora fazia parte de tudo o que tinha tentado evitar.

É uma daquelas cenas em que Star Wars transmite várias coisas em um só momento, querendo apenas que você se conecte a uma verdade. Em meio ao destino da Estrela da Morte, ao Império e às paredes desmoronando em sua volta, Jyn Erso aprende que a única verdade é a esperança. O que antes era sobre fugir para sobreviver agora é sobre correr em direção ao perigo pela sobrevivência de todos.

25

BOA SORTE, HOLDO

UMA LÍDER AFUNDA COM SUA NAVE

Star Wars: Episódio VIII — Os Últimos Jedi
Roteirista: Rian Johnson
Diretor: Rian Johnson

O público nos cinemas prendeu a respiração quando percebeu o que a vice-almirante Amilyn Holdo estava prestes a fazer. Assumindo o controle da nave espacial Raddus, ela salta para a velocidade da luz atravessando a frota da Primeira Ordem. Com elegância, dignidade e um sorriso, ela dá seu adeus. O som e a trilha sonora desapareceram. As cores vibrantes escureceram. A Raddus explodiu contra a poderosa Supremacy, atingindo outras naves no caminho. A distância, assistimos à explosão e, numa cena bonita e ousada, a única coisa que podemos ouvir são os nossos pensamentos. Conforme os destroços se espalharam pelas estrelas, um único membro da audiência em um canto distante disse: "Uau".

Ninguém mais disse nada.

Nunca tínhamos visto nada parecido com isso em Star Wars. Alguns elementos são familiares, é claro. O som da explosão remete às cargas sísmicas de Jango em *Ataque dos Clones*. A destruição do Destróier Estelar remete ao fim do Executor. E tudo remete ao aviso de Han Solo sobre os perigos de saltar para a velocidade da luz em *Uma Nova Esperança*. Mas isso era diferente. Foi lindo e violento. Inspirador e assombroso. Foi uma lição trágica sobre as responsabilidades da liderança.

As opiniões sobre a vice-almirante Amilyn Holdo são muitas. Assim como acontece na maioria dos *fandoms* de hoje em dia, os pensamentos sobre a personagem e o que ela fez costumam ser polarizantes, até agressivos. Mas, perdida entre os resmungos dos fãs (e eu mesmo gosto de uma discussão de vez em quando) e enterrada por trás do espetáculo do sacrifício, reside a verdade. E ela está em algum lugar no meio de tudo isso.

A personagem de Holdo foi uma adição interessante. Não muito militar, a sensação era de que a posição de liderança dela vinha da conexão de longa data com Leia, além de suas conquistas (ela fez alguma coisa grande na Batalha de Chyron Belt!). A história entre as duas tinha começado na adolescência, antes da rebelião de Leia e da queda do Império. Havia confiança ali. Lealdade. Ela parecia ser uma líder bondosa e de um espírito calmo que lembra Mon Mothma, mas estava plenamente confortável no comando. Para alguns, ela era uma grande líder. E eles não estavam errados.

A menos, claro, que você seja Poe Dameron. Holdo, assim como Leia, acreditava que o piloto era impulsivo. Forjado pelo fogo da guerra, mas precisando ser refinado. Assim, em uma decisão controversa, ela manteve seu grande plano de fuga fora do alcance dele e da maioria da tripulação, exceto pelas pessoas próximas dela. Dameron não gostou disso e, bom, se você procurar um canto rabugento da internet vai ver que muita gente também não. Para alguns, ela era uma má líder. E eles não estavam errados.

Na vida, assim como em guerras espaciais fictícias, a liderança muitas vezes consiste em tomar decisões difíceis em momentos ainda mais difíceis e acreditar nelas. Ela fez a escolha de reter informações importantes de uma pessoa que ela achava que não aguentaria o tranco. Era o direito dela. É o direito de qualquer líder. E olha o que aconteceu. Quando descobre, Poe Dameron compartilha a informação com Finn e Rose e inicia um motim malfadado. Isso faz com que a Resistência perca um tempo precioso e permite que a informação chegue aos ouvidos do DJ de Benicio Del Toro, sempre à procura de vender a alma para quem paga mais. Deu tudo errado. Se pelo menos tivesse permanecido em segredo até o último momento...

Mas não permaneceu, e essa é a realidade da situação. Se ela tivesse contado tudo a Poe desde o início, apesar de ter uma apreensão provavelmente correta, talvez nada do que aconteceu tivesse acontecido. Ainda assim, como qualquer líder, Holdo não tem o luxo de voltar atrás. Ela só pode lidar com o agora. Ela só pode seguir em frente. E isso leva diretamente ao seu sacrifício.

Quando tudo se encaminha para o fim, à medida que o tempo passa e a Primeira Ordem usa a dica de DJ para descobrir tudo, Holdo percebe que a fuga desesperada depende dela. Há muitas coisas para sentir nessa cena, e você tem todo o silêncio e tempo para isso. Tristeza. Por ela, por Leia, por todos os que tentam chegar à superfície de Crait, mas não conseguem. Destruição. Os recursos da Resistência, como no começo da Rebelião, são escassos, e cada soldado e nave se faz necessário. E paz. O último olhar que vemos no rosto de Holdo é um pequeno sorriso. O fim chegou, mas ela se consola no fato de que, com isso, outra coisa pode sobreviver.

Enquanto estava no cinema, atordoado pelo que tinha acabado de ver, deslumbrado com tudo, eu não soube imediatamente qual era a resposta certa sobre Holdo. Francamente, eu não me importava. Eu vejo Star Wars com o coração. Primeiro eu me conecto às emoções, e só depois analiso. E o que eu sinto é que Amilyn Holdo foi uma boa líder que tomou uma decisão errada. E ela sabia disso. Esse ato final é a sua penitência. Ela assumiu a responsabilidade pelo que tinha acontecido. À medida que o som e a cor voltam à tela, temos que recuperar o fôlego e seguir em frente. Não muito diferente da Resistência. O que resta é uma lição bonita, chocante e dolorosa sobre o preço da liderança e a honra do sacrifício. E, para isso, a vice-almirante precisou afundar com sua nave.

24

KENOBI VS. MAUL

CRESCIMENTO, MUDANÇA E A DEFINIÇÃO DE PODER

Star Wars Rebels: "Twin Suns"
(Temporada 3 episódio 20)
Roteiristas: Dave Filoni e Henry Gilroy
Diretor: Dave Filoni

Estávamos preparados para uma luta. Uma boa e clássica luta de sabres entre a luz e a escuridão. O episódio vinte da terceira temporada de *Star Wars Rebels* estava prometendo o duelo final entre Maul e Obi-Wan Kenobi. Trinta anos depois da primeira "morte" de Maul nas mãos de Kenobi em Naboo, essa rixa seria resolvida de uma vez por todas. Sob as estrelas de Tatooine e ao lado de uma humilde fogueira, esses dois adversários se enfrentaram. Kenobi assumiu a posição de luta de seu antigo mestre, Qui-Gon Jinn, não para atacar ou mesmo se defender, mas para proteger Luke Skywalker. Maul, fervendo de raiva, ativou seu sabre de duas lâminas. Em segundos, acabou. Maul tentou usar as mesmas táticas que mataram Qui-Gon, e Kenobi contra-atacou. Em três golpes rápidos, já era.

Foi isso?

Foi só isso?

Essa foi a luta?

Sim. Esse duelo final nunca seria apenas uma luta. Não era para ser a continuação acrobática do duelo icónico em Naboo. Não era para ser um simples duelo de sabres de luz espremido na sua lista de melhores brigas. Era mais do que isso. Tinha a ver com ideologias de duelo. Vingança versus perdão. Uma lição sobre crescimento e a importância da mudança. E, acima de tudo, a definição de poder.

Tudo bem questionar as coisas em Star Wars. Muitas vezes, os fãs não veem isso, principalmente nesta era moderna de mídia baseada em discussões, quando o conteúdo implora que você tenha uma opinião imediata sobre tudo o que acabou de ver ou ler. Por mais que esse seja um tipo de entretenimento bastante direto, acabou nos afetando em vários níveis. Isso não quer dizer que você vá adorar tudo o que é apresentado e não significa que tudo vai ser totalmente compreendido de cara. Star Wars é uma aventura popular, mas foi criada por um verdadeiro artista querendo fazer um mito moderno, e as pessoas conduzindo a história agora seguem o mesmo desejo. E mitos ensinam, desafiam e aconselham. Dê a si mesmo o espaço para crescer e olhar para as coisas uma segunda vez.

Teria sido melhor para Maul se ele tivesse feito o mesmo.

Maul passou toda a vida ardendo de raiva. Sua existência pode ser rastreada em linha reta. Bom, ele não teve escolha sobre o começo do seu caminho. Foi entregue a Palpatine quando criança e criado para ser uma arma do lorde sith. Dentro de Maul havia um sofrimento que jamais poderia ser curado, embora ele tenha tentado muito. Tudo o que ele fez foi definido por sua capacidade de conquistar, dominar, ameaçar e destruir. Essa busca infrutífera por vingança espreitava nas sombras de tudo o que ele fazia, e toda a raiva cheia de vingança estava focada em Kenobi (embora Palpatine certamente tenha parado de receber cartões de Dia da Vida). Maul se safou da morte, reconstruiu-se e lutou violentamente para voltar ao ponto em que sentia que tudo tinha dado errado. Todos os caminhos que ele pisava o levavam a essa última tentativa de conseguir o poder: matar Kenobi e vencer a luta que vinha travando por uma vida. Mas ele fica chocado pelo que encontra.

Em certo momento, Obi-Wan Kenobi teve tudo o que um jedi decente e cumpridor do código poderia querer. Ele foi treinado por um dos melhores jedi, colocado no círculo interno da Ordem e tinha um currículo impressionante de vitórias, missões bem-sucedidas e amigos por toda a galáxia (tenho quase certeza de que Dexter Jettster batizou um sanduíche espacial com o seu nome). Obi-Wan Kenobi era um garoto-propaganda para o lado da luz, mas sua sorte virou ao longo do caminho, pessoas queridas morreram e tudo em que ele acreditava ou todos em quem confiava precisaram ser desafiados — não muito diferente de Maul. A visão de Kenobi sobre a galáxia teve que mudar. Ao contrário de Maul, ele sabia que precisava mudar para encontrar a verdadeira cura. Um novo propósito estava diante dele, e esse propósito levou Kenobi para longe das alturas em que tinha morado, longe de qualquer desejo pessoal. Maul encontrou o que descreve como um "rato no deserto".

Quase trinta anos se passaram desde o primeiro encontro dos dois. Naquela época, Maul era uma criatura de pura maldade, devorando a presa com confiança, e Kenobi era um padawan ansioso pronto para saltar sobre o assassino de seu mentor. Agora, sob o luar de Tatooine, Maul chegou exatamente como a mesma criatura e encontrou um jedi calmo e paciente, em paz com o que devia fazer e sabendo que está acima de qualquer tentação, provação e perda que o trouxe até então. Kenobi mudou e aceitou seu novo propósito na vida. Maul não consegue entender isso.

A luta não é com sabres de luz. É com palavras, e Maul ataca primeiro, zombando sobre nem se preocupar em matar Kenobi e deixá-lo viver em meio àquela miséria, sozinho e incapaz. Kenobi responde, dizendo: "Se você se define pelo poder de tirar a vida, pelo desejo de dominar, de possuir... então você não tem nada". Um golpe fatal da verdade antes mesmo de uma arma ter sido sacada. Segundos depois, Maul está morrendo nos braços de seu rival. Trinta anos, e nada nele mudou ou cresceu. Trinta anos, e nenhum indício de perdão. Trinta anos em busca do tipo errado de poder. Isso custou tudo a Maul.

Estávamos preparados para uma luta, Maul vs. Kenobi parte 2, o capítulo final de uma rivalidade acalorada, mas esse momento pediu que você olhasse para a história de outra forma. A imagem final é de Kenobi segurando um Maul à beira da morte. Não é um momento de vitória, é um momento comovente de compaixão. Um final perfeito para a história dessa rixa. Kenobi dá paz à criatura que passou uma vida inteira tentando destruí-lo. Foi compaixão acima da vingança. Crescimento versus estagnação. O poder de matar caindo perante o poder de curar.

Essa foi a verdadeira luta.

23

AQUI É O ALMIRANTE RADDUS

A CHEGADA DA ALIANÇA REBELDE

Rogue One: Uma História Star Wars
Roteiristas: Chris Weitz e Tony Gilroy
Diretor: Gareth Edwards

Momentos de comemoração!

É para isso que os fãs de Star Wars vivem. A música. A ação. Os riscos. E os heróis parecem estar perdendo, mas, de repente, bum, a maré vira. Em um piscar de olhos, tudo muda, e todos nós comemoramos. É a diversão e a promessa de cada nova aventura em Star Wars. *Rogue One: Uma História Star Wars* proporcionou não apenas um dos melhores momentos de comemoração, mas também um dos mais inspiradores quando o almirante Raddus e a Aliança Rebelde chegaram para salvar o dia durante a Batalha de Scarif.

A Aliança Rebelde estava esperando esse momento. Lentamente, ao longo de quase duas décadas, a oposição descontente se tornou a forte Rebelião. Células separadas começaram a se unir, ainda inseguras em relação a *como* lutar juntas tanto quanto à certeza de *querer* lutar juntas. Naves, equipamentos e recursos foram reunidos e compartilhados. A liderança começou a surgir. Depois, Mon Mothma fez seu discurso. A Aliança Rebelde foi formada, mas ainda não tinha agido.

Políticos solidários ainda tinham medo e prudência excessiva enquanto se agarravam à tênue esperança de que a diplomacia ainda pudesse funcionar. Alguns simplesmente negavam a existência da Estrela da Morte, mesmo com testemunhas da destruição de Jedha. Líderes militares não eram diferentes. Eles não conseguiam decidir a melhor maneira de lutar e temiam que aquilo se tornasse uma guerra que já não conseguiam vencer. Mas o almirante Raddus não aguentava mais. Criado parcialmente para se parecer com Winston Churchill e, de acordo com seu dublador, Stephen Stanton, soar como o general Patton, de George C. Scott, o rouco líder mon calamari declarou "Eu digo que devemos lutar" quando ninguém mais estava pronto para dar o passo final.

Jyn Erso, Cassian Andor e o corajoso grupo de voluntários que compunha o esquadrão Rogue One partiram em sua própria missão, e Raddus entrou em ação. Não é um momento pequeno quando, ao saber disso, Mon Mothma sorri. O almirante Raddus trazia uma faísca que a ajudava a acender o fogo que precisava queimar por anos.

Tudo isso leva ao grande momento de comemoração, quando toda a esperança parece estar perdida na superfície de Scarif, mas a cavalaria chega. Você sente um arrepio quando a frota sai do hiperespaço. Estão todos lá. X-wings, Y-wings, U-wings, fura-bloqueios, corvetas Hammerhead, fragatas Nebulon-B, até mesmo a Ghost, de *Star Wars Rebels*, e, no centro de tudo isso, o cruzador de batalha do mon calamari, Profundity. É um grupo heterogêneo de naves, mas todas as peças estão no tabuleiro. Conforme uma música clássica de Star Wars acompanha a chegada, o almirante Raddus fala: "Aqui é o almirante Raddus, da Aliança Rebelde. Líderes de esquadrão, apresentem-se". Simples. Direto. De acordo com o protocolo. Ele está aqui, a luta continua, mas é muito mais.

Foi uma declaração.

Depois de anos nas sombras, lutando quando podiam e esperando um novo amanhecer, a Aliança Rebelde tinha chegado. Eram os heróis que tínhamos aplaudido na trilogia original. Eram as naves e armas que tínhamos sonhado ver em ação. Era isso que a abertura de *Uma Nova Esperança* queria dizer quando lemos pela primeira vez que "Naves rebeldes, atacando de uma base oculta, tiveram sua primeira vitória contra o maligno Império Galáctico". À medida que você comemora e aplaude esses rebeldes, você, assim como o Império, percebe que não é mais um movimento. É uma guerra.

22

"NÓS VAMOS CUIDAR DISSO"

DARTH MAUL CHEGA PARA LUTAR

Star Wars: Episódio I — A Ameaça Fantasma
Roteirista: George Lucas
Diretor: George Lucas

Pode parar, você tem razão. O duelo entre Darth Maul, Qui-Gon Jinn e Obi-Wan Kenobi é tudo o que dizem e é sozinho, do início ao fim, um motivo para amar Star Wars. Ele inspirou novos fãs e cativou fãs antigos em 1999, e só cresceu à medida que as gerações seguintes o descobrem. É incrível. A música de John Williams, "Duel of the Fates", que toca durante a luta foi uma sensação particular antes mesmo do filme chegar aos cinemas. Foi um *single* de sucesso, com direito a um vídeo na MTV. As cornetas, o refrão e as cordas estenderam as mãos e te agarraram. Fãs estavam cantarolando a melodia antes mesmo do filme sair. Darth Maul, a arma cega e cheia de vingança de Palpatine, nos apresentou seu sabre de luz de duas lâminas e uma aparência concebida para nos assombrar. Como predito pelo infame fiasco do *spoiler* na trilha sonora do Episódio I, Qui-Gon Jinn perderia tragicamente a vida,[4] e Obi-Wan Kenobi vingaria sua morte. Foi um duelo que ficaria na história, com guerreiros na melhor forma física. Mas tudo começa com uma entrada magnífica e um preâmbulo inesquecível que conversou diretamente com fãs de todas as idades.

Quando falamos sobre motivos para amar Star Wars, podemos olhar para cenas inteiras, mas, às vezes, uma imagem, uma fala ou um som transcende todo o momento do qual faz parte. Apesar de toda a ação com Darth Maul e as habilidades de combate de Ray Park, é a imagem da chegada de Maul à luta que permanece na mente dos fãs. A Batalha de Naboo tinha começado,

---

4 A trilha sonora de *A ameaça fantasma* foi lançada em 4 de maio de 1999, duas semanas antes do filme. Os fãs correram para comprar a trilha em CD, mas descobriram que uma das faixas de John Williams se chamava "Qui-Gon's Noble End" [O nobre fim de Qui-Gon]. E, como se isso não fosse o suficiente para convencer você de que o destino de Qui-Gon estava selado, a faixa seguinte se chamava "The High Council and Qui-Gon's Funeral" [O Conselho e o funeral de Qui-Gon]. Pois é, havia uma boa chance de Qui-Gon não chegar vivo ao final do filme.

e Padmé, Panás e as forças voluntárias de Naboo estão saindo do hangar principal em Theed quando as portas duplas se abrem para revelar Darth Maul. Túnica preta, rosto vermelho e preto, olhos malignos e ardentes, e aquele olhar que congela todo mundo. Ninguém faz nada. Não atiram. Maul olha lentamente para seus inimigos atordoados. Essa é a verdadeira imagem de Maul e sua verdadeira apresentação.

Nesse momento, já tínhamos sido apresentados a ele. Sim. Já até o tínhamos visto em ação. Mas é só então que o personagem de Darth Maul entra em destaque e exige que nunca o esqueçamos. "Duel of the Fates" começa a tocar, e quase parece que Maul está ouvindo a música em sua mente. Ele esperou esse momento. Entregue a Palpatine quando criança, ele foi forjado como esse canal de ódio. Ele é uma arma que finalmente está sendo usada.

Do outro lado, estão dois jedi. Os heróis da galáxia. Embora já tivessem encontrado Maul em Tatooine, ele tinha sido apenas uma sombra. Eles suspeitaram de suas origens, mas agora, quando está diante deles, eles sabem. Pela primeira vez em mil anos, os jedi enfrentariam os sith. Como eles respondem a essa ocasião memorável? Com uma declaração calma e tranquila de Qui-Gon: "Nós vamos cuidar disso".

A luta ainda nem começou, mas a mesa está posta e a história está correndo. As crenças diametralmente opostas estão presentes. Os riscos são altos. E estamos prestes a assistir a um grande confronto. Isso, meus amigos, é Star Wars.

Essa grande entrada e o início glorioso do duelo de destinos é quase deliciosamente metatextual e autorreferencial. Como se o filme estivesse homenageando toda uma geração de fãs, além das gerações seguintes, dizendo que estávamos prestes a testemunhar o tipo de luta que tínhamos com nossos amigos, nossos brinquedos e até nós mesmos por anos. Sabe quando você pegava o Darth Vader e sonhava com a maior luta que podia imaginar? Essa luta estava prestes a se tornar realidade.

As forças de Naboo vão embora. A resposta cômica da rainha Amidala ("Vamos pelo caminho mais longo") serve de despedida, e nós estamos prontos para ver os sabres de luz serem empunhados. Maul, Qui-Gon e Obi-Wan literalmente se preparam para lutar, em ritmo com o momento e a música. Eles tiram as capas e quase dá para ouvir o toque do gongo. É o primeiro *round*. A luta começou. E então, sim, podemos celebrar a luta inteira a partir desse ponto. Era a versão de Star Wars para uma luta da WrestleMania. No entanto, volte ao momento em que os combatentes entram no ringue, e tudo dá o tom para a luta mais eletrizante que jamais tínhamos visto — e sempre quisemos.

21

CORRA, LUKE, CORRA

O IMPACTO DO SACRIFÍCIO DE BEN KENOBI

Star Wars: Episódio IV — Uma Nova Esperança
Roteirista: George Lucas
Diretor: George Lucas

Obi-Wan Kenobi devia ter morrido desde o começo.

Sabemos isso porque os mentores, dos quais aquele velho feiticeiro Ben Kenobi era o garoto-propaganda, devem morrer. Faz parte da jornada do herói, e agora, graças a uma dieta constante de fantasia na cultura pop, todos nós nos tornamos especialistas autoproclamados nesse roteiro mítico para contar histórias que é o cerne de tantas aventuras. George Lucas aprendeu com o mestre do século XX no assunto, Joseph Campbell, e criou *Uma Nova Esperança* em torno desse conceito (e, sim, de filmes de Kurosawa). É parte do motivo por que funcionou tão intensamente e tocou tantas pessoas. É um método real de contar histórias, e a morte de Obi-Wan Kenobi faz parte dele.

No entanto, conforme a história de Star Wars se desenrola diante de você pela primeira vez, essa morte não é apenas uma marca no guia de roteiro. É uma perda que afeta você, mesmo que o tempo (e as várias vezes que você assistiu ao filme) diminua o impacto. É hora de esquecer o olhar analítico sobre a estrutura do mito e perda do mentor e guia de Luke. Como isso nos afeta? Mesmo como fã, não se preocupe, por enquanto, sobre a importância do sacrifício dele ser o que permite que nossos heróis fujam da Estrela da Morte. Não pense em como isso representa a crença de Kenobi em Luke Skywalker como o Escolhido e no fim da missão de quase vinte anos para protegê-lo. Olhe para a cena como se fosse a primeira vez. Trata-se de aprender o conceito da morte. É Star Wars dando um abraço e dizendo que é difícil, é real, mas, como Luke, você precisa correr.

Mortes clássicas na cultura pop impactam diferentes gerações. A mãe de Bambi. O pai de Simba. Optimus Prime no filme animado de *Transformers* (ainda estou processando essa, para ser honesto). Mas, para muitos, o sacrifício de Ben Kenobi foi a primeira vez que sentimos uma perda nesse nível.

Se Star Wars, particularmente *Uma Nova Esperança*, é um guia pelos perigos futuros da vida adulta, a perda, a morte, é definitivamente parte dessa lição. Quando Kenobi enfrenta o antigo aprendiz e ativa o sabre de luz azul para lutar contra ele, o jovem fã se anima. É incrível que Kenobi vá salvar todo mundo e permitir que Han, Luke e Leia saiam desta confusão (e, sim, Chewie e os droides, sempre olhando do lado de fora). E então, quando Vader ataca Kenobi e ele desaparece para o mundo espiritual, o arquejo que se ouve desse jovem fã não é o de reconhecimento do uso bem colocado da morte do mentor. É o do grito de Luke: "Nnnãããããoo!".

Muito do mérito vem de sir Alec Guinness. Ele trouxe tanto para o personagem em tão pouco tempo. Como o impacto que teve fora das câmeras entre o elenco e a equipe, ele trouxe a mão firme para a história. Sim, esse é o papel do mentor, mas Guinness sabia como desempenhá-lo como ninguém, entendendo Star Wars ou não (ele sempre teve um pavio curto em relação a Star Wars e o fenômeno que surgiu). Você se apega e confia nele desde o começo. Sua primeira fala é um olá amigável para R2-D2, mas ele está dizendo isso para o público. Acabamos de ver Luke ser atacado por incursores tusken e estamos perdidos em um mundo estranho. E aqui temos um vovô espacial nos cumprimentando. Kenobi representa segurança e proteção. Ele é a encarnação da proteção (e ainda é rápido com um sabre, como logo descobrimos na cantina). O personagem de Obi-Wan Kenobi era um guerreiro poderoso e um professor perspicaz. Sua lista de conquistas e proezas não tem fim. Sua adesão ao caminho jedi, mesmo diante do amor, deve ser estudada, mas aqui, agora, na aventura de *Uma Nova Esperança*, que começa a nos levar pela galáxia, Ben Kenobi está em casa, e você deve sentir essa perda.

Todos nós temos que sair de casa, até mesmo das casas figurativas. Todos vamos ter que enfrentar a morte e a perda. Todos temos que aprender a seguir em frente. É o ciclo da vida. E todos os mentores em nossas vidas terão que nos ensinar. É por isso que o sacrifício de Ben Kenobi é a única morte de Star Wars que transcende gerações e, por baixo das análises e dos discursos maravilhosos sobre o personagem e seu papel, nunca dá para apagar a tristeza que você sentiu pela primeira vez.

Obi-Wan Kenobi precisava morrer, e todos nós tivemos que crescer com isso.

INTERLÚDIO #4

"PODE RIR, BOLA DE PELOS..."

Eu levo Star Wars muito a sério.

A essa altura da nossa viagem, isso já ficou bem evidente para você, e eu sei que não estou sozinho. Muitos levam Star Wars a sério. Superficialmente, a série foi criada para entreter, mas ela toca cada pessoa que a assiste. Quanto mais você avança na vida, quanto mais você analisa cada momento, cena e imagem, mais forte se torna a paixão. É um assunto muito sério. Não quer dizer, porém, que não haja espaço para se divertir um pouco com a franquia, provocar, rir dela e com ela. Essa é uma parte legal de ser fã de Star Wars e cria uma conexão mais forte e compartilhada com a saga. Todos participamos da piada...

Quando eu estava no colegial, mais ou menos por volta da época em que Timothy Zahn trouxe o grão-almirante Thrawn, Mara Jade e chocolate quente para o universo expandido, eu conheci um dos meus melhores amigos. Um canadense alto e magricela chamado Joel. Forçados pelo destino a nos sentarmos juntos na aula de matemática do professor Harris, logo descobrimos que compartilhávamos o amor por coisas maravilhosamente bobas, como luta livre profissional, *Robotech*, cartões de beisebol e, é claro, Star Wars. Como a maioria dos fãs, principalmente, sejamos francos, rapazes imaturos, nós começamos sondando o outro, exibindo nosso conhecimento dos fatos da série como plumas em nossos egos. Então descobrimos nosso amor por *Hardware Wars*.

Foi o momento em que nos tornamos melhores amigos.

Paródias e piadas sobre Star Wars surgiram quase ao mesmo tempo em que *Uma Nova Esperança* pintou nas telas do mundo, em 25 de maio de 1977. *Hardware Wars* foi a primeira a ganhar atenção. Escrito e dirigido por Ernie Fosselius e coproduzido (e protagonizado) pelo futuramente premiado produtor musical Scott Matthews, o filme de treze minutos era, ao mesmo tempo, uma paródia boba e uma carta de amor ao filme espacial que estava dominando o mundo. Pode esquecer todo meu conhecimento sobre oficiais imperiais obscuros ou a habilidade de Joel de citar Luke Skywalker a qualquer momento. O fato que ambos podíamos conversar sobre as aventuras de Fluke Starbucker, Ham Salad e princesa Anne-Droid e citar Red-Eye Knight Augie

"Ben" Doggie sem nem piscar nos aproximou como fãs e amigos (também é por isso que a cena da lavanderia da Primeira Ordem em *Os Últimos Jedi* sempre vai ter um lugar especial no meu coração — a imagem do ferro de passar roupa em forma de nave espacial é a prova de que Rian Johnson pode citar Ham Salad como nós e George Lucas, que chamou *Hardware Wars* de sua paródia favorita em uma entrevista de 1999 no The Big Breakfast britânico).

Depois de *Hardware Wars*, uma legião de paródias incríveis surgiu para tirar sarro de Star Wars, incluindo *Troops*, a sensação viral de Kevin Rubio, uma paródia séria e a série de TV *Cops*, piadas perspicazes e risos idiotas da equipe de *Frango robô* e *Uma família da pesada* e, claro, talvez a mais lendária de todas, *S.O.S.: Tem um louco solto no espaço*, de Mel Brooks. Para alguns, dizer "Use o Schwartz" significa tanto quanto "Use a Força".

Em cada uma dessas e em todas as paródias, esquetes e piadas produzidas, escritas e feitas, uma coisa fica clara: tudo isso é feito com amor. Star Wars provoca emoções e usa temas profundos para nos atrair, para que possamos encontrar os grandes significados por trás dos personagens, da ação e das histórias que amamos.

Star Wars também é bobo.

Chewbacca é uma versão que anda, briga e rosna do cachorro de George Lucas. A Millennium Falcon quase é comida por uma lesma espacial gigante chamada Exogorth. O Cara de Iaque é... um iaque. Até o nome de Luke Skywalker é bobo. E isso é apenas o solo sagrado da trilogia original. Mas tudo faz parte dessa maravilhosa tapeçaria de uma franquia que continua a ter um efeito profundo sobre todos que a deixam entrar no coração. Amar Star Wars também é rir de Star Wars. Então ria, bola de pelos.

Que o Schwartz esteja com você...

20

A MARCHA IMPERIAL

O TEMA DA VINGANÇA

Star Wars: Episódio V — O Império Contra-Ataca
Compositor: John Williams

O Império estava incomodado.

Muito, muito, muito incomodado.

Depois de perder a Estrela da Morte, um líder valioso e inúmeros recursos, humanos e outras coisas, o Império Galáctico não ia ficar parado e deixar que aqueles rebeldes chatos distribuíssem medalhas de vitória e pronto. Ele revidaria, e não é como se essa estratégia fosse um segredo — estava nos pôsteres do filme. O Império tinha vingança em mente, e John Williams criou o que pode ser seu tema mais icônico para a ocasião. Diga olá ao "The Imperial March" ou, como é conhecida por você, por mim e pela galáxia... o tema de Darth Vader.

A introdução à música é uma das melhores revelações de qualquer coisa da série. Personagens, locais, naves. Não importa. É equivalente a tudo isso. Em 1977, o público ficou impressionado com o tamanho de um Destróier Estelar imperial sobrevoando a tela em busca da nave da princesa Leia. Deixou uma marca indelével, mas, em *O Império Contra-Ataca*, uma coleção das naves que antes se pensava gigantescas estava coberta pela sombra de algo maior. Ao som da abertura de "The Imperial March" nós vemos, pela primeira vez, a nova nave de comando Super Destróier Estelar de Vader, a Executor. Ela faz as outras naves parecerem pequenas. Naves que antes pareciam tão grandes. Para se igualar ao momento, John Williams nos deu o som opressor do Império marchando por toda a galáxia.

Chega a ser estranho pensar que esse tema não estava presente em *Uma Nova Esperança*. Nele, temos notas imperiais identificáveis e Vader recebe toques belicosos enquanto se pavoneia pelo corredor da nave de Leia, mas Williams focou seus temas em outras áreas e outros personagens. O que faz sentido se pensarmos que o Episódio IV era sobre esperança, heróis e a vitória do lado da luz. Vader tem menos de dez minutos na tela em *Uma Nova*

Esperança. Embora ele seja definitivamente identificado como vilão principal, havia tanto motivo para Tarkin ter um tema próprio quanto Vader (ok, isso foi uma piadinha, mas agora quero ouvir "Tarkin's Theme" — qual será o som de uma carranca silenciosa?). Para o Episódio V, Williams se inspirou no poder da Armada Imperial ainda mais do que no próprio Vader. O nome é "The IMPERIAL March", veja bem. Mas, como muitas coisas em Star Wars, este tema ganhou vida própria.

Não é possível — e nem deveria ser — separar esse tema de Darth Vader ou mesmo de Anakin Skywalker. Ele é sinônimo das más intenções do Senhor das Trevas e, muitas vezes, é usado como prenúncio do que está por vir na vida atribulada de Anakin. Um dos exemplos mais poderosos disto é quando os créditos finais de *A Ameaça Fantasma* reprisam todos os temas aventurosos da primeira *prequel* antes de levar "Anakin's Theme" ao toque lento e sinistro de "The Imperial March". É o monstro que se esconde no fim do caminho.

E a influência, para além das suas intenções originais, não para por aí. É um tema tão poderoso (e cativante) que, seguindo grandes tradições, os fãs de Star Wars trouxeram o tema para o mundo real. Ele é tocado em eventos esportivos, ouvido em desfiles, apropriado por programas de rádio e, não acho que seja só eu, usado por nós mesmos. Quem nunca cantarolou essa música para si mesmo a caminho de uma reunião de negócios, ao se aproximar da academia ou simplesmente ao se encontrar caminhando por um longo corredor? Não estou sozinho, né... não pode ser só eu. Você sai do carro, vira a esquina e começa a cantarolar aquela tercina intimidadora sem se importar com quem pode ouvir. Na verdade, que ouçam. Esse não é só o tema de Vader — é nosso! Ele evoca determinação, propósito e, tá bom, sim, uma certa agressividade (acho que isso quer dizer que é uma boa música para jogos de hóquei). "The Imperial March" pode ser usada por você em qualquer situação da vida real que exija uma força inflexível.

Você não pode fazer isso com "Ewoks' Theme".

Eu sei. Eu já tentei. Os ewoks são criaturas fortes, mas o tema deles, por mais cativante, soa como um piquenique. Um piquenique sônico literal. O tema de Vader é o som da guerra, da marcha, de uma sombra se espalhando pelo mundo — e é o som inconfundível da vingança. Talvez a maior pergunta a fazer seja por que os fãs de Star Wars se identificam com uma coisa tão... maligna. Essa é uma conversa sobre redenção para um outro momento. Por enquanto, podemos continuar cantarolando o tema do nosso vilão preferido.

19

A MORTE DE KANAN JARRUS

O PODER DA HISTÓRIA

Star Wars Rebels: "Jedi Night"
(Temporada 4 episódio 10)
Roteiristas: Dave Filoni & Henry Gilroy
Diretor: Saul Ruiz

Kanan Jarrus estava morto há dias — depois de se sacrificar tragicamente para salvar amigos e o amor verdadeiro antes que um depósito de combustível em explosão o engolir —, e todos os fãs ainda estavam tristes, com os corações pesados. Nunca pareceu que Kanan Jarrus sobreviveria aos eventos de *Star Wars Rebels*, e a ideia de se sacrificar é uma tradição consagrada em Star Wars. Quando a série começou, em 2014, era difícil encontrar um fã que não reconhecesse que havia pelo menos uma chance de Kanan morrer antes do fim. O sentimento do *fandom*, portanto, não foi de choque. Havia apenas um buraco de tristeza onde nossos sentimentos tinham estado. Kanan Jarrus estava morto, e ninguém conseguia parar de pensar sobre esse grande momento da TV.

Tudo até então na história de *Star Wars Rebels* tinha sido habilmente conectado, então o coração doeu. Hera e Kanan, depois de finalmente se beijarem, compartilham um lindo beijo com uma declaração sincera de amor vinda de Hera. Ezra e Sabine chegam em uma nave imperial roubada para terminar a missão de salvamento de Hera — para que todos possam voltar a lutar pela liberdade. É uma reunião de família rebelde interrompida pela vil imperial Arihnda Pryce, que ordena a destruição do próprio depósito de combustível. Conforme as cápsulas explodem, Kanan usa a Força para impedir a morte de Hera, Ezra e Sabine. Com um empurrão, ele os envia para um lugar seguro enquanto sucumbe à explosão. Todos os elementos para criar um impacto emocional máximo estão aqui. Sim, sim, sim e sim. Então como é que nenhum de nós estava pronto para isso?

É possível que o choque da nossa resposta tenha a ver com certo nível de preconceito com conteúdo animado. Apesar de ter visto todas as temporadas anteriores de *A Guerra dos Clones* e *Star Wars Rebels*, crescido com filmes como *O Rei Leão* e *Toy Story* afetando vidas e chorado no começo de *Up: Altas Aventuras*, é como se continuássemos ligando a televisão e esperando assistir a um desenho animado bobo como se fosse uma tarde de terça-feira em 1985. Isso pode ser até compreensível para fãs de Star Wars, que é geralmente considerada uma franquia de filmes. É bobagem, mas é compreensível. Somos treinados para esperar que esses momentos aconteçam na telona, mas a forma como consumimos conteúdo foi mudada para sempre. As histórias de Star Wars sempre serão importantes e recompensadoras no cinema, mas agora elas também estão em TVs, computadores e relógios (sim, parece que sou um velho que detesta tecnologia). Star Wars — essa mítica ópera espacial — sempre terá o poder de transcender formatos. E talvez essa lição tenha sido a parte mais chocante.

Por um breve momento, nós subestimamos a narrativa de Star Wars.

Sim, todos suspeitávamos que Kanan Jarrus ia morrer. Teorias foram formadas, discussões foram feitas e expectativas foram criadas. Nós seguimos o roteiro do cânone de Star Wars e nos divertimos tentando encaixar o acontecimento na linha do tempo. Kanan precisava morrer — ou, pelo menos, ser removido — antes dos eventos de *Uma Nova Esperança* ou até mesmo *Rogue One*. Luke é a única esperança e o último jedi, então eles não podem interagir. A mesma coisa começa a pesar nas histórias de Ezra e Ahsoka e, antes que você perceba, tudo fica parecendo com instruções complicadas para montar um móvel de uma loja sueca em vez de uma história simples do bem contra o mal.

Não se sinta mal. Eu me especializei na criação desses roteiros mentais. É divertido e com certeza faz parte da experiência de fã, mas Star Wars não para por aí.

A morte de Kanan Jarrus é mais do que parte de um projeto maior. É mais do que o sacrifício de um jedi pelo bem de muitos. É mais do que o final agridoce de um caso de amor que nunca floresceu completamente por causa da luta contra o mal. Conforme a música cresce e Kanan segura as chamas, conforme você vê a dor no rosto de Hera, absorve a confusão atordoada de Ezra vendo seu mentor morrer e percebe que a clareza voltou a Kanan, não apenas da visão, mas da compreensão sobre seu verdadeiro eu e propósito, você é confrontado pelo poder da história.

Muitas vezes ficamos presos ao pensamento do que *precisa* acontecer. Kanan precisa morrer porque Yoda disse que Leia era a última esperança depois de Luke? Talvez. Se você quiser se prender a cada detalhe. *Star War Rebels*, uma série que acontece no meio de todos esses detalhes maravilhosos, nunca faz isso. A história vai para onde os personagens a levam. Vai aonde precisa ir, não como uma enciclopédia visual de Star Wars. Assim, enquanto todos nos preocupávamos com o que era esperado com base na linha do tempo, pontos principais e a mídia em que consumimos esse momento, a morte de Kanan Jarrus surgiu como uma prova da grandiosidade da história de Star Wars.

Mas ainda pode chorar.

18

"PARA O DEPÓSITO DE LIXO, PILOTO"

PRINCESA LEIA SE DEFINE PARA UMA GERAÇÃO

Star Wars: Episódio IV — Uma Nova Esperança
Roteirista: George Lucas
Diretor: George Lucas

Preciso pedir desculpas à princesa Leia Organa de Alderaan. Embora eu só fosse tremer em sua presença, gaguejando de nervoso e tentando encontrar palavras — qualquer palavra — para falar, eu devo um gigantesco pedido de desculpas. Como você já sabe, Han Solo é meu personagem preferido de Star Wars. É a resposta que eu *tenho* que dar quando alguém me faz essa pergunta quase impossível, mas eu cresci adorando e venerando Leia. Artes da princesa Leia adornam minhas paredes. Já corri na frente de crianças em lojas de brinquedos para ter certeza de que seria o primeiro a conseguir uma nova *action figure* de Leia. Eu não tenho filhos, apesar do que digo aos outros adultos quando empurro os filhos deles para chegar àqueles brinquedos, mas há uma boa chance de eu batizar minha filha de Princesa Leia. Não só Leia, mas Princesa Leia. Portanto, nunca deixei de gostar dessa personagem. No entanto, para ser honesto, eu devo um pedido de desculpas a ela. Eu não entendi de cara a importância de Leia, a princesa que salva a si mesma.

Quase dá para perdoar alguém por pensar que Leia era apenas uma donzela em apuros pela primeira metade de *Uma Nova Esperança*. O título de princesa nesse conto de fadas especial dos tempos modernos remete às histórias clássicas. Ela está sendo perseguida e é logo capturada. R2-D2 continua a repetir o pedido desesperado por ajuda e, muitas e muitas vezes, nós ouvimos: "Me ajude, Obi-Wan Kenobi. Você é minha única esperança". Ela precisa *mesmo* ser salva, e por isso, é claro, nossos novos heróis vão salvá-la. É isso que os heróis fazem, essa é a jornada do herói, e eu, por exemplo, fico muito contente por Luke e Han terem partido para salvá-la. Só é engraçado que todos esses elementos fluindo para um tropo clássico e atemporal parecem encobrir facilmente o fato de que uma das primeiras coisas que Leia faz é atirar em um stormtrooper com sua arma, e ela não vê problemas em retrucar os dois vilões principais, que todo mundo, além do enforcado almirante Motti, tem medo. Governador Tarkin? Darth Vader? Sem problema, Leia tem muito o que dizer e não vai embora em silêncio. Ainda assim, eu não entendi por completo a importância de quem ela era e como ela fazia as coisas.

Isso não quer dizer que eu não tenha reconhecido — na verdade, amado — o momento em que Han, Luke e Chewie entram no bloco de detenção AA-23 com a intenção de resgatar a princesa na cela 2187. Está cheio da aventura que Lucas queria na história. Han é sempre o vigarista galante, mesmo quando o plano sai pela culatra, e Luke é encantadoramente ingênuo ao libertar Leia, apesar de ser um pouco pequeno para um stormtrooper. Logo começam a aparecer tiros de blasters e faíscas, e Leia explode uma grade que é a sua única saída. E, com a fala clássica "Para o depósito de lixo, piloto", Leia resgata seus libertadores e define sua personagem para sempre. Eu vi, eu entendi, eu adorei, mas foi o valor dessa definição que eu perdi.

Mas muitas outras pessoas não perderam.

Todas as jovens que assistiram Star Wars com a mesma maravilha e espanto que eu tive concentraram-se em cada palavra que Leia disse e em cada ação que ela tomou — elas não perderam. Elas entenderam o que Leia queria dizer. Elas também amavam Han e Luke. Elas também torceram por Darth Vader em segredo. No entanto, ao contrário do que os catálogos de brinquedos dos anos 1970 e 1980 poderiam sugerir, Star Wars não tem a ver com brinquedos de meninos e brinquedos de meninas. Tudo está lá para todo mundo, mas Leia em *Uma Nova Esperança* era diferente. Ela estava sozinha. Quando criança, eu podia me enxergar em Luke ou em Han. Aprender com Obi-Wan ou temer Vader. Eu podia sonhar acordado sobre lutar com Biggs, Wedge e até com Porkins. As meninas do meu tempo tinham a tia Beru... um vislumbre das irmãs Tonnika... aquela mulher que dá um pulo quando os stormtroopers marcham em direção à doca 94? Então, quando tudo deu errado no corredor daquele nível de detenção, a princesa Leia não estava apenas se salvando e definindo sua personagem. Ela estava enviando uma mensagem para aquelas que precisavam vê-la fazer isso.

Uma dessas fãs era minha amiga e coapresentadora do *ForceCenter*, Jennifer Landa, e sinto que suas palavras carregam mais peso do que as minhas. Quando questionada, Jennifer teve isto a dizer:

> *Eu devo muito a Leia Organa. Uma das minhas primeiras lembranças no cinema é ver* O Retorno de Jedi. *Imediatamente, Leia causou uma im-*

> *pressão e deixou minhas expectativas lá no alto para o que eu esperava de filmes, principalmente de personagens femininas. O tamanho não importou quando ela matou sozinha o vil gângster Jabba, o hutt. Fiquei admirada com sua coragem quando saltou sobre uma motocicleta e perseguiu os stormtroopers pelas árvores. Fiquei comovida por sua bondade e compaixão com Wicket, o que acabou levando à participação dos ewoks na causa dos rebeldes. E quando foi revelado que a Força era forte nela, eu passei horas sonhando com Leia empunhando um sabre de luz e se tornando uma jedi, como seu pai já tinha sido. Leia era a heroína que eu precisava e queria vê-la.*
>
> *Crescendo nos anos 1980, tivemos inúmeros filmes icônicos que mudaram uma geração —* Vivendo a Vida Adoidado, Goonies, Conta Comigo, Karatê Kid, Os Caça-fantasmas. *Por mais que eu curtisse todos esses filmes, como uma menina, eu me sentia frustrada pela falta de personagens femininas na telona. E assim, quando* O Retorno de Jedi *foi lançado em VHS, eu passei a assisti-lo todas as tardes depois das aulas. Ele me dava esperança de que pessoas pequenas podiam triunfar, com todas as probabilidades dizendo o contrário. E ele me lembrava de que as mulheres podiam liderar rebeliões, apesar do que o mundo me dizia.*
>
> *À medida que fui envelhecendo e a vida ficou mais confusa, a própria Carrie Fisher se tornou tão importante para mim quanto a princesa Leia. Através da escrita dela, monólogos e das aparições imprevisíveis em programas de TV, Carrie me ensinou a importância de aceitar os erros, abordar tudo honestamente e falar sempre o que pensa, principalmente quando for inconveniente e inapropriado.*
>
> *Então, obrigada, Leia, e obrigada, Carrie Fisher. Vocês me mostraram que as princesas podem salvar a si mesmas e as generais podem ser gentis, mas a melhor pessoa que eu posso ser sou eu mesma, sem pudores e sem desculpas.*

É isso. Eu via Leia como uma personagem incrível, uma líder respeitada e um membro valioso da equipe. E ela é todas essas coisas, mas as jovens, como Jennifer, viram algo mais. Viram-na enfrentar Darth Vader porque ninguém mais faria isso por ela. Viram-na no comando da Rebelião porque ninguém mais se encaixava melhor do que ela. E, quando Leia foi encurralada, elas a viram se salvar porque é isso que você tem que fazer. Eu vi uma princesa, elas viram a si mesmas. E, felizmente, cada geração de fãs continua a fazer isso.

Perdão, ~~princesa~~ general Leia Organa de Alderaan. Demorei para finalmente apreciar sua importância e compreender seu impacto. Mas não é como se você precisasse que eu fizesse isso.

17

"NÃO COM UM JEDI"

PALPATINE CONQUISTA ANAKIN

Star Wars: Episódio III — A Vingança dos Sith
Roteirista: George Lucas
Diretor: George Lucas

Você já ouviu falar da tragédia de Darth Plagueis, o sábio?

Quando o chanceler Palpatine proferiu essas palavras sedutoras para Anakin Skywalker em *A Vingança dos Sith*, ninguém tinha ouvido falar sobre Darth Plagueis ou sua tragédia. Uma nova história de Star Wars estava sendo revelada bem diante dos nossos olhos, e acabou sendo uma das cenas mais discutidas e celebradas das *prequels*. Por dois motivos. Esse foi o momento em que o plano de Palpatine para seduzir Anakin para o lado sombrio finalmente deu certo, e tudo foi feito com uma desenvoltura tão maravilhosa e diabólica que só dava para sentar e desfrutar da atuação shakespeariana de Ian McDiarmid como vilão gótico. Anakin prestava atenção em cada palavra dele, e nós queríamos mais.

Que Anakin seria uma presa do imperador não era surpresa, mesmo que você ainda não soubesse o que acontece depois. A fraqueza dele era o apego. Sofria, primeiro, por abandonar a mãe, e depois por não poder salvá-la. A paixão por Padmé só tornou o trabalho de Palpatine muito mais fácil. A Ordem Jedi tinha erguido a única parede que Anakin nunca quis escalar, abandonando suas preocupações. Palpatine só precisava dar a única coisa que o derrubaria dessa parede por completo: uma forma de salvar quem ele amava.

Palpatine esperou muito tempo por esse momento, e é uma das coisas que fazem essa cena. Enquanto ele conta a história do grande lorde sith Darth Plagueis, nós entendemos o que ele quer dizer. É sutil no começo, mas fica mais claro com o passar do tempo. Ele observou Anakin por muito mais tempo do que sabíamos, talvez até desde quando era aprendiz de Plagueis. Isso porque certamente parece estar se gabando pelo nascimento milagroso do jovem poder ter vindo das maquinações obscuras de seu mestre ou, o que é ainda melhor, dele mesmo depois de aprender as habilidades de Plagueis.

O plano avançou, e agora Palpatine está apresentando um monólogo perfeito, destinado para os palcos. Na verdade, o fato da cena ser sublinhada por um balé mon calamari chamado *Lago das lulas* na Galaxies Opera House não é só uma curiosidade divertida (mas pode render pontos em uma discussão), é o abraço total da teatralidade desse momento. É um teatro, e Palpatine sabe disso.

Quase é necessário pausar e saborear a ideia de que, em seu tempo livre, Palpatine praticou esse monólogo como um ator ansioso. Planejando cada risada e zombaria. Pensando em qual detalhe daria e o que esconderia. Perguntando a Mas Amedda ou Sly Moore se seria mais eficaz virar a cabeça lentamente enquanto dizia a Anakin que Plagueis podia criar vida.

"Será que é óbvio demais? Pode ser exagero, mas parece a coisa certa a fazer."

Independentemente de como chegou a esse ponto, Sheev Palpatine consegue. Anakin cai na armadilha. Daí em diante, é ladeira abaixo. Sempre soubemos que Anakin Skywalker esteve em conflito por toda a vida, mas ele sempre encontrou um caminho de volta. Ele era um jedi, afinal de contas, e não só acreditava nos ideais da Ordem — ele os praticava. Era bom de coração desde a juventude. Então, cada ato impulsivo, explosão de raiva e dúvida crescente sobre o caminho dos jedi ou sobre a direção da República acabava ficando de lado. O que restava era Anakin Skywalker, cavaleiro jedi. Mas sua natureza era ajudar os outros. Voluntariando-se na corrida de *pods* para ajudar a tirar Qui-Gon Jinn de Tatooine, seguindo Padmé e seu desejo de ajudar Obi-Wan em Geonosis e sendo o único a acreditar e lutar por uma Ahsoka Tano falsamente acusada, Anakin quer ajudar as pessoas. E foi por isso que Palpatine sempre soube o que fazer. Ele apresenta de forma simples. Você pode aprender o poder de impedir a morte daqueles que ama. Como se aprende isso?

Não com um jedi.

Mensagem recebida. Anakin agora precisa aprender esse poder com Palpatine, o que significa que ele também precisa manter Palpatine vivo. É a conexão de que Anakin não pode fugir. É aqui, nesse momento, que ele morde a isca. Palpatine ganha um novo aprendiz nesse exato momento. O resto não passa de formalidade. Que vitória para Palpatine e que grande momento para Ian McDiarmid.

Essa é a segunda parte do apelo desse momento. Um motivo do mundo real para amá-lo. McDiarmid não é melodramático, ele é o próprio drama (não muito diferente de mais tarde, quando proclama "Eu sou o Senado"). McDiarmid era um respeitado ator de teatro escocês com pouco tempo de tela quando vestiu o manto do imperador pela primeira vez em *O Retorno de Jedi*. Ele ainda não tinha quarenta anos, mas encarnou com maestria o decrépito senhor do mal. *A Ameaça Fantasma* o trouxe de volta ao papel, se você não contar as imagens adicionadas a *O Império Contra-Ataca* pela edição especial de 1997, e McDiarmid conseguiu de novo. Mas tudo leva a essa cena. Tudo o que vem antes é belo, sutil e sombrio, e tudo o que vem depois é bombástico e encantadoramente exagerado. É aqui, porém, que McDiarmid brinca com todos os aspectos do imperador, um lorde sith em segredo que matou o mestre e está prestes a governar a galáxia. É um espetáculo de um homem só. Ele não está se aproximando de Anakin e mostrando o poder que procura — ele está contando sua própria origem e revivendo alegremente o assassinato do mestre. McDiarmid brinca com cada lembrança. Cada fala é um passo adiante na longa jornada de Palpatine para se tornar invencível, e ele sente isso. Conforme a música sinistra toca e a imagem exótica de um balé alienígena é exibida ao fundo, o imperador de McDiarmid nos conta uma história de paixão, apego, poder e assassinato.

E agora nós não apenas conhecemos a tragédia de Darth Plagueis, o sábio. Nós nunca vamos esquecê-la.

16

UMA NOVA HEROÍNA

REY E A ESPADA DO HERÓI

Star Wars: Episódio VII — O Despertar da Força
Roteiristas: J. J. Abrams, Lawrence Kasdan e Michael Arndt
Diretor: J.J. Abrams

Todos estavam prontos para este momento.

Uma legião inteira de fãs de Star Wars tinha olhado para aquela jovem, uma catadora de lixo de Jakku, e visto a nova heroína que ela se tornaria. Esses fãs variados e diversos não perderam tempo em aceitar Rey enquanto o trem promocional de *O Despertar da Força* saía da estação. Eram meninas e meninos entusiasmados com a nova saga. Eram fãs mais velhos que cresceram idolatrando Leia como a única mulher do elenco principal ou tinham visto o papel de Padmé ficar em segundo plano. Até mesmo o compositor John Williams disse em entrevistas e durante as apresentações que a personagem de Rey e a envolvente interpretação que Daisy Ridley deu à personagem são parte dos motivos pelos quais ele tinha voltado para a galáxia de Star Wars. Ele não queria que outra pessoa compusesse músicas para Daisy e Rey.

Ao caminhar pela Star Wars Celebration 2015 meses antes da estreia de *O Despertar da Força*, dava para sentir a onda orgânica de apoio a Rey. Cada pessoa vestida com um *cosplay* de Rey era um sinal da empolgação, admiração e ansiedade pelo que viria pela frente. Rey já estava em seus corações. Estavam todos prontos para a coroação de uma nova heroína.

Desde as cenas e de seus primeiros momentos, Rey recompensou a fé que havia sido depositada nela e conquistou até o coração mais frio e duvidoso. Mas o espectro de outras lendas ainda pairou sobre sua história até que a neve começou a cair sobre um planeta transformado em superarma, e Rey enfrentou um monstro. O momento acontece depois que Finn corajosamente pega o sabre de luz e enfrenta Kylo Ren pela primeira vez (um ato que deveria levar mais crédito). No entanto, Finn logo se vê em apuros, e o sabre que voltou para a história de Star Wars e se tornou importante tanto para o lado sombrio quanto para o lado luminoso ficou na neve. Uma imagem que tínhamos visto antes. O sabre se move quando Kylo Ren o chama, mas ele logo percebe que não é o único tentando fazer isso. Com uma onda de energia, ele passa por ele e acaba nas mãos de Rey. A espada do herói encontrou um novo dono.

Isso não apenas inicia a rivalidade e a complicada saga de Rey e Kylo, mas também serve como um momento de autodescoberta para Rey. Desde Jakku até então, Rey começou a descobrir muitas coisas novas sobre si. Coisas que ela ainda não entendeu. Então, é com grande propósito que Rey se lembra do sabre de luz, mas ainda se encontra apreensiva, insegura, talvez até com um pouco de medo (não conte a Yoda). Enquanto Kylo Ren fica chocado e definitivamente com medo, Rey sente cada grama do peso do momento, toda sua perspicácia e os poderes que estão despertando, toda sua habilidade bruta das brigas nas ruas. Nem mesmo tudo o que ela aprendeu até esse momento pode prepará-la para o que vem a seguir, mas ela precisa enfrentar o desafio. É o desafio que chegou até ela e para onde sua coragem deve levá-la. Só ela tem o sabre de luz. A espada do herói está em suas mãos. Rey é nossa nova heroína.

Mas voltemos ao momento em que o sabre de luz, meio enterrado na neve, começa a se mover. Antes de voar para as mãos de Rey.

Esse foi o momento em que muitos fãs — e eu confesso estar nesse grupo — se sentiram empolgados e ansiosos pelo que pensávamos que poderia vir em seguida. Um nome estava em nossas mentes.

Luke Skywalker.

Sim, a própria lenda, escondida durante a história, poderia muito bem ter sentido um distúrbio na Força e voltado. O sabre voando para suas mãos para ajustar as contas com Kylo Ren. Teria sido um momento e tanto. Quando o sabre de luz voou pela tela, era isso que eu acreditava que ia acontecer. No entanto, como disse o imperador, "jovem tolo, só agora, no final, você entende". Quando Rey, uma personagem que eu tinha adorado até esse ponto, ativou o sabre de luz, eu percebi que não estava pronto para isso. Eu não estava pronto para Rey.

Quem se importa que Luke Skywalker tenha se desfeito do sabre em *O Retorno de Jedi*? Eu o queria aqui nesse momento. Quem se importa que Han Solo já tivesse dito que Luke se sentia responsável por Kylo e por tudo o que tinha dado errado e simplesmente fugido? Eu queria que ele voltasse. Eu queria Luke Skywalker lá... mas ele não apareceu. Não foi esse momento. O caminho dele como herói não era o mesmo de antes. Não fazia diferença estar pronto ou não porque, como Rey segurando um sabre de luz que não estava totalmente pronta para empunhar, esse momento estava aqui. Tive que enfrentá-lo.

Enquanto Rey lutava contra um Kylo Ren ferido e desesperado, uma nova heroína surgiu, e a imagem de todos aqueles fãs nos eventos se espalhou pela minha mente. As crianças vestidas como Rey. Os adultos carregando o seu cajado. O entusiasmo em suas vozes. Até esse momento, eu não estava pronto para nossa nova heroína, Rey. Mas, felizmente, ela não precisava que eu estivesse pronto — todos os outros já estavam esperando.

15

"O QUE SEU CORAÇÃO DIZ?"

SHMI SKYWALKER E AS MÃES DE STAR WARS

Star Wars: Episódio I — A Ameaça Fantasma
Roteirista: George Lucas
Diretor: George Lucas

A saga Star Wars está repleta de grandes momentos de força. Temos escolhas difíceis e ações ainda mais difíceis por todo lado. Temos Luke Skywalker abaixando a arma e se recusando a matar o pai. Temos a princesa Leia estrangulando o pescoço bulboso de seu captor, Jabba, o hutt. Chewbacca *não* comendo o porg roliço e saboroso que assou com perfeição. Muitas vezes, os heróis de Star Wars provam seu valor e mostram sua força. No entanto, uma das maiores demonstrações de força dessa saga é frequentemente negligenciada. Shmi Skywalker viu seu filho ir embora para sempre, acreditando corajosamente que era o destino. Que isso tinha que acontecer. Chegou a hora de virar os holofotes para Shmi Skywalker e as mães de Star Wars.

É compreensível assistir a *Ameaça Fantasma* e focar em Anakin Skywalker. Esse é o primeiro capítulo de sua trágica história, afinal. Qui-Gon, o jovem Obi-Wan, Padmé e as habilidades de Darth Maul com o sabre fazem parte do desfile de personagens que envolvem a história dessa criança e exigem sua atenção. Além disso, você ainda pode estar pensando no que sente por Jar Jar Binks, chefe Nass e o "entendido!" dos droides. Há muita coisa para absorver — boas, ruins e "pee-yousa". Porém, abaixo de tudo isso está o exemplo mais forte e, infelizmente, um dos únicos exemplos do poder da maternidade em Star Wars.

É difícil imaginar a força de vontade necessária para deixar isso acontecer. Deixar seu filho ir embora. Mas tem que acontecer. Shmi sabe disso. Ela acredita nisto. Ela não sabia exatamente como seria esse momento, mas a crença de que o filho estava destinado a alguma coisa mais grandiosa do que a vida que ela podia dar a ele sempre esteve lá. Embora um nascimento milagroso dê a qualquer mãe uma boa razão para esse tipo de crença (e talvez várias perguntas), ela continuou acreditando com o passar das duras temporadas como escrava em Tatooine. O verdadeiro desafio chega quando o filho vai embora, mudando o curso da saga Star Wars e futuramente ajudando a salvar a galáxia.

É isso mesmo. Isso é importante. Shmi Skywalker criou Anakin da melhor forma que conseguiu. Quando Luke Skywalker diz, anos depois, que "ainda há bondade nele", ele está falando do coração de Anakin Skywalker dentro da máquina maligna. Ele está falando sobre o âmago do pai. Toda a dor, angústia e raiva de Darth Vader começou a borbulhar depois que ele abandonou a mãe, mas o bem dentro dele — o bem que leva à redenção final — foi colocado lá por Shmi Skywalker. Depois de décadas de tormento, ele retorna àquela mesa em Tatooine, onde reproduz a crença da mãe em ajudar os outros. É uma longa e dolorosa jornada, mas, no final, Anakin Skywalker mata o imperador, destrói os sith e ajuda a trazer equilíbrio e paz. Tudo isso começa quando Shmi, trazida à vida com sutil perfeição por Pernilla August, engole a dor, deixa a dúvida de lado e demonstra força deixando aquele menino começar sua jornada.

As mães de Star Wars nem sempre recebem o que merecem. Como em muitos contos de fantasia, a morte da mãe pode ser usada para justificar os arcos dos personagens principais. Luke e Leia nunca conheceram Padmé (apesar das falsas memórias de Leia, suponho). Jyn Erso tem que assistir à mãe ser assassinada na sua frente. Iden Versio perde a mãe, artista de propaganda imperial, para uma doença. Norra Wexley e Shara Bey, mães dos pilotos da Resistência Snap Wexley e Poe Dameron, têm que deixar seus filhos para lutar na Rebelião ou morrer cedo demais. Mães não ficam presentes por muito tempo em Star Wars, mas sua influência é profunda.

Fãs gostam de falar sobre grandes heróis e as guerras que eles travam. A gente se concentra nos sabres de luz, nos blasters e nas naves que eles voam. Vemos impérios tombarem e o equilíbrio ser restaurado. É um mito, uma lenda e uma história que amamos sobre grandes forças e realizações, mas nunca devemos nos esquecer de uma mãe com a vontade de acreditar em algo além de seu controle. A força silenciosa de Shmi Skywalker e a crença inabalável no propósito desse momento mudou uma galáxia.

14

AHSOKA ENFRENTA VADER

A LIÇÃO SOBRE LUTAS DE SABRES DE LUZ

Star Wars Rebels: "Twilight of the Apprentice"
(Temporada 2 episódio 22)
Roteiristas: Dave Filoni, Simon Kinberg e Steven Melching
Diretor: Dave Filoni

Quem não adora um bom duelo de sabres de luz? O encontro das lâminas, o bem contra o mal, sith contra jedi, o destino da galáxia em jogo. Há uma razão para essas batalhas estarem perto do topo dos motivos para todos os fãs amarem Star Wars. A gente se conecta com a intimidade da luta. Não há naves ou blasters à vista. É pessoal. Quase primitivo. Um dos duelos mais esperados se tornou um dos melhores quando a segunda temporada de *Star Wars Rebels* terminou com um confronto que já estava destinado a acontecer. Ahsoka Tano finalmente enfrentou seu antigo mestre, Darth Vader. No começo, a luta era por vingança e poder, mas, assim como tantos momentos que vieram antes, esse duelo se tornou por uma coisa muito mais importante.

Ahsoka entra na luta pensando em vingança, o que já é diferente. A vingança é muitas vezes inexplorada em Star Wars. Pelo menos desta forma. Os sith queriam tanto uma vingança que conseguiram seu próprio título sobre isso, mas sempre parece superficial. "Nós odiamos os jedi e queremos vingança!" Entendido, você está bravo e veste roupas pretas. Mas Ahsoka procurar vingança como alguém mergulhada no lado luminoso é interessante. Isso vai afetá-la? Dominá-la? Levá-la para o lado sombrio? Claro, a vingança é uma coisa que ela pode procurar agora que não é mais uma jedi. Essas restrições desapareceram. Ela está lutando por Anakin. Esse monstro diante dela não é só uma coisa que Anakin se tornou, é uma coisa que o derrotou. Então, se Vader destruiu Anakin, as intenções dela parecem certas.

Vader, porém, luta por poder. Ele esconde isso por trás da máscara de ódio e raiva, mas quer poder. Ele está atrás do holocron sith com que Ezra Bridger e um Kanan Jarrus ferido estão tentando fugir. Vader quer o poder que ele pode gerar ao imperador, ao Império e a ele mesmo. Ele precisa ter poder sobre seu passado. Se o efeito colateral disso for matar Ahsoka, uma das lembranças mais fortes de sua história pessoal, melhor ainda.

O drama e o risco são suficientes, mas, no auge da luta, com um Templo Sith tremendo em volta dos dois, Darth Vader sofre um golpe de Ahsoka na cabeça. Todos os motivos da luta desaparecem em um instante. Ahsoka tem a chance de fugir. Ela pode seguir Ezra e Kanan e deixar Vader à mercê da sorte. Mas então ela ouve seu nome ser gritado por uma voz que não é mais o som mecânico que aterroriza a galáxia. É Anakin. É seu mentor e amigo. Ela se vira e vê o olho de Anakin Skywalker na máscara quebrada de Darth Vader. Toda a vingança deixa o seu coração. O que está exposto não é apenas o rosto de quem Vader já foi. A raiva e o ódio desapareceram, e Ahsoka vê o medo de uma alma prisioneira. Anakin ainda não foi derrotado. Anakin está preso.

A vingança e o poder dão lugar à compaixão, e isso muda ambos.

Ahsoka vê o sofrimento naquele rosto, então ela decide ficar. Não mais para lutar, mas para ficar com Anakin, mesmo que custe sua própria vida. Ela não vai deixá-lo como fez quando saiu da Ordem Jedi. Sua decisão de ficar demonstra o amor e a compaixão que sente pelo homem que ele já foi. Isso é mais forte que uma vingança. Vader sente isso. Ele fica assustado. Está em guerra consigo mesmo desde, talvez, quando deixou Tatooine. Agora, está olhando para o rosto de alguém que ainda acredita na redenção de Anakin. O passado e o futuro desse homem em conflito pairam sobre o momento.

Ahsoka pode ser a única que pode salvá-lo. Obi-Wan falhou. Padmé morreu. Mas Ahsoka pode conseguir. Ela pode perdoá-lo e tentar tirá-lo dessa prisão. E isso, para a parte dele que ainda é Vader, é uma arma mais poderosa do que qualquer sabre de luz. Vader sente a derrota e não a permite. Não dessa vez. Não agora. Ele não vai desistir de seu poder. Com um flash de raiva, o Senhor das Trevas retorna, e Ahsoka sabe que perdeu. A luta continua. Darth Vader continua. No entanto, na próxima vez em que ele vê tamanha compaixão, ele a aceita e encontra a redenção, sacrificando-se como Ahsoka estava preparada para fazer aqui.

O momento de maior impacto dessa luta não contém um único golpe. Nós adoramos uma boa luta de sabres de luz. Elas são ingredientes importantes em Star Wars, mas não por causa da ação. São as lições que nos ensinam e as verdades que revelam. Quando Darth Vader enfrentou Ahsoka Tano, não apenas vimos uma brilhante demonstração de formas e habilidades de luta, não apenas vimos o lado luminoso se chocar contra o sombrio — nós aprendemos sobre a força da compaixão, o falso conforto da vingança e o vício sombrio pelo poder e o que tudo isso causa aos dois lados da luta.

13

OS DEGRAUS DO JEDI

UMA CATADORA DE LIXO ENCONTRA SEU LUGAR

Star Wars: Episódio VII — O Despertar da Força
Roteiristas: J. J. Abrams, Lawrence Kasdan e Michael Arndt
Diretor: J.J. Abrams

Ainda não tivemos um encerramento em Star Wars como o de *O Despertar da Força*. Vimos o final corajoso e melancólico de *O Império Contra-Ataca*, o júbilo de *O Retorno de Jedi*, *Uma Nova Esperança* e a felicidade da esfera de paz em *A Ameaça Fantasma*, além do olhar para uma nova esperança em *A Vingança dos Sith* e *Rogue One: Uma História Star Wars*. Mas nunca tínhamos visto essa maravilhosa combinação de música, intriga, propósito e um olhar para o que vem a seguir. Os degraus do jedi são o culminar dos primeiros passos de Rey e o início do capítulo final de Luke. Os detalhes são muitos, mas tudo começa com uma garota vivendo sozinha em Jakku. Não podemos deixar de imaginar o que Rey estava pensando quando subiu aqueles degraus antigos em Ahch-To. Para ver tudo da perspectiva dela...

Você está em um planeta esquecido nas Regiões Desconhecidas, aterrissando em uma ilha que já viu em sonhos. Há pouco tempo, você estava defendendo seu amigo —seu único amigo em muito tempo — na superfície de um planeta transformado em superarma, lutando contra um monstro que tinha acabado de matar o próprio pai. Com uma espada sagrada em mãos, você lutou com seus instintos, mas não foi o suficiente. Ao recuar diante de seu inimigo, lutando para se manter viva, ele lhe ofereceu outro caminho, mas, pela primeira vez, você percebeu o poder da Força e conseguiu chamá-lo. Uma energia atemporal agora estava ao seu lado, controlando suas ações. E os degraus continuam.

Não faz muito tempo que você foi presa e torturada por esse inimigo enquanto ele invadia sua mente para tomar o que sentia ser dele. No entanto, no processo, com seus medos sendo usados contra você, uma força que você não sabia possuir emergiu. Você inverteu a situação e descobriu os medos de seu rival. Pouco depois, escapou e viu um dos únicos seres em quem já confiou morrer. A nave espacial dele agora parece desaparecer à medida que você voa mais alto.

Sua mente ainda está tentando processar as visões. Um sabre de luz, um fôlego, o mal se aproximando, mas há a sensação de que há mais pela frente. Você ficou chocada e abalada. O sentido de tudo ainda não foi revelado, e você nem tem certeza se quer que seja. Maz Kanata lhe contou uma verdade que você não está preparada para enfrentar: tudo que precisa está à sua frente, não há nada no seu passado. Mas, enquanto sobe, você não tem certeza se quer enfrentar o que pode vir a seguir.

Sua casa parece tão distante... você estava lá, sentindo-se segura, apesar dos problemas, e sendo guiada pelas rotinas. Apesar de usar um velho capacete de X-wing e sonhar com aventuras muito além da sua vida na areia, você nunca acreditou que essas aventuras pudessem acontecer. Você nunca quis que acontecessem, na verdade. Era mais fácil marcar cada dia nas paredes daquele andador quebrado; cada dia riscado era um tijolo no muro que você construiu à sua volta. Seus sonhos prometiam mais, mas seus medos não deixavam você chegar a lugar nenhum. E agora você subiu esses degraus e chegou ao topo de uma colina. Você não está preparada para o que a espera.

Você já foi uma humilde catadora de lixo vivendo longe do centro daquele universo. Seus medos dizem que você não tem espaço nas grandes histórias da galáxia. Você já ouviu as lendas sobre os velhos tempos. Elas chegaram até seus ouvidos, mesmo nas longínquas Extensões Ocidentais. A maior lenda de todas foi do lendário jedi Luke Skywalker. Ele era um mito, uma história do passado. Mas lá está você, diante dele, enviada pela própria Força para levá-lo de volta à luta. Ele é real. É tudo real, incluindo seu novo papel nisso tudo. A esperança de muitos está nas suas mãos. Sua jornada acaba de começar, e você não pode compreender as reviravoltas pelas quais ela vai passar, os desafios que vai criar e, naquele momento, você não faz ideia de que as lições mais importantes serão aprendidas por conta própria. Mas, neste momento, agora, com os antigos degraus atrás de você, como a vida a que você já se agarrou, você está no centro da história. Toda a esperança está com você. Conforme o peso do momento gira à sua volta e as dúvidas e os medos ainda ameaçam te engolir, conforme o jedi à sua frente a vê como um desafio, não um chamado, você estende a mão, sem saber o que vem em seguida. Você só sabe de uma coisa: você saiu do nada, mas pertence ao topo desses degraus.

12

A MILLENNIUM FALCON

A NAVE PREFERIDA DA GALÁXIA

Star Wars: Episódio IV — Uma Nova Esperança
Roteirista: George Lucas
Diretor: George Lucas

A Millennium Falcon, aquele venerável cargueiro leve YT-1300f corelliano, é sem dúvidas uma personagem à parte em Star Wars. Isso não é uma opinião controversa ou uma grande descoberta — é só uma verdade que aquece o coração. Do momento em que ouvimos falar dela pela primeira vez em *Uma Nova Esperança* até quando Kylo Ren perde a cabeça por sua mera presença em *Os Últimos Jedi*, a Millennium Falcon é mais do que uma nave. Mas *como* o lixo mais rápido da galáxia saltou das telas para nossos corações? As respostas estão logo no começo, em uma cantina de Mos Eisley e numa plataforma empoeirada.

A apresentação de Han Solo é uma aula sobre como definir o tom de um personagem. Mesmo que o próprio George Lucas tenha lutado com a moralidade de fazer Han atirar primeiro (shhh... shhh... não precisamos discutir isso aqui), a apresentação de Han Solo é uma perfeição cinematográfica. É outro motivo por que, quando se discute a ordem correta de assistir aos filmes pela primeira vez, a resposta é sempre *Uma Nova Esperança*. Mas esse é Han. Nós estamos aqui pela Falcon e, dentro da maravilhosa apresentação, Han Solo conecta muito da sua identidade à nave com tanta arrogância.

"Han Solo. Eu sou o capitão da Millennium Falcon."

É o equivalente a conhecer alguém em um bar local e a pessoa dizer: "Meu nome é Kevin. Eu dirijo um Porsche."

Ah. Que bom, Kevin. Isso é ótimo.

Naturalmente, a primeira coisa que Obi-Wan Kenobi faz é desafiar a nave, perguntando se é mesmo rápida, e isso deixa Han incrédulo. Embora Han esteja descrevendo (ou exagerando) as conquistas *dele*, o mito da Falcon começa aqui. ELA completou a corrida de Kessel e ELA é rápida o suficiente para eles. Nesse momento, nós esperamos a melhor nave da galáxia, mas o que encontramos é um trailer digno de uma paródia de Mel Brooks (ah, sim, foi isso que Lone Starr pilotou em *S.O.S.*). Nós a vemos pelos olhos de Luke Skywalker, que, como nós, não está impressionado, mas logo os stormtroopers estão atrás deles, e a nave os leva em segurança para o espaço. A nave então se torna algo mais — a Millennium Falcon é um azarão.

A Falcon insiste em exceder quaisquer expectativas e dúvidas lançadas sobre ela, e por isso estamos propensos a torcer pela nave. Ela não parece grande coisa, mas logo descobrimos que tem o que importa. Batem nela, atiram nela e a roubam, mas ela sempre dá a volta por cima e segue em frente. A Millennium Falcon é um símbolo da rebelião — para os dois lados da luta. O Império, e agora a Primeira Ordem, a veem como uma praga desprezível que insiste em não desaparecer, e os rebeldes resistentes a veem como um lar.

E a ideia de um lar é a peça final do quebra-cabeças. O motivo por que gostamos tanto dessa nave. Lares são importante em Star Wars porque a saga é tão grande, vasta e está perpetuamente em movimento. Ainda assim, não importa o que aconteça ou quem esteja na aventura, se a pessoa entra — com a gente — na Millenium Falcon, ela tem a sensação de que tudo vai ficar bem. É uma rede de segurança intergaláctica. E tudo isso é transmitido pela tela, pelas páginas dos quadrinhos e pela miríade de brinquedos e colecionáveis para nossas próprias vidas...

...se você já voltou de uma longa viagem e suspirou de alívio quando viu sua própria casa; se já sofreu danos emocionais, mas continuou em frente mesmo sem equilíbrio; se já entrou em um carro velho, mas confiável, que é importante na sua vida, virou a chave em uma ignição que não queria funcionar e sussurrou: "Tá ouvindo, amigão? A gente consegue"; então você sabe que a Millennium Falcon é mais do que uma nave, até mais do que uma simples personagem. Aquele cargueiro leve YT-1300f corelliano funcionando com um toque de hipercombustível é a encarnação de todas as coisas boas em Star Wars: esperança, inspiração e a existência de um lugar para chamar de lar.

11

"EU SEI"

O CASO DE AMOR DE HAN E LEIA

Star Wars: Episódio V — O Império Contra-Ataca
Roteiristas: Lawrence Kasdan e Leigh Brackett
Diretor: Irvin Kershner

O que teria acontecido se Han Solo tivesse dado a resposta do "Eu te amo" de Leia conforme escrito e planejado durante a produção de *O Império Contra--Ataca*? Han teria sido visto de outra forma ao longo dos anos, menos frio e distante? Será que esse momento teria menos impacto, apenas uma boa cena entre muitas outras do filme? Será que toalhas e camisetas teriam sido feitas se as falas originais de Lawrence Kasdan tivessem chegado às telas (Leia: "Eu te amo. Não consegui dizer antes, mas é verdade." Han: "Não se esqueça disso, porque eu vou voltar.")? Felizmente, nunca vamos saber. Leia disse "Eu te amo", e Han disse "Eu sei". A mudança de Harrison Ford à cena chegou às telas, criou uma lenda urbana dos bastidores e nos deu o coração do caso de amor mais popular da saga.

A história do "Eu sei" é uma das primeiras curiosidades de bastidores que um jovem fã de Star Wars aprende, independentemente de quando você descobriu a série. Harrison Ford improvisou a fala. Na lata. É uma história contada repetidamente nos corredores de lojas de quadrinhos, nos parques infantis e entre amigos. Porém, quase nada da história é verdade — nem mesmo o que foi contado por algumas das pessoas que fizeram o filme. O imperdível documentário *Império dos sonhos*, aprovado pela Lucasfilm em 2004, traz Harrison Ford e o diretor Irvin Kershner contando versões diferentes do momento. Harrison diz que "George" tinha escrito o diálogo original, e que ele sentia que havia uma oportunidade perdida com o caráter estabelecido de Han Solo. Kershner parece apoiar a teoria da improvisação, dizendo que ele falou para Harrison dizer a primeira coisa que viesse à cabeça, levando ao "Eu sei". Nenhuma dessas versões é 100% verdadeira, quase como se o próprio Obi-Wan Kenobi as estivesse contando de um certo ponto de vista, mas isso só acrescentou ao mito da cena. Quando a lenda se torna um fato, imprima a lenda... ou faça um documentário sobre ela.

A verdade é um pouco mais complicada e cheia de drama. Ford realmente sentiu que aquela era uma oportunidade perdida e se sentou com Kershner para sugerir que a cena fosse feita como a conhecemos. O jornalista Alan Arnold esteve no set compilando histórias de bastidores para um livro, e tinha gravações em áudio não apenas da sugestão histórica de Ford como também do que aconteceu a seguir. Carrie Fisher não estava presente na conversa e ficou compreensivelmente brava com Kershner mais tarde, quando descobriu sobre a mudança por Ford, e não pelo diretor. Ela dá a Kershner um chilique digno de uma princesa rebelde (depois de fazer o mesmo com Ford). O roteirista Lawrence Kasdan nunca pareceu gostar da mudança, lamentando em uma entrevista de 1981 para a *Star Log Magazine* que sentia que "o romance deles tinha um toque de falsidade". Kershner também parece dividido sobre ter aceitado a sugestão imediatamente ou não, dependendo da entrevista. Em uma entrevista de 2010 para *Vanity Fair*, Kershner aparentemente revela que George Lucas queria duas versões do filme: uma com a versão original da cena mostrada e outra com a cena mudada por Ford. Diz a lenda que a exibição da versão original nunca aconteceu devido à resposta do público à versão do "Eu sei". Quarenta anos depois, se você juntar tudo isso, como Gwynne Watkins fez em um artigo de 2015 para o Yahoo!, você tem uma versão mais próxima da verdade.

Ou você pode simplesmente se agarrar à ideia de Harrison Ford fazendo o que Han Solo faria.

A escolha é sua.

Independentemente da fascinante verdade, o que resta talvez seja o que sempre deveria ter estado lá: o momento central do romance de Han e Leia. Quando você pensa em Han Solo e na princesa Leia, esse é o momento que vem à mente. O que não quer dizer que outras cenas, incluindo o último abraço em *O Despertar da Força*, não tenham sua importância. Essa cena, esse mesmo momento, no entanto, é todo o relacionamento em um recorte atemporal.

Leia está ocupada demais liderando uma rebelião para se permitir tempo e liberdade para verbalizar o amor por Han. Em muitos aspectos, ela não podia. Leia sempre vai colocar as necessidades do que é mais importante — a galáxia, a Rebelião, o governo — acima de si mesma. Ela até deveria ter sido a primeira padawan de Luke, mas recusou esse caminho para poder servir melhor à Nova República como líder. Ao ver Han ser enviado para um destino desconhecido e muito provavelmente fatal, ela finalmente se permite a liberdade de admitir seu amor para Han e, o que é mais importante, para si mesma. E Han sabe disso.

Mas a resposta de Han nunca deve ser interpretada como superficial e indiferente. Com a vida romântica desses personagens agora representada em vários filmes e muitas histórias, podemos olhar para esse momento como a crença inabalável de Han no amor dos dois e sua compreensão do senso de dever e propósito maior de Leia. Ele já sabia que ela o amava, e estava disposto a esperar que ela finalmente aceitasse isso. Não é uma discussão e um beijo na Millennium Falcon. Isso é para sempre, mesmo com a morte por perto, e Han não está sendo arrogante (quero dizer, talvez um pouco — afinal de contas, é o Han). Ele simplesmente sabe.

A história de amor de Han e Leia não é o relacionamento mais perfeito da saga. Ele tem suas dificuldades e problemas realistas. E seu final é trágico, mas a história desses dois personagens na tela não é diferente da história dos bastidores sobre como esse momento aconteceu. Em muitos aspectos, não deveria ter acontecido. Nada acabou como estava escrito. A história assumiu uma vida própria e, aos poucos, as coisas se encaixaram, e o romance de Han e Leia não aconteceu como planejado, mas como deveria ser. E isso, no fim, é a única coisa de que precisamos saber.

10

PAZ E PROPÓSITO

A MORTE DE LUKE SKYWALKER

Star Wars: Episódio VIII — Os Últimos Jedi
Roteirista: Rian Johnson
Diretor: Rian Johnson

Luke Skywalker morreu hoje.

Pensei que estava pronto para isso. Assim que foi anunciado que novos filmes e novas histórias de Star Wars estavam a caminho, eu comecei a me preparar para a passagem da tocha. Essas aventuras seriam focadas nas novas gerações. Novos nomes para nos conduzir a novos tempos. Isso não queria dizer que os personagens clássicos não teriam seu tempo nos muitos sóis da galáxia, mas eu tinha começado a me preparar para aceitar a dura realidade de perder aqueles heróis que eu admirava há anos e anos. Fazia sentido para mim que Luke Skywalker fosse o Obi-Wan ou Yoda dessa trilogia e, bem, sabemos aonde isso nos levou.

Então eu pensei mesmo que estava pronto.

Para começar, mortes de personagens em Star Wars nunca são necessariamente chocantes. Em uma era de um *fandom* acostumado a — e muitas vezes ansiando por — mortes, surpresas e grandes reviravoltas, Star Wars se mantém na estrutura clássica do mito. Cada grande morte serve um propósito importante ligado à necessidade da história. É uma lição no caminho para o esclarecimento e a inspiração. É a passagem de um mentor ou um sacrifício heroico. É o vilão recebendo o que merece ou encontrando a redenção. Não é tão simples como "dá pra saber qual vai ser a próxima morte" — é mais questão de saber que elas precisam acontecer.

Obi-Wan Kenobi precisava morrer. Yoda precisava morrer. Qui-Gon Jinn precisava morrer. A lição não é que o velho jedi tem que partir, é que o papel de mentor tem grande valor, e todos nós temos que crescer com isso. A morte é a forma mais poderosa e visceral de fazer isso acontecer. Pelo menos, com a Força, ainda podemos ver e ouvir nossos mentores preferidos (eles ficam mesmo conosco). Então, mais uma vez, se Luke Skywalker era o Obi-Wan dessa série, fazia sentido que ele morresse. Na verdade, é mais fácil falar do que fazer, porque não nos limitamos a ver estes filmes — eles são uma experiência. Nós amamos esses personagens. Não estamos assistindo com uma lista de pontos e nomes para riscar, mas entendemos as necessidades da história.

Eu estava pronto para a morte de Han Solo, por exemplo. Quando ela aconteceu, eu não chorei, não houve lágrimas, só reconheci o que o momento significava. Han Solo morreu fazendo o que sempre fez melhor do que contrabandear: enfrentar o perigo para ajudar seus amigos, comprometendo-se com alguma coisa maior — o desejo de Leia de que ele trouxesse o filho deles para casa. Ele morreu por isso. Foi trágico e agridoce, mas Han Solo morreu como uma boa pessoa. Não como um canalha em fuga. Então, com tudo isso em mente, eu fui ver *Os Últimos Jedi* confiante de que estava pronto para o que muito provavelmente viria a seguir. A morte de Luke Skywalker.

Não.

Eu não estava preparado.

E não era só porque eu queria que Luke Skywalker vivesse. Mais do que tudo, preciso ser claro para mim mesmo sobre isso. Eu queria que ele continuasse vivo? Sim. Sim, queria. E o mesmo com Han, almirante Ackbar, Kanan Jarrus, Obi-Wan Kenobi, Yoda, Dax Ralter, Zev Senesca, Jyn Erso, Cassian Andor, Sy Snootles, Max Rebo (mas não Droopy McCool) e Nanta, o ewok. Todos eles. Eu ficaria muito contente se cada um deles ainda pudesse estar vivo na saga de Star Wars. Eu estaria ao lado do fã-clube do "Rogue Two", Zev Senesca, rindo e comemorando. E eu certamente entendo a vontade de qualquer outro fã de ver Luke Skywalker sobreviver. Ele foi *o* herói por uma geração, e sua influência foi sentida muito além dos limites da história. É reconfortante saber que Luke Skywalker está logo ali. Mas nem sempre é assim na história de Star Wars. Sempre há perdas no caminho da vitória. Faz parte do mito que está sendo contado. Então, não era que eu só quisesse que Luke Skywalker vivesse — era *como* eu queria que ele morresse.

Sempre imaginei o fim de Luke Skywalker da maior maneira possível, sabre de luz em uma mão, blaster na outra, em cima de uma X-wing — não dentro dela; *sobre ela* —, derrubando mais duas Estrelas da Morte. Épico, grandioso, os sonhos de uma criança de dez anos. A morte viria com um golpe de sabre ou em uma explosão que todos observaríamos com uma tristeza agridoce. Seria uma morte adequada para Star Wars, visto que as mortes dessa franquia são bastante violentas. Você é cortado ao meio, explodido ou vaporizado por uma superarma. Só Yoda teve uma morte tranquila, humilde e digna. Então fazia sentido passar meus anos de fã me preparando para que

Luke Skywalker, cavaleiro jedi, morresse em batalha. No entanto, essa não era a jornada de Luke. Ele estava no jogo por algo a mais.

Em *O Retorno de Jedi*, como já dissemos, Luke abaixou a arma (mais sobre isso daqui a pouco). A partir de então, ele começou uma busca para descobrir o que significava ser um jedi e quem ele seria nesse papel. Como descobrimos quando ele falou com Del Meeko em Pillio, a filosofia dele se centrava em escolher ser melhor. As suas escolhas o afastavam da ideia de ser um grande guerreiro. Como seus mentores, ele queria ser um grande professor, um farol para pessoas melhores. Mas uma coisa engraçada aconteceu a caminho do fórum — ou da nova superarma, acho —: ele falhou. Luke Skywalker, a grande lenda e o herói da galáxia, falhou. Quando Rey sobe os degraus no fim de *O Despertar da Força*, ele não é tanto Luke Skywalker quanto é uma lembrança do que ele era, e foi uma abordagem fascinante do personagem. Ele tinha falhado e se afastado de tudo, mas a Força o encontrou. Todos queríamos que ele pegasse o sabre de Rey e entrasse em ação, mas ele não estava pronto para fazer essa escolha — e, o que é mais importante, ele já não tinha certeza de que era a escolha certa.

A jornada de Luke Skywalker em *Os Últimos Jedi* é uma obra de arte desafiadora. Conforme ela se desenrola, é desconcertante, complexa, confrontando suas expectativas do que é ser um herói. Do que é ser herói para Luke a essa altura da vida. Você se concentra em cada pincelada, deslumbrado por algumas, em dúvida sobre outras, e não vê o que o artista está pintando. É quando você se afasta que vê a obra por completo. O significado de tudo. Luke Skywalker abaixou o sabre e venceu a violência ao escolher a paz e aceitar a própria morte em vez de matar o próprio pai. Teoricamente, quando ele pega o sabre de novo, há boas intenções na ação. Ele sentiu que Ben Solo já tinha se voltado para o lado sombrio e se tornado um gigante adormecido. No entanto, nesse momento, Luke escolhe a violência — e perde tudo, incendiando a galáxia. Ele não pode simplesmente pegar sua arma de novo. Ele vai escolher ser melhor do que era antes.

Quando você analisa o quadro como um todo, descobre uma visão de Luke Skywalker como ele realmente é. Ele ainda é uma lenda e sempre será um mito, mas é apenas um homem sob o peso do próprio legado, e descobriu que nunca pode confiar em uma só pessoa. Uma só pessoa é falível, às vezes fraca, e, embora cada indivíduo seja importante para a causa, Luke queria que a galáxia se concentrasse em outras coisas, porque, em algum momento, ele não estaria mais lá. Ainda assim, ele tinha plena consciência do que se tornara para a galáxia e, quando começa a se recuperar de sua situação, o nevoeiro do fracasso que o deixa a ponto de jogar tudo fora, Luke percebe qual é seu verdadeiro valor. Ele não é só o mentor de Rey. De certa forma, ele é o mentor da galáxia, e todos tiveram que crescer com ele. Eles precisam terminar a viagem por conta própria.

E essa é a parte final da minha própria jornada para aceitar esse fim. As mortes de Star Wars respondem a um chamado. Luke Skywalker *foi* o herói de muitas gerações. Muitos o admiraram e aprenderam com ele. Minhas visões sobre sua grande partida tinham a ver com o que eu tinha visto antes. Violentas. Brutais. Traumáticas. Embora ele estivesse em sofrimento, a projeção da Força usou cada fibra de seu ser, e aqui estava Luke Skywalker, nosso Luke Skywalker, sendo chamado para casa. Seu último ato nessa forma foi um ato infinitamente inspirador, que combinava com a pessoa que Luke Skywalker tinha decidido ser tantos anos atrás e servia ao propósito da figura lendária que ele se tornara. Ele não enfrentou a Primeira Ordem em Crait para a Resistência sobrevivente poder ver — foi para toda a galáxia. Ele morreu de acordo com os próprios termos. Foi uma morte de grande paz e propósito.

Luke Skywalker está morto.

Eu não estava pronto, mas, olhando toda a história, não consigo mais imaginar de outra forma.

9

A MÁSCARA DE VADER

NASCE DARTH VADER

Star Wars: Episódio III — A Vingança dos Sith
Roteirista: George Lucas
Diretor: George Lucas

"Mas, tipo, o Darth Vader sempre teve aquela máscara?"

Era o verão de 1983, eu tinha cerca de oito anos, e minha mãe não tinha essa resposta. Em uma era muito anterior à Wookieepedia, *podcasts* e de mandar tweets para funcionários da Lucasfilm até bloquearem você, o fardo de responder essas perguntas importantes era da minha mãe. O único problema era que ela não sabia as respostas.

"Acho que sim. Ele precisava dela para respirar ou algo assim, então ele tinha que usar a máscara", respondia ela, provavelmente. Eu me lembro do momento com alguma clareza, mas a maior parte da minha mente estava focada naquela máscara e no homem frágil que apareceu quando o filho ajudou a tirá-la no chão da segunda Estrela da Morte. Eu queria saber. Era importante. Eu tinha acabado de ver os rebeldes comemorando a vitória. O imperador tinha desaparecido. Darth Vader era pai de Luke, isso eu podia entender, mas essas coisas não acontecem assim. Né? Parecia tão triste.

"Como isso aconteceu?", eu perguntei uma última vez. Minha mãe estava colocando as compras no porta-malas da nossa caminhonete Subaru azul, porque, quando você cresce nos anos 1980, você tem que abraçar as tendências da época. Ela procurou a única resposta que saciaria minha busca pela verdade na galáxia. Ela sabia que eu não iria parar até ouvir uma resposta final. Com um encolher de ombros cheio de amor e de aborrecimento, como só os pais conseguem fazer, ela finalmente respondeu:

"Ele caiu no lado sombrio."

Isso, na verdade, estava certo. Anakin Skywalker caiu *mesmo* no lado sombrio. Ele não ascendeu à posição de Senhor dos Sith. Não foi uma promoção intergaláctica. Não conseguiu isso depois de atingir metas de vendas trimestrais. Anakin foi ludibriado pelo plano de Palpatine e cedeu a seus medos mais profundos. Ele foi visado, enganado, coagido e até carregou o fardo de ter sido profetizado, mas, no fim de tudo isso, você encontra uma das lições mais poderosas de Star Wars: as escolhas que você faz te definem. Ou você faz o bem, ou fica preso pelas más escolhas que tomou. Quando você começa a seguir esse caminho sombrio, como Yoda disse, "ele dominará seu destino para sempre".

Anakin Skywalker caiu, e agora era um prisioneiro.

Star Wars é uma viagem rápida e intensa pela crença na esperança, pela busca por si mesmo e pelas águas da moralidade que se estendem à sua frente. É alta, vibrante e, acima de tudo, inspiradora. No entanto, para destacar esse ponto, esse único e poderoso aviso sobre o que você faz e como isso afeta você, George Lucas ficou em silêncio.

Nos momentos finais de *A Vingança dos Sith*, o que restou de Anakin Skywalker jaz se retorcendo e gritando sobre a mesa fria de um dos covis de Palpatine. Droides médicos zumbem e clicam sobre ele enquanto o transformam na imagem de terror e maldade que a galáxia viria a temer. Anakin pode até ter sido chamado de Darth Vader antes disso, mas foi aí que ele nasceu. É hipnotizante, claustrofóbico e assombroso. É o artista George Lucas criando um soneto perfeito. Uma ode à dor de Vader.

Cada peça dessa cena funciona em um concerto perfeito, da trilha sempre estelar de John Williams à alternância com o nascimento de Luke e Leia e a morte de Padmé. Cada estrofe se intensifica até chegarmos ao pico: a máscara, a imagem icônica do mal que se estendeu para além da própria saga para se tornar conhecida mundialmente. Ela assombra aquela galáxia e a nossa. À medida que desce sobre o rosto de Anakin, podemos ver pelos olhos dela. Este será o mundo dele a partir de agora.

Agora, tudo o que ele olhar será filtrado, alterado e esterilizado. Até a luz da baía médica é mais fraca, transformada no tom de vermelho que dominará a sua visão. Nada será visto com seus próprios olhos. Vader agora faz parte dessa máquina. Conforme ela se aproxima, os olhos de Anakin se arregalam de medo. Embora haverá momentos em que a máscara será retirada, por escolha ou em uma batalha, isso será sempre o que aconteceu com Darth Vader. O que vemos são os momentos finais de Anakin Skywalker. Os últimos segundos em que ele verá por si mesmo até anos mais tarde, quando o filho o salvar em *O Retorno de Jedi*, criando todas essas dúvidas.[5]

5 Faça um favor a si mesmo e releia a morte de Darth Vader no livro de *O Retorno de Jedi*, escrito por James Kahn e publicado em 1983. A descrição comovente de Vader sentindo as lágrimas do filho no rosto enquanto respira uma última vez adiciona uma profundidade tremenda a um momento que já é lendário.

Aqui e agora, porém, George Lucas leva toda nossa atenção à máscara. Partes de "The Imperial March" podem ser ouvidas conforme a fumaça sai da máquina que agora mantém esse homem vivo. Todos os sons desaparecem, exceto o fechar da máscara. O caminho que ele escolheu seguir o levou até aqui. Darth Vader foi trancado em sua tumba.

Nós tínhamos muitas perguntas sobre Darth Vader. Ele sempre usou essa máscara? Como é que isso aconteceu? Quem *era* Darth Vader? Conforme a máscara cobria o rosto queimado de um homem que já se chamou Anakin, finalmente descobrimos que Darth Vader era um homem amedrontado e muito consciente, naqueles momentos finais, de que tinha feito a escolha errada. A lição mais trágica de Star Wars.

8

O RETORNO DE HAN SOLO

A ALEGRIA SIMPLES DE STAR WARS

Star Wars: Episódio IV — Uma Nova Esperança
Roteirista: George Lucas
Diretor: George Lucas

Star Wars dominou o mundo em 1977. Nós sabemos disso. Há uma infinidade de motivos para isso, a maioria centrada nos temas universais apresentados nesse mito moderno que toca o subconsciente de todos nós. Sim. Sim. É verdade. Tudo isso. Mas... hum... também é, sabe... legal. Star Wars é muito legal. Há grandes lições que levam a escolhas e ações importantes, mas nunca subestime o valor da diversão. Às vezes, você quer ficar feliz com alguma coisa.

Entra Han Solo.

Ou melhor... Han Solo retorna.

Com Luke Skywalker correndo em direção à porta de escape exposta da Estrela da Morte e Darth Vader logo atrás dele, Han Solo e o poderoso Chewbacca voltam para derrubar os caças TIE em volta de Vader e tirar o Senhor das Trevas do controle com o melhor "O quê?" já dito em um filme. Com um grito rebelde, Solo e Chewbacca abriram caminho para Luke disparar o fatídico tiro que destrói a Estrela da Morte. O dia foi salvo, parabéns para todos (menos para você, Chewbacca — pelo menos não em filme). Han Solo pensava em mais coisas além de dinheiro.

O que significa, é claro, que há profundidade nessa cena. Sempre. A história de Han Solo leva ou remonta a esse momento. É como se a vida de Han fosse dividida em duas partes: o caminho difícil de um jovem contrabandista que se importa com as pessoas, mas que nunca quis pertencer a algo que não fosse ele mesmo; e o Han que sabia, no fundo, o que sempre tinha temido — ele era uma boa pessoa. Ele sabe que voltou para salvar o dia tanto quanto qualquer um, e não pode escapar disso, não importa o quanto tente. É a dinâmica constante do personagem, que segue assim até o fim de sua vida. Não é um detalhe pequeno que, assim que Lucas percebeu que poderia continuar a contar sua história no Episódio V, a primeira coisa que ele, Lawrence Kasdan e companhia fizeram foi uma fuga de Han Solo. Ainda havia muito para ele aprender, mas ele sempre volta, e nenhum retorno é maior do que esse momento. O impacto desse retorno vem da profundidade a seguir, mas será sempre celebrado pela alegria estimulante que traz. Como deve ser. É merecido, e isso faz dessa cena um tipo especial de alegria em Star Wars — que você gostaria de sentir de novo.

De certa forma, você pode...

Em 2013, o maquiador e artista de efeitos especiais William Forsche enviou para o YouTube uma gravação de áudio que ele havia feito quando tinha 13 anos, quando viu *Uma Nova Esperança* pela segunda vez em 1977. Embora normalmente não devamos encorajar gravações não autorizadas de filmes, áudio ou outros, vamos deixar as limitações de lado nesse caso. A gravação de Forsche serve como uma cápsula do tempo emocional e um testemunho do poder desse momento. Quando a Millennium Falcon surge para salvar o dia, o público explode em aplausos. Mais aplausos acontecem pouco depois, quando a Estrela da Morte explode. Ouvir o som não apenas nos transporta para 1977 como um estudo sobre a história de Star Wars, mas também nos leva ao momento em que assistimos ao filme pela primeira vez e nos apaixonamos por Star Wars.

Han Solo tinha ido embora. Ele pegou o dinheiro e foi. Embora parecesse meio triste por fazer isso, foi o que ele fez — e isso dói. Dói muito. A gente gostava dele. A gente gostava de Chewbacca. Eles escaparam juntos da Estrela da Morte. SERÁ QUE NÃO ESTÃO VENDO QUE O LUKE E A LEIA PRECISAM DELES?

Desculpa. Desculpa. Eu tenho sentimentos.

Mas Han Solo voltou! Chewbacca também, e tudo ficaria bem. Os malvados perderam. O canalha voltou. Conforme os restos cintilantes da Estrela da Morte se dispersam pelas estrelas, uma coisa emerge — a alegria. Puro júbilo. Quando você ouve o aplauso daquele público de 1977, ele destaca que Star Wars tem mais sucesso quando traz a alegria da esperança ou confirma que ela ainda está lá, e suas escolhas podem levar a ela. Isso não quer dizer que não possa ficar escuro, que Star Wars não possa desafiar ou fazer pensar. Seus heróis precisam ter permissão para se movimentar, falhar, lutar e aprender essas lições junto com você, mas é que aquele público de 1977 não só queria essa alegria, ele precisava dela.

Nesse momento, você não tem que se preocupar com o que vai acontecer com Han. Como a batalha com sua identidade e o compromisso com causas importantes vão diminuir e vacilar até a sua morte. Haverá uma hora para essas discussões mais tarde. Por enquanto, quando a Millennium Falcon aparece entre as estrelas para afastar o vilão e deixar nosso herói dar o tiro improvável para salvar a galáxia, tudo o que você precisa fazer é comemorar.

7

OS OLHOS DE LEIA

DOR, PERDA E O CUSTO DA ESPERANÇA

Star Wars: Episódio VIII — Os Últimos Jedi
Roteirista: Rian Johnson
Diretor: Rian Johnson

Os Últimos Jedi é um filme lindo.

Rian Johnson, o cinegrafista Steve Yedlin, os designers de produção, os artistas de efeitos visuais, os iluminadores, o assistente de produção que levou café para todo mundo e qualquer um que tenha participado da produção desse filme merece cada grama de crédito por nos dar obras de arte de tirar o fôlego. Está em todo o filme: nas imagens violentas dos bombardeiros da Resistência explodindo, na cena de Rey praticando com um sabre de luz tendo o mar de Ahch-To como plano de fundo, no momento em que Luke Skywalker desafia as forças da Primeira Ordem e no quadro épico de Kylo Ren e seu antigo mestre se enfrentando nas tempestades de Crait. Tudo isso e muito mais são obras de arte, e cada cena pertence a um museu. No entanto, a peça central dessa coleção são os olhos de Leia.

É um breve momento do filme que mal se estende por um segundo em tempo real, mas que abrange toda uma vida. Uma princesa que se tornou general aguarda na entrada de uma base rebelde esquecida em Crait, que ela torce que poderá salvar a Resistência, e olha para o horizonte, à espera da chegada de seu inimigo e talvez seu destino final. O rosto de Leia Organa está escondido pelo colarinho de suas roupas majestosas, e tudo o que vemos são seus olhos. E os olhos de Leia contam a história.

Sua vida inteira levou a este momento. Embora esteja rodeada por um pequeno grupo de combatentes da Resistência, ela está sozinha. É como se estivesse voltando no tempo e revivendo todas as causas por que lutou, todos os riscos que correu e se lembrando de tudo o que morreu ou desapareceu. É a dor e a perda por trás da esperança sobre a qual toda sua existência foi construída.

O passado de Leia está repleto de lembranças de pessoas que já se foram. Sua mãe biológica, Padmé, que morreu no parto e a quem ela estava ligada talvez apenas pela Força, mas cuja liderança e fortaleza percorria suas veias. Seu pai biológico, que também morreu naquele dia, tornando-se uma figura que lança uma sombra da qual ela luta para escapar. Seu primeiro amor, Kier Domadi, que desafiou suas crenças da melhor maneira possível e cuja mecha de cabelo ela guardou pelo resto de seus dias. O olhar de Leia atravessa o tempo para seus pais adotivos, Bail e Breha, que lhe deram uma vida cheia de propósito e incutiram nela crenças que nunca vacilaram, mesmo depois de serem apagados em um piscar de olhos em Alderaan. Seu precioso Alderaan, um belo planeta cheio de pessoas que ela viu morrer com esses mesmos olhos, mas não podia parar para lamentar.

Em Crait, à beira de uma batalha final, Leia sabe o custo da guerra. Ela viu inúmeros rebeldes morrerem — pessoas que ela liderou, idealistas jovens tentando derrubar um Império e pessoas com quem ela trabalhou, como o general Jan Dodonna e o capitão Raymus Antilles, que morreram nas mãos esmagadoras de Vader enquanto tentavam protegê-la em vão. Ela havia persuadido o almirante Gial Ackbar a sair da aposentadoria para lutar mais uma vez ao seu lado, e sua amiga de infância, Amilyn Holdo, também se apresentara com orgulho. Ambos não estavam mais ali.

Seu próprio marido, depois de muito lutar com sua verdadeira identidade e seus compromissos, finalmente voltou — e morreu, tentando cumprir o último pedido que ela fez a Han Solo: salvar o filho. Ele foi assassinado por esse mesmo filho. Ben Solo também era uma baixa, com seu grande propósito distorcido para sempre e seu destino seguindo um caminho sombrio. Ela o tinha mandado para longe, para treinar com o irmão dela, e acabou perdendo os dois. Luke Skywalker tinha desaparecido, destruído pelos fracassos, deixando Leia para lutar sozinha.

Perda e mais perda.

No entanto, a maior perda foi ela mesma. Leia, princesa de Alderaan, dedicou sua vida aos outros. Em um mundo de jornadas de heróis e grandes redenções, Leia descobriu quem era desde cedo, e nunca teve tempo de mudar. Uma alma solidária, uma líder destemida e uma guerreira até o fim, Leia sempre serviu ao bem maior. Até uma chance de se tornar jedi foi rejeitada porque, depois da queda do Império, Leia sabia que precisava reconstruir a República. Ela não tinha tempo para se trancar e se tornar uma jedi. A galáxia precisava dela como líder. A causa sempre vinha em primeiro lugar.

Está tudo lá. Cada memória brilhando naqueles olhos.

Depois de um segundo, seguimos em frente. Assim como Leia sempre precisou fazer.

A princesa Leia Organa, agora general, sempre general, representa o melhor de Star Wars. Em uma história de moralidade e escolhas, forças e vitórias, heróis e vilões, Leia manteve sua essência, levantando sua voz, lutando, sempre ajudando, sempre liderando. Em tempos escuros, ela era o farol brilhante da esperança. Conforme ela olha para a superfície de Crait, aqueles olhos, os olhos de Leia, os olhos de Carrie Fisher, contam a história de uma vida vivida ao máximo e uma vida que não foi fácil, mas que valeu a pena. Mesmo que ela ainda sinta a dor de cada perda, dá para ver, só de olhar para aqueles olhos, que Leia jamais iria querer estar em outro lugar.

Os olhos são uma obra de arte.

6

NÃO, EU SOU SEU PAI

A REVELAÇÃO QUE ~~CHOCOU~~ MUDOU A GALÁXIA

Star Wars: Episódio V — O Império Contra-Ataca
Roteiristas: Lawrence Kasdan e Leigh Brackett
Diretor: Irvin Kershner

Onde você estava quando descobriu que Darth Vader era pai de Luke Skywalker? Sentado em descrença dentro de um Multiplex em maio de 1980? Na casa de um amigo vendo uma fita VHS? Assistindo às edições especiais de 1997? Ou foi quando Homer Simpson deu o *spoiler* saindo do cinema enquanto você ainda estava na fila? Independentemente de onde ou quando, em algum momento, você descobriu. Todos descobriram. As pessoas sabem disso mesmo sem ter visto os filmes (e até sabem a fala — mais ou menos). A revelação de Darth Vader da verdade sobre ser pai de Luke Skywalker é possivelmente o momento mais popular de Star Wars. Os filmes têm sabres de luz, wookiees e uma batalha intergaláctica do bem contra o mal, mas, acima de tudo, eles mostram Vader, de punho fechado e capa esvoaçando na brisa de Bespin, revelando a verdade esmagadora a Luke. Em um primeiro momento, isso chocou o *fandom*, mas depois mudou a história para sempre.

O impacto total da cena pode ser visto ao voltar a 1980 e examinar as lembranças das primeiras reações dos fãs à revelação. Ela é muitas vezes descrita como um soco no estômago, comovente e, com frequência, chocante. Os fãs NÃO podiam acreditar que aquilo era verdade. Vader estava mentindo. Não era possível. Era um truque! (Falcatrua!) Os fãs teriam que esperar três anos para ter uma resposta, e essa pode ter sido a primeira vez que as tradições do *fandom* moderno, como debater e criar teorias, vieram à tona. *O Império Contra-Ataca* levantou uma série de questões, como será que Han vai sobreviver, quem era o "outro" de que Yoda estava falando e como o Cliff, de *Cheers*, chegou a Hoth? Mas a maior questão tinha a ver com o choque do momento. Vader era mesmo pai de Luke?

Quando o choque passa e a verdade é aceita, as ramificações do momento são entendidas. Essa é uma revelação que muda a saga. Luke Skywalker sonhava em estar no centro da luta, mas agora ele descobriu que está ligado ao mal que enfrenta. Tornar-se um herói não era mais questão de ganhar medalhas e salvar o dia. Agora, ele está em rota de colisão para confrontar e destruir o próprio pai. Isso se tornou uma arriscada partida de truco, meu jovem padawan.

Por sua vez, Darth Vader já lutava há muito tempo com sua identidade e posição no Império Galáctico do imperador, mas agora ele tinha colocado *suas* cartas na mesa. Ele quer destruir seu mestre e, ao reconhecer que tem um filho, também reconhece que é — ou foi — Anakin Skywalker. Isso vem depois de anos e anos de luta para superar essa verdade. Os planos de Vader ainda são muito nefastos, sim, sim, mas ele está um passo mais próximo da redenção que encontrará no futuro. Anakin Skywalker precisava derrotar Darth Vader, e isso só acontece se Vader aceitar que ele ainda é aquele homem em algum nível.

Tudo muda — e tinha que mudar.

Irvin Kershner não tinha uma grande batalha guardada para esse filme. Dessa vez, ninguém estava explodindo superarmas. Imagine ser convidado para dirigir a continuação do maior filme da história até aquele ponto e ouvir que seu roteiro acaba quando o herói vai enfrentar o vilão para salvar seus amigos e *falha*. Claro, agora é fácil dar uma de cinéfilo e dizer coisas como "o segundo capítulo de uma trilogia é sempre mais sombrio", mas tentar fazer isso dar certo? Kershner e companhia não podiam fazer a cena com base no choque, tinha que ter substância. Um motivo para a revelação. Simplesmente dizer que seu personagem principal tem uma relação secreta com alguém que já conhecemos não torna uma história interessante por si só. É preciso ter carne nesse osso.

E é aí que ela dá certo. É uma cena íntima, pessoal, envolvida pelo grande espectro de Star Wars. Isso está acontecendo nas profundezas de uma cidade flutuante nas nuvens depois de uma luta perigosa com sabres de luz, mas a cena é feita da forma mais realista possível. David Prowse e James Earl Jones deram a Vader uma sede de poder sincera. Ele quer dominar o mundo, mas a mensagem é que Vader quer conquistar a galáxia ao lado do filho. Em resposta, Mark Hamill atua com perfeição. Você sente a dor de Luke. Hamill transforma a cena em mais do que uma reviravolta na trama. É seu terror pessoal.

É tudo perfeito. Tal como planejaram desde o início. Ou antes desse filme. Ou... bem... *quando* eles planejaram? As histórias por trás da produção de Star Wars se tornaram tão importantes e lendárias quanto os produtos finais. É como se os fãs dos Beatles soubessem o que John Lennon comeu no almoço enquanto gravava "Yer Blues" (acho que foi um sanduíche de peru com cebolas em conserva). No entanto, como muitas histórias de bastidores, os fatos estão muitas vezes enterrados em um nevoeiro como o de Dagobah. George Lucas sempre quis que Darth Vader fosse pai de Luke Skywalker? A resposta muitas vezes depende de qual documentário você assistiu ou qual livro você leu. Na melhor das hipóteses, George tinha tudo escrito a lápis, mas não tem por que se perder nas histórias de como aconteceu. O que resta é que Darth Vader foi revelado como o pai de Luke Skywalker em *O Império Contra-Ataca*, e isso mudou tudo.

5

PALPATINE

IMPERADOR, CHANCELER E A AMEAÇA FANTASMA

Star Wars
Criador: George Lucas
Ator: Ian McDiarmid

Ele é a encarnação do mal. Um mestre do lado sombrio. Um verdadeiro lorde sith. O diabo por trás de tudo. E ele é *a* ameaça fantasma no centro de todos os conflitos da galáxia. E é apresentado com entusiasmo bombástico e alegria cintilante por um ator de teatro que se deleita a cada segundo de seu tempo com o personagem. Viva Palpatine, o verdadeiro vilão de Star Wars.

Não estamos aqui para tirar nenhuma honra de Darth Vader, não se preocupe. O bom e velho Darth se tornou um dos vilões mais emblemáticos de todo o cinema depois de sua ameaçadora estreia em 1977 e continuou a aumentar esse legado a cada filme. Isso é compreensível. Ele merece os elogios e as múltiplas capas na revista *Time*. O personagem era imediatamente memorável e atemporal. Vader foi posicionado como *o* vilão de *Uma Nova Esperança*, apesar de claramente ter que responder em parte ao governador Tarkin e de não ter muito respeito dos oficiais imperiais coniventes. Esses detalhes ainda não estavam sendo penteados por obsessivos como eu ("Hum... na verdade, o almirante Conan Antonio Motti não se importava com Vader..."). Vader era o vilão. O Imperador foi apenas uma breve menção, um *easter egg* de Tarkin, antes de receber uma chamada em *O Império Contra-Ataca*. É só em *O Retorno de Jedi* que temos a oportunidade de ver todo o poder e toda a glória do imperador, e ele chega com confiança bem a tempo da redenção de Darth Vader e sua própria queda.

Quando George Lucas finalmente conseguiu contar os seis episódios da sua história, Darth Vader se tornou cada vez menos o vilão da série — ele era mais uma vítima. Em alguns dos extras de *A Vingança dos Sith,* de 2005, Lucas proclama com alegria que Palpatine é o verdadeiro vilão de Star Wars. "Ele é o diabo", diz o Criador. O produtor Rick McCallum acrescenta: "Ele manipulou toda a saga". E foi o que ele fez. Não tem a ver com a semântica de quem é o verdadeiro vilão. É a pura diversão de ver a ascensão do imperador.

Com o personagem de Palpatine, os fãs de Star Wars são presenteados com o fervilhar sinistro de um monstro clássico do terror. Ele é Drácula com um sabre de luz, espreitando nas sombras, controlando os bonecos e criando drama. E então ele explode em um banquete de ferocidade. Ian McDiarmid não se contém e, só em *A Vingança dos Sith*, ele apresenta cenas e mais cenas de vilania gloriosa e digna de memes. Cada segundo é maravilhoso.

Eu sempre entendi por que alguém pode assistir às *prequels*, principalmente ao Episódio III, e sair com a crítica de que Palpatine é exagerado. É claro que é. Quando ele grita "Mata!", leva todo o tempo do mundo para se debruçar sobre a história de como matou seu mestre, discute com Anakin para usar seu poder e, mais notavelmente, usa cada gota de indecência para atacar Mace Windu, o imperador está sendo um vilão sem vergonha nenhuma. É mesmo exagerado. O que é exatamente o que precisamos do maior vilão da galáxia.

O imperador que vemos em *O Retorno de Jedi* está confiante demais. Ele tem certeza de que não está acontecendo nada que ele ainda não tenha previsto. Ele tem motivos para estar confortável com tudo o que está acontecendo. Palpatine está no poder há mais de vinte anos. Seu Império está no lugar, e Vader tem feito o trabalho sujo enquanto todo um quadro de líderes, alguns desajeitados, mas na sua maioria friamente competentes, oprime a galáxia por ele. Ele não está preocupado com a Rebelião. Seus olhos se concentram no que mais ele pode tomar. Reinos não conquistados nas Regiões Desconhecidas, sinais misteriosos do lado sombrio para seu uso, segredos e relíquias do passado. Ele é um homem velho que quer estender seu alcance e sua vida. McDiarmid representa tudo isso perfeitamente. No entanto, voltar a atuar no mesmo papel trinta (naquele momento, vinte) anos mais cedo na história deu ao veterano dos palcos uma chance de redescobrir um homem em movimento.

O Palpatine das *prequels* está sedento por esse poder que mais tarde o vemos conseguir. Ele está jogando o jogo da política e tendo que andar com calma entre seus peões. É um ato de equilíbrio intrigante, cheio de tensão na duração e profundidade do plano. Na série *A Guerra dos Clones*, podemos ver isso se estender ainda mais. O líder sábio e afável que encobre o ditador frio e calculista dentro dele. Palpatine continua a mover suas peças de xadrez até finalmente conseguir um xeque-mate. E é aí que tudo explode. McDiarmid atua como um homem que atinge metas e se encontra sem oposição. Ele está completamente bêbado com o poder. *A Vingança dos Sith* é uma festa de vitória para Palpatine... e ele pode se gabar, se quiser.

Há muitos vilões ótimos em Star Wars. E, muitas vezes, uma história só é tão boa quanto seu vilão. Vader certamente faz a diferença e, sem dúvida nenhuma, domina a história da trilogia original com sua trágica busca pela paz interna. Darth Maul trouxe um desejo desmedido por violência e vingança. O conde Dookan questionou as intenções dos jedi e trouxe graça e razão para o lado sombrio. Asajj Ventress representou a fúria justa e acuada. O general Grievous foi a busca pelo poder à custa da humanidade (ou kaleeshidade, nesse caso). Kylo Ren é um monte de raiva equivocada, esmagando expectativas e negligenciando o que ainda estamos descobrindo. Ao longo do caminho, tivemos muitos bandidos vis e caçadores de recompensas mortais. Lidamos com políticos corruptos e líderes militares ardilosos. A galáxia de Star Wars está repleta de tudo o que há de mau e maléfico. Mas, entre todos eles, só um subiu ao topo, rindo e manipulando por todo o caminho, até conquistar o que todos os outros sempre quiseram.

Poder.

Poder ilimitado.

4

SÓIS GÊMEOS

A VONTADE DE VIAJAR PELA GALÁXIA

Star Wars: Episódio IV — Uma Nova Esperança
Roteirista: George Lucas
Diretor: George Lucas

Em junho de 1994, o sol se punha na minha vida de estudante na Arroyo Grande High School, localizada entre a costa e as colinas da Costa Central da Califórnia. O dia da formatura trouxe consigo as tradicionais emoções. Aquela sensação mista de se libertar ao mesmo tempo em que se pergunta o que virá a seguir — ou se alguma coisa virá a seguir. Ao me afastar do meu colégio em um velho Ford Fairmont 1981 que apelidei de Millennium Fairmont porque essa foi a juventude que escolhi ter, eu olhei para o horizonte e para as amplas dunas de areia em Pismo Beach. O oceano se estendia até tocar o sol poente. Eu não sabia o que viria a seguir, mas senti que havia um mundo inteiro lá fora para explorar. Parecia tão distante. No ponto mais baixo da minha melancolia, eu ri. Eu era como Luke Skywalker olhando para os sóis gêmeos de Tatooine na cena icônica que se conectava com todo mundo.

Tendo acabado de fazer *Loucuras de Verão*, George Lucas continuava a falar com o adulto em desenvolvimento dentro de todos nós. O mundo então estava em chamas em uma era pós-Vietnã e Watergate, e Lucas certamente comentava sobre a política e as perspectivas da época, mas embalava tudo em fascinação e esperança. No centro de tudo está Luke Skywalker, nosso ponto de vista nesse conto de "heróis, vilões e alienígenas de mil mundos". O público de então e as gerações vindouras se conectariam com a vontade de viajar por aí e a sentiriam em nossa própria galáxia. Esse é o momento dessa conexão.

Uma sequência de eventos vem em seguida, levando aos poucos ao pontapé frustrado e jovial de Luke na areia à medida que ele se aproxima do ponto de vista que será lendário. Ele sempre sentiu que havia mais na vida do que aquela fazenda, mas nunca conseguiu enxergar. Sempre esteve ali mesmo, na frente dele, mas fora de alcance. Alguns dos seus amigos mais próximos, como Biggs Darklighter e Tank, começaram a encontrar a saída, mas aqui está ele, fazendo tarefas de casa e limpando esses novos droides. É então que ele vê a gravação parcial do pedido de ajuda da princesa Leia. Além de ficar deslumbrado com a visão (vai com calma, Luke), nosso herói fazendeiro agora está exposto à galáxia. Ele não está mais apenas observando o mundo pelos seus macrobinóculos ou ouvindo boatos de rebeliões. A aventura com que ele sempre sonhou está logo em frente.

A única saída que ele consegue ver é entrar na Academia Imperial, mas o velho e rabugento tio Owen está determinado a mantê-lo preso por mais um ano. Se você substituir o leite azul por um refrigerante — ou talvez agora por uma água gaseificada com baixo teor calórico —, essa cena não para de se repetir no nosso mundo. Como Luke, todos nós queremos sair da mesa de jantar, e todos nos encontramos, em algum momento, naquela colina, olhando para o grande além.

O que é frequentemente lembrado como um olhar longo, principalmente por ser a imagem que associamos a essa cena, é muito mais que isso. A saga do anseio de Luke se desenrola por três atos distintos. O primeiro olhar chega a ser esperançoso. Ele está frustrado, sim, mas sabe que há mais para ele. Isso é seguido por uma cabeça baixa, como se Luke não se imaginasse saindo daquele rochedo, mas ele ainda levanta o olhar para cima de novo. É a esperança da cena. A alma. Sempre há esperança, principalmente em Star Wars. Enquanto a trilha de John Williams, "Binary Sunset", chama nossa atenção pela primeira vez no filme (apesar de ter tocado mais cedo, quando Leia dá a R2-D2 os planos da Estrela da Morte), Luke se afasta e volta, a contragosto, à vida que não quer ter, inseguro do que vem a seguir. Anseio, dúvida, o desejo de sair por aí e a sensação de estar tão longe de onde você quer estar são sentimentos com os quais nos conectamos, mas, sem saber, Luke Skywalker já está no caminho para cumprir seu destino. Essa é a verdadeira força da cena. Ela só dura cerca de 35 segundos, mas, se há um centro emocional em toda a história de Star Wars, é ela.

Na época nós já sabíamos, e definitivamente sabemos agora, que Luke Skywalker escaparia do planeta distante do centro brilhante da galáxia e se tornaria mais poderoso do que jamais poderia ter imaginado. Ele não apenas se junta à luta — ele vence a luta e se torna o jedi mais forte de todos, deixando um legado de esperança e inspiração que nunca vai desaparecer. Enquanto vemos Luke olhar para os sóis gêmeos, *nós* sabemos que ele já está a caminho. E enquanto eu olhava para além da minha cidade natal, encarando meus sonhos, e enquanto você também olha para o seu horizonte, só precisamos saber que, assim como Luke Skywalker, Star Wars garante que a viagem já começou.

3

O GRANDE TRIO

HAN, LUKE E LEIA

Star Wars: Episódio IV — Uma Nova Esperança
Roteirista: George Lucas
Diretor: George Lucas

A certa altura, você acha que já viu de tudo sobre Star Wars. Você conhece todas as histórias dos bastidores, viu todas as fotos "nunca antes publicadas" e encontrou todas as entrevistas mais raras. Então, um dia, alguma coisa aparece e você fica atordoado ao saber que ela escapou pelas fendas do seu *fandom*, mas, não tão secretamente satisfeito, você vê uma coisa nova. Foi o que aconteceu comigo quando meu amigo e escritor Dan Farren me entregou uma cópia frágil de um DVD do antigo programa de Mike Douglas. Coapresentado pela estrela de TV dos anos 1970 Richard Thomas, no verão de 1977 o programa trouxe Carrie Fisher, Harrison Ford e Mark Hamill, os protagonistas daquele novo filme espacial, Star Wars. A entrevista pode ser encontrada online (o que é que não pode?), mas eu nunca a tinha visto. Nunca tinha entrado no meu radar. Mas agora eu tinha em mãos uma cópia do programa. A entrevista fresquinha, mas, completa com comerciais, crianças lendo poesia e as estrelas do beisebol Pete Rose e Tom Seaver, é uma cápsula do tempo, um monumento à época em que Star Wars estava apenas começando a moldar nosso mundo.

Apesar do programa ter ido ao ar dois meses depois do lançamento de *Uma Nova Esperança*, o filme e suas estrelas ainda são tratados como uma curiosidade misteriosa. Mike Douglas fala sobre o sucesso da bilheteria ("Já passou *Tubarão*"), mas ninguém sabia bem o que estava acontecendo. Carrie Fisher entra primeiro porque, como filha da realeza de Hollywood, Debbie Reynolds e Eddie Fisher, eles pelo menos tinham alguma coisa para conversar. Harrison Ford e Mark Hamill entram depois do intervalo comercial. Carrie é inteligente, intensa e engraçada como sempre, mas quieta, como se ainda estivesse se comportando como o esperado em vez de usar a situação para seu proveito, da forma como aprende a fazer mais tarde. Harrison está encantadoramente distante, mas ainda não tão irritadiço como gostaria. Mark

Hamill é tão genuíno quanto agora, mas ainda muito parecido com o garoto impressionado que retratou na telona. É uma época diferente, mas o que você vê é claro. Eles são o Grande Trio. O coração do espírito de Star Wars.

A princesa Leia, Han Solo e Luke Skywalker não precisam ser seus personagens preferidos (embora provavelmente sejam). Isso não vem ao caso. O universo de Star Wars continuou a apresentar personagens memoráveis e inspiradores. Mais estão a caminho. Nien Nunb, Max Rebo ou Meeber Gascon podem ser mais do seu agrado, mas isso não importa. O que importa é que esses são os três rostos desta franquia. A casa foi construída sobre as costas deles.

Foi em *Uma Nova Esperança* que a ligação do Grande Trio foi formada, tanto entre si quanto com o público. Eu gosto particularmente dos muitos momentos durante a fuga da Estrela da Morte, depois que Leia é libertada da cela, que a cena no compactador de lixo termina e os três correm, descobrindo-se como personagens e coestrelas. Em certo ponto durante a ação, Han, Luke e Leia param, lado a lado, em uma imagem. É um momento congelado no tempo, muito usado pela mídia e eternamente gravado no nosso cérebro: os heróis de Star Wars, daquela época e de agora, de geração em geração, descobrindo-se nesses três personagens.

A combinação era perfeita. Mark Hamill e Harrison Ford falam disso na entrevista clássica com Mike Douglas. Os três foram reunidos por George Lucas, e seriam eles ou três outros nomes completamente diferentes. Era um conjunto. Kurt Russell, William Katt e Cindy Williams poderiam ter conseguido os papéis, e nada teria sido igual. A química era a chave. Às vezes, nessas histórias da vida real por trás da produção de filmes que mudaram tudo, alguma coisa mágica acontece, e os destinos se alinham. Eles não foram apenas a escolha certa. Eles foram a *única* escolha. Cada um encarnou sua respectiva função. Como Carrie Fisher disse uma vez: "Eu acho que eu sou a princesa Leia e a princesa Leia sou eu. É como uma fita de Möbius." Estava tudo no DNA.

George Lucas criou esse mundo maravilhoso onde todos adoramos brincar, e ele nunca poderia imaginar como sua criação iria crescer, expandir e seguir em frente. Os personagens, os momentos e as lembranças são muitos, cada um com seu significado e objetivo próprios. No entanto, nunca mais teremos outro Grande Trio. Não pode haver. Enquanto eu os via explicar a um Mike Douglas levemente perdido, mas sincero, a natureza de seus personagens, eu percebi como tudo estava lá desde o início: o canalha galante de aparência durona, a alma amável do destino e a filha vibrante da realeza abrindo seu caminho pela vida. Harrison, Mark e Carrie explicaram o que os personagens eram e quem se tornavam tão perfeitamente. Eles os conheciam bem. Eram eles. Sempre serão eles. O centro do universo de Star Wars.

2

"EU SOU UM JEDI"

A ÚLTIMA BATALHA DE LUKE SKYWALKER E A REDENÇÃO DE DARTH VADER

Star Wars: Episódio VI — O Retorno de Jedi
Roteiristas: Lawrence Kasdan e George Lucas
Diretor: Richard Marquand

Todos os caminhos levam à sala do trono do imperador! Enquanto a Rebelião ataca pela última vez o temido Império Galáctico na superfície de Endor e nas estrelas, Luke Skywalker foi corajosamente enfrentar o imperador Palpatine e salvar Darth Vader. Cheia de riscos e drama interpessoal, essa cena é a resolução de décadas de histórias e repercute por tudo o que viria depois. Será que é a melhor cena de Star Wars? Dá para responder uma pergunta dessas? Nós amamos Star Wars, e a busca por essa resposta nunca está longe dos nossos corações e das nossas mentes.

Mas, sério, como podemos determinar se essa é a melhor cena de Star Wars? Você e eu tivemos uma longa viagem para chegar até aqui. Preciso ser sincero: não dá para determinar isto. É impossível. Arte é subjetiva. Star Wars é ainda mais subjetivo. Sua reação pode ser mais intensa durante a cena em que a princesa Leia alimenta Wicket, e você não estaria errado (na verdade, meu amor por petiscos me faz querer ouvir atentamente aos seus argumentos). A cena da sala do trono também faz parte do ato final de *O Retorno de Jedi*, de modo que parte da grandeza vem do ritmo e da intercalação com a grande Batalha de Endor. No entanto, quando você examina a cena isoladamente, encontra o destino do espírito da galáxia sendo determinado por três almas. Vamos entrar na sala do trono do imperador. Que é, sim, minha cena preferida em Star Wars.

Essa é a última batalha de Luke Skywalker. Depois de três filmes em busca da vitória sobre o mal e do título de jedi, a jornada de Luke se resume em um grande plano de distração. Ele vai para o interior da fera, distrair Sheev e Darth até que a segunda Estrela da Morte seja destruída e partir para a grande festa dos fantasmas da Força no céu. Mas o imperador previu isso (e praticamente tudo) e, enquanto a Estrela da Morte destrói naves rebeldes, Luke se depara com uma dura verdade: ele não vai conseguir sair sem lutar, e essa é uma luta que ele não pode vencer sem dançar à beira do abismo do lado sombrio. Isso é uma camada deliciosa que só melhora à medida que você amadurece como fã.

Quando criança, eu implorava para Luke agarrar aquele lindo sabre de luz verde e começar a lutar! Afinal, tínhamos acabado de vê-lo usar aquela arma para cortar uma motocicleta em pleno voo e derrubar os capangas de Jabba com facilidade (enquanto Leia acabou poeticamente com o próprio Jabba). Faz todo o sentido que Luke ative o sabre e acabe logo com isso. É só com o tempo, além de muitas visitas ao filme durante o restante da minha juventude, que vemos Luke se esforçar a cada passo para não lutar. Quando ele se esconde debaixo das escadas, a lição da jornada até então é revelada. Tudo o que ele aprendeu e todas as habilidades que ele tem o levam ao conhecimento de que ele não pode vencer lutando. E é aí que tudo vai abaixo. É sua quando a mente assustada trai a própria irmã, e de repente Vader sabe como chegar até ele. Os jedi usam seus poderes para conhecimento ou defesa, mas aqui Luke ataca Vader, gritando enquanto se lança contra o próprio pai. O que acontece a seguir é minha parte preferida da minha cena preferida de Star Wars.

As lâminas verde e vermelha se chocam enquanto John Williams invoca um coro de vozes pela primeira vez na série. À medida que Luke se enfurece, trazendo o desejo de proteger a irmã para perigosamente perto da escuridão, ele ganha a vantagem. Depois de alguns poderosos golpes, Vader está no chão, sem uma mão, ofegando. Cada lição dos últimos três filmes, cada capítulo da jornada do lendário herói que é Luke leva a esse momento. Escolhas, moralidade e o desejo de se elevar acima da atração do lado sombrio, tudo leva à decisão que Luke toma diante do imperador em gargalhadas.

Ele solta o sabre de luz.

Agora ele sabe como foi a queda de seu pai. Agora ele sabe que não pode lutar. Ele é um jedi, como seu pai já foi um dia. Esse é o clímax da trilogia original. A batalha continua, a guerra logo termina, mas a vitória de Luke Skywalker foi alcançada sem violência. Esse é o ato que leva à redenção de Darth Vader.

O que encerra os seis capítulos da saga. Se você der ouvidos a George Lucas, a resposta para a pergunta sobre a ordem para assistir a esses seis primeiros filmes é bastante clara. Episódio I ao Episódio VI. É a ascensão, a queda e a redenção de Anakin Skywalker. Agora podemos ver isso tudo com os olhos em Vader. O medo antigo dentro de Darth Vader, medo de que, lá no fundo, ele ainda seja Anakin Skywalker, veio à tona. A compaixão do filho se transformou em sacrifício. Quase dá para senti-lo se reconectar com aquele jovem rapaz de Tatooine, cujo coração estava cheio do desejo de ajudar os outros e do instinto de cuidar. Seis capítulos agora levam a *esse* momento da vida de Anakin. Ele ataca seu mestre. O custo da redenção foi sua vida, e não deveria ter sido de outra forma (afinal, Vader passou vinte anos fazendo coisas bastante hediondas), mas o ato traz equilíbrio à Força. O imperador está morto, e o Império começou a cair.

É a estrada final ligada a essa cena. É a estrada que se estende muito adiante, pela nova trilogia e pelas histórias que levam a ela. O Império caiu, mas das cinzas surgiu a Primeira Ordem. A República também precisa se erguer, cheia dos problemas enfrentados por todos os governos e atormentada pelas cicatrizes da Rebelião. Luke Skywalker é o último jedi, mas, seguindo sua lição final, ele começa uma busca por conhecimento, e não está preparado para ser o grande guardião *dessa* galáxia. Ele está preparado para reformular a Ordem Jedi. Os desafios estão à sua frente, mas ele sempre voltará ao tipo de jedi que se tornou naquela sala do trono.

Todos os caminhos levam a essa cena. À sala do trono do imperador. De volta ao momento em que Luke Skywalker solta sua arma. Isso faz dele o melhor momento em Star Wars? É a cena para que todas as outras parecem levar? É você quem sabe. No fim, eu só sei que que cada fala cheia de verdades perturbadoras do imperador, dor torturada de Vader e honra esperançosa de Luke, cada momento do duelo, cada momento da trilha, cada imagem de tensão, dúvida, violência e, por fim, paz, é perfeito.

É Star Wars.

1

HÁ MUITO TEMPO, EM UMA GALÁXIA MUITO DISTANTE

POUCO ANTES DO COMEÇO DE UMA NOVA AVENTURA...

Star Wars
Criador: George Lucas

A multidão vibra com ansiedade, empolgação e uma pequena dose saudável de nervosismo. Os sussurros especulativos podem ser ouvidos pelos corredores. *Cosplayers*, usando fantasias de personagens que ainda não conhecem, mas que já amam, andam pelo cinema. As crianças perguntam aos pais sobre a história que veio antes. Os fãs mais velhos correm uma última vez para o banheiro, forçando a natureza para não perder um único segundo. As luzes se apagam e a tensão cresce. Trailers e anúncios ignorados sobre celulares e conversas prolongam a espera. Então, finalmente, o logotipo da Lucasfilm brilha na tela, e as palavras mágicas aparecem...

Há muito tempo atrás, em uma galáxia muito distante....

Há sempre gritos, aplausos e vivas, mas meu som favorito é o pequeno momento de silêncio completo quando as palavras desaparecem e cedem os holofotes para o tema principal de John Williams. A música toma conta de tudo, os primeiros sons do filme nos levam ao início de um novo capítulo da saga Star Wars.

É nesse silêncio, nesse pequeno momento, que todo o mundo de possibilidades de Star Wars explode da sua mente. A cada nova história — seja um filme ou episódio de televisão, um livro ou HQ —, a saga aumenta e, com esse aumento, vem a esperança de alguma coisa nova que te inspire outra vez. Os novos personagens, as novas naves e as novas cenas ainda estão à sua frente. Tudo o que você sabe e ama em Star Wars está passando pela sua mente enquanto você se pergunta o que está prestes a adicionar a essa lista. Nós vivemos por esse momento.

Cada nova peça da saga também está totalmente enraizada no mundo que foi construído antes dela. Tudo o que é novo se liga ao que veio antes. Aumenta os limites e nos leva a novos lugares, mas tem sempre um toque reconfortante de familiaridade. É Star Wars.

Quando o próximo filme começa, a nova série se inicia, as primeiras páginas de um livro se viram e outra história em quadrinhos ou videogame se desenrola na sua frente, esse último suspiro de ansiedade sai, e você se vê imediatamente imerso na nova aventura. É nesse momento que você percebe que Star Wars não é uma coisa de que você gosta, é um mundo inteiro que você ama. É um amor que inspira, conforta e desafia você. É um amor que nem sempre é fácil e que às vezes requer crescimento. É um amor, no entanto, que sempre recompensa e é construído sobre a base de muitos momentos incríveis — e eu compartilhei os meus com você. Os seus são ainda mais importantes, mas não há nada maior do que os momentos de Star Wars que você ainda vai vivenciar. Eles estão lá fora. Esperando por você em uma galáxia muito distante...

EPÍLOGO

Sempre me perguntam se eu não fico cansado de Star Wars. Desde os sete anos de idade até esse preciso momento, é uma das minhas paixões. Eu sou um daqueles fãs que adornam as paredes com arte e pôsteres de Star Wars. Estou ficando sem espaço nas estantes para novos livros, dicionários e colecionáveis. E parentes que não me veem há anos sabem que como presente de Natal podem simplesmente me dar um chaveiro de Star Wars, e todos ficarão felizes. Está por todo lado. Eu amo mesmo Star Wars.

Em 2014, comecei a falar sobre Star Wars profissionalmente. Comecei a transmitir minhas opiniões e compartilhar toda minha alegria por esses pequenos momentos, contando piadas internas e curiosidades que nos trazem à saga. Isso foi crescendo e, no momento em que escrevo este livro, estou chegando a gravar até seis horas de programação de Star Wars por semana para programas como *ForceCenter*, *Collider Jedi Council*, *Black Series Rebels* e muitos outros *podcasts* maravilhosos. Por causa disso, eu tenho que rever os filmes com frequência. Eu não posso perder as séries de TV. Estou sempre de olho nos livros e corro com frequência até a loja de quadrinhos Earth-2, em Northridge, Califórnia, para comprar novas edições. E em cada ida até lá eu me esgueiro no corredor de brinquedos para ver que tesouro posso encontrar. Não há um dia em que eu não passe horas pensando em Star Wars, mesmo naqueles raros momentos em que quero pensar em outra coisa.

Você vai ouvir histórias sobre o lado sombrio do *fandom*. Os debates malucos sobre o mais ínfimo dos detalhes ou o maior dos temas. Você vai ouvir falar de atores, diretores e criadores sendo criticados e de divisões entre os fãs. Tudo isso acontece. Não dá para negar, infelizmente. É como se as lições do *bullying* mundial sofrido pelo Star Wars Kid não tivessem sido entendidas. É como se aqueles tempos em que disseram que seu amor pela franquia era vergonhoso não fossem um lembrete poderoso para nunca parar de celebrá-la. Há dias em que é um desafio ser fã de Star Wars.

No entanto, quando você entra em um evento e se sente conectado com milhares de estranhos por meio do amor compartilhado por uma ópera espacial boba, tudo isso desaparece. Quando alguém vê sua camiseta e te chama do outro lado da sala para descobrir qual é o seu filme preferido de Star Wars ou quando seu amigo cita Han Solo em uma conversa normal e vocês dois riem da facilidade com que aquilo se encaixou no momento, tudo parece valer a pena. Quando você olha para sua vida e se lembra da primeira vez que se conectou com um personagem, uma cena ou um breve momento que pensou que só você tinha visto, tudo parece certo. Star Wars está por todo lado na minha vida.

Mas eu nunca me canso.

Eu amo Star Wars.

E espero que você também ame.

AGRADECIMENTOS

Quando você termina uma coisa que pensou ser impossível, você tende a querer agradecer a cada pessoa que encontrou. Portanto, um agradecimento especial a todo mundo. Se o seu nome não está listado aqui, fico te devendo um almoço. Exceto para Joel Trudgeon, Casey Alexander e David Gerhard. Vocês é que me devem.

Queria agradecer especialmente aos meus pais, Al e Debi Napzok, e à minha irmã, Katie, assim como ao meu sobrinho, Ryu, e à minha sobrinha, LeMuria. Obrigado por deixarem uma criança cair de coração e alma em um filme espacial. A Força é presente na minha família.

Obrigado a Jim Dellinger e a toda a família Dellinger. Eu era um garoto de uma cidade pequena, perdido no mundo da cidade grande, quando meu tio Jim me puxou para baixo de sua asa protetora. Eu ainda estou aqui por causa disso.

A Nick e Liz Napzok, obrigado por estarem sempre na primeira fileira para me apoiar. Tio Nick, você pode ter nos deixado cedo demais, mas ainda posso ouvir suas gargalhadas e suas palavras de encorajamento.

À minha prima Michelle e ao marido dela, Randy. Obrigado pelo apoio e por aquelas bebidas no bar do hotel Anaheim. Depois disso, espero que Maggie e Madeline ainda me achem tão legal quanto eu acho que elas são.

Obrigado ao meu amigo e parceiro de escrita, Matt Key. Houve muitas vezes ao longo dos anos em que eu me convenci de que não podia escrever mais nada. Um bom almoço composto por várias porções de salgadinhos e conversas encorajadoras com você sempre me inspiraram a continuar escrevendo.

Ao meu irmão espiritual, Paul Ventimiglia, e à família Ventimiglia. A vida não tem uma rede de segurança, mas seu apoio inabalável sempre pareceu uma. Uma vez, durante uma disputa de luta livre, eu estava te encarando segundos antes de você pular seis metros para cima de mim, e eu percebi que nunca me senti tão seguro. Vamos terminar a partida, amigo.

Eu não estaria em posição de escrever este livro se não desse meus primeiros passos em um universo maior em 2012 (poucas semanas antes de a Disney comprar a Lucasfilm!). Kristian Harloff e Mark Ellis, que, de alguma forma, pensaram que este velho DJ de rádio contava piadas engraçadas o suficiente nos palcos de *stand-up comedy* em Los Angeles, me pediram para produzir o *podcast* deles, *Schmoes Know Movies*. A partir de então, começou uma viagem louca e não planejada pelo mundo da discussão midiática. Se uma pessoa que não me conhece ler esse livro, será porque Kristian e Mark me convidaram a me unir a eles em uma aventura todos esses anos. Obrigado, seus Schmoes.

Obrigado à tripulação SK ao longo dos anos. Mark Reilly, Josh Macuga, Joe Ruggirello, Josh Tapia, Christian Ruvalcaba, Cody Hall, Robert Butler III, Andres Cabrera, Brian Perez, Max Mulderrig, Miri Jedeikin, Roxy Striar e Tiffany Smith. *Phase 3* para sempre.

Um agradecimento especial a Maude Garrett. Em 2014, nós divulgávamos nossas paixões por Star Wars todas as semanas como parte do programa *Jedi Alliance*. Foi bobo, barulhento, engraçado, nerd e uma das maiores diversões que já fiz como fã. Fico sempre feliz por ter falado profissionalmente de Star Wars pela primeira vez ao seu lado. *Star Pause*!

Não posso falar o suficiente sobre Joseph Scrimshaw e Jennifer Landa. Nós começamos a trabalhar no *podcast ForceCenter* em 2015, e nem uma semana se passou sem que vocês dois me ensinassem alguma coisa sobre Star Wars. Quer sejam perspectivas diferentes, temas mais profundos, a alegria absoluta dos ewoks ou a besteira de uma briga inventada entre personagens, eu me apaixono mais por essa franquia a cada semana por causa do que vocês dois trazem para as discussões. Em um período difícil e muitas vezes desafiador no *fandom*, vocês colocam o amor por Star Wars em primeiro lugar. Yub Nub.

No verão de 2018, eu almocei com a minha amiga Alicia Malone, autora de *Backward and in Heels* e *The Female Gaze*. Comentei com ela que queria escrever um livro. Alicia acreditava que eu conseguiria, e graciosamente disse que falaria com seu editor na Mango Publishing. Em poucos dias, eu comecei esta viagem. Sou eternamente grato, Leash.

Obrigado Hugo Villabona e Robin Miller, da Mango Publishing. Vocês fizeram isso acontecer. Literalmente. Sua paciência e orientação me deixaram mais calmo, enquanto suas observações melhoraram tudo. A equipe da Mango Publishing é muito especial.

Muito obrigado Heather Grace Hancock pelo amor e apoio todos os dias — mas principalmente nos dias em que eu aparecia à sua porta depois de ter gritado comigo mesmo dizendo que não conseguia escrever este livro. Você acreditou em mim quando eu quis desistir. Obrigado por isso... e por deixar o Ratsy e o Baxter entrarem na minha vida, mesmo quando me mordem ou roubam meu vinho. Eu te amo.

E, finalmente, obrigado a todos os que criaram, escreveram, atuaram, dirigiram e contribuíram com Star Wars. Essa é realmente a maior saga já contada. O que, é claro, significa que todos temos que dizer um obrigado especial a George Lucas. George, se você não tivesse pegado um lápis e um bloco de papel para começar a escrever sobre essas *Aventuras de Luke Starkiller* há mais de quarenta anos, nem uma palavra deste livro existiria, e minha infância — toda a minha vida — teria sido muito menos divertida. Obrigado.